MICHAEL KOGLIN

Blutengel

GOLDMANN
Lesen erleben

Buch

Die Leiche der 35-jährigen Tanja Binkel wird vier Tage nach der Tat in ihrer Berliner Wohnung entdeckt. Sie wurde mit einem Fuß an der Decke aufgehängt. Unerklärlich ist eine Wunde am Oberschenkel. Erst in der Pathologie wird der Schriftzug entziffert, den der Täter in das Bein der Toten geritzt hat: »Semper aliquid haeret.« – »Es bleibt immer etwas hängen.« Zwei Wochen später wird in Niendorf, einem kleinen Ort an der Ostsee, eine weitere Leiche mit einem in den Oberschenkel geritzten lateinischen Satz entdeckt: »Sit tibi terra levis!« – »Möge die Erde dir leicht sein!« Alles sieht nach einer gerade beginnenden Mordserie aus, und Kommissar Mangold wird mit den Ermittlungen beauftragt. Zur Sonderkommission gehört auch die Profilerin Kaja Winterstein.

Kurz darauf meldet sich in Berlin ein vermeintlicher Augenzeuge, der den Täter beim Betreten der Wohnung des ersten Opfers gesehen haben will. Ein Polizeizeichner fertigt eine Skizze des Mörders an, die in der Tagespresse veröffentlicht wird. Mangold eilt nach Berlin, um dieser bislang einzigen Spur zu folgen. Doch als er den Zeugen befragen will, findet er ihn ebenfalls ermordet in seiner Wohnung, auf dem Oberschenkel der eingeritzte Satz: »Cum tacent clamant« – »Indem sie schweigen, rufen sie laut.« Dann verdichten sich allerdings die Anzeichen, dass der Mörder über Polizeiwissen verfügt. Aber er scheint ein perverses Katz-und-Maus-Spiel mit den Ermittlern zu treiben. Denn kaum haben diese eine Spur, finden sie auch schon die nächste Leiche …

Autor

Michael Koglin, geboren 1955, lebt als freier Journalist und Schriftsteller in Hamburg. Neben Kriminalromanen hat er Kurzgeschichten, Kinder- und Sachbücher sowie zahlreiche Drehbücher und Theaterstücke verfasst. Er wurde mehrfach mit Literaturpreisen ausgezeichnet. Bekannt wurde Michael Koglin nicht zuletzt mit der »Dinner for One«-Krimireihe. Sein erster Thriller mit Kommissar Mangold und der Profilerin Kaja Winterstein, »Bluttaufe«, wurde von den Lesern und der Presse begeistert aufgenommen. Mehr Informationen zum Autor unter www.michael-koglin.de

Von Michael Koglin außerdem bei Goldmann lieferbar:

Bluttaufe. Thriller (47072)

Michael Koglin

Blutengel

Thriller

GOLDMANN

MIX
Papier aus verantwortungsvollen Quellen
FSC® C014496
FSC
www.fsc.org

Verlagsgruppe Random House FSC-DEU-0100
Das FSC®-zertifizierte Papier *München Super* für dieses Buch
liefert Arctic Paper Mochenwangen GmbH.

1. Auflage
Originalausgabe Juni 2011

Umschlaggestaltung: Uno Werbeagentur München
Umschlagfoto: mauritius images / age
BH · Herstellung: Str.
Redaktion: Karin Ballauff
Satz: IBV Satz- und Datentechnik GmbH, Berlin
Druck und Bindung: GGP Media GmbH, Pößneck
Printed in Germany
ISBN: 978-3-442-47411-0

www.goldmann-verlag.de

Noch immer riecht es hier nach Blut,
alle Wohlgerüche Arabiens würden
diese kleine Hand
nicht wohlriechend machen.

William Shakespeare

»Lieber, lieber Gott, hör mir zu. Er saß da in der Badewanne und hat gelacht, und ich habe das Shampoo aus seinen Haaren gespült und dann den Kopf sachte nach unten gedrückt. Ein Spiel, es war nur ein Spiel.

Du wirst die drei Schaumhexen sehen, und sie werden dir dein zukünftiges Leben zeigen. Er hat gelacht und weiter gelacht, und dann habe ich beide Hände genommen und meine Daumen über seine Augen gelegt und den Kopf genommen und ihn unter das Wasser gedrückt. Und dann waren da die Luftblasen, und sie wurden immer weniger, und die Hexen drehten sich im Schaum, und dann stürzte meine Mutter ins Badezimmer und … Lieber Gott, ich weiß nicht. Ich weiß einfach nicht, ob ich ihn getötet hätte.«

Mit jedem Herzschlag hämmerte das Blut heftiger gegen ihre Schläfen. Wann wurde sie endlich bewusstlos? Wann platzten die ersten Äderchen, wann hörte das Herz auf zu schlagen? Würde er zurückkommen und sie abschneiden? In letzter Sekunde?

Wie lange konnte ein Mensch überleben, der an einem Fuß aufgehängt war? Egal, nur das Schlagen auf ihre Schläfen musste aufhören, endlich aufhören.

Sie krümmte sich in die Höhe, ließ sich dann wieder fallen. Die kleine Erschütterung konnte den Haken an der Decke nicht lösen. Wie auch? Die sich enger um ihren Fuß-

knöchel schnürende Schlinge spürte sie schon lange nicht mehr.

Sie sah, wie das Blut die Beine hinauf über ihre Hüften floss. Ein schmales Rinnsal hatte ihren Hals erreicht.

Er hatte etwas in ihren Oberschenkel geschnitten. Ja, sie hätte gern gewusst, was es war. Aber jetzt musste endlich ihr Herz aufhören zu schlagen. »Bitte, bitte, hör auf zu schlagen«, flüsterte sie.

1.

Mangold ließ das Autofenster herunter und atmete tief durch die Nase ein. Seeluft. Und dazu der würzige Duft des Getreides, das links und rechts der Straße gelb leuchtete. Kleine Windstöße fuhren in die Halme und ließen Wellen über die Felder rollen. Das Ganze sah aus, als hätte sich van Gogh der Landschaft angenommen und seine Pinsel vorher kräftig in Farbe getaucht.

Neben ihm saß sein Freund Hensen, der weder von der Landschaft noch von dem blauen Himmel etwas mitzubekommen schien.

Mit halb geschlossenen Lidern reckte er den Kopf mit den kurz geschorenen Haaren leicht nach vorn. Die Lippen bedeckten die Reihe seiner gleichmäßigen und auffällig kleinen Zähne.

Über ein Jahr war es jetzt her, dass er sich in der Kantine mit dem ehemaligen Kriegsreporter angefreundet hatte. Für die Polizeiführung hatte der Journalist sich monatelang durch die Archive gewühlt und Material über die Verstrickung des Polizeiapparats in die Machenschaften der Nazis aufgespürt.

Mangold überholte einen Bus, in dem ein regionaler Fußballverein Mannschaft und Fans zum nächsten Spiel kutschierte. An den Fenstern baumelten Clubschals, ein Mann mit einer grün-weißen Mütze prostete ihm mit einer Bierdose zu.

Im Rückspiegel sah er seinen Assistenten Tannen, der mit gebeugtem Kopf etwas in seinen Laptop eingab. Seit einer halben Stunde hatte er nichts mehr gesagt, sondern war in die digitale Welt abgetaucht. Sein Gesicht, das Mangold an einen Versicherungsvertreter aus der Werbung erinnerte, war ausdruckslos.

Mangold stieß den vor sich hindämmernden Hensen mit dem Ellenbogen an.

»Was wird das, 'ne neue Art von Selbsthypnose?«

»Ich konzentriere mich«, sagte Hensen.

»Und auf was?«

»Die Lücken zwischen den weißen Streifen da auf der Fahrbahn.«

»Du zählst die …?«

»Ich bin auf Sinnsuche. Das Leben, der Tod, der Zustand der Welt und mein Sexleben. Das Übliche eben.«

»Was ist mit der Landschaft?«

»Postkartenidylle liegt mir nicht. Vom Land kommt das wahre Grauen.«

Im Rückspiegel sah Mangold, wie sein Assistent Tannen missbilligend das Gesicht verzog. Dann senkte sich sein Blick wieder auf den Bildschirm.

Mangold hatte an diesem Samstag endlich einmal ausschlafen wollen, doch der Anruf seines Chefs, Kriminaldirektor Wirch, hatte ihn um sechs aus dem Bett getrieben.

»Schnappen Sie sich diesen Journalistentypen Hensen und einen Ihrer Leute und fahren Sie nach Niendorf.«

»Niendorf bei Hamburg?«

»Niendorf an der Ostsee.«

Auf seine Nachfrage, was sie da sollten, hatte Wirch »später« gebrummt, eine Adresse genannt und aufgelegt.

»Kennt jemand das Kaff?«, fragte Mangold.

Tannen räusperte sich, tippte etwas in seinen Laptop und sagte: »Kleines Hafennest mit ein paar Hundert Einwohnern, gehört zur Gemeinde Timmendorfer Strand. Wegen seiner Lage direkt an der Ostsee bei Touristen und Kurgästen beliebt. Die Attraktion ist ein Vogelpark. Na ja, und der Hafen.«

»Und Fischbrötchen?«, fragte Hensen. »Was ist mit Fischbrötchen?«

Er drehte sich zu Tannen um. Der starrte stumm auf seinen Bildschirm.

»Ehrlich, Tannen, das war kein Witz, ich habe Hunger. Was Deftiges.«

Mangold folgte der Ausschilderung und bog von der Schnellstraße ab. Die Häuser am Ortseingang mit ihren roten Dächern waren in den letzten Jahren im Einheitsstil errichtet worden. Nachdem sie eine kleine Tankstelle passiert hatten, führte die Straße direkt an der Strandpromenade entlang.

Über der Ostsee lag ein Schleier, durch den ein weißer Ausflugsdampfer glitt. Ein Mann zog einen Strandkorb näher ans Wasser heran und richtete ihn zur Sonne aus. Mütter saßen auf den Bänken am Rande der Promenade und beobachteten ihre Kinder, die an einer vielleicht einen Meter hohen Flutschutzmauer spielten. Dazwischen spazierte eine Nonne in schwarzem Ornat. Sie hatte einen kleinen Jungen an der Hand.

Mangold erkannte auf der weißen Seebrücke zwei Angler, die ihre Ruten übers Wasser hielten.

»Tannen, wo soll dieser Tatort sein?«

»Richtung Hafen, also immer geradeaus.«

»Fischbrötchen«, sagte Hensen und deutete auf einen Kiosk.

»Du wirst dich noch ein wenig gedulden müssen«, erwiderte Mangold.

Die Hauptstraße führte durch den alten Ortskern. Kurz vor dem Hafen entdeckte Mangold die Flatterbänder, mit denen der Tatort weiträumig abgesperrt war.

Ein Polizist hob das Band in die Höhe. Im Leerlauf ließ Mangold den Wagen auf den kleinen Parkplatz vor dem Haus rollen und zog die Handbremse an.

Ein uniformierter Polizist beugte sich zum halb geöffneten Fenster hinunter.

»Sind Sie der Hamburger Kommissar?«

Mangold nickte, und der Polizist wies zum Eingang des Mietshauses. Dunkler, von Wind und Wetter gegerbter Ziegel, drei Stockwerke, kleine, eckige Fenster.

Im Treppenhaus kam ihnen ein Kriminaltechniker in seinem Overall entgegen und drückte ihnen blaue Überzüge für die Schuhe in die Hand.

»Schutzanzug wird nicht nötig sein, wir haben so weit alles an Spuren gesichert.«

»Und der Verantwortliche aus Kiel?«

»Ist drin«, sagte der Kriminaltechniker. »Und noch etwas …«

»Ja?«

»Machen Sie sich auf was gefasst.«

Hensen blickte mit einer theatralischen Geste zum Himmel, Tannen nickte nur stumm.

Trotz der Warnung wich Mangold unvermittelt zurück, als er das Wohnzimmer betrat. Die männliche Leiche saß auf einem schwarz glänzenden Kunststoffreifen, der als Schaukel an der Decke befestigt war. Die Handgelenke hatte der Täter an die herabhängenden Seile gefesselt. Es sah aus, als wäre der Mann gestorben, als er gerade Schwung holen wollte. Der Oberkörper war so mit Isolierband umwickelt, dass er aufrecht auf der Schaukel sitzen blieb. Auf dem Teppich hatte sich ein kreisförmiges Muster aus Bluttropfen gebildet.

»Ein Rentner auf der Liebesschaukel«, sagte der Gerichtsmediziner.

»Liebesschaukel?«

»Diese Dinger da werden in Sexshops verkauft, Beischlaf auf der Schaukel und so. Sexspielchen halt.«

»Und das Blut?«

»Er hat ihn draufgesetzt, die Vene in der Leiste mit einem scharfen Messer geöffnet und …«

»Und?«

»Geschaukelt. Während er ausblutete, hat er ihn geschaukelt. Immer schön im Kreis. Sehen Sie das Blutmuster auf dem Teppich?«

Hensen zog seinen Skizzenblock heraus und begann die Szenerie zu zeichnen. Mangold überlegte einen Augenblick, ob das nun Abgebrühtheit war oder einfach professionell. Angeblich konnte sich der Journalist so besser auf die Details konzentrieren. Und bei ihrem letzten Fall hatte ihnen das entscheidend weitergeholfen.

Aus einem Nebenraum trat ein Mann auf Mangold zu und streckte ihm die Hand entgegen. Mangold schätzte ihn auf etwa 50, Tweedjacke mit Lederflicken an den Ellenbogen, kariertes Hemd und dünne Haare, die mit viel Sorgfalt quer über die kahle Fläche seines Schädels gekämmt waren.

»Harder, LKA Kiel«, sagte der Mann. »Und um es gleich zu sagen, wir haben nichts, jedenfalls nichts Brauchbares. Faserspuren und die hier aufgefundenen Fingerabdrücke müssen wir noch analysieren, aber das Tatwerkzeug, also das Messer, mit dem er die Leiste seines Opfers geöffnet hat, muss er mitgenommen haben. Ebenso das Werkzeug, mit dem er das Ding da an der Decke befestigt hat. Ein paar Kollegen sind schon unterwegs und suchen die Mülleimer und Gebüsche in der Umgebung ab.«

»Und das Opfer? Besonderheiten?«

»Karl Wengmann. Der Mann ist 72, Rentner. Völlig unauffällig, leicht gehbehindert. Ist vor mehr als 20 Jahren mit seiner Frau hierher gezogen. Verwitwet und … na ja, eben unauffällig.«

»Fehlt etwas?«

»Raub?«, meinte Harder. »Sieht nicht danach aus. Wir haben in einer Schublade 600 Euro Bargeld gefunden, auch der Flachbildschirm ist noch da. Passt außerdem nicht zu dieser Nummer auf der Schaukel. Nee, ein Raubmörder schnappt sich seine Beute und verschwindet. Außerdem …«

»Außerdem …?«, fragte Mangold.

Harder dirigierte ihn um den nackten, immer noch auf der Schaukel sitzenden Leichnam.

»Sehen Sie die Wunde da am Oberschenkel?«

»Abwehrverletzung?«

»Sieht aus, als hätte sich der Täter da verewigt. Aber sicher sind wir uns erst, wenn der Pathologe den Leichnam auf seinem Tisch gehabt hat.«

»Eine markante Täterhandschrift«, sagte Mangold.

»Und was für eine. Genau deshalb sind Sie hier. Sie taucht zum zweiten Mal auf. Könnte der Beginn einer Serie sein.«

Mangold beugte sich über die Wunde am Oberschenkel, konnte aber lediglich erkennen, dass der Täter etwas hineingeritzt haben musste.

»Und was ist es? Eine Unterschrift?«

»Keine Ahnung. Ihr Chef Wirch erwartet Sie und

Ihre Leute in einer halben Stunde unten am Hafen. Das, was ich weiß, ist viel zu bruchstückhaft, außerdem …«

»Ja?«

»Ihr Kriminaldirektor Wirch hat mich um Zurückhaltung gebeten. Es geht um diese verfluchten Kompetenzen. Ein durchgedrehter Typ schlachtet einen Menschen ab, lässt ihn wie ein Schwein ausbluten – und wir unterhalten uns über Kompetenzen!«

Einer der Forensiker stieß mit dem Oberkörper gegen die Seile der Schaukel. Der Leichnam Karl Wengmanns begann, sich leicht zu drehen.

Mangold bemerkte, wie Hensen der Bewegung des sich drehenden Körpers folgte, um seine Skizze fertigzustellen. Dann sah er auf das Blut, das in konzentrischen Kreisen auf den Teppich getropft war.

»Der Gerichtsmediziner hat sich die Aderöffnungen in der Leiste angesehen«, sagte Harder. »Seiner Meinung nach muss das Opfer über Stunden zugesehen haben, wie es mehr und mehr Blut verlor und immer schwächer wurde.«

Mangold musste den Pathologen fragen, wie lange der Todeskampf von Karl Wengmann gedauert hatte.

Aber was hatte der Täter während dieser Zeit gemacht?

Gegenüber der an der Decke befestigten Schaukel stand ein Sessel mit einem eingedrückten Sitzkissen.

Hatte er sich dort hingesetzt? Gewartet und zugesehen? Wie ein Zuschauer in einem Kinosessel?

»Was ist mit der Befestigung der Schaukel?«

Harder sah nach oben.

»Eine Lampenhalterung ist das nicht. Dübel und Haken sind neu. Also, so krank sich das anhört, ich denke, der Täter hat eine Bohrmaschine mitgebracht und alles nötige Werkzeug und hat in aller Ruhe die Schaukel angebracht.

Er muss sich absolut sicher gewesen sein, dass niemand ihn stört. Das war bis ins Kleinste geplant und eiskalt ausgeführt. Wir haben bis jetzt nicht mal Mörtelspuren entdecken können, und ganz sicher werden wir an dem Dübel auch keine Fingerabdrücke finden.«

»Weiß man etwas über homosexuelle Neigungen des Opfers?«, fragte Tannen.

Harder schüttelte den Kopf.

»In der Wohnung deutet nichts darauf hin. Wir werden die Nachbarn befragen, aber ich glaube eher nicht, dass unser Opfer durch Männerbesuche aufgefallen ist. Passt einfach nicht.«

»Was war er von Beruf?«, fragte Hensen.

»Irgendein Handwerker.«

Tannen schoss mit einer kleinen Kamera ein paar Fotos vom Tatort. Der Polizeifotograf sah amüsiert auf die kleine Lumix-Kamera, näherte sich dann mit seinem Objektiv der Wunde am Bein des Opfers und machte eine Serie von Nahaufnahmen. Der Spiegel seiner Kamera klapperte in einem unruhigen Rhythmus.

»Hat Wirch gesagt, wo genau am Hafen wir ihn treffen?«, fragte Mangold.

»Da werden Sie sich schon nicht verlaufen«, erwiderte Harder und schob mit seinem Kugelschreiber einen auf der Anrichte liegenden Papierstapel auseinander.

Nachdem sie sich in den anderen Räumen umgesehen hatten, verließ Mangold zusammen mit Tannen und Hensen die Wohnung.

Der Niendorfer Hafen war nur zwei Minuten entfernt. Fischkutter schaukelten im Hafenbecken, die bunten Fahnen ihrer Netzbojen hingen schlaff herunter, daneben lagen vielleicht zehn Segel- und Motorjachten. Eine kleine Brücke führte über einen Zufluss zu einem mit Tischen zugestellten Platz.

Auf der Längsseite eines Holzgebäudes öffnete sich ein langer Tresen, hinter dem Männer in fettbespritzten Schürzen vor einer riesigen Bratfläche standen. Auf einem Schild standen die Preise der fünf verschiedenen Bratfisch-Gerichte. Als Beilage konnte man zwischen Kartoffel- und Specksalat wählen.

Einer der Männer klapperte mit einer großen Metallzange, während ein anderer Fett aus einem Eimer auf das Blech schaufelte. Warten auf den Ansturm der Touristen.

Wirch war nirgends zu sehen.

Der ein paar Meter entfernte Kiosk hatte geöffnet. Mangold bat Tannen, drei Becher Kaffee zu beschaffen, und setzte sich mit Hensen an einen der runden Tische.

»Wonach sieht es aus?«, sagte er an Hensen gewandt. »Ich meine den Tatort. Was sagt er uns über den Täter, über das Motiv?«

»Hass. Unglaublicher, grenzenloser Hass. Und der Täter hat ihn ausgelebt, hat regelrecht darin gebadet.«

»Was noch?«

Tannen balancierte auf einem Tablett drei Pappbecher mit Kaffee an den Tisch nahe der Kaimauer. Vor ihnen dümpelte eine Motorjacht mit dem Namen »Nadir« im Hafenbecken.

»Es sieht nach langer Vorbereitung aus«, mutmaßte Tannen. Mangold nickte und sagte: »Mit hoher Wahrscheinlichkeit haben sich Täter und Opfer gekannt. Ich kann, nein, ich will mir nicht vorstellen, dass man das einem Wildfremden antut.«

An Hensens Gesichtsausdruck erkannte Mangold, dass der nicht einverstanden war.

»Er muss das Opfer nicht unbedingt gekannt haben. Möglich, dass er den Rentner für etwas ermordet, oder richtiger: genussvoll hingerichtet hat. Etwas, für das eben dieser Mann stand.«

»Nach einer Rache für fehlerhafte Handwerkerarbeiten sieht es jedenfalls nicht aus«, sagte Mangold.

»Es sei denn, jemand ist ums Leben gekommen«, wandte Tannen ein. »Die Frau, die Tochter, irgendjemand, der an einem Stromschlag oder einer Gasvergiftung gestorben ist. So was hatten wir schon.«

»Mutmaßungen«, sagte Mangold. »Was sehen wir am Tatort? Man geht da hinein … also angenommen, es wäre ein Bühnenbild, welches Stück würde man erwarten?«

»Shakespeare«, sagte Hensen.

Mangold zuckte mit der Schulter und rührte Milch in seinen Kaffee.

Tannen räusperte sich: »Die zweite Frage ist …«

»Ja?«

»Was tun wir hier? Ich meine …«

»Der Fluch der guten Tat«, unterbrach ihn Hensen. »Schließlich haben wir diesen Serientäter Jan Travenhorst zur Strecke gebracht.«

»Genau«, sagte Wirch, der plötzlich hinter ihnen stand.

»Sie sind gut im Lösen von Rätseln«, fügte er hinzu und zog sich einen Stuhl an den Tisch. Einen Kaffee lehnte er ab, indem er erklärend auf seinen Magen klopfte.

»Man hat sich auf höchster Ebene Ihre Arbeit als Sonderkommission angesehen. Zumindest war man recht überrascht über die ungewöhnliche Zusammensetzung Ihrer Truppe, Mangold. Und über die Effektivität. Und weil es bei den Bürokraten immer um Effektivität und um gute Schlagzeilen geht, ist man da ins Grübeln gekommen.«

Mangold sah, wie Hensen spöttisch die Lippen spitzte.

»Aber da gibt es Dienstanweisungen, das Beamtenrecht, polizeiliche Vorschriften«, sagte der Journalist.

Wirch fuhr sich mit gespreizten Fingern durch die Haare und sagte: »Unsinn, da haben Sie es mit uns Bürokraten zu tun. Was interessieren da Dienstanweisungen? Wir ändern hier, klopfen da, schaffen Honorarberatertätigkeiten, damit Sie mitmischen dürfen, erkennen plötzlich, wie wichtig eine Profilerin ist … Das wird gerade gemeißelt. Das macht jede Bürokratie auf der ganzen Welt so. Wer kümmert sich um Dienstanweisungen? Wir sind die Dienstanweisung.«

Hensen wollte protestieren, doch Wirch redete einfach weiter.

»Ich will Sie nicht mit diesen ganzen Diskussionen langweilen, fest steht: Ich hab', mit Verlaub, meinen Arsch für diesen chaotischen Haufen verwettet. Und jetzt geht es um so etwas wie einen Praxisversuch.«

»Das heißt?«

»Unsere Bilanz bei Serienmorden ist nicht gerade berauschend, allein, wenn man sich die Dunkelziffern ansieht. Nicht eben wenige Experten gehen von drei unentdeckten auf eine entdeckte Serie aus. Und alles nur, weil jeder hergelaufene Trottel von Dorfdoktor einen Totenschein ausstellen kann und alle Spuren damit auf dem Friedhof verbuddelt werden.«

»Der Mord an diesem Wengmann ist Teil einer Serie?«, fragte Hensen.

Wirch trommelte ungeduldig auf den Tisch.

»Dazu später. In Abstimmung mit dem Innenministerium und gegen den Widerstand der Länderfürsten haben wir eine zentrale Sonderkommission Serienmord installiert. Ich sag' es noch einmal, damit jeder hier es versteht: Es ist ein Versuchsballon, an dem verflucht noch mal mein Bürokratenarsch hängt.«

»Und wir spielen da mit?«, fragte Mangold.

»Falsch«, sagte Wirch, der Mangold mit seinem wirren weißen Haarkranz und seiner drahtigen Figur an einen Konzertpianisten erinnerte. Nur die lauernden Augen des 60-Jährigen und die gelbe Gesichtsfarbe passten nicht dazu. Wirch sah Mangold mit spöttischem Lächeln an.

»Sie sind die Sonderkommission. Das heißt: Ihr Team.«

Hensen ließ die Arme vom Tisch rutschen und schüttelte den Kopf.

»Was soll das heißen?«, fragte Mangold. »Hensen, Tannen und ich sollen die neue Mordkommission abgeben?«

»Dasselbe Team, das auch im Fall Travenhorst ermittelt hat.«

Mangold dachte an den Serientäter Travenhorst, der sie mit seiner Intelligenz und der Brutalität seiner Morde an die Grenzen des Belastbaren getrieben hatte und dem sie eigentlich nur auf die Spur gekommen waren, weil sie mit dem Autisten Peter Sienhaupt in den Kampf gezogen waren.

»Das ganze Team?«, fragte Mangold noch einmal.

»So ist es gemeint. Also die Psychologin Kaja Winterstein ist wieder dabei und wird vorsorglich von ihrem Lehrauftrag an der Universität beurlaubt. Dann dieser Rüpel Polizeiinspektor Weitz ...«

Hensen stöhnte auf.

»Und natürlich wollen wir auch Ihr Genie dabeihaben, diesen Autisten Sienhaupt.«

»Das hört sich alles nach purer Verzweiflung an. Was ist passiert?«, bohrte Mangold nach.

»Wir müssen schnell sein«, sagte Wirch. »Ich kann mir nicht vorstellen, dass er aufhört. Aber dazu später.«

Mangold war verwirrt. Was wollte die oberste Heeresleitung mit seinem zusammengewürfelten Haufen? Einer undisziplinierten Truppe, in der er mehr als Dompteur aufgetreten war denn als Vorgesetzter? Mit zwei Assistenten, von denen einer sein Gehalt mit einem Türsteherjob aufpolierte und der andere wegen zahlreicher Dienstvergehen immer kurz vor einem Disziplinarverfahren stand? Einem Journalisten, der eigentlich keine Ahnung von Polizeiarbeit hatte, und einer Psychologin, die ebenfalls über keine längere Praxis verfügte und lediglich mit theoretischen Abhandlungen und zahlreichen Interviews mit Gewalttätern aufwarten konnte? Und mit einem Autisten, der zwar ein Genie war, sich andererseits aber nicht einmal selbst die Schuhe zubinden konnte und für den immer ein großes Paket Windeln bereitstehen musste?

Angesichts der durch den Serienkiller Travenhorst aufgetürmten Rätsel hatte er, Mangold, sein Team aus blanker Hilflosigkeit in die verschiedensten Richtungen ermitteln lassen.

Er hatte sie mit gezielter Überlastung und auch mal mit langweiliger Routine gequält, um ihrer Kreativität auf die Sprünge zu helfen. Wer müde war und einfach keinen Stuhl zum Sitzen fand, der wollte seine Arbeit schnell erledigen, war bereit, die übersehene Abkürzung zum Ermittlungserfolg zu finden. Nun gut, es hatte geklappt. Und er selbst? Nein, er war nicht gerade in Höchstform gewesen. Die Trennung von Vera, der Umzug …

»Sie wollen tatsächlich wieder dasselbe Team?«, fragte Mangold.

Wirch trommelte mit einem Plastiklöffel auf die Tischplatte.

»Und wir richten Ihnen wieder Ihre alte Zentrale her.«

»Wie steht es mit Ihnen, Hensen? Sind Sie dabei?«

Während der letzten Minuten hatte Mangold aus den Augenwinkeln beobachtet, wie sein Freund Hensen einen letzten Rest Kaffee beharrlich umrührte.

»Und?«, fragte Wirch.

»Nein, ich glaube nicht.«

»Sie sind Journalist, und ich kann Ihnen keine Dienstanweisung geben, aber geben Sie sich doch einen Ruck.«

»Ich habe da ein Angebot ...«

»Ich weiß«, sagte Wirch. »Korrespondententätigkeit in Afghanistan. Tolles Angebot!«

»Das ist nun mal mein Job.«

»Job! Sie halten die Knochen hin und dürfen dann in einer Militärmaschine zurückfliegen. In einem Leichensack. Job!«

Hensen schwieg, während Wirch ihn eindringlich fixierte.

»Es gibt eine ansprechende Pauschale und das Angebot einer langfristigen Beschäftigung auf Honorarbasis. Und Sie haben vollkommen freie Hand. Außerdem werden Sie mich bei einem wissenschaftlichen Bericht unterstützen, und auch das ist anständig bezahlt. Überlegen Sie es sich mal.«

Eine dickliche Frau in einer bunten Kittelschürze stellte einen Eimer auf einen der langen Tische und begann, mit einem ausgefransten Lappen die Essensreste abzuwischen.

Über ihnen flogen kreischende Möwen. Vereinzelt stürzten sie sich ins Hafenbecken, um einen der schwimmenden Happen zu ergattern, die die Fischer nach ihrer Rückkehr von der morgendlichen Fangfahrt ins Wasser entsorgt hatten.

Drei der Verkaufsstände mit frischem Fisch waren geöffnet.

Plötzlich war über ihnen ein fast kindliches Schreien zu hören. Hensen blickte hoch.

»Ein Keilschwanzadler, der ist eigentlich in Australien heimisch«, sagte er.

Wirch zog mit offenkundigem Desinteresse einen Stapel Papiere aus seiner Aktentasche.

»Hinter dem Hafen ist ein großer Vogelpark«, sagte er beiläufig und nahm eine Handvoll Fotografien aus einem Umschlag. Ein Foto drehte er um und legte es direkt neben Mangolds Kaffeebecher.

»Das ist … nein, das war einmal Tanja Binkel«, sagte Wirch.

Mangold starrte auf das Foto. Es zeigte den Leichnam einer an den Füßen aufgehängten Frau.

»Die Gerichtsmediziner können nicht genau sagen, wie lange ihr Todeskampf gedauert hat«, sagte Wirch.

Auch Tannen und Hensen griffen sich Fotos aus dem Stapel. Neben dem modernen Mietshaus, in dem die Tote gefunden worden war, zeigten sie den Wohnungseingang, Details aus einem aufgeräumten Flur mit sorgsam aufgehängten Mänteln und immer wieder Weitwinkelaufnahmen des Zimmers, in dem man die Tote gefunden hatte.

Unter dem von der Decke hängenden Leichnam lag ein umgestürzter Stuhl.

»Und könnte sie selbst … Gibt es Hinweise auf einen außergewöhnlichen Suizid?«, fragte Hensen. »Im Drogenrausch? Oder ein autoerotischer Unfall?«

Wirch schüttelte energisch den Kopf.

»Keine Drogen im Blut, kein Abschiedsbrief, keine Hinweise auf eine Depression und vor allem keine Gerätschaften, Seilzüge oder Ähnliches, mit denen sie sich da hochgezogen haben könnte.«

»Wurde sie hier in der Nähe gefunden?«, fragte Mangold.

»Eben nicht. Die Frau ist eine Berlinerin, die in ihrer Berliner Wohnung ermordet wurde«, sagte Wirch.

»Und beide an der Decke befestigt«, sagte Hensen.

Tannen tippte wild in seinen Laptop und drehte ihn schließlich so, dass alle am Tisch das Bild eines kopfüber aufgehängten Mannes sehen konnten.

»Was ist das?«, fragte Wirch. »Bitte kein großes Rätselraten.«

»Eine Tarotkarte«, erwiderte Tannen. »Der Erhängte.«

Mangold räusperte sich.

»Wegen der besonderen Tatortumstände gehen Sie von einer Serie aus? Wenn Tannen Recht hat, könnte es einen Zusammenhang mit mystischem Zeugs geben. Viele Serientäter lieben die höheren und auch die finsteren Mächte.«

Wirch antwortete nicht, sondern drehte ein immer noch verdeckt vor ihm liegendes Foto um. Eine Aufnahme aus der Pathologie, die den Oberschenkel der Toten zeigte. Nach der Säuberung vom Blut war deutlich ein Schriftzug zu erkennen.

»Semper aliquid haeret – hab' ich das richtig ausgesprochen?«, fragte Mangold.

»Ich will hier nicht Ihre Lateinkenntnisse testen«, sagte Wirch. »Das heißt: Es bleibt immer etwas hängen. Und dahinter, sehen Sie die Buchstaben dahinter?«

»F. B., das sind Initialen. Der Täter hat sein Opfer mit einer Botschaft versehen und dann unterschrieben?«, fragte Mangold.

Hensen nahm das Foto und hielt es so, dass auch der neben ihm sitzende Tannen die Aufnahme eingehend betrachten konnte.

»Wurde die Frau vor oder nach dem Eintreten des Todes verstümmelt?«, fragte Hensen.

»Die Wunde war leicht verkrustet, also eindeutig vor ihrem Tod. Aber bei dem, was man an Schmerzen erlebt, wenn man verkehrt herum an der Decke hängt, dürfte das dem Opfer nichts weiter ausgemacht haben.«

»Mit einem Messer oder Skalpell hineingeritzt?«

»Fehlanzeige«, sagte Wirch. »Es muss ein Füller gewesen sein. Die Berliner Gerichtsmediziner haben Tintenreste in der Wunde gefunden.«

»Ich verstehe, auch die Leiche von Karl Wengmann weist derartige Verletzungen auf.«

»Mangold, deshalb sind Sie hier. In ein paar Minuten werden wir wissen, ob es derselbe Spruch ist, den er hinterlassen hat. Und darauf würde ich wetten.«

Tannen hatte stumm in seinen Laptop getippt.

»Ich hab' mal in unserer Datenbank nachgesehen. Keine Fälle mit dieser Täterhandschrift«, sagte er.

»Richtig«, ergänzte Wirch. »Entweder beginnt er gerade, oder aber wir haben früher was übersehen. Um eines gleich klarzustellen: Ich möchte hier nicht was Ähnliches wie bei einem dieser Pfleger- oder Krankenschwesternmorde, bei denen erst bei Opfer 30 auffällt, dass da etwas nicht mit rechten Dingen zugeht. Und bei denen wir erst anschließend anfangen, ein Opfer nach dem anderen auszubuddeln.«

Ja, die Einritzungen sprechen tatsächlich für eine Serie, dachte Mangold. Auffällig war neben der Botschaft des Täters auch die Vorliebe, seine Opfer an die Decke zu hängen. Die Auffindsituation sprach für ausgeprägte Rachephantasien. Es handelte sich um einen extrem gefährlichen Täter, der keine Mühe scheute, seine perversen Vorstellungen auszuleben.

»Wir brauchen dringend Kaja Winterstein.«

»Die Psychologin, klar«, sagte Wirch. »Was glauben Sie, wird sie mitmachen?«

»Was meinen Sie?«, fragte Mangold.

Wirch wühlte mit den Fingern durch seinen Haaransatz, der jetzt aussah, als wäre ein Stromschlag durchgefahren.

»Immerhin wurde sie von diesem Travenhorst ... nun ja ... vergewaltigt.«

»Ich werde sie fragen«, antwortete Mangold. »Gibt es eine erkennbare Verbindung zwischen den beiden Opfern? Verwandtschaft, gemeinsame Arbeitgeber, gemeinsame Bekannte? Sind sie sich irgendwann begegnet, hat Wengmann mal in Berlin gewohnt? Oder die Frau hier an der Ostsee?«

»Finden Sie es heraus. Wenn der Täter sie sich wahllos herauspickt, wird er sich weiter durch Deutschland metzeln. So lange, bis er einen Fehler macht. Und das kann dauern. Also finden Sie die Verbindung, Mangold. So weit alles klar?«

Wirch blickte nervös auf die Uhr, um sich dann beschwörend an Mangold zu wenden.

»Wie ich schon sagte, wir haben auf der Ebene der Bundesländer über Sinn und Unsinn einer Sonderkommission Serienmord debattiert. Wie immer bei diesen Bürokraten hat offiziell noch niemand entschieden. Ich hab' mich mächtig für Sie ins Zeug gelegt. Wir haben gedacht, dass wir das in aller Ruhe klären können. Aber die Verrückten machen eben keine Pause. Ich habe Ihre Sonderkommission erst mal durchgewunken. Also, Mangold, hauen Sie mich nicht in die Pfanne und legen Sie einfach los. Verflucht, wann kommt dieser verdammte Anruf?«

»Sie warten auf das OK?«, fragte Mangold.

»Ich sagte schon, ich habe das erst mal so entschieden. Da brauche ich kein OK. Man hängt eine junge Frau verkehrt herum an die Decke und lässt einen Rentner langsam ausbluten wie ein abgestochenes Schwein … Was soll da ein OK? Lassen Sie das meine Sorge sein und machen Sie sich an die Arbeit.«

Wirchs Handy klingelte. Er stand auf, um einige Meter entfernt ungestört sprechen zu können.

Auch jetzt blickte Hensen nicht auf, sondern kritzelte weiter auf ein Stück Papier.

»Du sagst gar nichts«, zischte Mangold. »Immerhin bist du Journalist, hast Erfahrungen. Was sagt dir das?«

»Vielleicht wirst du jetzt wirklich berühmt«, sagte Hensen und sah lächelnd auf.

»Na toll, eine Berühmtheit unter all diesen Spießern, die bei der Polizei ihre letzte Zufluchtsstätte gefunden haben. Ich will wissen, was du von dieser Aufhängerei hältst.«

»Folter«, sagte Hensen.

»Folter?«, fragte Mangold.

»Wenn hier meine Erfahrungen gefragt sind … ja. Ich hab' so was schon gesehen. In Gefängniskellern, Militärkommandanturen … Es sieht nach Folter aus.«

»Du meinst, der Täter wollte etwas in Erfahrung bringen? Keine Lust am Morden? Warum benutzt er seine Opfer, um Botschaften einzuritzen?«

»Keine Ahnung«, sagte Hensen und beugte sich wieder über seine Skizze.

Wirch verstaute sein Handy in der Jackentasche und kam zurück zum Tisch. Statt sich zu setzen, stützte er sich ab.

»Sie hätten dagegenhalten sollen«, sagte er.

»Dagegenhalten?«

»Bei meiner verfluchten Wette. Ich habe den Kieler Gerichtsmediziner um eine schnelle Entzifferung der Oberschenkelwunde von diesem Wengmann gebeten. Er hat das gleich in der Wohnung erledigt.«

»Und?«, fragte Mangold.

»Es ist nicht derselbe Spruch. Zumindest diese Aufhängerei scheint den Täter sehr zu interessieren.«

Wirch machte eine theatralische Pause und sagte: »Sit tibi terra levis!«

»Möge die Erde dir leicht sein«, übersetzte Hensen den lateinischen Satz.

»Mit J. P. unterschrieben«, ergänzte Wirch. »Ich werde mich jetzt um die Kollegen in Kiel und Berlin kümmern. Und Sie, Mangold, machen sich an die Arbeit. Lassen Sie Honig über ihre Lippen laufen, wenn Sie mit Kaja Winterstein reden, und kaufen Sie eine Klinikpackung mit Windeln für dieses durchgeknallte Genie Sienhaupt. Alle Pathologieberichte, alle Erkenntnisse, alle sonstigen Aktennotizen und bisherigen Ermittlungsergebnisse landen auf Ihrem Schreibtisch. Und reden Sie mit Ihren Berliner Kollegen. Ich werde dafür sorgen, dass die nichts zurückhalten.«

Wirch machte zwei Schritte vom Tisch weg und drehte sich noch einmal um.

»Und, Mangold: Wenn es auch nur die geringste Verweigerung einer Zusammenarbeit gibt, ich meine, wenn Sie nicht mit aller Kraft unterstützt werden, sofort ein Anruf bei mir. Es wird bei diesem Fall keine Spielchen geben, die uns Zeit kosten, verstanden?«

2.

Kaja Winterstein sah auf die Uhr, die über der Eingangstür des Hörsaals hing. Der große Zeiger sprang zitternd auf eine Minute nach eins. Die Studenten vor ihr klappten ihre Notebooks zu und verstauten ihre Unterlagen in Rucksäcken und Taschen.

Die trockene Luft in dem kleinen Hörsaal war schier unerträglich. Wegen Bauarbeiten im Psychologischen Institut hatte man ihre Vorlesung in Forensischer Psychologie kurzerhand zu den Theologen ins alte Universitätsgebäude verlegt. Nun gut, für immer mehr Menschen war Psychologie zu einem Religionsersatz geworden. An die Stelle des Papstes trat der über allem schwebende Geist von Sigmund Freud. Und munter legten sie ihre Mitmenschen und zuweilen auch sich selbst auf den Seziertisch, um ihr Verhalten und ihre verschlungenen Lebenswege zu entschlüsseln. Dabei ging es immer um die persönliche Verantwortung. Aus der Frage »Wie konnte Gott das zulassen?« war »Warum hast du dies getan und jenes nicht gelassen?« geworden.

Und was war mit ihrem Lebensweg? Die kommenden 30 Jahre in nach Schweiß riechenden und heruntergekommenen Hörsälen eine desinteressierte Schar von Studenten zu unterrichten? Und dabei immer Ausschau nach dem einen oder anderen zu halten, der neben Talent auch die nötige Disziplin und die Neugier mitbrachte, mehr als die Minimalliste an Büchern durchzuarbeiten, jemand, der über den Tellerrand blickte …?

Dabei musste sie schon dankbar sein, wenn außer Wikipedia-Artikeln überhaupt noch etwas gelesen wurde. Man hatte sie gewarnt.

Sie rief auf ihrem Handy die gespeicherten SMS-Nachrichten auf und las noch einmal die Frage, die sie kurz vor ihrer Vorlesung erhalten hatte.

»Auf einen miesen Kaffee im Präsidium? Heute 15 Uhr? Mangold.«

Bestimmt ging es um eine dieser leidigen Nachbesprechungen zum Travenhorst-Fall. Möglich auch, dass Mangold sie noch einmal zu einer Therapie überreden wollte. Nein, sie wollte das durchaus nicht ausschließen und es war nichts dabei, sich auch als Psychologin auf die Couch zu legen. Doch der Zeitpunkt war noch nicht gekommen.

Sie dachte an die Tage und Nächte, in denen sie in der Gewalt dieses mit einer multiplen Persönlichkeit ausgestatteten Täters gewesen war. An das gewaltige Puzzle, das er vor ihnen aufgebaut hatte, und daran, was in ihrem Bauch heranwuchs. Nein, es war keine Vergewaltigung gewesen, eher eine Befruchtung. Und trotzdem. Bis jetzt hatte sie den Abtreibungstermin immer wieder verschoben. Nicht, dass sie auch nur einen Augenblick wirklich ernsthaft daran gezweifelt hatte, den Fötus abzutreiben, den dieser Täter als letztes Lebenszeichen in ihr hinterlassen hatte.

Sie hätte gleich die Abtreibungspille nehmen sollen, aber irgendetwas hatte sie davon abgehalten. Die Angst vor Nebenwirkungen oder die Hoffnung, doch nicht geschwängert worden zu sein?

Und warum hatte dieses mörderische Genie ausgerechnet sie ausgesucht? Mangold vermutete, dass er ihr bereits vorher begegnet sein musste und ihre berufliche Beschäftigung mit der dunklen Seite der Seele in seinen Augen entscheidend gewesen war. Dunkle Seite der Seele! Sie dachte an die Gespräche, die sie mit verurteilten Mördern und Vergewaltigern in Haftanstalten und psychiatrischen Kliniken geführt hatte. An die Fassaden, die sie vor ihr aufgebaut hatten und die schnelle Bereitschaft, sich selbst als bedauernswertes Opfer brutaler Mütter und Väter, der Umstände, neurotischer Störungen oder einer Suchterkrankung zu sehen.

Wer sich lediglich als Opfer sah, musste sich nicht mehr der Verantwortung stellen. Musste nicht mit den Menschen mitfühlen, die durch die eigene Hand verstümmelt oder getötet worden waren.

Hatte ihre Beschäftigung mit diesen finsteren Abgründen sie für den Serienmörder Travenhorst tatsächlich so interessant gemacht, dass sie in seinen Augen als Leihmutter für seinen wiedererweckten parasitären Zwilling herhalten durfte? Für den imaginären Bruder, der in seinem Kopf lebte und wiedergeboren werden sollte?

Viele Fragen waren noch nicht gelöst. Wie hatte er die Wachhunde auf dem Bremer Wohnwagenpark ablenken und dort die Leiche eines jungen Mädchens platzieren können? Wie war er in ihr Haus gelangt, um dort in aller Ruhe falsche Fingerabdrücke zu hinterlassen? Ja, wie war es ihm immer wieder gelungen, sie mit falschen Spuren an der Nase herumzuführen?

Wie auch immer, dieser Savant hatte sie gewählt und seine Kreise enger und enger gezogen. Schauder liefen ihr über den Rücken, wenn sie nur daran dachte, wie er sich lauernd angeschlichen hatte. Ihre Tochter und sie selbst waren in höchster Lebensgefahr gewesen.

Kaja packte ihre Sachen zusammen, verließ eilig den Hörsaal und spazierte zur Grindelallee. In einer kleinen Bäckerei ließ sie sich Kaffee in einen Becher füllen und ein belegtes Brötchen geben.

Während sie kaute, grübelte sie darüber nach, ob sie den Fall des Serientäters Travenhorst in einem eigenen Seminar behandeln sollte. Doch dafür würde sie die Aktenfreigabe durch die Staatsanwaltschaft brauchen. Außerdem: Würden sich Psychologiestudenten für einen derart abstrusen und brutalen Fall interessieren? Lockte sie damit nicht gerade die Spinner in ihr Seminar? Gut, sie bräuchte nicht jedes Detail auszubreiten. Das war aufgrund der Brutalität, mit der der Täter vorgegangen war, ohnehin nicht möglich.

Sie nippte an dem Kaffee und packte das angebissene Brötchen in ihre Tasche. Ein wenig Abnehmen konnte ihr ohnehin nicht schaden. Während ihrer Arbeit in der Mordkommission hatte sie ihre täglichen Jogging-Touren auslassen müssen und sich seitdem nicht mehr aufraffen können. Sie hatte die Wiederaufnahme ihres Laufprogramms auf die Zeit nach dem Abtreibungstermin verschoben. Eines nach dem anderen.

Studenten strebten die Grindelallee entlang zu ihren Vorlesungen, Seminaren oder auch Arbeitsplätzen. Auch in ihrem Seminar saßen einige völlig erschöpfte Teilnehmer, die wegen ihrer Jobs kaum die anderthalb Stunden lang ihre Augen offen halten konnten.

Eine dunkelhäutige Frau führte ihren Schäferhund spazieren. So, wie sie ihren Rucksack über die Schulter gehängt hatte, handelte es sich wahrscheinlich ebenfalls um eine Studentin. Man erkannte das nach einer gewissen Zeit.

Ihr Gesichtsausdruck war angespannt und zugleich emotionslos. Das lustige Studentenleben gehörte entweder der

Vergangenheit an, oder es fand nicht mehr in der Umgebung der Universität statt.

War das in der Schweiz anders? Ihre Tochter Leonie meldete sich nur noch sporadisch, seitdem sie beschlossen hatte, zu ihrem Vater nach Zürich zu ziehen und dort in einer internationalen Schule ihr Abitur zu »bauen«. Es tat weh, dass sie nicht auf die Idee kam, ihre Mutter anzurufen. Es war, als hätte jemand bei ihrer Tochter einen Schalter umgelegt. Dabei hatten sie sich früher doch wirklich gut verstanden. Seit ihrem 14. Lebensjahr hatte Leonie sie allmählich aus ihrem Leben ausgeschlossen. Und sie hatte jeden Versuch, ein ernsthaftes Gespräch darüber zu führen, zunächst abgeblockt und dann abgelehnt. Kaja drückte ihren Kaffeebecher zusammen und warf ihn in einen Papierkorb.

Eine halbe Stunde später betrat sie das Polizeipräsidium. Der Pförtner starrte missmutig auf eine Liste, telefonierte und schickte sie dann in den sechsten Stock.

Hier lag das Konferenzzimmer, in dem sie über Wochen ihre Zentrale aufgeschlagen hatten.

Sie klopfte an die Tür und ging gleich hinein. Das Licht im Raum war gedimmt. Es schien ihr plötzlich, als würde sie von all den Gedanken, die sie über Wochen begleitet hatten, überrollt. All die Vermutungen und Theorien und auch die schrecklichen Bilder, die sich in ihren Kopf gegraben hatten. Sie glaubte, eine Bewegung in ihrem Bauch zu spüren, doch das war natürlich Unsinn in dieser frühen Phase der Schwangerschaft. Schwangerschaft!

An einem der Schreibtische saß Tannen und starrte auf einen Bildschirm. Als er sie bemerkte, blickte er kurz zu ihr auf und nickte ihr lächelnd zu.

»Immer rein in die Kommandozentrale«, sagte Mangold, als er ihr mit ausgestreckter Hand entgegentrat.

»Schön, dass Sie da sind, Kaja.«

Sie deutete in den im Halbdunkel liegenden Raum.

»Es sieht noch genauso aus wie …«

»Falsch«, sagte Mangold. »Es sieht wieder so aus. Wieder. Wir richten gerade alles ein.«

In diesem Augenblick trug ein Mann den roten Knautschsack an ihnen vorbei, auf dem der Autist Peter Sienhaupt während der Ermittlungen um den Serienmörder Travenhorst mehr geschaukelt und gehüpft als gesessen hatte.

»Das wird ein Film«, sagte sie. »Und Sie bauen gerade die authentische Kulisse wieder auf.«

Mangold lachte und bat sie, ihm zu seinem Schreibtisch zu folgen.

Techniker schlossen gerade die Telefonleitung und den Computer an.

»Was ist mit dem neuen Bildschirm?«, fragte Mangold.

Der Techniker zeigte stumm auf einen schmalen Karton, der an eine Stellwand gelehnt war.

Kaja musterte die leere Wand, an der vor einigen Wochen noch die Tatortfotos des Savant-Mörders gehangen hatten.

Mangold zog zwei Stühle in die Ecke und sagte: »Bitte nehmen Sie doch Platz, Kaja.«

»Was halten Sie davon?«, sagte Mangold. Sie spürte seine leichte Unbeholfenheit, die ihn schon sehr sympathisch machte. Mangold war zurückhaltend und strahlte dennoch Vertrauen aus. Ein schmales und kantiges Gesicht mit einem Mund, dem man ansah, dass ihm das Lächeln schwerfiel.

»Kaja?«

»Entschuldigung. Was ich davon halte? Von der Kulisse? Perfekt.«

»Die Kulisse? Ja, also nein, das meine ich nicht. Was halten Sie davon, wieder an Bord zu kommen.«

»Ein neuer Fall?«

Mangold nickte und sagte: »Und, was ist? Bereit, auf die Jagd zu gehen?«

»Ich habe einen Lehrauftrag an der Universität, betreue Studenten …«

»Wir finden eine Vertretung.«

»Wir?«

»Dies ist eine dringende Bitte von ganz oben.«

»Ihre Vorgesetzten bitten mich um meine Mitarbeit?«

»Ich bitte Sie.«

»Und die da oben bitten auch?«

»Die sind der Meinung, dass wir unter sehr schwierigen Bedingungen bei unserem letzten Fall sehr erfolgreich zusammengearbeitet haben. Sie denken, wir könnten so eine Art Modell für eine kreativ agierende Sonderkommission sein. So heißt es jedenfalls in dem Beschlusspapier.«

»Kreativ? Das ist was für Werbeleute und PR-Menschen.«

»Das geistert hier neuerdings als Lieblingswort und Slogan über die Flure. Am Ende des Tages ist im Moment auch sehr beliebt, am Ende des Tages werden wir alles zusammenzählen, am Ende des Tages steht fest und so weiter.«

»Und wenn Ihre Vorgesetzten das Wort kreativ plötzlich nicht mehr mögen?«

»Dann gibt es ein neues Wort. Mit unserer Arbeit hat das nichts zu tun. Da zählt nur der Erfolg.«

»Aber ich habe eine Vorlesung und …«

»Die Vorlesung können Sie weiter abhalten, bei der Studentenbetreuung bekommen Sie Unterstützung …«

»Das haben Sie bereits über meinen Kopf hinweg entschieden?«

»Natürlich nicht, das hier ist eine Anfrage, genau genommen eine Bitte. Und es geht um Menschenleben. Kaja, wir brauchen Ihre Hilfe. Dringend sogar.«

Sie bemühte sich, nicht zu zeigen, wie sehr sie sich über eine erneute Zusammenarbeit mit der Polizei freute. Ja, genau genommen hatte sie diese gemeinsame Ermittlung mit Mangold, Tannen und den anderen Mitgliedern der Sonderkommission sogar vermisst. So grauenhaft die Umstände des Falls gewesen waren – nie zuvor hatte sie das Gefühl gehabt, ihr Wissen und ihre Fähigkeiten anhand einer konkreten Arbeit so direkt und ohne Umwege umsetzen zu können. Andererseits konnte es nicht schaden, nicht gleich mit Feuer und Flamme »Hurra« zu rufen.

Peer Mangold war wie immer eine Spur zu elegant gekleidet. Er hatte zwar nie etwas in dieser Richtung gesagt, aber die bewusste Distanzierung von seinen Kollegen stand ihm ins Gesicht geschrieben. Der Mann grenzte sich ab.

Wirkte er heute so gelöst, weil er sich ebenfalls auf eine Fortsetzung ihrer Zusammenarbeit freute? Und das vielleicht nicht nur aus beruflichen Gründen? Nein, so recht schlau war sie nie aus ihm geworden.

»Zu Ihren Konditionen kann ich nichts sagen, das klären Sie mit Wirch, aber der hat bereits angekündigt, nicht kleinlich zu sein. Sehen Sie sich um: neue Telefonanlage, neueste Computertechnik. Zwei Etagen tiefer sitzen sie vor grünstichigen Röhrenmonitoren.«

»Und meine Vorlesung kann ich fortführen?«

»Wunderbar«, sagte Mangold, der von seinem Stuhl aufsprang. Sie hätte ihn gern noch ein wenig zappeln lassen, aber er interpretierte ihre Nachfrage einfach als ein »Ja«. Ihr Verhandlungsgeschick ließ zu wünschen übrig.

»Vielleicht sollte ich zunächst erfahren, um was es überhaupt geht.«

»Serienmord«, sagte Mangold und machte einen Schritt auf seinen Schreibtisch zu. Er nahm eine Mappe und reichte sie ihr.

»Da hinten haben wir einen Schreibtisch für Sie, und Sie sagen einfach, was Sie an Technik, an Büchern und so weiter brauchen.«

Sie schwieg verdutzt. Mangold fuhr fort.

»Haben Sie ein Smartphone, ein Handy, mit dem man …«

»Ich weiß, was ein Smartphone ist. Nein, habe ich nicht.«

»Bekommen Sie. Ich möchte, dass wir uns auch mobil zusammenschalten können.«

Mangold reichte ihr die Mappe.

»Ach ja«, sagte er.

»Ja?«

»Könnten Sie gleich anfangen? Haben Sie Zeit?«

Sie lächelte ihn ungläubig an. Mangold blickte verlegen zu Boden. Mit der Fallakte unterm Arm ging sie zu ihrem Schreibtisch.

»Erwischt«, sagte Tannen, als sie seinen Arbeitsplatz passierte.

Sie zog sich ihre Jacke aus und knipste die Schreibtischlampe an.

Plötzlich stand Mangold vor ihr und legte eine Chipkarte und einen Schlüssel auf die Fallakte.

»Hätte ich fast vergessen. Ist ja jetzt Ihr Arbeitsplatz«, sagte er.

»Das Büro wird abgeschlossen?«

»Und mit der Sicherheitskarte geöffnet.«

»Und der Schlüssel?«

»Drei Türen weiter gibt es eine Küche und einen Nebenraum mit einem großen Fenster. Und vor dem Fenster steht auf einem Tisch …«

»Ein Aschenbecher?«

»Genau.«

Kaja setzte sich an den Schreibtisch und öffnete die Akte, während Mangold einen Anruf entgegennahm.

Nach einer halben Stunde unterbrach sie Tannen, der stumm auf den Bildschirm seines Notebooks starrte und ab und zu etwas tippte.

»Ist das alles?«, fragte sie.

»Ein erster Überblick. Wir stehen noch ganz am Anfang.«

»Es sind erst zwei Opfer, wieso gehen hier alle davon aus, dass es weitergeht?«

»Ist sehr wahrscheinlich. Außerdem wurde von ganz oben beschlossen, dass dieser Fall höchste Priorität hat.«

»Und was ist mit dem Bericht der Gerichtsmediziner, was mit den Ermittlungsergebnissen aus Berlin?«

»Wir tragen erst alles zusammen, was da ist, wie gesagt, nur für den ersten Überblick.«

Gut, es hatte auch seine Vorteile, nicht gleich mit einer geballten Ladung von Informationen überflutet zu werden. Sie war unschlüssig, ob sie jetzt gehen sollte, entschied sich aber zu bleiben und machte sich ein paar Notizen.

Sie musste mit der Universitätsverwaltung reden und die Hilfe von einem oder zwei älteren Studenten anfordern, die ihr als Tutoren einige Arbeiten abnehmen konnten.

Ihre Vorlesungen wollte sie auf den Mittwochvormittag konzentrieren.

Sie freute sich schon auf die stichelnden Bemerkungen ihrer Kollegen. Die Universität war ein Wespennest. Wer sich auch nur einen Fingerbreit außerhalb des Schwarms bewegte, galt als verdächtig und wurde bekämpft.

Die Techniker schleppten immer neue Kartons in den Konferenzraum. An der Stirnseite des Raumes wurden Metallregale und Metallschränke aufgebaut. Die hintere rechte Ecke ähnelte einer Spielwiese in einem großen Möbelkaufhaus. Der Computer wurde auf ein couchtischhohes Podest gestellt und dahinter der rote Knautschsack gelegt.

»Sienhaupt ist wieder dabei?«, fragte sie Tannen.

»So ist es gedacht.«

»Was ist mit Hensen?«

»Ist noch unklar«, sagte Tannen.

Hensen. Der Journalist war ein seltsamer Typ. Auf seine Art sympathisch und ein guter Zuhörer. Und immer bereit, seinen Spott über die Polizeiarbeit in giftige Bemerkungen zu gießen. Und dann diese Macke mit der Zeichnerei. Gut, er passte zu Mangold, der zweifellos alles tat, um sich von den anderen Polizisten abzugrenzen.

Genau betrachtet bestand diese Sonderkommission aus einer Ansammlung von Exoten. Sie arbeiteten zusammen, aber sie wären nicht in der Lage gewesen, gemeinsam ein Bier zu trinken, ohne dass nach kurzer Zeit Welten aufeinandergeprallt wären.

»Und was ist mit Ihrem Kollegen Weitz?«, fragte sie Tannen.

»Wird gerade verhört.«

»Es gibt bereits jemanden, der verhört wird?«

Tannen schüttelte den Kopf.

»Er wird verhört. Unregelmäßigkeiten bei seiner Ermittlungsarbeit. Es hat Beschwerden gegeben.«

Das konnte ja heiter werden.

»Tannen, jetzt verraten Sie mir noch, wieso dieser Verein hier wieder zusammengerufen wurde. Wegen des Erfolgs bei dem Savant-Fall?«

»Keine Ahnung«, sagte Tannen und vertiefte sich wieder in das, was gerade auf seinem Bildschirm erschien.

Nach einer weiteren halben Stunde, in der sie versuchte, über das Internet etwas über diese lateinischen Sprüche herauszubekommen, betrat Hensen das Büro.

Die Veränderung fiel ihr sofort auf. Der Mittvierziger ging eine Spur aufrechter, als sie ihn in Erinnerung hatte. Sein Gang war trotz der leichten Gehbehinderung federnder, und auch seinen Gesichtsausdruck hatte sie anders in Erinnerung.

Seine grauen Haare trug er immer noch raspelkurz. Er entblößte die Reihe seiner ordentlich in Reih und Glied aufgestellten Zähne und eilte auf ihren Schreibtisch zu. Kurz nickte er Mangold zu, der immer noch telefonierte.

»Die leicht gestörte Familie findet wieder zusammen. Wo steckt Weitz, und wo unser Genie mit den Windeln?«

»Kommen wohl später«, sagte Tannen.

Hensen reichte Tannen und Kaja die Hand und blieb unschlüssig stehen.

»Sie sind also wieder dabei?«, fragte Kaja.

»Ich weiß noch nicht«, erwiderte Hensen und wandte sich ab. Nein, er wollte nicht darüber reden.

Mangold verstaute sein Handy und begrüßte Hensen.

»Freu dich nicht zu früh«, sagte Hensen. »Ich hab' mich noch nicht entschieden. Muss erst meinen Guru fragen.«

Mangold nickte und zeigte auf einen Schreibtisch.

»Der wäre für dich.«

»Du weißt, ich arbeite lieber zu Hause.«

Zu Hause … Kaja Winterstein schluckte. Erst vor kurzem hatte sie erfahren, dass dieser Hensen tatsächlich in die Fabriketage gezogen war, in der dieser mörderische Savant gewohnt hatte. Sie dachte an die Wände, die sie während ihrer Gefangenschaft vor sich gehabt hatte. Wieder und wieder hatte sie begonnen, die Ziegel zu zählen, um ihre Angst in den Griff zu bekommen. 434 Ziegel waren es an der Stirnseite gewesen. Genau 434. Und jeder von ihnen hatte jetzt und für alle Ewigkeit eine Nummer.

»Was ist nun mit der Telefonanlage?«, herrschte Mangold einen Techniker an.

Der nahm den Hörer ab, sagte: »Funktioniert« und legte wieder auf.

In diesem Augenblick klingelte der Apparat. Mangold zögerte einen Augenblick, sah den Techniker an, der stumm mit den Achseln zuckte, und hob ab.

»Mangold? Aahh, die Berliner Kollegen.«

Mit dem Hörer schritt er um den Schreibtisch und setzte sich.

Das Licht im Raum war noch immer angenehm gedimmt, nur ihre und Mangolds Schreibtischlampen überfluteten die Schreibtische, dazu das Leuchten von Tannens Bildschirm.

»Was?«, hörte sie Mangold sagen. Dann dämpfte er seine Stimme und wandte sich ab.

»Tannen, was ist mit den Tarotkarten?«, fragte Hensen.

»Eine hängende Schaukel gibt es nicht.«

»Eine Verbindung zwischen den Opfern? Esoterische Zirkel, Anrufe bei Wahrsagern oder ähnliches Zeugs?«

»Die Listen mit den von den Opfern gewählten Rufnummern sind noch nicht da. Und in der Wohnung von diesem Niendorfer Rentner liegen nicht mal Horoskope herum.«

Hensen drehte sich unvermittelt zu Kaja und sagte: »Und Sie sind ganz freiwillig hier?«

»Sicher«, sagte sie und vertiefte sich wieder in die Papiere, die vor ihr auf dem Schreibtisch lagen.

Hensen nickte und suchte sich aus dem Stapel ein Tatortfoto. Dann setzte er sich an seinen Schreibtisch und begann das Foto abzuzeichnen.

Nein, so nüchtern hatte sie sich den Einstieg in einen neuen Fall nun wirklich nicht vorgestellt. Keine richtige Begrüßung, keine Einweisung, kein Plan über das weitere Vorgehen.

Der Rentner aus Niendorf war regelmäßig von einem Pflegedienst besucht worden. Und die junge Frau in Berlin, die als Rechtsberaterin tätig gewesen war, hatte unter ihren Klienten Angehörige gehabt, die wegen unhaltbarer Zustände juristisch gegen Pflegeheime vorgingen. Selbst wenn es sich als Irrweg herausstellen sollte, es gab zumindest so etwas wie eine vage Verbindung.

»Haben Sie den Mann noch im Präsidium?«, hörte sie Mangold laut in den Hörer rufen. Aufgeregt machte er zwei Schritte, die die Länge des Telefonkabels gerade noch erlaubte.

»Seine Adresse? Na schön.«

Er setzte sich an seinen Schreibtisch und kritzelte etwas auf einen Zettelblock.

»Ja, hab' ich, und faxen Sie die Zeichnung gleich rüber. Schön ... ja, ich melde mich.«

Mangold nahm den Zettel und baute sich in der Mitte des Raumes auf.

»Es gibt einen Augenzeugen, der den Täter ziemlich genau beschreiben kann. Aber wie es aussieht, sind die in Berlin zu blöde, den Mann richtig zu befragen. Oder sie wollen es nicht, weil die Hamburger Konkurrenz ihnen dazwischenfunkt. Es gibt eine Phantomzeichnung.«

»Aber sie haben den Mann doch vernommen!«, sagte Tannen.

»Er ist rasch und sehr verstört wieder aus dem Präsidium

verschwunden«, fuhr Mangold fort. »Wenn wir den Fall in zwei Tagen lösen, machen wir eben eine Woche Urlaub auf Kosten des Präsidiums. Uns wird da schon was einfallen.«

Das Faxgerät begann zu brummen.

»Hensen, wir fahren nach Berlin und reden mit dem Augenzeugen.«

»Aber ich habe mich noch gar nicht entschieden …«

»Lass uns unterwegs darüber reden.«

»Sollte ich nicht …«, begann Tannen, doch Mangold unterbrach ihn.

»Jemand muss die Arbeit hier koordinieren. Wir wissen immer noch nicht, ob der Täter tatsächlich beide Morde begangen hat.«

Als Mangold das Fax mit der Phantomzeichnung in den Händen hielt, musterte er es einige Sekunden lang und sagte dann: »Ich kenne den Mann.«

Er war wieder da. Lehnte an der Wand am Eingang des Tunnels. Lächelte ihr zu, zog gierig an seiner Zigarette. Sah zu Boden, hob dann den Kopf und ließ sie vorbeigehen, ohne sich zu rühren. Dann war er neben ihr. Sagte nichts. Begleitete sie zum Tunnelausgang. Zeigte auf den Mond und …

In all den Jahren hatte er sich nicht verändert. Für immer würde er jung bleiben, nach diesem moosigen Parfum riechen. Seine feuchte Hand in ihren Nacken legen. Sich ungeschickt an ihr reiben, sein Knie zwischen ihre Beine schieben, den Slip herunterreißen … und es tun.

Nacht für Nacht war er bei ihr. Er wartete auf sie. Und sie wusste, dass er dort war.

Sie nahm die Tablette vom Nachttisch. Die Tür wurde leise geöffnet.

»Geht es dir gut, Schatz?«

»Aber ja, mach dir keine Sorgen.«

»Wirst du schlafen können?«

»Ich habe meine Tablette genommen«, sagte sie.

Leise wurde die Tür geschlossen.

Manchmal kam es ihr so vor, als würde sie ihn mit dem Anderen da im Tunnel betrügen. Doch sie hatte keine Wahl, konnte sich dem Mann nicht verweigern. Dann hörte sie die Wohnungstür.

Behutsam drehte sie sich im Bett um, schob das Kissen unter ihren Kopf und schloss die Augen. Jetzt war sie bereit für den Anderen. Er war da. So wie er jede Nacht da war. Und wie jede Nacht würde er sie in das nasse Gras werfen und seinen Atem in ihr Ohr stoßen.

3.

»Marc Weitz, stimmt es, dass Sie Ralf Petersen, den Sie lediglich als Zeugen befragen sollten, wegen seiner Homosexualität lächerlich gemacht haben?«

»Es war sonst niemand im Raum.«

»Der Mitbewohner, ein gewisser … Moment …«

Was sollte das? Hatten diese Leute von der Internen Ermittlung nichts Besseres zu tun, als hier seine Zeit zu verschwenden?

Weitz musterte Jens Schiermacher, der in einem Aktenordner blätterte.

Immerhin fand dieses Gespräch nicht in einem Verhörraum statt. Aber es würde passen. Diese Leute von der Internen taten gerade so, als hätten sie mit ihm einen Schwerverbrecher in der Mangel. Die sollten sich zur Abwechslung lieber mal um die Dreckstypen auf der Straße kümmern. Dann würden sie schon sehen, mit welchen Leuten er tagein, tagaus zu tun hatte. Da musste man sich Respekt verschaffen. Wie sollte er denn sonst aus denen etwas herausbekommen? Mit Samthandschuhen und einem »Würden Sie bitte« und »Könnten Sie vielleicht«? Die logen doch alle wie gedruckt, wenn man ihnen nicht gleich zeigte, wo der Hammer hing.

»Der Mitbewohner Hans-Peter Kraus, also der war schon anwesend. Er hat geholfen, Ihr Verhalten zu protokollieren.«

Weitz beugte sich nach vorn.

»Das ist doch selbst eine Schwuchtel. Ist doch kein Wunder, dass die Brüder zusammenhalten.«

»Herr Weitz, wir haben da ein paar schöne Jobs im Archiv. Da werden immer dringend Leute gesucht. Sie haben großes Glück, dass dieser Ralf Petersen Sie nicht angezeigt, sondern sich nur beschwert hat. Aber wir können durchaus auch von uns aus tätig werden. Ist Ihnen das klar?«

»Meinetwegen«, sagte Weitz und erhob sich.

Das Telefon klingelte, und Schiermacher wandte sich von Weitz ab.

»Verstehe … aber auch ich habe meine Anweisungen … Wie? Sind Sie sicher?«

Wurde höchste Zeit, dass er hier verschwand. Er, Weitz, hatte genug zu tun. Wenn die sich hier mit Lappalien beschäftigten, war das ihre Sache. Fehlte noch, dass er sich in seine Polizeiarbeit pfuschen ließ. Sollten die sich doch um die Korruptionsfälle kümmern, um die tauben Nüsse, die es ohne Zweifel auch bei der Polizei gab. All die faulen Säcke, die den ganzen Tag nichts anderes taten, als Papier abzustempeln und aus Büroklammern Ketten zu basteln.

Er war im Begriff, zur Tür zu gehen.

»Ich bin noch nicht fertig«, sagte Jens Schiermacher.

»Auch wenn Kommissar Mangold aus einem geheimnisvollen Grund nicht ohne Ihre Anwesenheit leben kann – eine vorläufige Suspendierung ist immer drin, verstanden? Da kann Ihnen nicht mal Ihr Vorzeigekommissar helfen. Die nächste Beschwerde hat Konsequenzen.«

»Und?«, fragte Weitz betont gelangweilt.

»Und? Sie können Ihren Hintern jetzt hier rausbewegen.«

»Und ich hab' immer gedacht, bei der Polizei gibt es Personalmangel«, sagte Weitz.

Schiermacher öffnete ihm wortlos die Tür.

Auf dem Flur sah er auf die Uhr. Eine volle Stunde hatte ihn dieser Schwachsinn gekostet. Nicht zu fassen!

Er fuhr mit dem Fahrstuhl in den sechsten Stock. Mit einem Piepton glitt die Tür auseinander.

Völlig überrascht sah er in das Gesicht von Mangold. Der hinter ihm stehende Hensen schien wieder mal zu grinsen.

»Verflucht, wo stecken Sie denn?«, sagte Mangold. »Ich hab' mich doch wohl klar ausgedrückt.«

»Also, ich hatte noch eine Besprechung …«

»Langweilen Sie mich nicht mit Ihrem Tagesplan. Tannen wird Sie einweisen. Lesen Sie sich ein und teilen Sie es uns mit, wenn Sie wieder mal einen Besprechungstermin mit der Internen haben.«

Weitz nickte, und während Hensen und Mangold den Fahrstuhl betraten, ging er den Flur entlang Richtung Konferenzraum. Kurz davor blieb er an einem Fenster stehen und sah hinaus.

Ausgerechnet dieses Weichei Tannen war wieder dabei. Früher waren sie ganz gut miteinander ausgekommen, hatten ab und zu ein Bier getrunken. Aber seit der sich in die Computerei vertiefte und mit dieser Yogalehrerin Joyce zusammen war, war mit ihm nicht mehr zu reden.

Weitz atmete tief durch. Der Tag war grau, und es würde sicher keine Stunde vergehen, bis es wie aus Eimern schüttete. Es gab Tage, da blieb man besser im Bett. Aber blieb er im Bett? Nein. Tag für Tag jagte er diesem Kroppzeug hinterher, das die Straßen unsicher machte. Und zum Dank durfte er bei der Internen Männchen machen.

Draußen schoben sich die Wagen über den Asphalt. Ein paar Passanten schlenderten an dem Kaufhaus mit den Billigartikeln vorbei, ein Krankenwagen raste die Straße herauf. Sollten sie ihn doch verflucht noch mal rausschmeißen. Er würde schon etwas anderes finden. Notfalls würde er eben in einem Klamottenladen klauende Teenies filzen. Das Pissgehalt und all das Gerede von der sicheren Pension konnten sie sich sonst wo reinschieben. Und zwar quer.

Vom Fahrstuhl her drang ein Geheul an sein Ohr. Neugierig drehte Weitz sich um und glaubte seinen Augen nicht zu trauen. Da tanzte tatsächlich der mit zwei Plastiktüten bewaffnete Sienhaupt auf ihn zu. Heilige Heerscharen des Himmels, dieser Mangold ließ auch nichts aus. Was hatte der Typ hier zu suchen? Fröhlich hüpfte Peter Sienhaupt auf ihn zu. Er würde ihn doch nicht ... doch es war zu spät, sich in Deckung zu bringen.

Sienhaupt wirbelte die beiden Plastiktüten in die Höhe und umschlang seinen Hals. Weitz stieg sofort wieder dieser Geruch in die Nase. Die mausgraue Trainingsjacke von Sienhaupt schlackerte um seinen Körper, sein kariertes Hemd war schief zugeknöpft. Weitz versuchte sich zu lösen und sah in die strahlenden Augen von Sienhaupt, der beharrlich seine Stirn fixierte. Die goldene Brille saß schief auf seiner Nase und drohte herunterzufallen. Und tatsächlich, die Brille rutschte über seine schweißglänzende Nase und wurde von dem Savant aufgefangen.

»Er mag Sie«, sagte Sienhaupts Schwester, die mit einem kleinen Koffer hinter ihrem Bruder stand.

»Sieht so aus«, sagte Weitz. »Ihm fehlt ein Kumpel.«

Sienhaupt heulte vor Vergnügen auf und zog Weitz den Flur entlang zum Konferenzraum.

Etwas Wichtiges musste es schon sein, sonst hätte Mangold nicht einen derartigen Druck bei der Internen gemacht. Ja, er war sicher, dass Mangold das Verhör entscheidend abgekürzt hatte. Genau wusste er es nicht, aber dieser

Anruf, den Schiermacher während des Gesprächs geführt hatte, das musste der Chef gewesen sein.

Da keiner der Kollegen es sah, tat er Sienhaupt den Gefallen und ließ sich von ihm in den Konferenzraum ziehen.

Dieser Spasti ließ ihn nicht mal los, als er sich mit aller Kraft gegen die Tür warf. Er musste vergessen haben, dass sie sich nach außen öffnen ließ.

Überrascht sahen Kaja Winterstein und Tannen von ihren Schreibtischen auf. Was für ein Einstieg! Tannen grinste, als würde ihm jemand die Eier kraulen. Und auch Kaja Winterstein sah ihn amüsiert an.

»Haben Sie einen neuen Aufpasser?«, fragte sie, und Peter Sienhaupt antwortete mit einem lauten Wiehern. Dann schüttelte er noch einmal die Hand von Weitz und stürmte auf seinen Sofatisch zu. Er stellte sich vor den knallroten Knautschsack, hüpfte vor Begeisterung kurz in die Höhe, hüpfte noch einmal und ließ sich in den Sack fallen.

»Hat jemand eine Ahnung, was das soll?«, fragte Weitz.

Tannen nahm einen Stapel mit Kopien von seinem Tisch und streckte ihn Weitz entgegen.

»Arbeit«, sagte er. »Arbeit.«

*

»Mörder fangen sich selbst«, sagte Hensen. »Das ist ihr Finale.«

»Mag sein«, erwiderte Mangold und schaltete in den fünften Gang. »Aber wir sind nun mal Bestandteil dieses Spiels. Hast du dich entschieden?«

»Mitzumischen? Keine Ahnung. Wenn es einen Augenzeugen gibt, dürfte sich die Sache erübrigen.«

»Glaubst du wirklich, du musst in deinem Alter durch die

Hinterhalte von Afghanistan fahren und durch den Wüstensand robben?«

»Ich muss was für die Rente tun.«

»Du meinst für die Entlastung der Rentenkasse. Abschießen lassen kannst du dich auch hier.«

Mangold überholte einen Lastwagen, auf dessen Plane für Tiefkühlkost geworben wurde. Leichter Dunst lag über den sich in der Ferne verlierenden Feldern. Vereinzelt ragten Bäume hervor. Geschätzte zwei Stunden noch bis Berlin. Vorausgesetzt, sie wurden nicht durch einen Stau aufgehalten.

Links und rechts der Autobahn tauchten immer wieder Raststätten mit angeschlossenen Kinderspielplätzen auf. Vereinzelt saßen Menschen unter den aufgespannten Sonnenschirmen und schlürften Kaffee oder Kaltgetränke. Auch zahlreiche Reisebusse hatten ihre Fracht für eine kurze Rast auf den Parkplätzen ausgespuckt.

Während Hensen auf dem Beifahrersitz mit geschlossenen Augen vor sich hindämmerte, dachte Mangold über ihre Situation nach. Selbst wenn sie den Täter mithilfe des plötzlich aufgetauchten Augenzeugen rasch dingfest machen würden, es bliebe die Frage, was Wirch mit der Wiedereinsetzung der Sonderkommission bezweckte. Es gab Fachabteilungen in den Landeskriminalämtern, und selbst auf Bundesebene waren in den letzten Jahren Expertenteams zum Bereich Serienmord zusammengestellt worden. Wieso diese »Ehre« für seinen bunt zusammengewürfelten Ermittlerhaufen? Gut, Kaja war eine ausgewiesene Profilerin. Mit wenig Erfahrung in der Polizeiarbeit, dafür aber einer fundierten Ausbildung. Seine Assistenten Tannen und Weitz, nun ja. Tannen wuchs mit den Herausforderungen und leistete mit seinen Computerkenntnissen und seiner Verbissenheit bei der Recherche gute Dienste. Weitz hatte hin und wieder einen guten Einfall, und Peter Sienhaupt, der Autist? Der begriff die Polizeiarbeit allenfalls als ein großes Rätselspiel, ein Puzzle, bei dem er mit Begeisterung dabei war, die einzelnen Teile einzufügen, um damit ein Bild entstehen zu lassen. Mit konzentrierter und systematischer Polizeiarbeit hatte das alles wenig zu tun. Andererseits, die »alte Schule« hatte bei der Suche nach Serienmördern noch nie gut funktioniert.

Dennoch: Warum installierte Wirch seine Truppe als länderübergreifende »Sonderkommission Serienmord«?

Genau betrachtet blieb nur das politische Kalkül. Was aber, wenn sie versagten? Wirch war nicht der Typ, der seine Karriere auf nur eine Karte setzte. Gab es noch einen anderen Grund für sein Engagement? Wollte er die Fäden in der Hand behalten? Und wenn ja, warum?

Hensen drehte sich auf seinem Sitz, riss dann die Augen auf und sah sich erschrocken um.

»Meine Güte, du hast mich in den Schlaf geschaukelt«, sagte er und gähnte.

»Ich weiß gar nicht, wie das mit dir auf dem Kriegspfad gehen soll, wenn du immer einschläfst.«

»Adrenalin, du ahnst nicht, wie viel der Körper von dem Zeug zur Verfügung stellen kann, wenn neben dir die Einschläge in die Wände klatschen.«

»Hast du eine Vorstellung, was hinter der plötzlichen Vaterrolle von Wirch stecken könnte?«

»Muss was mit den Hormonen zu tun haben.«

»Alte Männer haben keine Hormone«, sagte Mangold. »Alte Männer haben Vitaminpillen.«

»Auf jeden Fall hat er was gegen die Presse. Trotzdem holt er ausgerechnet mich in sein Dream-Team? Rätselhaft.«

Nach einer weiteren Stunde schaltete Mangold sein Navigationsgerät wieder ein und gab die Adresse des Augenzeugen Hans Innach ein. Der Mann war arbeitslos und zu Hause anzutreffen. Ein ehemaliger Flugzeugingenieur.

Erstaunlicherweise waren die Berliner Straßen eher dünn befahren. Zügig erreichte Mangold den Stadtteil Wilmersdorf und bog von der Hauptstraße ab. Links zog sich ein Park entlang, rechts ein Zaun, der ein großes Schulgelände umschloss.

»Sie haben Ihr Ziel erreicht«, schnarrte das Navigationsgerät, und Mangold sah Hensen fragend an.

Vor dem Schulgebäude standen vereinzelt Jugendliche, die, rauchend oder aus Wasserflaschen trinkend, den Abend planten.

Mangold zog den Zettel mit der Adresse aus seiner Jacketttasche und überprüfte die Angaben. Entweder hatten ihm die Berliner einen netten Einstand als länderübergreifendem Ermittler beschert, oder aber es war ein Versehen.

Sie fragten bei einer Gruppe von Schülern, wo sich das Schulbüro befand. Als sie das Sekretariat erreichten, war die Tür verschlossen.

Mangold seufzte und rief die Berliner Kollegen an. Ja, die Adresse sei vollkommen in Ordnung. Genauso hätte der Zeuge sie angegeben, da bestehe kein Zweifel.

»Einen Moment«, sagte der Polizist am anderen Ende der Leitung. Nach ein paar Sekunden meldete er sich erneut. »Dieser Hans Innach ist genau dort polizeilich gemeldet.«

»Wir stehen in einer Schule.«

Der Kollege bedauerte, mit einer anderen Adresse könne er nicht dienen.

Mangold sah sich nach Hensen um. Er stand am anderen

Ende des Flurs und unterhielt sich mit einem jungen Mann im Jogging-Anzug.

Hensen schüttelte dem Mann die Hand und schlurfte zurück zu Mangold.

»Und?«

»Es riecht immer noch so beschissen nach Pubertät und Bohnerwachs wie früher«, sagte Hensen. »Komm.«

Zusammen gingen sie zum Ausgang.

»Er wohnt in einem Nebengebäude, in einer der alten Hausmeisterwohnungen. Gegenüber der Heizungsanlage.«

»Er ist Hausmeister?«

»Nein, so etwas gibt es hier nicht mehr. Der Sportlehrer meint, das übernehmen Dienstleister und die preiswerten Ein-Euro-Jobber. Er wohnt da ganz normal zur Miete. Ist wohl ein Eigenbrötler.«

Mangold und Hensen überquerten den Schulhof, vorbei an flachen Gebäuden, die in den 1970er und -80er Jahren errichtet worden sein mussten.

Vor einem verputzten Flachbau führte eine Eisentreppe hinunter zu einer Kellerwohnung. Neben der Eingangstür war das Klingelschild mit dem Namen »Hans Innach« befestigt. An den ebenerdigen Fenstern hingen ordentliche Vorhänge.

Mangold klingelte. Einmal, zweimal. Niemand öffnete.

Er klopfte leise an die Tür. Immer noch nichts. Als er mit der Faust dagegenhämmerte, gab die Holztür nach und öffnete sich.

»Das gefällt mir nicht«, sagte Mangold mit gedämpfter Stimme und gab Hensen ein unmissverständliches Zeichen, hinter der Hauswand in Deckung zu gehen. Er zog seine Pistole aus dem Halfter und betrat in gebückter Haltung die Wohnung.

Muffiger Geruch schlug ihm entgegen.

»Hallo«, sagte er. »Jemand zu Hause? Herr Innach?«

Seine Augen gewöhnten sich nur langsam an das Dämmerlicht.

»Hallo?«, wiederholte er.

An der linken Wand des Flures entdeckte Mangold einen Lichtschalter. Er knipste ihn an, doch nichts passierte. Vorsichtig tastete er sich die Wand entlang zur nächsten Tür. Ordentlich hing ein Mantel an der Garderobe. Auch der verströmte einen leicht stockigen Geruch. Vorsichtig öffnete Mangold die Tür. Wegen der zugezogenen Vorhänge kam nur spärliches Licht durch die schmalen ebenerdigen Oberlichter.

Mangold tastete an der Wand entlang und fand den Lichtschalter. Gleißend flammte eine Lampe auf, als er den Schalter betätigte.

Noch bevor er die Szenerie vor sich richtig begriffen hatte, spürte er hinter sich eine Bewegung und wirbelte herum.

Hensen stand hinter ihm und hob amüsiert die Hände.

»Scheiße«, sagte Mangold. »Fehlt noch, dass ich einen toten Journalisten erklären muss.«

»Himmel!«, sagte Hensen, der an Mangold vorbei in das Zimmer spähte.

Auch Mangold drehte sich jetzt wieder um.

Der Mann saß auf einem Stuhl. Die Augen waren schreckgeweitet, in seinem Mund steckte ein Knebelball, unwesentlich kleiner als eine Billardkugel, so wie ihn Sadomasochisten bei ihren Sexspielchen benutzten. Mit einem Lederriemen war der Knebel um den Kopf gebunden. Geradezu grotesk war der Anblick der Hände, die an den Wangen des Opfers zu kleben schienen. Hans Innach schien mit seinem starren Blick durch sie hindurchzusehen.

»So viel zu deinem Augenzeugen«, sagte Hensen und atmete hörbar aus.

Mangold zog einen Kugelschreiber aus seiner Jacketttasche und schob vorsichtig die Ärmel nach oben. Dann begutachtete er den Hals des Toten und schob das Hemd auseinander.

»Jedenfalls keine Botschaft«, sagte Hensen.

Mangold bückte sich und schob das linke Hosenbein in die Höhe.

»Leider doch«, sagte er. »Sieh dich mal nach einer Lupe um. Aber nichts anfassen, hörst du?«

»Und wie soll ich das machen?«

»Nimm ein Taschentuch.«

Mangold musterte das Wohnzimmer. Alles in dem kleinen Raum war ordentlich aufgeräumt und penibel sauber. Wenn er schon in einer feuchten Kellerwohnung hausen musste, so hatte Innach offenbar beschlossen, wenigstens nicht im Dreck zu versinken. Papiere lagen ordentlich auf drei Haufen gestapelt. Einer war der Post der Arbeitsagentur vorbehalten, wie unschwer an den Briefköpfen und dem Behördengrau des Papiers zu erkennen war. Ordentlich hatte er die Umschläge an die Briefe geheftet und darauf das Eingangsdatum notiert.

Auf dem Schreibtisch lag neben drei Kugelschreibern und einem Bleistift auch ein Taschenrechner. Über einen Computer verfügte der ehemalige Flugzeugingenieur offenbar nicht.

Hinter dem Schreibtisch ragte ein Regal hoch, in dem einige großformatige Bildbände zur Luftfahrtgeschichte, Fachliteratur zum Flugzeugbau, Tabellensammlungen und ein paar Romane standen.

Die Bücher machten den Eindruck einer Kompanie

strammstehender Soldaten, die Rücken neben Rücken jeden Zentimeter Platz verteidigten.

Hensen nahm den Zipfel seiner Jacke und zog eine Schublade auf.

»Geht auch ein Diabetrachter?«, fragte Hensen.

Mangold nickte und fasste ihn mit einem Taschentuch an. Dann führte er das Glas an das Bein des Toten.

»Gum … nein, Cum tacent clamant«, murmelte Mangold.

»Wenn ich mich nicht täusche, dann heißt das so ungefähr: Indem sie schweigen, stimmen sie zu«, meinte Hensen.

»Der Täter macht sich über seine Opfer lustig«, sagte Mangold.

»Und über uns«, ergänzte Hensen. »Der Mann war für ihn eine Bedrohung, doch woher konnte der Täter überhaupt von ihm wissen? Wir sind sofort hergefahren, es stand noch nicht in der Zeitung, und auch Fernsehen und Rundfunk können noch nicht darüber berichtet haben, oder?«

»Absolute Nachrichtensperre!«, bestätigte Mangold. »Da ist nichts nach außen gedrungen.«

»Der Täter muss davon erfahren haben, und er hat den Mann so ernst genommen, dass er ihn beseitigen musste. Undichte Stellen?«

Mangold schlug sich ungeduldig auf den Oberschenkel.

»Undichte Stellen! Wie denn? Das müsste doch erst mal zu den Medien durchdringen. Das passt zeitlich nicht.«

»Dann geht nur Folgendes: Er hat mitbekommen, dass er beobachtet wurde, verfolgt den Augenzeugen nach der Tat, und als der zur Polizei geht, folgt er ihm und bringt ihn um.«

»Sehr unwahrscheinlich. Der Zeuge ist ja nicht sofort zur Polizei gegangen, woher sollte der Täter dann wissen, wo der wohnt?«

»Trotzdem, er muss ihm gefährlich geworden sein«, sagte Hensen. »Wie kommt der Zeuge denn überhaupt in das Haus des ersten Opfers? Und woher kennst du den Mann auf dem Phantombild?«

»Ich habe dieses Gesicht schon mal gesehen. Irgendwo.«

»Also, wie kommt der Zeuge in den Hausflur von Tanja Binkel?«, fragte Hensen.

»Innach hat sich was dazuverdient, indem er morgens Prospekte ausgetragen hat.«

»Was ist mit der Signatur?«, fragte Hensen.

Mangold schob den Diabetrachter an das Bein.

»E. M.«

»Eure Majestät«, sagte Hensen.

»Tolle Idee.«

Mangold alarmierte telefonisch die Kollegen der Berliner Mordkommission. Anschließend sah er sich in der Wohnung um, während Hensen seinen Skizzenblock herauszog und den Toten zeichnete.

Innach war ein Ordnungsfanatiker gewesen, der seine wenigen nicht benötigten Habseligkeiten in Plastikfolien verpackt und dann in beschrifteten Kartons verstaut hatte. Es kam Mangold so vor, als hätte der Ingenieur mit seinem Ordnungssinn einen verzweifelten Kampf gegen seinen sozialen Abstieg und den Mief der Kellerwohnung geführt. Nirgendwo in der Wohnung fand sich Alkohol. Selbst das Geschirr hatte er auf seine Bedürfnisse abgezählt: zwei Messer, zwei Esslöffel, zwei kleine Löffel, zwei Gabeln, zwei Tassen.

Die Kochtöpfe schienen selten benutzt worden zu sein. Im Mülleimer entdeckte er die sauber gefalteten Verpackungen von Müsli-Riegeln, die allesamt zwei, drei Monate abgelaufen waren.

In einem Ordner fand Mangold sauber abgeheftete Bewerbungsschreiben. Bei seinem Bemühen, einen Job zu finden, war der Mann nicht eben wählerisch gewesen. Er hatte sich als Bürobote, Lagerarbeiter, Verkäufer in einem Supermarkt oder als Postzusteller für einen privaten Briefdienst beworben und einen großen Teil seines Geldes für Porto ausgegeben.

Mangold schätzte, dass es etwa 200 Bewerbungen allein in den letzten zwei Monaten gewesen sein mussten.

Er machte ein paar Fotos.

Etwa eine halbe Stunde später trafen die Berliner Kollegen ein und übernahmen den Tatort. Von dem blutjungen Berliner Kommissar ließen sie sich den Namen des Kollegen geben, der die Zeugenaussage von Innach aufgenommen hatte.

»Ich weiß aber nicht, ob der schon Feierabend hat«, meinte der Berliner Kollege.

»Dann schaffen Sie ihn wieder ins Präsidium. Ich will ihn dort in einer halben Stunde sprechen.«

»Aber …«

»Wir haben jetzt drei übel zugerichtete Leichen, da muss der Feierabend etwas warten. Drücke ich mich klar genug aus?«

Der Polizist grinste verkniffen, nickte und griff zum Handy.

An der Tür drehte sich Mangold noch einmal um.

»Ich brauche einen genauen Bericht, einen sehr genauen Bericht«, sagte er und stieg dann mit Hensen die Metalltreppe hinauf.

»Was für ein beschissenes Lebensende«, sagte Mangold.

Schweigend folgten sie den Navi-Anweisungen, die sie

ins Berliner Präsidium leiteten. Auf dem Parkplatz bat Mangold Hensen, noch einen Augenblick zu warten.

»Was ist dein allererster Eindruck, so ganz ohne zu analysieren?«

»Er inszeniert wie fast alle kalkulierenden Serientäter. Andererseits rast er innerlich vor Wut. Er will sich durch nichts und niemanden aufhalten lassen, und es riecht alles nach einem genauen Plan.«

»Und?«

»Er ist schnell, verflucht schnell.«

4.

Kaja fühlte sich an ihre Studentinnenzeit erinnert. Wie in einem Lesesaal bereitete sich jeder auf die nächste Vorlesung vor. Tannen tippte auf der Tastatur seines Laptops, Weitz ging lustlos die Akten durch. Sienhaupt am anderen Ende des Büros gluckste vergnügt vor sich hin. Seine Schwester, Ellen Sienhaupt, war anscheinend wieder einmal auf Einkaufstour. Sie machte keinen Hehl daraus, wie sehr ihr das Stadtleben gefiel.

Sienhaupt lachte über das ganze Gesicht, beugte sich über die Tastatur seines Computers und gab in einem trommelnden Rhythmus mit zwei Fingern etwas ein. Kaja sah zu ihm hinüber.

Er war zweifellos der Seltsamste in dieser ohnehin seltsamen Truppe. Auch wenn die Neurobiologen in den letzten Jahren immer mehr über das Innenleben von Autisten herausgefunden hatten, niemand von »außen« konnte ihre Denkvorgänge wirklich verstehen. Diese Abgeschlossenheit und die Struktur einer Gedankenwelt, die sich von der aller anderen Menschen unterschied. Sienhaupt war ein anerkannter Inselbegabter, dessen Gehirn zu schier unglaublichen Leistungen in der Lage war. Ein Savant, der nicht rechnete, sondern Lösungen vor sich sah, der sich an alles erinnern konnte, was er gelesen hatte, und der die kompliziertesten Computerprobleme überaus kreativ löste.

Das Gehirn dieses Savants steckte voller Informationen,

die er blitzschnell abrufen konnte. Musste. Ein Gehirn, das nur eines hasste, nämlich wenn der Strom der Daten und Verbindungen, der Rätsel und der Aufgaben verebbte.

Sienhaupt musste sein Gehirn unbedingt beschäftigen.

Andererseits band seine Schwester ihm die Schuhe zu, und seine Körperöffnungen hatte er auch nicht jederzeit unter Kontrolle. Dennoch: Savants gehörten zu den beliebtesten Studienobjekten der Neurobiologen, die herauszufinden versuchten, wie das menschliche Hirn im Innersten tickte und wozu es in Extremsituationen fähig war.

Überhaupt brachte dieser Forschungszweig die herkömmlichen Vorstellungen vom menschlichen Denken immer mehr ins Wanken. So hatte man in einer sehr gründlichen Studie herausgefunden, dass 40 Prozent unserer Erinnerungen schlicht und einfach falsch waren. Kaja erinnerte sich an die ungläubigen Blicke der Studenten, als sie dies bei einer Vorlesung erwähnt hatte.

Einige Wissenschaftler zweifelten sogar die Willensfreiheit und damit die Strafmündigkeit des Menschen an. Ihrer Meinung nach seien Menschen bereits so auf ein bestimmtes Handeln ausgerichtet, dass sie keine echte Wahlfreiheit hätten. Reizte man bestimmte Hirnregionen, dann schworen die Patienten, dass sie ihren Arm nicht etwa automatisch wie bei einem Reflex gehoben hatten, sondern es auch wollten. Und das, obwohl der elektrische Impuls dazu von außen kam. Heftige Streitereien über die Schuldfähigkeit tobten zwischen den Akademikern, selbst einige Juristen begannen, die Frage von Schuld und Unschuld, Gut und Böse zu überdenken. Doch welche Alternative gab es? Auch Kaja hatte sich das immer wieder gefragt. Sollte man Bösartigkeiten, die Menschen anderen Menschen zufügten, im Hinblick auf neuronale Verschaltungen unbestraft lassen?

Alle genetisch zu bösen Dingen neigenden Menschen schon vor ihrer ersten Straftat wegschließen?

Und was war mit dem Embryo, der in ihrem Bauch heranwuchs? Angenommen, sie würde ihn austragen: War er bereits jetzt ein hoffnungsloser Fall? Wuchs da ein Mensch heran, der nach seinem mörderischen Vater schlug, der kaltblütig so viele Menschen gefoltert und getötet hatte? Jemand, den man am besten möglichst früh behandelte? Nein, sie hatte nun wirklich nicht vor, das herauszufinden.

Kaja schlenderte zu Peter Sienhaupt hinüber und setzte sich neben ihn. Nur ein kurzes Zucken seiner Schulter verriet ihr, dass er ihr Kommen bemerkt hatte.

Die Blätter mit Informationen, die Mangold auch ihm zusammengestellt hatte, lagen zu einem rechteckigen Muster sortiert neben ihm.

»Schon etwas gefunden?«, fragte sie.

Sienhaupt schaukelte auf seinem roten Knautschsack leicht nach vorn und dann wieder nach hinten. Das war sicher seine Art, auf eine direkte Frage zu antworten, aber was um Himmels willen bedeutete es?

»Ist sicher noch etwas früh«, sagte sie und wollte aufstehen.

Doch Sienhaupt führte seine Hand vielleicht zwei Zentimeter über ihren Arm. Auch Berührungen waren Autisten ein Gräuel, so wie sie jede Art von Emotion nicht oder eben ganz anders verstanden.

»Ja?«, sagte Kaja Winterstein.

Sienhaupt öffnete eine Seite auf dem Bildschirm. Ein zischendes Geräusch. Dann schwebte ein Raumschiff über den Monitor, und Sienhaupt schlug sich die Hand vor den Mund.

Er klickte auf die Fenster, und mit jedem Klick erschien

das Bild eines Mitglieds der Star-Trek-Mannschaft aus der Fernsehserie »Enterprise«.

»Ja, Computer sind eine lustige Angelegenheit«, sagte sie und machte Anstalten aufzustehen.

Sienhaupt ließ erneut seine linke Hand über ihren Unterarm schweben. Dann klickte er auf die Antriebsdüse des Raumschiffs. Ein klingonischer Krieger mit martialischen Gesichtsfalten erschien und bewegte den Mund. Eine Sprechblase mit dem Satz »So'wI yIchu« blinkte auf. Mit einem weiteren Klick erschien die Übersetzung aus dem »Klingonisch-Deutsch-Wörterbuch«: »Aktiviere die Tarnvorrichtung.« Auf dem Bildschirm erschien jetzt die Phantomzeichnung, die die Berliner Kollegen per Fax geschickt hatten.

Sienhaupt schaukelte aufgeregt auf seinem Knautschsessel, während er das Flugzeug durchs All davonfliegen ließ.

Sein Ansatz war gar nicht so schlecht. Der Täter benutzte zwar kein Klingonisch, dafür aber lateinische Sätze. Waren sie nichts anderes als eine Tarnung seiner wahren Absichten? Eine Ablenkung oder ein Bild, das in der Öffentlichkeit entstehen sollte? Oder gab es einen Zusammenhang zwischen den Sprüchen und den Opfern? Auch im Fall Travenhorst waren sie in völlig missverständliche Puzzles gestürzt worden, doch letztlich hatte dahinter nur eine Absicht gestanden.

Sicher, solche Täter lebten ihren Hass aus, und einige gaben auch Hinweise auf ihre Motive. Bei Serientätern nicht eben selten war eine narzisstische Persönlichkeit, eine unglaubliche Erhöhung ihres Egos, das sich über Leben und Tod erhoben hatte und im Namen von Rache, einer Idee oder auch im Namen innerer Stimmen mordete und dies als »notwendig« erachtete.

Tannen hob den Hörer seines klingelnden Telefons ab, hörte kurz zu und sagte dann: »Mach' ich.« Er drückte auf die Lautsprechertaste, damit alle mithören konnten.

Mangold informierte sie knapp über die Ermordung des Augenzeugen Hans Innach. Anschließend bat er Tannen, Kaja und Marc Weitz, alles Auffindbare über den ehemaligen Flugzeugingenieur »aus den Computern zu saugen« und nach Verbindungen zu suchen.

Kaja Winterstein trat auf das Telefon zu und fragte: »Wie alt war der Zeuge?«

»60«, sagte Mangold. »Wieso?«

»Wurde er von einem Pflegedienst versorgt?«

»Nein, sah nicht so aus. Warum?«

»Schade«, sagte Kaja Winterstein. »Die Tote in Berlin hat früher Klienten rechtlich beraten, deren Angehörige durch Pflegedienste und Altenheime geschädigt wurden, und der Niendorfer Rentner wurde von einem Essen-auf-Rädern-Dienst beliefert.«

»Keine Hinweise auf Behinderungen oder Ähnliches«, sagte Mangold. »Allerdings …«

»Ja?«

»Er hat sich bei einem Pflegedienst beworben. Als Fahrer für ein Unternehmen, das Senioren mit Essen beliefert. Das könnte passen. Gehen Sie dem bitte nach, wir fahren jetzt ins Berliner Präsidium und befragen die Kollegen.«

Als sie das Gespräch beendet hatten, baute sich Weitz vor Tannens Schreibtisch auf.

»Du bist hier ja 'ne Art Vizechef. Also, Master, wie wär's: Ich könnte nach Niendorf fahren und die Phantomzeichnung rumzeigen.«

Ohne aufzublicken schüttelte Tannen den Kopf.

»Das haben die Kollegen aus Schleswig-Holstein bereits

erledigt. Wie wär's, wenn du dich mal bei Pflegediensten und den Anbietern von Essen-auf-Rädern umhörst?«

»Bei diesen Kirchenfuzzis?«

»Egal, hör dir mal an, was es da so an Schwierigkeiten gibt. Ob Mitarbeiter Essen verschwinden lassen, wie es um die Qualität bestellt ist, wer das finanziert und so weiter, na, du weißt schon.«

»Ich weiß gar nichts. Wen genau soll ich unter die Lupe nehmen?«

Tannen sprang von seinem Schreibtischstuhl auf.

»Nun stell dich nicht so blöde an. Versuch einfach was aus diesem Pflegebereich in Erfahrung zu bringen. Falls du's noch nicht bemerkt hast: Wir haben keine konkrete Spur, die wir verfolgen könnten. Und wir haben, mal abgesehen von einer Phantomzeichnung, auch keinen Verdächtigen.«

»Das ist jammerschade«, sagte die Stimme eines Mannes, der von allen unbemerkt den Raum betreten hatte. Er mochte knapp über 60 sein, war groß gewachsen und hielt sich sehr aufrecht. Aus seinem Gesicht ragte eine gebogene Nase, die einem römischen Imperator zur Ehre gereicht hätte. Mit einem Lächeln sah er sich um und wandte sich Tannen zu.

»Sie sind Hauptkommissar Mangold?«

»Voll daneben«, antwortete Weitz und setzte nach: »Was wollen Sie? Wie kommen Sie hier rein?«

»Es geht um diese zwei Morde, bei denen die lateinischen Sätze gefunden wurden. Dafür sind Sie doch zuständig?«

»Und? Was ist damit?«, fragte Weitz.

Tannen stoppte seinen Kollegen mit einem ernsten Blick und bat den Mann, sich zu setzen.

Kaja bemerkte, dass Weitz kurz davor war, mit lautem Türknallen das Büro zu verlassen. Es musste die Neugierde sein, die ihn zurückhielt. In lauernder Körperhaltung setzte er sich auf die Kante seines Schreibtischs.

Macho-Gehabe, dachte Kaja und konzentrierte sich auf den Mann, der sich als Clemens Carolus vorstellte. Ohne sich anzulehnen, saß er kerzengerade auf der Sitzfläche des Stuhls.

»Sie kannten eines der Opfer?«, fragte Tannen.

»Ich kenne das dritte Opfer.«

Kaja sah, wie Tannens Gesichtsausdruck einfror. Auch sie war überrascht, denn von dem toten Augenzeugen konnte der Mann unmöglich wissen. Mangold und Hensen hatten die Leiche erst vor zwei Stunden gefunden! Und nach außen war sicher nichts durchgesickert.

»Woher kennen Sie das Opfer?«, fragte Tannen betont beiläufig.

»Ich bin das dritte Opfer«, sagte Clemens Carolus und zog einen Zettel aus der Hosentasche.

Sorgfältig faltete er das Stück Papier auseinander, überflog die Zeilen und reichte ihn fast in Zeitlupe an Tannen. Musikerhände, dachte Kaja. Weitz pfiff leise durch die Zähne.

»Dum spiro spero«, las Tannen vor und war im Begriff, die Worte in seinen Laptop einzugeben, als Carolus laut und vernehmlich, beinahe feierlich sagte: »Solange ich atme, hoffe ich.«

»Und das haben Sie zugeschickt bekommen?«

»Zweifellos eine Drohung«, sagte Carolus. »Die anderen Opfer haben doch auch solch eine Drohung erhalten.«

Marc Weitz hüstelte und sagte: »Über unsere Ermittlungsergebnisse können wir Ihnen leider keine Auskunft geben.«

»Ich habe das Recht zu erfahren …«

»Wir stehen erst am Anfang unserer Ermittlungen. Haben Sie Feinde, Herr Carolus?«, fragte Kaja.

»Wer hat die nicht?«

»Womöglich ist das nur ein sehr, sehr schlechter Scherz.«

»Ein Scherz?«

»Jemand, der Ihnen Angst einjagen will. Ein Trittbrettfahrer. Von denen gibt es leider eine ganze Menge.«

»Ich glaube, Sie nehmen das nicht ernst. Und mich auch nicht«, sagte Carolus. »Diesen Zettel schiebt mir jemand unter der Haustür durch, und Sie …«

»Sie sind sicher, dass Sie die beiden anderen Opfer nicht kannten?«

Weitz öffnete seine Schublade und zog zwei Tatortfotos heraus, die die Gesichter Tanja Binkels und Hans Innachs zeigten.

Carolus musterte die Bilder mit einer Mischung aus Neugierde und Abscheu und reichte sie dann kopfschüttelnd zurück.

»Wir werden diesen Brief im Kriminallabor untersuchen lassen«, sagte Tannen, zog eine Pinzette aus der Schublade und verstaute ihn in einer Plastiktüte.

»Wir müssten Ihnen allerdings Fingerabdrücke abnehmen.«

»Mir? Was soll das?«

»Sie haben den Zettel angefasst. Wir müssen Ihre Abdrücke ausschließen, sonst hat das wenig Sinn«, sagte Tannen.

Weitz setzte nach: »Sie haben doch nichts zu verbergen?«

»Verbergen? Ich habe einen Verdacht, allerdings …«

Tannen beugte sich vor.

»Einen Verdacht?«

»Der Mann hat zwei Jahre bekommen. Sitzt in der Justizvollzugsanstalt Billwerder, aber vielleicht hatte er Freigang oder Heimaturlaub.«

»Was hat der Mann mit Ihnen zu schaffen?«

»Er war dafür verantwortlich, dass meine Mutter regelrecht ausgetrocknet ist.«

»Jemand von den Wasserwerken oder was?«, sagte Weitz. »Herrgott, lassen Sie sich nicht alles aus der Nase ziehen.«

Clemens Carolus warf Weitz einen schneidenden Blick zu.

»Ein Altenpfleger«, sagte er.

5.

Mangold parkte den Wagen gegenüber einem Thai-Imbiss. Am zur Straße hin gelegenen Tresen bestellten er und Hensen jeweils ein Menü, bevor sie die Treppe hinuntergingen in einen gemütlichen Raum mit sechs Tischen, an den Wänden chinesische Malerei.

Aus einem Kühlschrank zog Hensen ein Singha-Bier und für Mangold eine Cola.

Während sie auf das Essen warteten, nahm Mangold seinen Notizblock heraus und notierte, was Tannen ihm eben am Telefon mitgeteilt hatte.

»Glaubst du an einen Zusammenhang mit Pflegediensten?«, fragte Mangold.

Hensen ließ sich ein paar Sekunden Zeit mit seiner Antwort.

»Schwer zu sagen. Ist mir alles zu vage. Gut, es ist ein verbindendes Element, aber mehr auch nicht.«

»Was stört dich?«

»Wir haben ein Opfer in Niendorf an der Ostsee und zwei in Berlin.«

»Krankenhäuser, Seniorenwohnanlagen, das sind heute zusammenhängende Konzerne«, gab Mangold zu bedenken.

»Du glaubst, da rächt sich jemand an seinem Arbeitgeber? Unwahrscheinlich.«

»Immerhin war das erste Opfer so eine Art Rechtsbeistand. Und dann haben wir diesen Carolus, von dem Tannen eben am Telefon berichtet hat. Der hat immerhin einen Altenpfleger in den Knast gebracht. Und er wird bedroht und erhält eine Warnung.«

»Eine Warnung wovor? Ziemlich chaotisch das Ganze.«

Mangold nickte.

»Du hast Recht, höchste Zeit, dass wir Struktur in unsere Ermittlungen bringen. Gibt es eine Firma oder etwas anderes in der Biografie der Opfer, die sie miteinander verbindet? Ein gemeinsamer Verein, ein geografischer Schnittpunkt, irgendetwas, das auf alle zutrifft?«

»Das muss nichts heißen«, sagte Hensen. »Wie wär's mit einem durchgeknallten Täter, der sich einfach nur rächen will und dem es scheißegal ist, welchen dieser Pflegedienste es gerade trifft?«

»Ziemlich vage. Der Rentner in Niendorf hat Essen auf Rädern bekommen. Die junge Frau in Berlin wiederum war Rechtsbeistand genau solcher Menschen, die Opfer von Heimleitungen und Pflegern geworden sind. Unseren Augenzeugen Hans Innach können wir außen vor lassen, der wurde getötet, weil er den Täter identifizieren konnte.«

»Und dir ist noch nicht eingefallen, an wen dich die Phantomzeichnung erinnert?«

Mangold schüttelte den Kopf und trommelte dabei mit den Essstäbchen auf den Tisch. Hensen ließ nicht locker.

»Dieser Carolus in Hamburg liefert uns einen Verdächtigen in diese Richtung. Müsst ihr den Mann nicht unter Polizeischutz stellen? Ich meine, er hatte schließlich einen an ihn adressierten Drohbrief in der Tasche. Mit einem lateinischen Satz.«

Eine mit einer grünen Schürze bekleidete thailändische

Kellnerin servierte ihnen lächelnd eine Suppe und gleich dazu das Hauptgericht.

Mangold probierte einen Löffel der Tom-yam-Suppe.

»Nicht schlecht.«

»Also kein Polizeischutz?«

»Wenn wir zu jedem, der einen Drohbrief erhält, einen Beamten schicken würden, dann könnten wir dichtmachen.«

Nachdem sie gegessen und bezahlt hatten, machten sie sich auf den Weg zum Landeskriminalamt.

Mangold fuhr auf dem Columbiadamm am Gelände des ehemaligen Flughafens Tempelhof entlang und bog am Platz der Luftbrücke links in den Tempelhofer Damm ein.

Das Berliner Landeskriminalamt wirkte wie ein Weltkriegsbunker, aus dem man Öffnungen für die Fensterfronten herausgefräst hatte.

Nachdem sie den Gästeparkplatz gefunden hatten, passierten sie zwei Sicherheitsschleusen und betraten das Innere des Gebäudes. Am Empfang ließen sie Kommissar Arlandt anrufen und mitteilen, dass sie in der Eingangshalle warteten.

Fünf Minuten später kam ihnen ein etwa 40-jähriger Mann entgegen. In leicht gebeugter Haltung streckte er ihnen schon von Weitem die Hand entgegen. Er hatte buschige Augenbrauen und leicht zurückliegende Augen.

»Schön, dass Sie uns gefunden haben«, sagte er und fuhr mit ihnen in den vierten Stock.

Das Auffälligste in seinem quadratischen Büro war der gläserne Schreibtisch.

»Wir haben Sie nicht ohne Grund direkt zu unserem Augenzeugen geschickt«, sagte Arlandt. »Es war schlicht und ergreifend niemand da, der mit dem Mann ein ausführliches

Protokoll erstellt hätte. Der Uniformierte, der ihn empfangen hat, hielt das auch nicht für nötig, weil die Angaben des Mannes zunächst so vage waren.«

»Was soll das heißen? Die Phantomzeichnung ist doch einigermaßen eindeutig?«, fragte Mangold.

»Nun, es gibt keine korrekte Zeugenvernehmung, keine ordentliche Aufzeichnung … kurz gesagt …«

»Ja?«

»Unser uniformierter Kollege hat ihn für einen Spinner gehalten, für jemanden, der sich wichtig machen wollte.«

»Dann haben wir ja Glück, dass es diese Phantomzeichnung überhaupt gibt.«

»Stimmt«, sagte Arlandt. »Der Kollege hat ihn zum Polizeizeichner geschickt. War wohl eher als Witz gemeint, jedenfalls hat der Zeichner nach seinen Angaben die Skizze gefertigt.«

»Fraglich, was die hergibt«, warf Hensen ein.

»Stimmt«, sagte Arlandt. »Einen Moment.«

Er nahm den Telefonhörer, wählte eine Nummer und murmelte etwas Undeutliches in den Hörer.

»Wollen Sie Kaffee?«

Mangold und Hensen nickten.

Arlandt verließ das Büro und kam nach einigen Minuten mit drei Bechern zurück. Hinter ihm ein Mann um die 50, mit schmaler Designerbrille auf der Nase und bekleidet mit einer Leinenweste. Ihm war anzusehen, dass er unsicher war.

Nachdem Arlandt den Kaffee verteilt hatte, stellte er seinen Begleiter als Patrick Stevens vor.

»Einer unserer Polizeizeichner. Er hat mit Hans Innach gesprochen und nach seinen Angaben die Zeichnung erstellt.«

Mangold erhob sich augenblicklich. Stevens wollte etwas sagen, doch Mangold unterbrach ihn.

»Keine langen Vorreden, versetzen Sie sich einfach kurz in den Zeugen und sagen Sie mir in Stichworten, wie er den Mann beschrieben hat.«

»Also er kam rein …«

»Nicht doch«, fiel ihm Mangold ins Wort. »Nur Stichworte, Satzfetzen. Alles, was Ihnen einfällt.«

Stevens schien verstanden zu haben und setzte sich lächelnd auf einen Stuhl.

»Dämmerlicht, Flur, dunkler Übergangsmantel, Mütze … nein … Schiebermütze, zeitweilig ins Gesicht gezogen, dunkle Augen, circa eins achtzig, Grübchen, wulstige Lippen, energisches Kinn, schräg nach unten laufende Augenbrauen, hohe Wangenknochen.«

Mangold bemerkte, dass Hensen mit seinen Notizen kaum folgen konnte.

»Gut, sehr gut«, sagte Mangold.

»Ich glaube, es war keine sehr genaue Erinnerung«, sagte Stevens. »Als ich mit der Zeichnerei loslegte, mochte er sich nicht so recht festlegen. Eierte regelrecht herum. Die Zeichnung wurde mit der Zeit immer konkreter, also markanter, aber nach all den Jahren hier hatte ich den Eindruck, der Mann wollte uns mit einer möglichst genauen Täterbeschreibung einen Gefallen tun. Da können die Zeugen dann häufig Fantasie und Realität nicht mehr voneinander unterscheiden. Je öfter sie sich die Szene in Erinnerung rufen, umso ungenauer wird es.«

»Verstehe«, sagte Mangold.

Er musste jetzt äußerst behutsam mit dem Mann umgehen, durfte ihn auf keinen Fall verschrecken. Alles, was er sagte, konnte wichtig sein. Schließlich war er der Einzige, der mit einem Augenzeugen gesprochen hatte. Das Gehirn spielte einem üble Streiche, wenn es darum ging, sich an Details zu erinnern. Und übermäßigen Druck mochte das Gehirn schon gar nicht. Bei keinem Menschen.

Letztlich war das auch das Prinzip jeden Verhörs: Druck aufbauen. Druck und noch mal Druck. Bis das Gegenüber die Kontrolle aufgab und der Täter oder die Täterin sich in ein Gewirr verstrickte, das aus Halbwahrheiten, Wahrheiten und Lügen bestand. Bei Zeugen war das anders. Sie brauchten einen Halt und die Freiheit, ihre Erinnerungen zusammenzusetzen. Sie brauchten Sicherheit.

»Herr Stevens, es ist sehr wichtig für uns, woran erinnern Sie sich noch? Lassen Sie sich Zeit. Vielleicht eine Äußerung von dem Zeugen, die so ganz nebenbei kam, vielleicht etwas Nebensächliches? Etwas über den Gang des Täters, seinen Geruch …«

»Geruch?«

»Warum nicht Geruch? Hat er was darüber gesagt, was er gedacht hat, als er dem Mann im Flur begegnet ist? Hatte er vielleicht Angst? Oder die Vermutung, dass etwas nicht stimmte?«

Stevens starrte auf den Boden und dachte angestrengt nach.

Dann schüttelte er den Kopf.

»Nee, nichts dergleichen. Höchstens … ja, abgehackt.«

»Der Täter hatte abgehackte Bewegungen?«

»Nein, der Zeuge redete ganz kurz und knapp. Fast technisch korrekt. Wie eine Bedienungsanleitung.«

»Der Mann war Ingenieur«, sagte Mangold.

»Das passt«, sagte Stevens.

Mangold überreichte ihm seine Visitenkarte und bat ihn, sich unbedingt zu melden, wenn ihm noch etwas einfiele.

»Manchmal kommt das sogar im Schlaf hoch«, sagte Mangold.

»Mach' ich«, sagte der Polizeizeichner, dem man die Erleichterung darüber ansah, dass er den Raum wieder verlassen durfte.

»Rufen Sie an, auch wenn es eine Kleinigkeit ist. Der Täter muss sich von diesem Mann bedroht gefühlt haben, sonst hätte er ihn nicht umgebracht.«

»Er ... er ist tot?«, fragte der Polizeizeichner. »Der Augenzeuge?«

Mangold nickte und bedankte sich bei Stevens dafür, dass er einen Teil seines Feierabends geopfert habe.

»Selbstverständlich«, sagte Stevens und verließ das Büro. Arlandt, der sich aus der Befragung komplett herausgehalten hatte, umrundete seinen Schreibtisch und setzte sich auf seinen Bürosessel.

»Nicht eben viel.«

»Na ja«, warf Hensen ein. »Es bleiben genau umrissene Fragen.«

»Und?«, fragte Arlandt.

»Woher wusste der Täter, dass der Zeuge auf ihn aufmerksam geworden war?«

»Da gibt es eine ganz undramatische Erklärung«, sagte Arlandt. »Er ist ja nicht sofort hier angetanzt. Möglich, dass er seine Beobachtung herumerzählt hat. Sich ein wenig wichtig machen wollte.«

»Möglich«, sagte Mangold. »Oder der Täter ist ihm gefolgt und hat ihn beobachtet. Als der Mann zur Polizei ging, ist er hinterher, und um Schlimmeres zu verhüten, also eine Identifizierung, hat er ihn umgebracht. Auf jeden Fall sollten Sie Ihre Kameraaufzeichnungen checken.«

»Sie meinen vom Eingangsbereich zum Präsidium?«

»Genau. Sollte er Innach gefolgt sein, habt ihr vielleicht eine schöne Aufnahme von ihm.«

Arlandt sagte eine umgehende Überprüfung zu.

»Noch etwas, Mangold. Ich werde auf alle Fälle kooperieren, weil ich diese Idee von spezialisierten Sondereinheiten bei der Polizei für ganz hervorragend halte. Allerdings …«

»Ja?«

»Sollte es sich trotz des Niendorfer Opfers um eine reine Berliner Angelegenheit handeln … also in dem Fall erwarte ich, dass wir den Fall umgehend zurückbekommen. Ich gehe davon aus …«

»Wir haben ein weiteres potenzielles Opfer«, unterbrach Mangold. »Der Mann ist bei uns in Hamburg aufgetaucht und hat einen Drohbrief erhalten.«

»Mit einem lateinischen Satz?«, fragte Arlandt.

Mangold nickte.

»Und er hat eine Vermutung.«

Arlandts Augen wurden schmal.

»Einen Verdächtigen?«, fragte er.

»Dafür ist es zu früh.«

»Und der Mann ist bei Ihnen in Hamburg aufgetaucht?«

»Ja, mein Assistent hat mich telefonisch darüber informiert, ich weiß noch nichts Genaueres.«

»Hamburg«, wiederholte Arlandt nachdenklich.

»Nach dem Mord an Tanja Binkel haben wir zunächst an eine Beziehungstat gedacht. Eine Frau, die man an einem Bein an die Decke hängt … also, wir hatten sofort ihren Bruder im Visier.«

»Und was hat das mit Hamburg zu tun?«, bohrte Hensen nach.

»Ziemlich verrückt, ihr Bruder, er ist Patient in einer Hamburger Pflegeeinrichtung.«

6.

Mit seinem Smartphone überprüfte Tannen gerade, ob neue Mails eingetroffen waren, als der Wagen über einen Asphaltbuckel rumpelte.

»Scheiß-Straßen«, sagte Weitz.

»Scheiß-Gegend«, erwiderte Tannen und sah aus dem Fenster.

Die Industrielandschaft hier am Rande des Hamburger Hafens war verwaist. Vereinzelt standen Lastwagen am Straßenrand. Zwischen gewaltigen und leeren Lagerplätzen für Container wechselten sich Speditionen, Lagerhallen, Autosalons, Schrottfirmen und Schnellrestaurantketten ab.

Der Wagen ruckelte über das Kopfsteinpflaster vorbei an schiefen Kantsteinen. Auf der linken Straßenseite bot ein Secondhandshop »Neuwertige und in Stand gesetzte Büromöbel aus Konkursmasse«.

Zahlreiche Gebäude standen leer. Gras, Gebüsch und herumwehender Müll begannen die Schuppen und Hallen zu erobern. Plötzlich unterbrachen Parzellen eines Kleingartenvereins die Ödnis.

Nein, Tannen hatte nicht erwartet, so schnell wieder mit Weitz in einem Wagen zu sitzen und gemeinsam zu ermitteln. Nach diversen Schlampereien bei ihrem letzten Fall und einem Korruptionsverdacht hatte die Interne Weitz in die Mangel genommen. Doch seinem Gesichtsausdruck nach fühlte der sich eher geadelt. Heute konnte Tannen nicht mehr verstehen, wie er die vier oder fünf gemeinsamen Abende mit Weitz überhaupt ausgehalten hatte. Der Mann war ein Rüpel. Gut, das würde sicher auch mancher über ihn behaupten. Immer noch hatte er diesen Nebenjob als Türsteher vor einer Diskothek an den Hacken. Er musste seine Finanzen besser im Auge behalten, aber da war schließlich auch noch Joyce. Nicht, dass sie ihn unter Druck setzte, aber hin und wieder wollte er ihr etwas bieten. Auch wenn er sich aus dem Kopf geschlagen hatte, in nächster Zeit mit ihr zusammenzuziehen. Dabei wäre das alles viel billiger. Für Joyce kam das nicht in Frage. Sie brauche ihre »Höhle«, wie sie sagte. Um abzuschalten.

Seitdem sie sich auf Yoga und Tai Chi spezialisiert hatte und nebenher noch als mobiler Massagedienst die Vorstandsetagen einiger Firmen abgraste, bekam er sie ohnehin kaum noch zu sehen. Egal, er hatte jetzt anderes zu tun. Er hatte die Chance, fest dem Team von Mangold zugeteilt zu werden. Er hatte einen kleinen Platzvorteil, und den musste er ausnutzen.

Neben dem Autisten Sienhaupt war er der Einzige in der Abteilung, der sich einigermaßen mit Computern und Computerrecherche auskannte. Er musste seine Kenntnisse unbedingt vertiefen.

Weitz steuerte den Wagen über breiter werdende Straßen und bog nach einer Kreuzung, auf der sich der gesamte Schwerlastverkehr der Gegend traf, in einen heruntergekommenen Weg ab. Neben einer S-Bahnstation säumten vernachlässigte Einfamilienhäuser aus den 1970er Jahren die Straße. Viele waren zweifellos unbewohnt, andere sahen so aus, als würden ihre Bewohner lieber heute als morgen die Tür abschließen, den Schlüssel in die Elbe werfen und das Weite suchen.

Gegenüber sah er Kräne, die Container von Eisenbahnwaggons hievten.

»Hier möchte ich nicht tot überm Zaun hängen«, sagte Weitz. »Ein gutes Gefühl zu wissen, dass die Leute, die wir am Arsch kriegen, nicht in die Sommerfrische verschwinden. Da macht die Arbeit gleich doppelt Spaß.«

Plötzlich mündete der Holperweg in eine frisch asphaltierte Straße. Auf der linken Seite zog sich schier endlos die Betonmauer der Justizvollzugsanstalt Billwerder entlang. Davor ein Rasenstück, ein mit Wasser gefüllter Graben, wieder ein Streifen Rasen und ein weiterer Zaun. Ein Justizbeamter mit Schäferhund suchte das Stück zwischen den Zäunen ab.

»Verbot der Kontaktaufnahme – Ordnungswidrigkeit«, stand auf einem Schild, das am Zaun befestigt war.

Kein Gebäude im Inneren ragte über die Gefängnismauer. Die Anstalt war als Hochsicherheitsgefängnis gebaut worden. Mit über 800 Plätzen war es bis zu 90 Prozent belegt. So stand es jedenfalls im Internet.

Weitz parkte den Wagen hinter einem Rondell.

Neben einem kleinen Unterstand, der bei Regen einer Handvoll Menschen Schutz bot, war als einziger Zugang zum Gefängnis eine ebenfalls grau gestrichene eiserne Schiebetür in die Mauer eingelassen.

Tannen drückte den Klingelknopf und hielt seinen Ausweis vor das Kameraauge. Mit einem kreischenden Geräusch glitt die Tür auf.

Im inneren Bereich waren die Mauer und die Drahtzäune mit Stacheldrahtrollen gesichert. Über einen kleinen Vorplatz ging es zu einer gläsernen Wachkabine, die Tannen an eine Art flachgelegten Flugzeugtower erinnerte.

Tannen und Weitz schoben ihre Ausweise durch einen Schlitz.

»Wir sind angemeldet.«

»Sie wollen zu Claus Schurmann?«

»Ist er gerade runter zum Strand?«, fragte Weitz, doch der Beamte in dem Glasbau ignorierte das geflissentlich.

»Sie wissen sicher Bescheid, auch Sie müssen durch unsere Schleuse. Reicht Ihnen der normale Besucherraum? Ist gerade leer, Besuchszeit beginnt erst in einer Stunde.«

»Reicht«, sagte Tannen.

»Wir hätten Ihnen den Mann auch gern ins Präsidium gebracht«, sagte der Beamte. »Ist ja wohl das übliche Vorgehen.«

Der Beamte wies ihnen den Weg zur Sicherheitsschleuse. Ein Schild informierte sie, dass sowohl Geld, Portemonnaies und überhaupt alle Metallgegenstände in einem Spind zu verschließen waren. Ihre Waffen wurden in einem separaten Panzerschrank verstaut. Tannen konnte Weitz ansehen, dass ihm diese Behandlung absolut nicht recht war.

Prompt ertönte ein Signal, als er den Scanner passierte.

Ein Beamter bat ihn, die Arme zu heben, und begann ihn abzutasten.

»Schließer! Das findest du geil, was?«, blaffte Weitz.

Der Beamte sah ihn scharf an, verkniff sich dann aber einen Kommentar.

Am Eingang zum Besucherraum erhielten sie einen Schwarzlichtstempel.

»Wir wollen ja nicht, dass der Falsche hierbleibt«, sagte die Beamtin.

Der Besucherraum war in hellen Farben gestrichen. Acht Tische mit jeweils vier Stühlen standen im Raum. Jeder

Platz konnte von einer gläsernen Wachkabine aus genauestens eingesehen werden.

Am Nebentisch saß eine Frau, die ihre Hände auf der Tischplatte gefaltet hatte. Immer wieder sah sie zu einem vielleicht dreijährigen Mädchen hinüber, das sich in der Spielecke des Besucherraums mit einem hellblauen Elefanten beschäftigte. Das Mädchen kroch um ihn herum, hob den Zeigefinger und sagte ihm mit strenger Miene etwas ins Gesicht. Dann setzte sie sich auf ein Schaukelpferd, ließ die Beine baumeln und blickte stumm auf den Boden vor sich.

Schaukelpferd, Bauklötze und eine Plastikeisenbahn mitten im Knast! Damit hatte Tannen nun wirklich nicht gerechnet.

Weitz trommelte auf den Tisch und grinste zu den beiden Justizangestellten hinüber, die in ihrem Glaskasten keine Miene verzogen. Sie schienen ganz sicher zu wissen, was sie sich gefallen lassen mussten und was nicht.

Claus Schurmann wurde von einem Beamten bis zur Tür geführt und betrat dann den Besucherraum.

Er setzte sich an den Tisch und sagte: »Womit kann ich dienen?«

»Clemens Carolus, sagt Ihnen der Name etwas?«, fragte Weitz. Tannen sah ihn böse an. Damit hatte dieser Spinner die Strategie, die er sich ausgedacht hatte, durch eine völlig blöde Frage durchkreuzt.

»Wie wär's mit ein paar Erdnüssen?«, sagte Schurmann und deutete mit dem Daumen auf den Automaten hinter ihm.

»Stell dir vor, die haben uns das Geld abgenommen«, sagte Weitz. »Nur weil du im Käfig sitzt, musst du nicht glauben, dass wir dich füttern.«

»Acht Euro darf man mit reinnehmen.«

»Das Geld spar' ich mir für Hagenbeck auf. Was ist jetzt mit Carolus?«

»Der schwarze Ritter«, sagte Schurmann. »Kümmert sich Jahre nicht um seine Mutter und wirft mir dann vor, dass sie zu wenig trinkt.«

»Sie sind verurteilt worden. Wegen unterlassener Hilfeleistung für Schutzbefohlene.«

»Wissen Sie, wie es in Altersheimen zugeht? Da kann man nicht danebenstehen und aufpassen, dass Oma auch ihr Glas Wasser trinkt.«

»Wollten Sie sich an Carolus rächen? Haben Sie einem Mitgefangenen einen kleinen Auftrag mitgegeben?«

Claus Schurmann lachte verächtlich.

»Rächen? Bin ich bescheuert? Ich sitze hier mein Jahr ab, und wenn ich Glück habe, wird mir der eine oder andere Monat geschenkt. Ich hab' die Alte schließlich nicht umgebracht.«

»Carolus glaubt, dass Sie hinter einem Drohbrief stecken.«

»Drohbrief? Den hab' ich hier drin geschrieben, und dann bin ich damit zum Anstaltspostamt ... haben Sie eine Ahnung, wo wir hier sind?«

»Ich weiß, dass die Post kontrolliert wird, aber es gibt andere Wege«, sagte Tannen. Schurmann schüttelte ungläubig den Kopf. Tannen hatte den Eindruck, als hätte der Mann da vor ihm einen Heidenrespekt vor Carolus. Als dessen Name gefallen war, hatte er sich ruckartig aufgesetzt und seinen Rücken durchgestreckt.

»Hören Sie, ich kann Ihnen wirklich nicht helfen.«

»Haben Sie mit einem anderen Gefangenen über Ihren Fall geredet?«

»Lebensgeschichten kommen hier nicht gut an.«

Der Mann vermied es, die Sprache noch einmal auf Carolus zu bringen. Kein Protest, dass der Mann ihn verdächtigte, keine Verbitterung wegen seiner Verurteilung.

Warum aber hatte Clemens Carolus ihnen den Mann auf einem silbernen Tablett serviert? Schwarzer Ritter, so hatte Schurmann ihn bezeichnet.

Am Ausgang fragte Tannen den Beamten, ob Schurmann Freigang gehabt habe. Der Mann zog einen Ordner aus einem Regal, blätterte darin und schüttelte dann den Kopf.

»Kein Freigang.«

»Und Besuch?«

Der Beamte blätterte zwei Seiten weiter und sagte: »Nur eine Rechtsanwältin, eine Frau Binkel, Tanja Binkel, aber die war in einer anderen Sache hier.«

»Andere Sache?«

»Sie hatte keine Vollmacht, ist also nicht seine Anwältin.«

Tannen bedeutete Weitz, nicht weiter nachzufragen. Sie mussten sich erst mit Mangold abstimmen. Würde sich dies hier als eine wirklich heiße Spur entpuppen, durften sie jetzt nicht ins Blaue hinein fragen. War Schurmann direkt oder indirekt an den Morden beteiligt, dann mussten sie zunächst herausfinden, warum Tanja Binkel ihn aufgesucht hatte. Schurmann konnte ihnen einen Bären aufbinden und sich gleichzeitig in Deckung bringen.

Es half nichts, sie mussten so tun, als hätten sie die Sache fest im Griff. Ja, das war im Moment die entscheidende Frage: Was hatte die ermordete Tanja Binkel in Billwerder zu suchen gehabt? Was wollte sie von Schurmann?

*

Warum nicht mal die Dinge auf sich zukommen lassen? Das war nicht das Schlechteste. Kaja strich über den Aktenordner.

Noch vor einem Jahr hatte sie so etwas wie einen Karriereplan entwickelt. Sich endlich an die Dissertation setzen, Assistentenstelle an der Universität, Habilitation, nach drei Jahren dann … Ja, was eigentlich? Eine vertrocknete Professorin werden, die schließlich lustlos und desillusioniert nur noch die Universitätsroutine abspulte? Sich in Universitätsgremien den Hintern plattsitzen und mit den Jahren grauer und grauer werden? Mit einem kleinen Forschungsauftrag aus der Industrie ihr Salär aufbessern und abgekämpften Studenten etwas über Prägungen oder frühkindliche Störungen vermitteln? Von Tag zu Tag auf schnurgeraden Pfaden der Pension entgegen?

Selbst als Mutter hatte sie versagt.

Leonie war nicht einfach nur zu ihrem Vater nach Zürich gezogen. Es war nichts anderes als eine Flucht. Ihre Tochter war vor ihr geflohen. Es hatte keinen Sinn, sich etwas vorzumachen.

Kaja sah hinüber zu Peter Sienhaupt, der in seinem Knautschsessel geradezu andächtig auf den Bildschirm blickte. Sie bezweifelte, dass er schon Geschmack an ihrem Fall gefunden hatte. Wahrscheinlich war er glücklich, weil er der Fuchtel seiner Schwester entkommen war. Zu gern hätte sie einen kurzen Blick in das Hirn des Autisten geworfen. Herausgefunden, wie sich seine Welt anfühlt, was für ihn Glück und auch was Unglück bedeutet. Konnte man das überhaupt? Einen Blick in die Welt eines anderen Menschen werfen? Und dann auch noch in das Hirn eines Genies? Jeder glaubte zumindest zu einem Teil zu wissen, was im Hirn seines Gegenübers vorging. Angeblich gab es dafür diese rätselhaften Spiegelneuronen im Hirn. Doch wenn man sich wirklich im anderen spiegelt, ja, wenn dieser andere und alle seine Brüder und Schwestern, denen man begegnet, eigentlich ein Bestandteil unser eigenen Natur sind, wer ist man dann selbst? Gibt es uns dann überhaupt? Oder sind wir nichts anderes als Milliarden von Spiegeln über den ganzen Erdball verstreut? Jeder mit Schlieren, Kratzern, Sprüngen, manche eben auch zerbrochen und zersplittert?

Alles nichts als Ausdünstungen des Hirns einer Frau von Mitte dreißig! Schluss damit. Sie hatte hier eine Aufgabe übernommen. Man setzte Vertrauen in ihre Kenntnisse, ihre Untersuchungen von Fällen und Befragungen von Gewalttätern. Ja, Vertrauen in das Glück, das sie mit ihren bisherigen Profilen gehabt hatte. Doch Glück, Glück war ein flüchtiger Geselle. Vielleicht sollte sie sich öfter mit Freundinnen treffen, ausgehen. Und verflixt noch mal endlich aufhören, in Restaurants, Bars und Cafés andere Menschen zu beobachten!

Und sie musste unbedingt die Abtreibung hinter sich bringen. Sie war dem, was man »das Böse« nannte, sehr, sehr nahe gekommen. Dieser verrückte Savant hatte sie geschwängert. Angeblich mit einem gynäkologischen Gerät. Wie auch immer: Sie trug sein Kind in ihrem Bauch. Kein Aufschieben mehr. Sie musste das endlich abhaken. Und sie musste aufhören, an den Fötus zu denken, der in ihrem Bauch heranwuchs und nicht zu ihr gehörte.

In dem im Dämmerlicht liegenden Büro herrschte eine geradezu feierliche Atmosphäre. Nur von Zeit zu Zeit wurde die Stille durch die gurgelnden Geräusche von Sienhaupt unterbrochen. Sollte sie tatsächlich hier ihr Büro aufschlagen? Eigentlich arbeitete sie ja lieber zu Hause, doch seit ihre Tochter aus dieser völlig überkandidelten Villa ausgezogen war, in der sie auf Wunsch ihrer Mutter lebte, war es still geworden. Manchmal hatte sie das Gefühl, als würde das Haus ihr die Luft nehmen. Sie überprüfte, ob ihr Telefon freigeschaltet war. Sie hatte den Hörer gerade wieder aufgelegt, da klingelte der Apparat.

Sienhaupt sah kurz über seinen Bildschirm, senkte dann aber wieder den Kopf.

»Winterstein.«

»Kaja, erinnerst du dich?«

Ihre Hand begann zu zittern, und das Telefon verwandelte sich in ein glühendes Stück Metall. Nein! Das konnte nicht sein. Ganz ausgeschlossen. Unmöglich!

»Schön, deine Stimme zu hören, Kaja.«

»Aber …«

Ihr Mund war trocken, und sie spürte, wie ihre Zunge zu einem Klumpen anschwoll.

»Ich bin keine Gefahr, Kaja. Und ich möchte nicht, dass sich das ändert.«

»Travenhorst? Jan Travenhorst?«

»Trage das Kind aus, Kaja. Alles andere wird sich finden.«

Kaja hörte ein Surren in der Leitung.

Das war ganz und gar ausgeschlossen. Die Gerichtsmediziner hatten die DNA des Serienkillers eindeutig dem zerfetzten Leichnam zugeordnet. Travenhorst konnte nicht überlebt haben. Niemals. Nein, es musste sich um einen sehr schlechten Scherz handeln.

Ihre Hände zitterten immer noch, als sie den Hörer vorsichtig auflegte. Sie ließ sich in ihren Sessel fallen und sah sich verwirrt um.

Sie blickte hinüber zu Sienhaupt, doch der war weiterhin in den Bildschirm vor ihm vertieft.

Kaja atmete hörbar aus. Sicher, Stimmen ließen sich mit modernster Computertechnologie so manipulieren, dass niemand sagen konnte, ob es sich um das Original oder eine Fälschung handelte. Erst vor wenigen Wochen hatte selbst die CIA eingeräumt, dass sie über die Stimmanalyse nicht eindeutig bestimmen könnten, ob die zahlreichen einlaufenden Botschaften Bin Ladens tatsächlich echt oder geschickte Täuschungen waren.

Es konnte also nur so ein mieser Scherz sein, denn schließlich hatte der Anrufer auch ihre einzige Frage nicht direkt beantwortet.

Doch selbst wenn es eine Fälschung war: Woher wusste der Anrufer von ihrer Schwangerschaft? In den Medien hatte über dieses »Detail« nichts gestanden. Selbst im offiziellen Polizeibericht hatte Mangold die Zwangsbefruchtung nicht erwähnt. Nur das Ermittlerteam und der Arzt, der sie nach ihrer Befreiung untersucht hatte, waren informiert.

Sie durfte sich davon nicht kirre machen lassen. Und sie musste die Abtreibung so schnell wie möglich hinter sich bringen. Erneut klingelte das Telefon.

»Kaja«, sagte die Stimme. »Ich schlage dir ein Geschäft vor.«

7.

Hensen biss sich auf die Lippe.

Wie hatte er sich nur auf diesen Wahnsinn einlassen können? Seine Uhr hatte er im Schlafraum lassen müssen, aber später als halb vier konnte es unmöglich sein. Draußen begann es gerade erst zu dämmern.

Ein mit einer Glocke bewaffneter Mönch war durch den Flur gerast und hatte sie aus den Betten getrieben. So rabiat war es nicht mal im Feldlager bei den meist weiblichen kurdischen Freischärlern zugegangen.

Selbst Vogelgezwitscher war noch nicht zu hören.

Er hätte auf die Meditationslehrerin hören sollen. Warte noch mit der ersten strengeren Übungszeit. Aber nein! Er hatte es ja besser gewusst.

Nun saß er erst 20 Minuten auf seinem Meditationskissen, und es schmerzten bereits Oberschenkel und Rücken. Er durfte gar nicht daran denken, dass sie mit wenigen Unterbrechungen durch Gehmeditationen bis um halb zehn Uhr abends auf diesen verfluchten Kissen sitzen würden. Drei ganze Tage lang. Und damit hatte er noch Glück. Normalerweise ging so ein Sesshin nicht unter sieben Tagen ab. Sitzen von morgens halb vier bis abends halb zehn. Abgesehen von den halbstündigen Unterbrechungen, während der in Meditationshaltung und schweigend das Essen eingenommen wurde.

Außer beim Gespräch mit der Meisterin waren jedes

Wort und jeder Augenkontakt mit den anderen Wahnsinnigen, die hier, wie er auch, alle freiwillig erschienen waren, verboten. Zen-Training nannten sie das. Da hätte er die Zeit lieber damit rumgebracht, sich von amerikanischen Drill-Sergeants anschreien zu lassen. Die sagten wenigstens etwas.

Nach zwei weiteren Sitzperioden grübelte Hensen über Ausreden nach, mit deren Hilfe er hier verschwinden konnte. Was hatte er überhaupt hier in Holland zu suchen?

Gebaut worden war das Reetdach-Gebäude, in dem sich dieses Zendo befand, als größter Puff der Niederlande. Doch seit einigen Jahren lebte eine Mönchs- und Nonnengemeinschaft von Zen-Buddhisten in den Räumen und veranstaltete Meditationswochenenden, Achtsamkeitstrainings und mehrtägige Dai-Sesshins. Immer schweigend und nur unterbrochen von ein paar Stunden Schlaf in der Nacht.

Nicht einmal Mangold hatte er von seinem »Ausflug« erzählt. Der wusste nur, dass er wöchentlich an einem Meditationsabend teilnahm.

Die im Rinzai-Zen geschulte Meisterin würde ihm am Nachmittag in einer persönlichen Unterweisung ein Kōan übertragen, das er ohne logisches Denken »zu lösen« hatte. Ein Paradoxon, das in der Lage sein sollte, das herkömmliche Denken zu sprengen. »Schnellboot zur Erleuchtung«, hatte die Meisterin das genannt und schallend gelacht. Die Antwort hatte man zu präsentieren. Was immer das heißen sollte.

Zugegeben, er war neugierig darauf gewesen. Doch jetzt wusste er nicht einmal, ob er die nächsten 20 Minuten auf dem Kissen überlebte. Er hatte gelesen, dass es schon mal vorkam, dass beim »Sitzen in Stille« eine Sehne riss. Niemanden hier schien das sonderlich zu beunruhigen.

Hensen öffnete vorsichtig seine Augen. Ihm gegenüber saß ein 25-jähriger Mann, daneben eine Frau, die um die 70 sein musste. Wenn die es schaffte, Stunde um Stunde auf dem Kissen zu verharren, ihre Gedanken einfach vorbeiwehen zu lassen, ohne sich daran zu klammern, dann … Ja, er würde sich beweisen, dass er das durchstehen konnte. Er war durch den schlimmsten Dreck gekrochen, hatte sich fast den Hintern abgefroren, durch einen Schuss einen Teil seines Ohrläppchens verloren – und da sollte er es nicht schaffen, ein paar Stunden im Trockenen auf einem Kissen zu sitzen?

Wie seine Hamburger Trainerin es ihm beigebracht hatte, versuchte er, seine Atemzüge beim Ausatmen mit voller Konzentration zu zählen. Immer bis zehn und dann wieder von vorn. Doch schon bei zwei oder drei war er in Gedanken sonst wo, nur nicht bei den Zahlen und schon gar nicht beim Atmen.

Nein, für diese fernöstlichen Sperenzien war er einfach nicht geschaffen. Dazu musste man eine Veranlagung haben, ein Talent. Und einen stabilen Rücken. Sushi essen half da nicht.

Hah, der war nicht schlecht: Sushi essen half da nicht!

Auch in der vierten Sitzperiode, die vom herbeigesehnten Klang eines Glöckchens beendet wurde, schliefen ihm die Füße ein. Gab es das? Konnte man bei der Meditation einen Fuß oder ein Bein verlieren, weil es nicht durchblutet wurde?

Er versuchte, seinen halben Lotussitz etwas zu lockern, doch jede noch so kleine Bewegung machte Geräusche. Was war mit dem Rücken? Dem Nacken? Wie konnte es verflucht noch mal sein, dass aufrechtes Sitzen so weh tat?

Bei der Gehmeditation machte er zunächst vorsichtige Schritte, weil er Angst hatte, wegen des fehlenden Gefühls umzuknicken und sich den Knöchel zu brechen.

In der fünften Sitzperiode unterbrach Hensen die elendige Atemzählerei und schickte ein Stoßgebet in den Himmel. Lieber Gott, lieber Buddha, oder wer immer da oben das Sagen hat, bitte lass nach dem Mittagessen eine kurze Pause zu uns herunterkommen. Ein paar Minuten, in denen ich meinen Rücken auf eine gerade Fläche betten kann. Bett, Teppichboden, Fliesen, egal. Nur gerade muss es sein.

Hensens fester Entschluss, dieses Meditationswochenende spätestens am Abend abzubrechen, wich langsam einem trotzigen Gefühl, es allen zu zeigen und eben doch bis zum frühen Sonntagabend durchzuhalten.

Eigentlich wollte er an diesem Wochenende auch entscheiden, ob er nun den Job als Kriegsberichterstatter in Afghanistan annehmen sollte oder doch lieber Mangolds Ermittlungen unterstützte. Andererseits wollte er sich voll und ganz auf dieses Meditationsspiel mit der Atemzählerei einlassen.

Aus der Richtung der Meditationsleiterin hörte er ein Rascheln. Gleich, gleich würde die Glocke ertönen. Endlich. Doch zu seinem Entsetzen sah er, wie eine Nonne mit einem hölzernen Schwert in der Hand die Reihe der Meditierenden abschritt. Undeutlich erkannte er, dass sich ein Mann, der sich am Freitagabend als Mathematikprofessor vorgestellt hatte, auf seinem Kissen mit zusammengelegten Handflächen verneigte. Die Nonne blieb stehen, verbeugte sich ihrerseits und hob das Schwert. Mit einem lauten Krachen landete die flache Seite der hölzernen Klinge auf dem Nacken des Mannes. Er schwenkte den Kopf leicht zur Seite, legte ihn wieder auf sein Knie, und schon sauste das Schwert auf die andere Seite des Nackens. Anschließend verbeugten sich der Mann und die Nonne voreinander. Dieser Idiot hatte freiwillig um Schläge gebeten! Nicht zu fassen.

Wenn er ohnehin schon dauernd beim Zählen durch seine Gedanken unterbrochen wurde, konnte er sich jetzt auch die Zeit nehmen, seine Entscheidung zu überdenken.

Ein verrückter Serienkiller, der seine Opfer mit fantasievollen Methoden umbrachte. Kein Mord ähnelte dem anderen. Selbst die Beseitigung des Zeugen, der ihn in einem Berliner Hausflur erkannt hatte, wurde von ihm zelebriert. Eine Kugel, die er ihm in den Mund stopfte, und anschließend hatte er ihm die Nase zugehalten.

Obendrein signierte er seine Opfer mit lateinischen Spruchweisheiten. Auch dazu musste man erst einmal Zugang haben. Was aber bedeuteten die verschiedenen Buchstabenkürzel? Immer wieder hinterließen Serienkiller ihre Signatur, um sich in ihrer Mediengeilheit für immer zu verewigen. Dieser Täter wechselte die Unterschriften. Und da der Mann – und um einen Mann musste es sich wegen der Kraftanstrengung, die diese Taten erforderten, handeln – alles genau plante, musste sich dahinter ein System oder eben eine Nachricht verbergen. Tanja Binkel, die er verkehrt herum an die Decke gehängt hatte. Der Niendorfer Rentner, der auf einer Liebesschaukel ausblutete.

Serienmorde schwappten von Amerika nach Deutschland, behaupteten die Medien. Dabei waren sie schon längst angekommen. Nur dass sie eben manchmal erst durch einen Zufall entdeckt wurden.

Half das Denken gegen Schmerzen? Konnte man sich mit ablenkenden Gedanken ein paar Minuten Erholung verschaffen? Nein, sie kehrten mit noch größerer Wucht zurück. Der Schmerz in seinen leicht abgeknickten Knöcheln war unerträglich. Millimeter um Millimeter versuchte er, die Füße zu strecken.

Auch das Mittagessen brachte keine Erholung. Die Pampe und das Gemüse, die den Magen möglichst wenig belasten sollten, wurden aus fünf runden Schalen serviert und mit Stäbchen gegessen.

Alles in einem festgeschriebenen Ritual, alles ohne ein Wort zu sagen, und am Ende wurden die Schalen direkt am Tisch gewaschen und für die nächste Mahlzeit bereitgestellt. Mittagspause, dachte Hensen, doch in einer Reihe folgten die Meditierenden den Mönchen zurück in den Meditationsraum zu den Kissen.

Nach zwei weiteren Folterrunden wurden alle Interessierten zur Audienz bei der Meisterin gerufen. Die vorgeschriebenen rituellen Verbeugungen, die die Schüler auszuführen hatten, hatte Hensen am Vortag geübt. Sich vor einem Menschen zu verneigen, das war ihm schlicht und einfach zuwider. Nun gut, es handelte sich beim Zen um eine asiatische Tradition, und zu dieser gehörten nun einmal Verbeugungen.

Nach einer weiteren halben Stunde, in der er vor dem Raum der Meisterin von Stuhl zu Stuhl weiterrückte, ohne sich einmal anlehnen zu dürfen, betrat er das Zimmer. Die Meisterin saß auf ihrem leuchtend gelben Kissen und lächelte ihn an. Nachdem er seine Niederwerfungen absolviert hatte, setzte er sich aufrecht hin und erwartete jetzt irgendeinen heiligen Text. Diese Sutras gab es für jede Gelegenheit.

»Was willst du?«

Hensen zwang sich, der Meisterin nicht direkt ins Gesicht zu sehen.

»Ein Kōan«, sagte er und kam sich im gleichen Augenblick blöde vor.

»Du hast doch schon genug davon«, sagte die Meisterin.

Sie hielt tatsächlich einen Knüppel in der Hand. Angeblich sollten einige der Zen-Meister durchaus davon Gebrauch machen. Eindringlich hatte ihn ein Medizinstudent am Vorabend davor gewarnt, ja nicht die Formulierung »Ich denke« zu benutzen. »Das kann wehtun«, hatte er süffisant geflüstert.

Die Meisterin begann plötzlich brüllend zu lachen. Hensen wusste nicht, was er tun sollte. Also tat er gar nichts.

»Du musst mir eine Antwort bringen«, sagte die Meisterin. »Ein Kōan ist wie eine glühende Kugel. Du hast sie im Mund und kannst sie nicht mehr ausspucken, aber du kannst sie auch nicht hinunterschlucken.«

Hensen dachte an den toten Hans Innach, der mit einer Kugel im Mund gestorben war.

»Ich weiß zwar nicht, warum du dir das antun willst, aber schön: Zeig mir dein wahres Selbst im Angesicht einer Blume«, sagte die Meisterin und hob … nein, Gott sei Dank nicht den Knüppel. Fehlte noch, dass er sich hier von einer Frau verprügeln ließ. Nein, aus ihrer brokatfarbenen Kutte hatte sie einen Fächer gezogen, mit dem sie jetzt ihr Gesicht verbarg und sich gleichzeitig Luft zufächelte.

»Also zeig es mir.«

Hensen öffnete den Mund, um eine Antwort zu geben, da schoss ihre Hand zu einer Klingel, mit der sie heftig läutete.

Das Zeichen, dass die Audienz beendet war und er sofort den Raum zu verlassen hatte.

Bis zum Versuch einer neuen Antwort musste er zurück aufs Kissen, dann wieder von Stuhl zu Stuhl. Das wahre Selbst im Angesicht einer Blume. Und was war mit seinem durchgesessenen Hintern?

*

Mangold sah sich in seiner provisorisch eingerichteten Wohnung um. Irgendwann würde er die Zeit finden, sich darum zu kümmern.

Er griff zum Telefon und wählte Tannens Nummer. Es dauerte nur zwei Sekunden, bis der den Hörer abhob.

»Tannen, wir müssen das erste Opfer genauer unter die Lupe nehmen.«

»Tanja Binkel?«

»Genau.«

»Dazu bräuchten wir ihre privaten Papiere, alles, was die Berliner Kollegen …«

»Fordern Sie alles an. Notfalls sollen sie das Zeug mit einem Lastwagen herschaffen. Wir müssen uns ein Bild von der Frau machen. Häusliche Gewohnheiten, berufliche Aktivitäten, was für Freunde hatte sie?«

»Sie halten sie für die auslösende Figur?«

»Eine Initialzündung. Nach allen Erfahrungen sagen die ersten Opfer von Serientätern und das Tatortbild am meisten über die Motive aus.«

»Aber dann wäre es die Angelegenheit der Berliner Kollegen«, gab Tannen zu bedenken.

»Unsinn, wenn wir eines über Serientäter wissen, dann dass die meisten ausgesprochen gern weite Strecken zurücklegen. Das ist in den USA so und dürfte es auch in Deutschland sein. Sie fahren mit ihren Opfern durch die Gegend. Gehört zum Machtritual, sagt jedenfalls unsere Profilerin.«

Mangold fiel der Junge ein, der aus einem niedersächsischen Ferienheim verschwunden war und dessen Leichnam man in Dänemark gefunden hatte. Der Täter, dem man etliche Morde an Jungen zuschrieb, hatte sogar eine Grenzkontrolle riskiert. Immer noch war es ein Rätsel, wie es ihm gelungen war, die Jungen aus ihren Schlafräumen zu locken.

»Was ist mit dem Niendorfer Opfer?«, fragte Tannen am anderen Ende der Leitung.

»Um die beiden Männer kümmern wir uns später. Tanja Binkel könnte unser Schlüssel sein.«

»Jedenfalls hat die Frau den Pfleger in Billwerder besucht, den dieser … dieser …«

»Carolus.«

»… also den dieser Carolus verdächtigt, den Drohbrief geschrieben zu haben. Es muss eine Verbindung zwischen Tanja Binkel und Schurmann geben. Etwas, das über seine Verurteilung hinausgeht.«

»Und genau diese Verbindung werden Sie ausgraben. Das ist unser wichtigster Ansatz. Was wissen Sie über diesen Clemens Carolus?«

Tannen auf der anderen Seite der Leitung schwieg ein paar Sekunden.

»Nichts«, sagte er dann.

»Also brauchen wir Informationen. Spannen Sie Weitz ein. Und denken Sie daran: Füttern Sie Sienhaupt mit diesen Informationen.«

Tannen versprach, sämtliche Materialien anzufordern, sobald er in der Berliner Asservatenkammer jemanden erreichte. Dann legte er auf.

Mangold rechnete mit einem Protestanruf seines Berliner Kollegen Arlandt. Na gut, er würde ihn an Wirch verweisen. Der hatte schließlich klare Anweisungen gegeben.

Mit den Fußspitzen schob Mangold einen der braunen Kartons unter die Fensterbank. Genau wie jene, die er schon ins Schlafzimmer geschafft hatte, war auch dieser mit seinen Tunnelmodellen gefüllt. Tunnelbau. Eine Macke, die er sich erlaubte. Doch er hatte nicht für möglich gehalten, wie viele Modelle und Materialien er inzwischen zusammengetragen hatte. Vera hatte seine zugegeben etwas seltsame Leidenschaft zur Weißglut getrieben. Erklären konnte er diese Vorliebe selber nicht. Aber Tunnel, das waren eben nicht nur beengte Räume, Tunnel, das waren Verbindungshöhlen, geschützte Räume, an deren Konstruktion die klügsten Mathematiker, Statiker und Architekten in den verschiedenen Jahrhunderten getüftelt hatten. Auch die Gänge unter den Pyramiden aus der Zeit des Alten Reiches in Ägypten waren nichts anderes als Tunnelsysteme.

Mangold entkorkte eine Flasche Wein und schenkte sich ein.

Mit dem Glas in der Hand trat er in das Schlafzimmer und zog sein Taschenmesser aus der Hose. Beim dritten Karton wurde er fündig. Vorsichtig zog er das aus Plastik gefertigte Modell des Berliner Spionagetunnels heraus.

Elf Monate war der vom britischen und amerikanischen Geheimdienst gebaute 450 Meter lange Tunnel genutzt worden. Man hörte damit die Telefonate zwischen dem sowjetischen Hauptquartier in der DDR und Moskau ab. Verraten hatte den Tunnel schließlich der britische Doppelagent Blake. Befestigt hatte er an dem Modell einen Briefumschlag, der zwei Bilder des mit Sandsäcken und Elektrik vollgestopften Tunnels enthielt.

Im gleichen Karton fand Mangold zwei Fluchttunnel, die Ost- und Westberlin verbanden.

Er sah hinüber zu einem besonders gekennzeichneten

Karton, den er fest mit Klebeband umwickelt hatte. Darin lagen Notizen, Skizzen und erste Entwürfe für sein kleines Forschungsprojekt. Er hatte immer von einer Auszeit geträumt, in der er ein ganz besonderes Tunnelsystem erforschen konnte: die Kellersysteme, Labyrinthe und Verbindungen unter den Häusern von St. Pauli. Im Laufe der Jahre waren Wände geöffnet und sogar Fluchtwege gegraben worden, und niemand wusste heute so genau, was alles da unten zu finden war.

Einst war da unten sogar eine Opiumhöhle verborgen, die im Chinesenviertel St. Paulis in den 1920er und -30er Jahren betrieben wurde. Später diente sie als Versteck und Fluchtweg der Kommunisten und Sozialdemokraten, die von NS-Banden verfolgt wurden. Aber auch ein über 20 Kellerräume verteilter Gebrauchtwarenhandel war hier beherbergt.

Tunnel waren ebenso Angriffswaffe wie Fluchtmöglichkeit, und meistens verbanden sie Menschen. Und man konnte sie zuschütten. So wie den Tunnel zwischen Vera und ihm.

Vera! Seit sieben Monaten waren sie jetzt getrennt, und er dachte mittlerweile immer seltener an die gemeinsame Zeit. Nie hätte er das für möglich gehalten, doch Vera verblasste. Zeit hatte auch etwas Gnädiges. Und Zeit war Mangelware.

Der Täter, der in Berlin und Niendorf gemordet hatte, war schnell. Der einzige Mensch, der ihn hätte identifizieren können, war von ihm ohne langes Federlesen aus dem Weg geräumt worden. Aber woher wusste er von dem Mann, der ihn beobachtet hatte?

Mangold stellte das Plexiglasmodell auf die Fensterbank und füllte sein Glas erneut mit Rotwein.

»Der alte Mann säuft sich die Welt schön«, sagte eine Stimme hinter ihm. Mangold zuckte zusammen.

»Lena! Wie wär's mit Klingeln?«

»Wie alles in diesem Haus: kaputt.«

»Man kann klopfen oder sogar vorher anrufen.«

»Ich habe einen Schlüssel.«

»Der war für den Notfall gedacht.«

Lena warf sich auf seine Couch und streifte sich die Schuhe ab.

»Wie war's denn so? Ich meine, dein Arbeitstag.«

Seitdem seine Nachbarin im letzten Monat 18 geworden war, entwickelte sie eine schwer zu ertragende Anhänglichkeit. Gut, manchmal war ihm die Gegenwart des Mädchens durchaus angenehm, aber seitdem sie diesen Job in der Pathologie hatte, glaubte sie, mit ihm fachsimpeln zu müssen.

»Und, wieder Leichen durch die Gänge geschoben?«, fragte Mangold betont gelangweilt.

»Gesägt«, sagte sie. »Ich durfte heute mal einen Brustkorb öffnen.«

»Du bist krank«, sagte Mangold.

»Wer soll diese Arbeit denn sonst machen? Außerdem bin ich nett zu den Toten. Ich rede mit ihnen.«

»Und dann sägst du sie auf.«

»Die verstehen das, außerdem: Lieber so, als würde ich sie wie ein Metzger behandeln.«

»Und was erzählen sie dir so?«, fragte Mangold.

Den gemütlichen Abend durfte er wohl abschreiben.

»Eine Menge Zeug«, sagte Lena. »Toll sind Tätowierungen, da erfährst du was aus ihrem Leben. Aber auch Narben …«

»Und die fotografierst du dann?«

»Klar, wir … das heißt, das Institut macht demnächst

vielleicht eine Ausstellung. Wenn wir die Erlaubnis bekommen.«

»Mit Bildern von Tattoos?«

»Total spannend, da siehst du das Leben der Leute gleich an dir vorüberziehen.«

»Unsinn«, sagte Mangold.

»Doch. Alte Seeleute mit Ankern und Herzen und meist einem Frauennamen. Dann gibt es die Gelegenheitsreligiösen mit einem Christusbild oder einem Kruzifix …«

»Und die Arschgeweihe.«

»Stimmt«, sagte Lena. »Hatten wir vorgestern erst. Motorradunfall.«

»Tun die Leute dir nicht leid, wenn sie so aus dem Leben gerissen werden?«

»Wenn die erst bei uns durch die Tür gefahren werden, ist es dafür zu spät. Aber ich entschuldige mich immer, wenn ich mit dem Skalpell zugange bin.«

»Könnten wir nicht über was anderes reden?«

»Ich hab' dich für abgebrühter gehalten. Du bist schließlich bei der Mordkommission.«

Mangold trank einen Schluck Wein. Lena schien heute ausgesprochen mitteilungsbedürftig zu sein.

»Es gibt gut gemachte Tattoos und die versauten. Da gibt's richtige Künstler, die das machen. Tattoos erzählen von den Leidenschaften, vom Fußballklub und verflossenen Geliebten. Manche haben sogar mehrere Namen auf dem Körper.«

»Ich finde das nicht lustig«, sagte Mangold.

»Doch, doch. Stell dir vor, wir ziehen eine Wasserleiche aus, das heißt, wir schneiden ihr die Klamotten vom Leib, weil sie schon ein bisschen aufgedunsen war, und da steht kurz über ihrer Pussy … na?«

»Interessiert mich nicht.«

»Eingang steht da. Kannst du dir das vorstellen? Eingang! Das ist doch lustig.«

»Meinst du nicht, es ist ein wenig spät für eine Leichenschau?«

»Und du? Ich hab' gelesen, ihr jagt einen Lateinlehrer.«

»Unsinn.«

Lena holte sich ein Glas aus dem Schrank, bediente sich aus der Weinflasche, warf sich wieder auf die Couch und zog die Beine hoch.

Seitdem sie seine Wohnung aufgeräumt hatte, verhielt sie sich hier wie die Frau des Hauses.

»Ganz vergessen«, sagte sie und sprang in die Küche. Nach ein paar Sekunden kehrte sie mit einer Tüte zurück, die Mangold noch nie gesehen hatte.

»Was ist das?«

»Ich hab' heute in der Mittagspause eingekauft und das Zeug schon mal in deinen Schrank geräumt.«

»Erdnussflips?«, fragte Mangold angeekelt.

»Siebziger Jahre«, sagte Lena. »Das Zeug schmeckt wie die Füllung eines Sofakissens, aber ich muss diese Zeit verstehen lernen.«

»Andere Musik«, sagte Mangold.

Jetzt verzog Lena das Gesicht.

»Also, was ist jetzt mit eurem mörderischen Schriftsteller, was bedeuten diese lateinischen Sprüche?«

Mangold kapitulierte und berichtete in groben Zügen von seinem neuen Fall. Vera würde sich Details verbeten haben, Lena bohrte beharrlich nach.

»Und du bist jetzt Chef einer Sonderkommission Serienmord?«, fragte Lena.

»Ist doch egal, wie das heißt.«

»Ist es nicht. Wenn das Kind einen Namen hat, dann fängt die Verantwortung doch erst an. Es gibt also einen Zusammenhang mit Pflegediensten?«

»Wir stehen erst am Anfang.«

»Was man von dem Mörder nicht gerade sagen kann. Drei Morde und jedes Mal die gleiche Handschrift.«

Wenn Wirch erfuhr, dass er hier mit einem überdrehten Teenie über seine Arbeit sprach, würde er die längste Zeit Leiter der Sonderkommission gewesen sein.

»Hinweise auf Pflegedienste?«, wiederholte sie.

»Nur sehr vage.«

»Würde passen«, sagte Lena. »Gestern haben wir eine Leiche reingekriegt, die schon im Krematorium auf die Einäscherung wartete. Ein Familienmitglied hat durchgesetzt, dass die Tote untersucht wird.«

»Und was ist dabei rausgekommen?«

»Keine Ahnung. Das sind alles Geheimniskrämer, diese Pathologen. Wie wär's denn damit: Tanja Binkel deckt einen Pflegeskandal auf und wird von einem schwarzen Engel an die Decke gehängt.«

»Schwarzer Engel?«

»Passt doch. Diese Mörder aus dem Pflegebereich werden manchmal so genannt. Solltest du eigentlich wissen. Die meisten behaupten später, sie hätten aus Mitleid getötet. Glaub' ich aber nicht.«

»Oha, jetzt kommt ein psychiatrisches Fachgutachten.«

Lena ließ sich nicht irritieren. Sie nahm einen Schluck aus ihrem Weinglas und sagte: »Ich glaube, die suchen sich extra einen Job in den Pflegeheimen.«

»Und warum?«

»Weil ihre Taten da nicht so auffallen.«

»Eine heiße These.«

»Man sollte sich jeden Pfleger, jede Pflegerin genau ansehen«, sagte Lena.

»Und natürlich jeden Leichnam.«

»Unbedingt.«

»Und das wird jetzt nicht etwa ein Beschäftigungsprogramm für Pathologen?«

Lena schob mit den Fingern eine Haarsträhne zur Seite. »Du weißt selbst, dass die meisten Morde gar nicht erkannt werden.«

»Deshalb können wir trotzdem nicht jeden Menschen, der stirbt, auf den Pathologentisch legen.«

»Aber alle, bei denen die Todesursache nicht absolut eindeutig ist. Wenn auf den Gräbern derjenigen Toten, bei denen etwas nicht stimmt, ein Lichtlein leuchten würde ...«

»... hätten wir hell erleuchtete Friedhöfe, ich weiß. Sind das deine Gothic-Fantastereien?«

»Ich hab's auf dem Friedhof gern schön dunkel«, sagte Lena und strich sich erneut durch ihre Haare. Die glänzten, als hätte sie jedes einzelne mit Klavierlack überzogen.

Das Telefon klingelte.

Mangold meldete sich, ohne auf das Display zu sehen, und zuckte zusammen, als er Veras Stimme erkannte.

Wie es ihm denn so gehe, wollte sie wissen. Anscheinend hatte sie sich auf eine ausgedehnte Plauderei eingestellt.

»Ich hab' wirklich viel um die Ohren, ich melde mich bei dir«, sagte Mangold.

Lena auf dem Sofa grinste über das ganze Gesicht. Woher zum Teufel wusste sie, wer da am Telefon war?

»Schaffen wir es, uns zu treffen, ohne uns anzuschreien?«, fragte Vera.

»Für Schreiereien gibt es keinen Grund.«

»Du redest wie ein wandelndes Polizeiprotokoll.«

»Ich bin in der Pathologie«, sagte er. »Ich ruf' dich an, wenn ich ein wenig Luft ...«

»Morgen um neun bei mir?«, fragte Vera.

»Also, das wird ...«

»Bitte«, sagte Vera.

Als er aufgelegt hatte, grinste Lena ihn immer noch an.

»Du bist ganz grün im Gesicht. Will sie dich treffen?«

Mangold nickte und überlegte, wie er das Thema wechseln konnte.

Lena sprang vom Sofa auf.

»Das machst du. Triff dich mit ihr.«

Mangold schüttelte den Kopf.

»Komm schon«, sagte Lena. »Du legst sie ordentlich flach, und dann geht es dir gleich besser.«

*

»Mein wahres Selbst im Angesicht einer Blume.« Hensen beobachtete einen Regenwurm, der sich zwischen zwei Blättern eines Löwenzahns in Sicherheit brachte. Er sah hinüber zur Meditationshalle. Während die anderen weiter ihre Rücken malträtierten, saß er hier auf einer grünen Wiese. Eigentlich hätte er sich darüber freuen können, aber die ganze Angelegenheit war mehr als peinlich.

Ja, da hätte er lieber ein paar Schläge mit dem Knüppel kassiert. Aber die Meisterin hatte ihn nach der dritten Antwort nach draußen geschickt. Er solle sich die Blumen mal genau ansehen, dann werde er schon sehen.

Keine Frage, er war für diese Mischung aus Selbstkasteiung und Erleuchtung der falsche Mann. Bilder aus der Grundschulzeit tauchten vor ihm auf. Auch damals hatte man ihn ab und an aus dem Unterricht geworfen. Das Gefühl der endlosen Minuten auf dem Flur, oder allein über den Schulhof zu stromern, verursachte ihm immer noch ein unangenehmes Gefühl im Magen.

Hensen beugte sich zu der gelben Blüte hinunter und betrachtete sie eingehend. Außer ein paar winzigen Insekten, die auf den Blütenblättern herumkrabbelten, konnte er nichts Besonderes entdecken. Schon gar keine Antwort auf das Kōan, das die Meisterin ihm »übertragen« hatte. Etwas Hochphilosophisches konnte sich dahinter eigentlich nicht verbergen.

Der Satz »Es bleibt immer etwas hängen« schoss ihm durch den Kopf. Ja, das galt nicht nur für das »Aufgehängtwerden«, auch aus der Vergangenheit blieb immer etwas hängen. »Sperrmüll«, hatte es die Zen-Trainerin in einem Büchlein genannt. »Meditation ist Sperrmüllabfuhr.«

Wieso sich plötzlich das längst vergangene Gefühl von Verlorenheit einstellte, das er damals als Zweitklässler erlebt hatte, war mehr als rätselhaft. Warum konnte man diesen Mist nicht einfach vergessen, ihn aus dem Kopf löschen?

»Möge die Erde dir leicht sein«, lautete die zweite Botschaft, die der Täter dem Rentner Karl Wengmann in den Oberschenkel geritzt hatte, während der langsam auf einer Schaukel verblutete.

»Es bleibt immer etwas hängen« und »Möge die Erde dir leicht sein«. Das hörte sich nach einer Mischung aus Bestrafung und guten Wünschen an. Eine fast väterliche Ermahnung, der schließlich eine Bestrafung folgte. Oder umgekehrt?

Zwei Ameisen, die die Blüte aufgeregt eroberten, stießen aufeinander und begannen sofort zu kämpfen.

Dann der dritte Satz, der in den Oberschenkel des Zeugen geritzt war: »Indem sie schweigen, stimmen sie zu.« Er passte nicht. Da war mehr der Vorwurf, dem die sofortige Bestrafung folgte. Und der Mord wurde aufgewertet. Als ginge es um ein höheres Prinzip, dem der Mann geopfert worden war. Fest stand: Die Zitate waren zynisch und machten sich über die Opfer lustig.

Bisher sprach nichts für Tannens These, dass der Täter ein Tarotspiel kopierte. So etwas wie der »Schaukelnde« oder der »Schweigende« kam darin nicht vor. Und der »Gehängte«, nun ja, das konnte Zufall sein.

Die Ameisen vor ihm hatten ihr Schlachtfeld auf der Blüte verlassen. Ihm fiel die Meisterin in ihrem Brokatgewand ein, die er in einer Stunde aufsuchen sollte. Was sollte er ihr sagen? »Es bleibt immer etwas hängen«?

Warum nicht ein wenig mitspielen? Er beugte sich dicht über die Blüte und atmete im Gleichklang mit dem Wort »Blume« aus. Und dann fiel es ihm auf. Die Blüte hatte unmerklich ihre Position verändert. Sie streckte sich zur untergehenden Sonne. Und sie schloss allmählich ihre Blüten. Nein, das war ihm noch nie aufgefallen.

Durch seinen Kopf rasten Blumenbilder von van Gogh, Jansen und Breughel, Emil Nolde. Rot leuchtende Blüten, dann wieder knallig gelbe, verdorrte Blumen, die achtlos beiseite geworfen worden waren, und plötzlich wusste er, was er später bei der Meisterin zu tun hatte. Und er wusste, was diese drei Morde verband.

Es hatte direkt vor ihm gelegen, geschaukelt und gehangen. Und er hatte es einfach nicht zuordnen können. »Vielen Dank«, sagte er zum Löwenzahn, »vielen Dank auch.«

Er schloss die Tür auf, zog die Schuhe aus und glitt in den Raum. Nichts hatte sich hier seit seinem letzten Aufenthalt verändert. Dieser Raum musste so bleiben, wie er war: Weiß. Er duckte sich und kauerte sich in die Ecke.

An der weiß getünchten Wand hing eine weiß grundierte Leinwand, auf dem Boden lag das weiße Kissen. Er hatte sich bisher nicht getraut, es zu benutzen. ALLES war in diesem Raum. Die absolute Vollkommenheit.

Doch er wusste nicht, wie lange er noch hierherkommen konnte. Jetzt, wo alles begonnen hatte.

Nein, er war nicht allein hier.

Hinter den Wänden saßen sie und beobachteten jede seiner Bewegungen. Jedes Zucken seiner Lider, das Greifen seiner Hände, das Heben und Senken seines Brustkorbs. Sie waren da. Und sie blickten auf ihn, nur auf ihn.

Er musste es jetzt tun. Die Zeit war da. Jetzt, jetzt, jetzt.

Er atmete tief durch und schloss die Augen.

Eine neue Reise musste vorbereitet werden, und allmählich kamen die Bilder. Erst zaghaft und dann mit greller werdenden Farben, die sich aus dem Weiß lösten.

Auch sie würde jetzt auf Reisen sein. Auf dem Weg zu dem Tunnel, dessen Wände sie ertastete, zu ihrem Treffen mit diesem Mann, dessen Atem sie auf der Haut spürte, der sie anlächelte. Sie hatte ihm davon erzählt. Wieder und wieder. Sie würde »nein« sagen, doch er würde weiterlächeln.

Und sie würde bitten und betteln. Und wimmern und ihm in die Augen sehen.

Er spürte, wie sein Hemd um die Brust zu spannen begann, wie er den Oberkörper aufrichtete, den Kopf hob und sie vor sich sah. Sie presste sich gegen die Wand. Der andere beugte sich leicht vor, spürte ihren flatternden Atem, das Zucken ihrer Augenlider. Er riss die Bluse auf, hörte irgendwo weit entfernt einen Schrei. Und dann tat er es. Wie jede Nacht.

8.

Marc Weitz drehte das Autoradio lauter und trommelte den Rhythmus der Musik auf dem Lenkrad mit.

Sie sollten ihrer Nase folgen, hatte der Chef gesagt. Und die führte ihn genau hierher. Eigeninitiative war gefragt. Auch wenn der Chef das nicht so recht zugeben mochte. Das ganze Gefasel vom Teamplayen! Unsinn. Das war ein hübsches Wort für Weicheier, für Leute, die lieber anderen die Verantwortung zuschoben. Nein, da mussten Dinge in die Hand genommen werden.

Sicher war das einer der Gründe, warum Mangold ihn unbedingt in seinem Team haben wollte. Und der andere war sein Riecher, sein Gespür oder wie auch immer man das nannte.

Die Rolle des Bürofuzzis, der alles vom Schreibtisch krümelte, die mussten andere spielen. Tannen mit seiner Computerei oder Sienhaupt, den alle für ein Genie hielten. Alle, bis auf ihn. Nein, nicht dass der Mann blöd gewesen wäre, aber der konnte seine Normalität eben gut hinter seiner Sabberei verbergen.

Weitz nahm die Ausfallstraße und bremste den Wagen vor einem Geschwindigkeitsmesser ab. Nein, diesen Gefallen würde er der Internen nicht tun. Nicht auch noch ein nettes Foto von ihm auf dem Schreibtisch von Jens Möchtegernpolizist Schiermacher. Der ohnehin nichts anderes zu tun hatte, als Kollegen anzuscheißen.

Weitz schaltete in den zweiten Gang herunter. Während der Motor aufheulte, winkte er zur fest installierten Kamera.

Dieses dicht am Alsterlauf gelegene Poppenbüttel galt noch vor zehn Jahren als Nobellage Hamburger Neureicher. Gedungene Behörden mussten Baugenehmigungen ohne Rücksicht auf freie Flächen ausgeschüttet, Straßen durch den einst idyllischen Flecken getrieben und jeden noch so hässlichen architektonischen Missgriff genehmigt haben.

Den alten Baumbestand hatte man bis aufs Nötigste abrasiert, und das hier ansässige Einkaufszentrum hatte den Rest erledigt. Die dörflichen Strukturen mit ihren kleinen Bäckereien, Schustereien, Damenmodeläden, Friseuren, kleineren Supermärkten und Fleischereien waren verschwunden.

Weitz sah durch das Autofenster auf einen Gründerzeitbau, in dem sich ein altes Café tapfer gegen die Betonierung des Stadtteils wehrte.

Fünf Minuten später erreichte er das kleine Wäldchen, in dem die psychiatrische Pflegeeinrichtung liegen musste. Dass man Irre im Wald versteckte, nun gut, dagegen war zunächst einmal nichts einzuwenden.

Eigentlich hatte Weitz einen Zaun erwartet, doch das Gelände war frei zugänglich.

»Wenn das mal gut geht«, murmelte er und bremste seinen Wagen vor dem Haupteingang. Neben dem Haus, das in den Sechzigern errichtet worden sein musste, spielten ein paar Männer Boule.

Ein Sport für Beknackte, dachte Weitz. Ich wusste es. Hauptsache, er war nicht in der Nähe, wenn die sich gegenseitig die Metallkugeln an die Birne donnerten.

Nicht einmal einen Pförtner gab es in dieser Anstalt. Im

ersten Stock entdeckte er einen jungen Mann, der recht normal aussah.

»Sind Sie ein Pfleger?«

Der Mann sagte nichts, sondern sah ihn verwundert an.

Dann griff er blitzschnell auf Weitzens Schulter, zog die Hand zurück und hielt ein Haar in die Höhe.

»Das würde ich lassen, sonst knall' ich dir eine. Haben wir uns verstanden?«

Der Mann sah ihn immer noch verwundert an.

»Na, wo ist denn der Onkel Doktor, hm?«, sagte Weitz.

»Der sagt nichts«, sagte eine junge Frau, die auf sie zutrat. Sie trug eine bunte Kappe, aus der einzelne blonde Strähnen fielen.

»Ach nein?«

»Der hat noch nie was gesagt. Er hat Angst.«

»Ist ihm deshalb das Gesicht eingefroren?«

»Ja«, sagte die junge Frau.

»Sind Sie hier so etwas wie 'ne Pflegerin?«

Statt einer Antwort zog sie den Ärmel ihres T-Shirts in die Höhe.

Weitz erkannte frische Schnittwunden.

»Borderline«, sagte die Frau gleichmütig und wies ihm den Weg zum Schwesternzimmer.

Der junge Mann hinter dem Schreibtisch sah ihn bedauernd an.

»Wir haben jetzt eigentlich keine Besuchszeiten.«

Weitz hätte ihm am liebsten seinen Ausweis auf den Tresen geknallt, doch im letzten Moment beherrschte er sich.

Damit würde der Befragung etwas Offizielles anhaften, und er durfte anschließend wieder ellenlange Protokolle verfassen. Sollte sich nichts ergeben, nun gut, niemand musste erfahren, dass er den Mann in Augenschein genommen hatte.

Weitz sagte, dass er nur ein paar Fragen hätte. Sozusagen reine Informationen in einer Angelegenheit, bei der Jens Binkel ihm helfen könne.

»Wo habt ihr ihn eingesperrt?«, fragte Weitz.

Der junge Mann erhob sich seufzend von seinem Stuhl und fuhr mit dem Finger über eine an der Wand hängende Liste.

»Maltherapie«, sagte er. »Ich bring' Sie hin.«

*

Kaja Winterstein war zu Hause in ihrer Villa. Sie suchte auf ihrem iPhone einen Internetradiosender. Sie entschied sich für Heavy Metal. Diese Stimme musste aus ihrem Kopf. Unbedingt.

Es war vollkommen ausgeschlossen, dass Travenhorst noch lebte. Der DNA-Abgleich war eindeutig gewesen. Wegen der Tricksereien des hochintelligenten Mörders hatte man die Ergebnisse gleich mehrfach abgeglichen.

Wenn man die Existenz von Travenhorst ausschloss, gab es nur noch drei Möglichkeiten: Der Text war vor seinem Ableben aufgenommen worden, man hatte ihn am Computer zusammengebastelt, oder aber, und das war zweifellos die beunruhigendste Möglichkeit: Sie halluzinierte, bildete sich ein, die Stimme zu hören. Von zahlreichen Patienten wusste sie, dass es oft unmöglich war, die Stimme als Produkt des eigenen Hirns zu erkennen. Es war wie bei einem Déjà-vu-Erlebnis. Auch dabei schworen Menschen Stein und Bein, dass sie bestimmte Situationen schon einmal erlebt hatten.

Eine Stimme täuschend echt wieder auferstehen zu lassen, das war mit heutigen Computerprogrammen durchaus möglich.

Die menschliche Stimme ließ sich in alle Einzelteile sezieren und wieder neu zusammensetzen. Dazu brauchte man allerdings die Mitschnitte, die sie während der Gespräche mit dem Savant angefertigt hatten.

Doch wer steckte dahinter? Wer wollte sie davon überzeugen, das Kind auszutragen?

Sie sah aus dem Fenster hinaus auf den Leinpfadkanal. Ruderboote und Alsterdampfer zogen an den Schwänen vorbei, dazu läuteten die Glocken der barocken St. Johanniskirche, die wegen ihrer freundlichen Atmosphäre bei Brautpaaren besonders beliebt war und deshalb kurzerhand Hochzeitskirche genannt wurde. Doch da draußen gab es keine spielenden Kinder, keine Menschen, die sich mit einer Picknickdecke an den Rand des Kanals setzten. Vor ihr herrschte lähmende und klebrige Sonntagsidylle. Und das jeden Tag.

Warum sollte sie nicht an Halluzinationen leiden? Die Tatorte hatten sie zum ersten Mal ganz konkret damit konfrontiert, zu was psychisch kranke Menschen fähig waren. Kein Wunder, wenn auch ihr Kopf verrückt spielte.

Panikattacken überfielen die Menschen doch auch von einer Sekunde auf die andere. Oft hatten sie nicht die geringste Ahnung, warum sie mit rasenden Herzen, zu hohem Blutdruck und dem Gefühl panischer Angst aus dem Schlaf gerissen wurden. Warum sie plötzlich mit dem Auto nicht mehr über Brücken fahren konnten oder Furcht vor Höhe entwickelten. Gut möglich, dass sich in ihrem Hirn etwas wehrte und mit einer Halluzination reagierte.

Nach der Vergewaltigung oder besser »Befruchtung« hatte ihr Doktorvater an der Universität ihr dringend geraten, sich in eine Therapie zu begeben. Das sei ohnehin besser und gehöre zu einer anständigen »Ausbildung«.

Musste sie Mangold über diesen Anruf informieren? Gut möglich, dass er sie sofort von ihren Aufgaben in der Sonderkommission entband. Und das wäre das Ende ihrer »Karriere« bei der Polizei gewesen, die sie vor dem Universitätseinerlei hätte retten können.

Andererseits war gar nicht sicher, ob Mangold so reagierte. Was aber, wenn jemand aus dem Präsidium, vielleicht einer ihrer Kollegen, ihr diesen Streich gespielt hatte? Würde sie nicht in eine Falle laufen, indem sie den Anruf verschwieg?

Sie sah hinaus in den Garten. Dort lagen immer noch abgebrochene Äste und Laub aus dem Vorjahr. Und zerbrochene Kinderspielzeuge, die der Wind durch den Garten gefegt hatte. Es war sicher der unordentlichste Flecken in dieser Schönwettergegend. Nein, sie hatte keine Lust, diesen Müll wegzuräumen. Es war nicht ihr Garten, nicht ihr Haus, nicht ihr Leben.

Sie war nichts als eine Art Housesitter im Auftrag ihrer Mutter. Je eher sie diese Protzbude verkaufte – desto besser.

Sie klappte ihr Notebook auf und öffnete die Pathologieberichte, die die Gerichtsmediziner aus Berlin und Schleswig-Holstein geschickt hatten.

Der Täter hatte seine Opfer gerade so stark narkotisiert, dass sie sich nicht mehr wehren konnten. Sie waren bei vollem Bewusstsein, bekamen alles mit.

Den Spuren nach war er in allen drei Fällen nach dem gleichen Muster vorgegangen.

Er betäubte die Opfer mit einer Chloroformmischung, setzte sie auf einen Sessel oder die Couch und ließ sie zusehen, wie er seine Vorbereitungen traf. Alle Werkzeuge, die er benötigte, etwa um Haken an der Decke zu befestigen, brachte er mit und hinterließ absolut nichts am Tatort. Außer der Schaukel in Niendorf, Seilen und Haken in Berlin oder dem Mundknebel bei dem Augenzeugen.

Er hatte sogar einen Staubsauger dabei, um Mörtel-, Gips- oder Holzreste säuberlich vom Boden und den Möbeln zu saugen.

Der Todeskampf zog sich bei allen Opfern über Stunden hin. Die Einritzungen wurden am lebendigen Körper vorgenommen. Sehr wahrscheinlich war, dass der Täter das langsame Sterben seiner Opfer gerade so angesehen hatte, wie andere Menschen sich einen Kinofilm ansehen.

Die Opfer waren männlich und weiblich. Sexuelle Motive waren deshalb fraglich, aber nicht ganz ausgeschlossen.

Der Täter hatte seine Macht demonstriert. Das hatte in Form der Dominanz auch immer etwas mit Sexualität zu tun. Auch wenn nichts auf eine Vergewaltigung oder andere sexuelle Handlungen an den Opfern hinwies, so war doch auffällig, dass er ihnen allen Hose oder Rock ebenso ausgezogen hatte wie Slips und Unterhosen.

Er genoss seine Macht, indem er seine Opfer schutzlos machte. Oder befriedigte ihn dieser Anblick? Allerdings: Samenspuren des Täters waren an keinem Tatort nachgewiesen worden. Das musste nichts bedeuten, denn es gab Triebtäter, die impotent waren und ihren Kick anders auslebten. Auch die Benutzung eines Kondoms war möglich.

Kaja schritt durch ihr sparsamst möbliertes Wohnzimmer. Die Vorhänge der breiten Glasfront zum Leinpfadkanal hin waren aufgezogen. Wie immer.

Drüben, auf der anderen Seite des Kanals, schob eine Mutter ihren Kinderwagen durch die Nachmittagssonne.

»Nein, nein«, sagte sie laut, griff zum Telefonhörer und wählte die Nummer der Abtreibungsklinik, die sie schon vor Wochen herausgesucht hatte.

»Hallo«, sagte sie in den Hörer.

Sie legte noch einmal auf und hob erneut den Hörer.

Die Leitung war tot.

*

Mit einem Meter Abstand folgte Marc Weitz dem Pfleger.

Erstaunlich, doch die meisten Patienten, denen sie begegneten, wären ihm auf der Straße nicht sonderlich aufgefallen. Das Irresein wusste sich gut zu maskieren. Vielleicht hätte er den Kollegen im Präsidium doch mitteilen sollen, wo er war.

Weitz und der Pfleger passierten einen länglichen Flur, dessen Wände mit Bildern der Patienten dekoriert waren. Über zwei Türen, die den Namensschildern nach Sprechzimmer von Klinikärzten waren, leuchtete der Satz »Bitte nicht eintreten«.

»Da hinten ist es«, sagte der Pfleger und deutete auf eine große Flügeltür. »Wir benutzen den Raum auch als Turnhalle für Yoga- und Qi-Gong-Kurse.«

»Und wo ist das Schwimmbad?«, fragte Weitz. Der Pfleger quittierte das mit einem asthmatischen Lachen.

»Wer kontrolliert eigentlich, wann die Patienten kommen und gehen? Ich habe keinen Pförtner gesehen.«

»Niemand«, sagte der Pfleger. »Dies ist eine offene Einrichtung.«

An der Wand bemerkte Weitz ein Bild, das zwei Gesichter zeigte. Sie vermischten sich. Während das eine Antlitz lächelte, zeigte das andere statt der Augen schwarze Höhlen. Das dunkle Gesicht schien zu vibrieren. Und es hatte die Kontrolle über das andere Gesicht übernommen, dessen Konturen sich aufzulösen begannen.

Ja, mit einem zweiten Gesicht hatten auch sie es zu tun.

Aller Wahrscheinlichkeit nach – und um das zu wissen, brauchte er keinen neunmalklugen Kommissar Mangold – lebte auch ihr Täter ein stinknormales Leben. War ein netter und aufmerksamer Nachbar, brachte morgens brav die Kinder zur Schule, vögelte seine Ehefrau, und wenn es ihn überkam, ja, dann zog er los.

Bei den Kinderfickern war es anders. Die begannen ihre Jagd morgens oder am frühen Nachmittag, wenn die Kleinen aus der Schule kamen oder auf die Spielplätze strömten. Aber womöglich war es in diesem einen Fall ganz anders. War dies die Ausnahme von der Regel? War es möglich, dass ein Psychiatriepatient alle zum Narren hielt und einfach aus dem Heim verschwand? Sich seine Schwester vorknöpfte und Gefallen am Töten fand?

»Kommen Sie?«, sagte der Pfleger.

Weitz löste sich von dem Bild und folgte ihm zur Flügeltür.

Das Parkett war in einem honigfarbenen Ton gehalten. An der Wand stand ein Klavier, daneben zwei Stapel übereinandergelegter Gymnastikmatten. Die Fenster waren unwirklich klein.

In der Mitte standen ein paar Leute im Kreis, die allesamt mehr oder weniger befleckte Kittel trugen. Vor ihnen eine Staffelei und in der Mitte ein Spielzeugkarussell.

»Binkel?«, rief der Pfleger in den Raum. Die Leute fuhren fort zu malen. Nur ein etwa 40-jähriger Mann bewegte sich auf Weitz und den Pfleger zu.

»Also Binkel ...«

»Hier bin ich«, sagte eine Stimme, die hinter einem Paravent hervordrang. Dann kam hinter einer abseits stehenden Leinwand ein Mann hervor. Er musste knapp über 30 sein und hatte rötliche Haare. Seine modischen Turnschuhe quietschten auf dem Parkett, als er, mit einem Pinsel in der Hand, auf sie zutrat.

»Ich bin Jens Binkel, und ich bin gefährlich«, zischte er, hob einen breiten Pinsel, von dem die rote Farbe tropfte, und zog einen Strich über seinen Kittel. Dann lachte er hysterisch.

»Sie haben keine Staffelei?«, fragte Weitz.

»Ich male gern ein wenig im Abseits … Herr Kommissar?«

Weitz korrigierte ihn nicht. Sollte er doch denken, was er wollte.

Binkel beugte sich leicht vor und sagte: »Meine Bilder sind nicht so schön anzusehen, wissen Sie.«

»Was malen Sie denn?«

»Arschlöcher, blutende Arschlöcher.«

»Herr Binkel, Sie wurden vom Tod Ihrer Schwester informiert?«

Binkel sah ihn mit ausdruckslosem Gesicht an, dann reckte er angriffslustig den Kopf noch weiter vor und sagte: »Ja.«

»Mehr haben Sie dazu nicht zu sagen?«

»Nein.«

»Herr Binkel, sagt Ihnen der Name Hans Innach etwas?«

»Nie gehört.«

»Waren Sie in der fraglichen Zeit auf Freigang, äh … ich meine, haben Sie sich außerhalb der Anstalt aufgehalten?«

»Wenn Sie mir noch sagen, was die fragliche Zeit ist?«, sagte Binkel, der unvermittelt die Augen schloss und den Pinsel durch die Luft hob wie ein Dirigent seinen Stab. Es sah tatsächlich so aus, als hörte er Musik, die seine Gesichtszüge mit einem milden Ausdruck überzog. Dann begann er mit sanfter Stimme zu singen: »In der Kindheit frühen Tagen hört' ich oft von Engeln sagen …«

»Herr Binkel?«

Der Mann ließ ruckartig seinen Pinsel sinken und sagte: »Fragen Sie die Stationsschwester oder wen immer Sie wollen. Mir glauben Sie ja doch nicht. Wie heißen Sie?«

»Das ändert auch nichts an meiner Frage.«

Auch der Pfleger sah Weitz mit einem Stirnrunzeln an.

»Weitz«, sagte er.

»Weitz«, wiederholte Jens Binkel und starrte ihn mit eiskalten grauen Augen an.

»Wissen Sie was … Weitz?«

»Sie werden es mir verraten.«

»Ja, Ihnen werde ich es verraten. Weitz, wir sind Brüder. Haben Sie das verstanden?«

»Was soll das?«

»Haben Sie das nicht gemerkt, Weitz? Wenn wir uns ansehen …«

»Und?«

»Es passt nichts mehr zwischen uns. Nichts. Verstehen Sie? Weitz?«

9.

Wirch würde mitspielen.

Clemens Carolus sah nachdenklich auf das Telefon. Bei jedem ließ sich eine Schwäche finden. Bei dem Kriminaldirektor war es das Alter. Wollte er noch eine entscheidende Stufe auf der Karriereleiter hinaufklettern, dann war dies seine letzte Chance.

Wirch hatte in seiner »Großartigkeit« sogar geglaubt, dass er die »Sonderkommission Serienmord« aus dem Hut gezaubert hatte.

Umso besser. Sollte Wirch sie nur als eigenes Kind verstehen. Er würde sie hüten und anfeuern. Schließlich hing für Wirch alles davon ab. Und auch er brauchte Erfolge dieser Sonderkommission. Hauptkommissar Peer Mangold musste Fortschritte machen. Rasche Fortschritte.

Das Einzige, was jetzt fehlte, war mehr Druck. Umso schneller würden sie diese Drecksau finden, die zu feige war, sich aufzuhängen. Die herumschlich und Menschen umbrachte. Nein, womöglich reichte der Hinweis auf den in Billwerder einsitzenden Claus Schurmann nicht, um die Leute auf Trab zu bringen.

Er hatte jedenfalls von Wirch noch nichts darüber gehört, dass sie sich die Vergangenheit von Tanja Binkel genauer ansahen. Dabei war doch alles offensichtlich. In Akten festgehalten.

Wie auch immer, sie würden ihn aus seinem Versteck locken. Und genau dann würde es zu seiner Sache werden. Würde er ihn wiedererkennen? Kaum anzunehmen. Dafür war es zu lange her.

Er sah hinauf zur Decke. Nein, er machte es wahrlich nicht gern. Aber es musste sein. Er hatte sein Leben in den Dienst der Gesellschaft gestellt. Mit all seiner Leidenschaft. Das durfte nicht einfach so zerstört werden, weil jemand nicht begreifen wollte, dass auch Leiden zu diesem Leben gehörte. Leiden, das man mutig durchzustehen hatte.

Er stellte sich vor das Bücherregal und berührte einen in Leder eingebundenen Band. Es gab etwas, das mehr zählte als sein Leben oder das dieses Schwächlings. Etwas, das ewig währte und rein war. Und das mit seinem Licht die Menschen in die richtige Richtung lotste.

Unterordnen unter ein höheres Prinzip! Genau darum ging es.

Seine Augen fuhren über die Regalreihen, dann fand er, was er suchte. »Il Principe – Der Fürst« von Niccolò Machiavelli.

So viele Generationen arbeiteten am Wohl der Menschheit. Unermüdlich. Und auch er würde nicht kneifen, wenn es darauf ankam, harte Entscheidungen zu treffen. Unter dem Strich wurde zusammengezählt. Er löschte das Licht, das die Buchreihen anstrahlte, und verließ den Raum.

Im Badezimmer putzte er sich die Zähne. Als er den Mund ausgespült hatte, musterte er sein Gesicht im Spiegel und sagte laut: »Es bleibt immer etwas hängen.«

Carolus musste schmunzeln. O ja, das war die Wahrheit. Er musste an die alten Zeiten denken, und er sah sie wieder vor sich. Und es erregte ihn. Selbst jetzt noch, nach all den Jahren.

10.

Wie war er in ihre Wohnung gekommen? Sie war eine alte Frau. Was wollte er von einer alten Frau?

Der Mann, der die Kapuze seines Sweatshirts über den Kopf gezogen hatte, zog eine Rolle Klebeband aus seinem Rucksack. Nur das nicht! Nein! Sie drehte sich zum Fenster und versuchte, durch die Vorhänge hindurch etwas zu erkennen.

Da unten waren Menschen, aber wer von denen ahnte, was hinter ihrer Gardine passierte? Man hörte Kinderlachen. Um diese Zeit kamen sie aus der Schule.

Der Mann breitete auf dem Tisch eine Folie aus und zog sie glatt, dann wühlte er wieder in seinem Rucksack und brachte eine Schnur hervor. Auch ihr Mann hatte so was immer in der Hosentasche gehabt: eine Schnur und ein Taschenmesser.

»Ich gebe Ihnen Geld«, sagte die Frau. »Ich hab' nicht so viel im Haus, aber Sie nehmen meine Bankkarte, und ich sage Ihnen die Geheimnummer.«

Der Mann zog einen Akkustaubsauger aus seinem Rucksack und legte ihn auf die Folie. Dann einen schwarzen Füllfederhalter. Ordentlich sortierte er die Gegenstände nebeneinander.

Wie ein Verkäufer seine Waren auf dem Tisch ausbreitet, dachte sie.

»1000 Euro können Sie bestimmt abheben, wir haben

den Vierten, da ist die Rente schon da. Ich hab' auch noch Schmuck. Ist nicht viel wert, aber eine Goldkette ist dabei ...«

Erst jetzt erinnerte sie sich wieder an die Plastiktüte, die er vorhin in der Hand gehalten hatte. Wo war die Plastiktüte? Was hatte er da drin?

»Wollen Sie etwas zu essen? Ich kann Ihnen etwas warm machen. Oder einen Kaffee?«

Der Mann verzog keine Miene, sagte nichts.

»Aber bitte, was habe ich Ihnen getan? Sie können alles, alles mitnehmen, hören Sie?«

Sie bemerkte die Plastiktüte, die neben dem Sofa lag, und tatsächlich: Ein rotes Rinnsal lief aus der Tüte.

»Blut? Ist das Blut?«, fragte sie. Der Mann blickte kurz zu dem Paketband.

Sie musste ihre Stimme ruhig halten. Mit ihrer chronischen Nasennebenhöhlenentzündung würde sie eine Knebelung nicht überleben. Seit sie denken konnte, hatte sie Angst davor gehabt: eines Tages geknebelt zu werden und zu ersticken.

Die Stirn schmerzte, und sie sah helle Blitze vor den Augen. Ihr war plötzlich so kalt.

»Nun sagen Sie doch, was Sie von mir wollen! Verwechseln Sie mich? Ich habe mein ganzes Leben gearbeitet und ...«

»... meine Familie ernährt?«, unterbrach er und lächelte sie höhnisch an. Seine Stimme war sanft. Fast einschmeichelnd. Doch sie passte nicht zu seinen Augen, die unruhig hin- und herwanderten. So wie bei jemandem, der ständig kontrollierte, ob alles in Ordnung war, der sich davor fürchtete, dass gleich ein Mensch zur Tür hereinkam und ihn maßregelte.

Sie hatte solche von Angst getriebenen Augen schon gesehen. Zu Dutzenden. Vor vielen Jahren war das gewesen.

»Wir können doch ein wenig reden«, sagte sie. »Reden wir ein wenig.«

»Sie werden sterben«, sagte er.

»Sterben? Aber warum denn? Warum jetzt? Was habe ich getan? Um Himmels willen, so sagen Sie doch was.«

»Es endet immer gleich. Sie werden sich entschuldigen, und das reicht nicht.«

»Entschuldigen, aber warum denn entschuldigen? Wofür? Was habe ich denn getan? Sagen Sie es mir, damit ich mich erinnern kann. Ich bin eine alte Frau.«

Fieberhaft überlegte sie, was dahintersteckte. Was um Himmels willen hatte sie getan? Er meinte doch nicht … diese alte Geschichte? Nur weil sie gestohlen hatte? Von draußen hörte sie das Läuten der Frauenkirche.

»Man hat mich entlassen, damals«, sagte die Frau. »Ich habe gebüßt.«

»Ich sage es doch«, sagte der Mann. »Es ist immer dasselbe. Gleich kommt die Entschuldigung, und ich werde sie nicht akzeptieren. Möglich, dass Sie sogar von Reue sprechen. Dass es Ihnen leidtut.«

»Ich entschuldige mich nicht.«

Er lächelte und griff zu der Plastiktüte. Ihr war vorhin gar nicht aufgefallen, wie groß sie war. Er griff hinein, zog langsam … Sie krallte ihre Finger in die Sessellehnen und versuchte zu schreien. Doch es war nur ein röchelnder Laut, der aus ihrer Kehle kam.

11.

Das hätte nicht passieren dürfen. Auf keinen Fall.

Mangold lockerte seine Krawatte und fuhr mit dem Finger hinter den Kragen. Und dann hatte er auch noch verschlafen. Das Kapitel Vera war doch längst abgeschlossen. Und jetzt das. Im Mund spürte er einen schalen Rotweingeschmack. Seine Zunge war pelzig.

Mangold hupte zweimal, als vor ihm ein Wagen abrupt bremste. Flüchtig reckte er den Kopf zum Rückspiegel. Er sah aus, als wäre er gegen eine Wand gelaufen.

Schon das zweite Glas Wein hätte er ablehnen müssen. Aber alles war auf eine irritierende Weise so vertraut gewesen. Die Küche, die Gläser, der Geruch nach Chanel, selbst das Gurgeln der Espressomaschine.

Er sah auf die Uhr. Nein, es lohnte sich nicht, jetzt noch im Präsidium anzurufen. Dann mussten sie eben warten. Einen wichtigen Termin vorschieben? So, wie er aussah, würde ihm das niemand abnehmen. Besonders Kaja nicht.

Nein, er sah genau nach dem aus, was passiert war: nach einem verkaterten Enddreißiger, der mit einem dicken Kopf in einem Schlafzimmer erwacht war, in das er nie wieder hatte gehen wollen. Begann alles von vorn?

»Warum denn nicht?«, hatte Vera gesagt, und in ihm war ein Triumphgefühl aufgestiegen. Triumphgefühl! Hatte er es nötig, sich etwas zu beweisen? Oder Vera? Sie hatte ihn damals rausgeworfen.

»Na warte, Lena«, sagte er laut. »Du und deine Scheiß-Ratschläge.«

Seine Nachbarin hatte ihm zu diesem Besuch geraten. »Dinge klären ist immer gut«, hatte sie mit ihren 18 Jahren gesagt. Dinge klären!

Sein Handy klingelte. Er sah auf das Display. Vera!

Auf keinen Fall! Er drückte den Anruf weg und drehte das Radio lauter. »Born in the USA.«

Er musste es Hensen beichten. Bevor Vera den Journalisten anrief. Und sie würde ihn anrufen, schließlich waren die beiden befreundet gewesen, denn sie war es, die ihn nach allen Regeln der weiblichen Kunst ins Schlafzimmer geschleppt hatte. Nein, das würde sie nicht auslassen. Sie würde Hensen anrufen.

Wie konnte er sich nur so hinreißen lassen? Und das zu diesem Zeitpunkt.

Sein Vorgesetzter Wirch setzte volles Vertrauen in seine Arbeit, baute darauf, dass er mit seinem Team präzise und schnell arbeitete, weitere Morde verhinderte.

Der öffentliche Druck hatte sich in den letzten Tagen stündlich verstärkt. Wegen der auseinanderliegenden Tatorte hatte auch die überregionale Presse den Fall aufgegriffen. Vier Anrufe von Presseagenturen hatte er bereits abgewimmelt. Wirch wurde zusehends nervös.

Der hatte seine berufliche Laufbahn an den Erfolg seiner Truppe gekoppelt. Aber warum?

Was auch immer dahintersteckte, Ratlosigkeit oder kalkulierter »Feldversuch« – er hatte seine Arbeit zu machen. Und seine Leute genau da zu packen, wo sie am empfindlichsten waren. Bei ihrer Faulheit und ihrem Ehrgeiz.

Ein Serienmörder lief durch die Straßen, ritzte seinen Opfern Sprüche in die Beine und brachte sie auf brutalste Weise um. Der ganze Tathergang machte deutlich, dass der Mann sich mehr als sicher war, nicht gestört zu werden. Spähte er seine Opfer aus? Studierte er ihre Gewohnheiten, ihre Tagesabläufe? Nach welchen Kriterien wählte er sie aus? Bisher sprach alles gegen Spontanhandlungen.

Einige Minuten später passierte er die Schranke zum Präsidiumsparkplatz. Der Beamte in der Pförtnerloge nickte und wandte sich wieder einem Bildschirm zu, der Kamerabilder vom Gelände rund um das Präsidium zeigte.

Im Fahrstuhl richtete Mangold sein Hemd, zog die Krawatte fest und klopfte sich Fusseln vom Jackett.

Als er den Konferenzraum betrat, grinste Hensen ihn schief an und meinte: »Na, hat die kleine Lena dich in der Mangel gehabt?«

»Unsinn«, sagte Mangold und nickte Kaja grüßend zu. Auch die sah ihn verwundert an.

»Oha«, sagte Weitz und duckte sich dann sofort über seine Papiere. Selbst Sienhaupt in seinem roten Knautschsessel schien belustigt zu sein. Er winkte ihm zu und, ja, wann grinste der Mann eigentlich nicht?

Mangold nahm den vorbereiteten Aktenordner von seinem Schreibtisch und warf ihn auf einen der zusammengerückten Konferenztische.

»Was ist?«, sagte er. »Braucht ihr eine Extraeinladung?«

Sienhaupt richtete sich wie ein aufmerksamer Schüler auf und verschränkte die Arme vor der Brust. Angestrengt fixierte er die Thermoskanne, die in der Mitte des Tisches stand.

Während er darauf wartete, dass auch die anderen sich an den Konferenztisch setzten, blätterte Mangold noch einmal die Papiere durch.

Aus den Augenwinkeln warf er einen Blick auf Kaja. Ja,

er war wirklich froh, dass sie dabei war. Sie brachte einfach eine andere Stimmung ins Team. Nicht nur, weil sie eine Frau war oder die Fälle aus einer anderen Warte anging. Nein, sie setzte ihn unter Strom, ließ ihn vergessen, dass hier im Präsidium ein Haufen von Bürokraten und Idioten herumlief und das Sagen hatte.

Hensen begann sofort, das leere Blatt vor sich mit einer Skizze zu füllen. Soweit Mangold es beurteilen konnte, kopierte er die Phantomzeichnung ihres toten Berliner Zeugen.

In knappen Worten berichtete Tannen von ihrem Besuch in Billwerder und dem Gespräch mit dem ehemaligen Pfleger Claus Schurmann, der dort eine Haftstrafe wegen unterlassener Hilfeleistung absaß, weil er eine demente Patientin hatte verdursten lassen.

»Wir wollten uns erst mit Ihnen absprechen und haben ihn nicht auf den Besuch von Tanja Binkel angesprochen.«

»Sehr gut«, sagte Mangold. »Haben die Papiere aus der Wohnung etwas ergeben?«

»Bis jetzt keinerlei Hinweis auf eine Verbindung. Auch in den Polizeiakten scheint sie ein unbeschriebenes Blatt zu sein. Bis jetzt bringt uns die Frau nicht weiter.«

»Es muss einen Grund geben, warum sie Schurmann im Knast besucht hat«, sagte Mangold.

»Sie war Rechtsberaterin, vielleicht gibt es da einen Zusammenhang. Opferbetreuung oder so.«

»Also sie vertritt Carolus, der schickt sie nach Billwerder und verkauft uns das als großartigen Verdacht? Unwahrscheinlich«, sagte Mangold.

Weitz räusperte sich.

»Sie könnte uns auf andere Weise weiterbringen«, sagte er und sah triumphierend in die Runde.

Mangold waren diese theatralischen Selbstinszenierungen zuwider. Auch Kaja Winterstein zog skeptisch eine Augenbraue in die Höhe.

»Die Frau hat einen Bruder, der in Hamburg in der Klapse sitzt.«

»Und der spaziert herum, killt seine Schwester und fährt nach Niendorf, um mit dem Mord an dem Rentner einen kleinen Nachschlag abzuliefern?«, sagte Mangold und stöhnte.

»Gut, Weitz, überprüfen Sie das.«

»Hab' ich schon«, sagte Weitz. Wieder dieser gespielt überlegene Blick in die Runde.

»Ich hab' den Mann besucht. Und er ist keineswegs in einer Geschlossenen. Der Mann hat Ausgang ...«

»Und das wird nicht überprüft?«, fragte Tannen ungläubig.

»Es gibt eine Abwesenheitsliste auf der Station, aber niemand kontrolliert das.«

»Sie haben mit ihm geredet?«, fragte Hensen, der sich von seiner Skizze löste und ihn ansah.

»Mit dem kann man nicht reden. Der faselt von blutigen Arschlöchern und behauptet, gefährlich zu sein. Und er zeigt keinerlei Regung, wenn die Sprache auf seine ermordete Schwester kommt.«

»Ähnlichkeiten mit der Phantomzeichnung?«, fragte Mangold.

»Nee, aber das hat nichts zu sagen«, antwortete Weitz. »Zeugen und ihre Erinnerungen!«

»Sie sind sicher, dass Binkel kein Alibi vorweisen kann?«, bohrte Mangold nach.

Sienhaupt erhob sich aus seinem Sessel, sagte: »Blutiges Arschloch« und drehte sich im Kreis.

»Ach ja«, sagte Mangold. »Ich will nicht, dass Sienhaupt da in der Ecke sitzt und vor sich hinrecherchiert.«

Er wandte sich dem Autisten zu und machte ihm wort- und gestenreich klar, dass er sich einen Partner aussuchen möge.

»Einen Partner?«, fragte Kaja, erhielt aber keine Antwort.

Tannen und Weitz drehten sich abwehrend zur Seite, während Hensen damit kämpfte, nicht laut loszulachen.

Sienhaupt schien zu verstehen, denn plötzlich hüpfte er um die zusammengestellten Tische und blieb direkt neben Weitz stehen. Seine Arme ruderten durch die Luft, dann ging er leicht in die Knie und umarmte Weitz. Ohne ihn anzusehen, berührte er mit seiner Wange die von Weitz.

»O Gott, nur das nicht«, sagte Weitz und versuchte den Savant abzuschütteln.

»Stellen Sie sich nicht so an«, sagte Mangold.

»Warum ich? Soll ich ihm jetzt die Windeln wechseln und den Nacken massieren oder was?«

»Sie werden eng mit ihm zusammenarbeiten. Sie sind Partner«, sagte Mangold.

Sienhaupt hielt Weitzens Hals immer noch umschlungen.

»Der tickt doch nicht sauber, was soll ich … nun lass mich doch mal in Ruhe.«

Vergnügt tänzelte Sienhaupt zu seinem Knautschsessel zurück. Auf der Höhe von Mangold blieb er noch einmal stehen und sah zu Weitz zurück. Gerade so, als wollte er sich versichern, dass sein Partner auch wirklich noch da war.

»Weitz, Sie sind vielleicht weltweit der erste Partner eines genialen Autisten, da sollten Sie stolz sein«, sagte Hensen.

»Geschenkt.«

Mangold war Kajas sorgenvoller Gesichtsausdruck nicht

entgangen. Sie holte tief Atem und sagte: »Peter, wollen Sie sich das nicht noch einmal überlegen?«

Doch Peter Sienhaupt saß wippend auf seinem Knautschsessel und schüttelte den Kopf.

»Und was soll ich jetzt machen?«, sagte Weitz, an Mangold gewandt.

»Geben Sie ihm eine Aufgabe.«

»Eine Aufgabe?«

»Beschäftigen Sie ihn, dafür ist er hier. Er soll sich mit unserem Fall beschäftigen. «

»Na schön«, sagte Weitz. Er griff sich eine auf dem Tisch liegende Phantomzeichnung und brachte sie hinüber zu Sienhaupt. Der nahm sie mit beiden Händen und legte sie sorgsam neben seine Tastatur. Dann begann er auch schon etwas einzutippen.

»War's das?«, wollte Weitz wissen.

»Ja, sehr schön«, sagte Mangold und zog einen Zettel aus seinem Hefter.

»Tannen, was gibt es zu Carolus, dem Mann, der Sie nach Billwerder geschickt hat?«

»Polizeilich nicht auffällig. Der Mann hat beste Verbindungen zu politischen Entscheidungsträgern. Er ist ein Politikberater auf höchster Ebene. Mit guten Verbindungen zu allen wichtigen Leuten in Berlin.«

»Eine graue Eminenz?«, fragte Mangold.

»Kann man so sagen. Der hat parteiübergreifend überall seine Finger drin. Und sein Rat ist sehr gefragt. Gute Kontakte zur Presse, den Parlamentariern, einigen Ministern und nebenbei auch noch Lobbyarbeit für einzelne Verbände. Und er hat tatsächlich diesen Schurmann angezeigt.«

»Was macht er denn genau?«, fragte Mangold.

»So genau lässt sich das nicht sagen. Er zieht hinter den Kulissen die Fäden. Arbeitet beratend in Wahlkampfteams, bringt Leute zusammen. Trifft sich regelmäßig in Gesprächskreisen mit Europapolitikern. Da blickt niemand so richtig durch. Andererseits taucht er selbst kaum in den Medien auf.«

Tannen sah wieder von seinem Notebook auf.

Mangold hörte aus Sienhaupts Ecke das hektische Klackern der Tastatur. Fieberhaft gab der Savant etwas ein, überflog dann den Bildschirm, um erneut Zahlen und Ziffern in das Gerät zu hacken. Mangold sah kurz zur an der Wand befestigten Kamera. Auch diesmal würden sie alle Schritte Sienhaupts im Auge behalten. Es war nicht zu erwarten, dass er seinem Partner mitteilte, was er dort trieb. Und selbst wenn – Weitz würde das ganz sicher nicht verstehen. Andererseits war der Mann in der Lage, äußerst nützliche Hinweise auszugraben.

»Was ist jetzt mit dem Bruder der Toten?«, fragte Weitz.

»Er ist vorbestraft. Schwere Körperverletzung, Vergewaltigung und Einbruch.«

»Und wo ist er eingebrochen?«, fragte Mangold

»Ein Schreibwarengeschäft.«

»Nicht zu fassen«, sagte Mangold.

Weitz hatte wieder seinen triumphierenden Blick aufgesetzt.

»Er hat die Scheibe eingeschlagen und sie dann geklaut.«

»Nun lassen Sie sich doch nicht alles aus der Nase ziehen. Was geklaut?«

»Edle Füllfederhalter«, sagte Weitz.

Sekundenlang herrschte Stille im Konferenzraum.

»Es muss nichts bedeuten, aber es würde schon passen«, sagte Kaja Winterstein. »Eine Obsession, bei der der Täter seinen Opfern Sprüche in die Schenkel ritzt, könnte genau damit beginnen.«

»Dann fahren Sie mit Weitz in dieses Heim, Kaja, und verschaffen Sie sich einen Eindruck. Und klären Sie gleich das Alibi ab«, entschied Mangold.

Dann zuckte er auf einmal zusammen. Neben ihm stand Sienhaupt, nickte seinem neuen Partner Weitz zu und legte zunächst die Phantomzeichnung auf den Tisch, dann das zweite Blatt mit dem Bild eines Mannes, das er aus dem Internet heruntergeladen hatte.

Hensen zog das Blatt zu sich heran und brach in schallendes Gelächter aus.

»Beuys«, sagt er. »Das ist unser Volkskünstler Joseph Beuys. Kommt als Täter nicht in Frage.«

»Man darf niemanden ausschließen«, protestierte Tannen.

»Leute, die schon ein paar Jährchen tot sind, schon«, sagte Hensen und fuhr fort: »Die Signatur und die Tatorte ...«

Mitten im Satz wurde er vom Läuten des Telefons unterbrochen.

Mangold stellte auf Lauthören, bereute es aber sofort. Was, wenn Vera ihn im Präsidium anrief, um ihm für die wundervolle Nacht zu danken?

»Mordkommission München, Flemming«, sagte die Stimme.

»Ja?«

»Euer Lateinkiller hat einen Ausflug nach München unternommen. Wir haben eine Frau gefunden. In ihrem Bett sitzend und mit durchschnittener Kehle.«

»Und mit Einritzungen durch einen Füller?«

»Im Oberschenkel«, sagte Flemming. »Nun ja, die Frau ist 74 Jahre alt. Und ...«

»Ja?«

»Sie hatte den abgeschnittenen Kopf von einem Kalb zwischen den Schenkeln.«

»Von einem was?«

»Ein Kalb, 'n junges Rind, kennt ihr das da oben nicht?«

Hensen richtete sich am Tisch auf und sagte:

»Die Signatur ist P. P., stimmt's?«

Der Münchner Kommissar bat um Entschuldigung, aber er habe nicht verstanden.

»Konnten Sie schon die Initialen entziffern?«, fragte Mangold.

»Na ja, unser Gerichtsmediziner ist nicht ganz sicher, aber er meint, es könnte ein doppeltes P sein.«

Mangold starrte Hensen an und sagte dem Münchener Kommissar, er werde gleich zurückrufen.

Der weiße Raum liebte ihn.

Leise schloss er die Tür hinter sich und streifte die Plastiküberzüge über seine Füße. Er nahm den weißen Kissenbezug vom Boden und legte ihn über seine Tasche. Dann hockte er sich in eine Ecke und atmete tief durch.

Ja, der Raum liebte ihn. Immer, wenn er sich hierherflüchtete, umfing ihn das sanfte Grollen, das ein wenig dem Antriebsgeräusch von Raumschiffen glich, die einsam durch das Weltall trieben. Gab es überhaupt ein Geräusch im All? Oder war das nur eine Erfindung von Filmleuten? Angeblich rollte immer noch der Nachhall des Urknalls durch das Universum.

Er dachte an die alte Frau. Ihre Familie versorgt!

Warum galten alte Frauen eigentlich als Inbegriff der Harmlosigkeit? Hatten sie nicht ein ganzes Leben hinter sich gebracht? Den Schmutz angehäuft über die Jahre? Warum entließ man sie so einfach aus ihrer Schuld? Nein, das durfte nicht sein.

Die alte Frau auf ihrem Bett, die gespreizten Beine, der Tierkopf dazwischen. Der Raum zeigte ihm die Bilder, denn was war schon eine Abfolge von Bildern, wenn sich dazwischen nicht ein kurzes weißes Bild verbarg, das die Leinwand für das neue Bild befreite?

Im leeren Raum des Weltalls war nirgends Farbe zu entde-

cken, und doch war sein Raum voll davon. Nur für Augenblicke, in denen die Bilder zu ihm zurückgeworfen wurden und sich in sein Hirn brannten. Er schuf neue Bilder.

Die weiß lackierten Dielen knackten. Der Raum beugte sich vor seinen Bildern. Und lud ihn ein. Viele hatten hier noch Platz, und alle würden sie auf ihn warten. Darauf, dass er kam, um sie sich anzusehen.

Vorsichtig erhob er sich und strich über die Wand. Spürte die kleinen Unebenheiten, und einen flüchtigen Augenblick legte er die Stirn gegen die Mauer. Es war Zeit, dass die Bilder ihn verließen. Und dann spürte er das Summen in seinen Ohren, auf das er so lange gewartet hatte. Es schaffte Platz, überzog alles mit einem cremefarbenen Weiß, das Konturen und Farben in sich aufnahm.

12.

Mangold sah Hensen durch die Drehtür des Flughafengebäudes kommen. Leicht hinkend zog er einen arg ramponierten Rollkoffer hinter sich her und hob kurz grüßend die linke Hand.

Eine Stimme aus den Lautsprechern bat darum, das Gepäck auf keinen Fall aus den Augen zu lassen und die allgemeinen Sicherheitsvorkehrungen zu beachten.

Mangold war überrascht, dass der Journalist gekommen war. Gut, sie hatten sich verabredet, aber ihn hätte es nicht gewundert, wenn er im letzten Augenblick abgesagt hätte.

In den letzten Wochen hatte Hensen sich verändert. Er deutete auf einen Zeitungsshop und trat durch die Tür.

Mangold dachte daran, wie er den mit zermürbtem Gesicht im Polizeiarchiv grabenden Journalisten kennengelernt und sich mit ihm angefreundet hatte.

Der Flug nach München war ihnen ohne bürokratische Hürden genehmigt worden. Zwar hatten die Münchner Kollegen die Tatortsituation minutiös dokumentiert und forensisch untersucht, doch er musste den Überblick behalten.

Sie mussten die Arbeit des Serientäters aus der Nähe betrachten, mit den anderen Tatorten vergleichen und im besten Fall Besonderheiten finden.

Nur Details konnten das Bild vom Täter vervollständigen. Und das hieß vor allem: die Suche nach dem Motiv.

Hensen kam mit einer Zeitung und einem Plastikbeutel aus dem Shop und schlurfte auf Mangold zu.

Eine halbe Stunde später saßen sie in der auf ihre Startposition zurollenden Lufthansamaschine.

»Bevor du in deiner Zeitung verschwindest, erklär mir noch mal ausführlicher deine Kunsttheorie«, sagte Mangold.

»Was gibt es da zu erklären? Der Täter stellt am Tatort berühmte Gemälde nach. Oder er kopiert die Maltechniken von Künstlern.«

»Und signiert sie mit den Initialen der Urheber?«

»Bei dem Niendorfer Opfer auf der Schaukel war es Jackson Pollock. Der hat seine Farben direkt aus der Tube auf die Leinwand tropfen lassen. Im Fall Tanja Binkel war es Georg Baselitz. Der hat seine Motive verkehrt herum gemalt und genauso aufgehängt. Mit dem Augenzeugen hat er das Bild von Munchs ›Der Schrei‹ nachgestellt.«

»Und jetzt in München ist es Pablo Picasso?«, vergewisserte sich Mangold.

»›Das Bildnis der Dora Maar.‹ Nur dass im Original ein Stierkopf benutzt wurde. Den hat unser Täter wohl nicht beschaffen können. Also nimmt er einen Kalbskopf, den er der Rentnerin zwischen die Beine schiebt. Er stellt mit seinen Opfern Bilder nach.«

»Du meinst, er hält sich für einen Künstler?«

»Keine Ahnung«, sagte Hensen. »Normalerweise schaffen Künstler etwas Neues. Dieser hier kopiert berühmte Kunstwerke.«

»Und die Lateinsprüche?«

»Keine Ahnung.«

Mangold spürte, wie er durch die Beschleunigung des Flugzeugs in den Sitz gedrückt wurde. Die Flughafengebäude zogen vorbei, ein kleiner Rumpler, dann schob der Jet seine Nase steil in den Himmel.

Über seinem Sitz klapperte etwas in der Ablagebox, draußen beschlugen die Scheiben, als sie durch eine Wolke flogen. Das Flugzeug gewann rasch an Höhe.

Mangold wandte sich wieder an Hensen.

»Klar, das passt alles zusammen, aber was will er? Und wie sucht er seine Opfer aus? Zufälle können das nicht sein. Berlin, Niendorf, jetzt München. Die Opfer müssen irgendetwas gemeinsam haben. Ein Bindeglied.«

»Und was, wenn er gern durch die Gegend reist ...«

»Unwahrscheinlich. Allein schon wegen der Vorbereitungen, die er braucht, um die Tatorte herzurichten. Er muss sich absolut sicher dort bewegen, die Forensiker haben nicht mal Faserspuren entdeckt, ganz abgesehen von brauchbarer DNA oder Fingerabdrücken.«

»Er trägt Arbeitskleidung«, sagte Hensen. »Es sieht nun mal so aus, als hätte er nicht nur seinen Spaß daran.«

»Sondern?«

»Er bestraft die Opfer. Nach der Spurenlage tötet er sie ja nicht sofort, aber wie verhält er sich während dieser Zeit? Redet er mit ihnen? Macht er Scherze, hält ein Ritual ab? Was macht er?«

»Hält Vorträge über ihre Schuld?«, fragte Mangold.

»Dazu geht er zu kaltblütig vor. Für ihn ist alles klar.«

»Wir müssen herausfinden, welche Schuld die Opfer auf sich geladen haben«, sagte Mangold.

»Oder für wen oder was die Opfer den Stellvertreter geben«, ergänzte Hensen.

Die Anschnallzeichen erloschen, die Maschine hatte ihre Flughöhe erreicht. Hensen machte Anstalten, sich in seine Zeitung zu vertiefen.

»Wenn du mir jetzt noch verraten würdest, wie du auf diese Künstlertheorie gekommen bist?«, fragte Mangold.

Hensen ließ die Zeitung wieder sinken.

»Eine Blume«, sagte er. »Das hat mir eine Blume geflüstert.«

*

Lach du nur, dachte Marc Weitz. Die Psychologin sah ihn wieder mit dieser Jungfrauenfresse an. Hatte Angst, dass er Klartext mit Jens Binkel redete.

Er steuerte den Wagen auf einen abseits gelegenen Schotterplatz, weil die Stellplätze direkt vor dem Heim besetzt waren.

Für Kaja Winterstein war er nur ein Asphaltfresser. Einer, der sich die Sohlen blank lief und dem die allerletzten Penner ihren stinkenden Atem ins Gesicht bliesen.

Die elegante Kaja Winterstein lernte die wirklich harten Jungs doch nur durch eine Glasscheibe kennen. Hatte keine Ahnung, wie man mit ihnen umging, umgehen musste, damit sie einen Polizisten überhaupt ernst nahmen.

Wie er denn Tannens Freundin Joyce finde, hatte sie ihn im Auto gefragt. Alles, was recht ist, dieser esoterische Feger war nicht von schlechten Eltern. Und Tannen? Früher war der ein richtiger Kerl gewesen. Seitdem er sich in seinen Computer verkroch, war der Mann nicht wiederzuerkennen. Schleimte sich hoch und versuchte, ihm an die Karre zu pissen.

Sie gingen den kleinen Waldweg entlang.

»Polizeiarbeit hat ihre Reize«, sagte Kaja.

»Mir gefällt das nicht. Wir hätten Binkel ins Präsidium schaffen sollen«, sagte Weitz.

»Mangold hält es für unwahrscheinlich, dass alle Stationsaufzeichnungen falsch sind.«

»Ein butterweiches Alibi«, antwortete Weitz.

Was wusste diese Tussi schon von richtiger Polizeiarbeit! Hatte sich wahrscheinlich ein paar spinnerte Amiserien im Fernsehen angesehen und machte jetzt auf CSI. Lächerlich.

Er musste sich konzentrieren. Irgendetwas stimmte nicht.

Deutlich hörte er das Plopp eines mit Schalldämpfer abgefeuerten Schusses und im gleichen Augenblick ein klatschendes Geräusch. Weitz duckte sich und blickte zum Baumstamm. Die Borke war aufgerissen, dann ein zweites Klatschen. Auch diese Kugel schlug in den Baumstamm ein. Kaja Winterstein sah ihn verwirrt an. Weitz sprang sie mit einem Hechtsprung an und warf sie auf die Grasnarbe neben dem Weg.

»Hinter den Baum, schnell«, sagte Weitz und zog seine Waffe aus dem Holster. »Schnell, schnell.«

Dann schoss er drei Mal in das seitlich liegende Wäldchen. Von dort musste das Geschoss abgefeuert worden sein. Sehen konnte er niemanden. Zusammengekauert kroch Kaja Winterstein hinter einen zweiten Baumstamm.

»Nicht rühren!«, zischte er ihr zu. Sie kauerte sich hinter eine Eiche und zog die Füße an den Körper.

Weitz löste sich aus der Deckung und überquerte den Weg. Mit dem linken Unterarm drückte er ein Gebüsch zur Seite und blieb nach jedem zweiten Schritt stehen. Bewegung oder Geräusche konnte er nicht ausmachen.

Allerdings, der Schütze konnte noch nicht weit sein. Aus größerer Entfernung gab es keine Einsicht in den kleinen, mit alten Bäumen umstandenen Waldweg.

Weitz lief gebückt durch das Unterholz und spähte nach links und rechts. Dann eine Bewegung am Boden. Ein Kaninchen sprang zur Seite. An einem Baumstamm waren zwei Fahrräder mit Stahlschlaufen befestigt.

»Fluchtfahrzeuge aus der Klapse«, murmelte Weitz und blieb ein paar Minuten in gebückter Haltung neben den Fahrrädern stehen. Vogelgezwitscher, in weiter Entfernung das Rufen eines Kuckucks, das Rauschen fahrender Autos. Er erinnerte sich, dass er auf dem Stadtplan eine Autobahn gesehen hatte.

Dann machte er sich auf den Rückweg.

Nein, er glaubte nicht, dass Kaja Winterstein das Ziel gewesen war. Er war neben ihr gegangen, hatte sie mit seinem Körper abgeschirmt. Hätte der Schütze sie erwischen wollen, hätte er auf einen günstigeren Augenblick gewartet. Fühlte sich Jens Binkel durch ihn bedroht? In die Enge getrieben? Dabei hatte er doch noch gar nicht angefangen, ihn in die Mangel zu nehmen!

Kaja Winterstein stand neben dem Baumstamm und begutachtete die Einschusslöcher.

»Ich hab' doch gesagt, Sie sollen in Deckung bleiben.«

»Wenn ich schon mal einen Helden an meiner Seite hab'.«

Warum konnte die Psychotante nicht ihre Klappe halten? Bei ihr hörte es sich immer so an, als würde die Polizeiarbeit nichts anderes sein als die Spielerei kleiner Jungs.

»Kleinkalibergewehr«, sagte sie.

»Und woher wollen Sie das wissen?«

»Die Größe des Projektils«, sagte sie und streckte ihm das Geschoss entgegen.

»Scheiße, Sie haben das herausgepult?«

»Ich hab' immer mein Schweizer Messer dabei«, sagte sie. »Wer immer das war, umbringen wollte er uns nicht.«

»Man kann auch mit einem Kleinkalibergewehr jemanden töten«, widersprach Weitz.

»Auf die Entfernung?«

Weitz deutete auf den Baum.

»Die Spurensicherung übernehmen eigentlich unsere Techniker«, sagte er.

Kaja Winterstein hob in einer gespielten Es-tut-mir-ja-so-leid-Geste die Schultern.

»Woher wissen Sie das?«

»Was denn?«, fragte Kaja.

»Das mit dem Kleinkaliber? Lernt ihr das auf der Uni?«

»Mein Vater hat mich zur Jagd mitgenommen.«

»Ich glaub' nicht, dass ein Kaninchenjäger danebengeballert hat. Ausgeschlossen.«

»Aber es könnte ...«

Weitz schüttelte energisch den Kopf.

»Es wurde zwei Mal kurz hintereinander geschossen. Die Sau wusste, worauf sie zielt.«

»Und jetzt?«, fragte Kaja Winterstein.

»Jetzt statten wir dem Schützen einen Besuch ab.«

»Sie glauben, Binkel schießt auf uns, kehrt seelenruhig in sein Zimmer zurück und bietet uns dann eine Tasse Tee an?«

»Der ist so«, sagte Weitz. »Allerdings würde mich auch nicht wundern, wenn er gerade einen Spaziergang macht.«

*

Mangold und Hensen verließen die Münchner S-Bahn an der Station Marienplatz. Vor ihnen standen die Mitglieder einer chinesischen Reisegruppe und lauschten einem europäisch aussehenden Mann, der in fließendem Chinesisch etwas erläuterte.

Eine jüngere Frau aus der Reisegruppe fotografierte Häuserfassaden. Achtlos eilten Passanten vorbei. Die meisten trugen Aktentaschen oder quadratische Hochglanztüten, die auf Einkäufe in Edelläden schließen ließen.

»In der Nähe muss eine Bank sein«, sagte Hensen und zog seinen Koffer die Kaufingerstraße hinauf.

»Dir ist schon klar, dass wir heute Abend wieder zurückfliegen?«, fragte Mangold und zeigte auf Hensens Gepäck.

»Wenn ich schon mal hier bin, seh' ich mich ein wenig um«, sagte Hensen. »Oder gibt es eine Anwesenheitspflicht in Hamburg? In dem Fall allerdings ...«

Mangold sah lachend auf seine Uhr.

»Lass uns vorher einen Kaffee trinken.«

Er dirigierte Hensen an der Baden-Württembergischen Landesbank vorbei zur Lavazza-Espresso-Bar.

Die Tische vor dem Altbau mit den ausladenden Fenstern waren besetzt, und so suchten sie sich drinnen im Lokal einen freien Platz.

Nach einem Blick in die Getränkekarte bestellte Hensen einen Lavazza Blue für beide.

»Du kennst den Laden hier?«, fragte Mangold.

»Spezialität des Hauses. Steht auf der Karte.«

Als sie an dem Getränk genippt hatten, fragte Hensen, worauf er am Tatort besonders achten solle.

»Ich bin nicht gerade Profi.«

»Arbeite einfach wie ein Journalist und mach deine Zeichnung.«

»Die Leiche liegt noch in der Wohnung?«

»Das will ich schwer hoffen. Ich hab' Flemming darum gebeten. Trotz aller Planung – auch dieser Mörder ist nicht perfekt. Wir suchen den Krümel auf dem Tisch, das Besondere, seine Macke, Handschrift, was immer auf ihn oder sein Motiv hinweist.«

»Und was ist mit der berühmten Verbindung zwischen den Opfern?«

»Tannen hat im Computer und den paar Papieren, die die Berliner Kollegen mitgenommen haben, nichts gefunden. Er ist in Berlin und gräbt weiter.«

»Was hältst du von einem armen und verkannten Künstler, dessen Kind vor lauter Verzweiflung an sich herumschnitzt, also Borderline hat, sich umbringt, und der Vater metzelt sich jetzt mit all seinem Hass ...«

»Weit hergeholt.«

»Ist aber eine schöne Geschichte. Die eingeritzten Lateinsprüche könnten auf Schule hindeuten«, sagte Hensen und knabberte an dem Stück Gebäck, das mit dem Kaffee serviert worden war.

»Dann würden wir tote Lehrer finden«, wandte Mangold ein. »Oder zumindest Leute aus dem Schuldienst. Tanja Binkel war es nicht, die Rentnerin, die gleich hier um die Ecke in ihrer Wohnung liegt, auch nicht. Nur Innach in Niendorf hat als Hausmeister einer Schule gearbeitet.«

»Ich sag' doch: Schule. Vielleicht lernen wir einen Killerpädagogen kennen, einen Hannibal Lecter, der kein Psychiater ist, sondern ein Schuldirektor.«

»Du spinnst«, erwiderte Mangold.

Sie bezahlten bei der weiß beschürzten Kellnerin und gingen über die Kaufingerstraße zurück. Nach ein paar Minuten bogen sie in die Weinstraße ein. Hinter der Rosenapotheke befand sich der Hauseingang.

»Belebte Gegend, vor Zeugen hat der Mann jedenfalls keine Angst.«

»Wieso eigentlich ein Mann?«, fragte Hensen.

»Kraft. Unser Täter hängt Menschen an die Decke. Eine Frau als Täterin ist unwahrscheinlich.«

Der Hausflur verströmte den typischen Bohnerwachsgeruch der 1950er Jahre. Das abgewetzte, tiefbraune Linoleum war über Jahrzehnte blank gewienert worden. Die hölzernen Handläufe des Altbaus schlängelten sich drei Stockwerke hinauf. Ordentlich beschriftete Türschilder.

Vor der Wohnung stand ein Polizist, der sich Mangolds Dienstausweis zeigen ließ.

An der Garderobe, die ein Plastikgeflecht schmückte, baumelte ein grauer Sommermantel, ein Anorak, auf der Hutablage eine Filzmütze, an der Wand hing ein Schuhanzieher, und auf der Kommode lagen ein abgegriffenes Adressbuch und eine Kleiderbürste.

Der nierenförmige Spiegel musste ebenfalls aus den Fünfzigern stammen. Dazu passte auch der Schuhschrank aus lindgrünem Plastik.

»Immer reinspaziert, die Hausfrau ist allerdings unpässlich«, sagte ein etwa 60-jähriger Mann.

Ein Witzbold!, dachte Mangold. Auch das noch!

»Ziemlich unappetitlich das Ganze, da kann man glatt zum Vegetarier werden.«

Der Münchner Kollege stand im Türrahmen zum Wohnzimmer und machte eine Geste, als wollte er ihnen eine Jahrmarktsattraktion schmackhaft machen.

In seiner grünen Trachtenjacke und mit dem nach oben gezwirbelten Bart sah er tatsächlich aus, als wäre er einer schlecht gemachten Vorabendserie entsprungen.

Drei Gerichtsmediziner, die in ihren Overalls um die Leiche herumstanden, traten zur Seite. Der Täter hatte die Füße mit einem rot-weiß-blau gestreiften Plastikgeschenkband so um die Oberschenkel gefesselt, dass die Frau jetzt mit gespreizten und angewinkelten Beinen auf dem Rücken lag. Verstärkt hatte er die Verschnürungen mit Drahtschlingen. Zwischen den Beinen lag der blutige Tierkopf mit seinen glotzenden Augen.

»Und genau in dieser Position haben Sie die Frau gefunden?«, fragte Mangold.

»Um sie zu transportieren, müssen wir erst die Drahtschlingen durchtrennen. Ein Kollege holt gerade einen Metallschneider.«

»Sie lag auf dem Rücken?«, fragte Hensen noch einmal.

Mangold sah ihn fragend an.

»Ich hatte ja erst an eine andere Zeichnung gedacht, aber dies hier ist der Minotaurus.«

»Nicht Picasso?«

»Doch, doch, aber ein anderes Bild. Allerdings auch hier ist es das Motiv des Minotaurus, der da mit dem Kopf symbolisiert wird.«

»Himmel, jetzt macht er sich auch noch zu einer Götterfigur.«

»Nicht Gott«, sagte Hensen. »Der Minotaurus ist eher so ein Fabelwesen, das durch die Antike galoppierte. Halb Stier, halb Mensch.«

Mangold betrachtete die Frau von der Fensterfront aus. Hensen zog seinen Zeichenblock heraus und begann, die Leiche zu skizzieren.

»Könnte das Motiv etwas mit Sodomie zu tun haben?«, fragte Mangold.

»Zumindest wurde der Minotaurus von einer Frau und einem weißen Stier gezeugt und lebte dann in einem Labyrinth auf Kreta.«

»Schon wieder Griechenland«, sagte Mangold. Auch der Serienmörder Travenhorst hatte eine Spur nach Griechenland gelegt. »Es muss einen Grund dafür geben, warum er gerade diese Motive aussucht.«

Hauptkommissar Flemming fuhr mit der Schuhsohle über den Teppich und glättete eine Falte.

»Wir sind ja schon ein paar Stunden hier.«

Mangold riss sich vom Anblick des Leichnams los und musterte seinen Kollegen.

»Und?«, sagte er. »Eine Theorie?«

»Vielleicht wird die Mordmethode nur kopiert«, sagte er.

»Zwei Täter?«

»Warum nicht? Könnte doch auch ...«

»Kommen Sie mir jetzt nicht mit der Mafia oder einer organisierten Bande. Es gibt absolut nichts, was darauf hindeutet. Alles spricht für einen Einzeltäter. Und so detailliert wurde die Auffindsituation in der Presse auch nicht geschildert.«

Der Münchner Kommissar nickte und lehnte sich dann unbeteiligt mit verschränkten Armen gegen einen Schrank. Mangold verstand diese trotzige Reaktion. Da wurde ihnen einfach ein Fall weggenommen und einer unbekannten Sonderkommission übertragen. Keine Mordkommission der Welt ließ sich gern zum Zuträger degradieren. Ihm wäre das nicht anders gegangen. So gesehen erschien sein Protest ziemlich zahm. Das musste Wirch sein. Er musste hinter den Kulissen einen enormen Druck ausüben.

Mangold inspizierte das Schlafzimmer. Schleiflackmöbel aus den Sechzigern, hinter der Tür ein hellblauer Morgenmantel und an den Wänden das Opfer auf einem Hochzeitsfoto. Ein anderes Foto zeigte sie mit Schürze und Haube in einer großen Küche. Um sie herum einige Kolleginnen, die ebenfalls Kittel trugen.

»Was hat sie gemacht?«, wollte Mangold von Flemming wissen, als er ins Wohnzimmer trat.

»Rentnerin. Davor hat sie im Pflegedienst gearbeitet. In der Küche.«

*

Kaja brach plötzlich der Schweiß aus. Nur wenige Zentimeter neben ihr war tatsächlich eine Kugel in einen Baumstamm eingeschlagen. Schon eigenartig, wie das Hirn eine derartige Schocksituation verdrängen konnte. Sie folgte Weitz, der den Gang zum Schwesternzimmer entlangstürmte.

»Jens Binkel!«, rief er in den verglasten Raum. »Wo ist Jens Binkel?«

»Sie müssen an ihm vorbeigelaufen sein. Sitzt vorn im Gemeinschaftszimmer. Was ist denn los?«

Ohne Kaja anzusehen, raste Weitz an ihr vorbei, den Gang zurück.

»... er hat Besuch!«, rief ihm die Schwester hinterher.

Als Kaja den Raum betrat, beugte sich Weitz über den Tisch und brüllte einen jungen Mann an, der ihn mit erstauntem und zugleich belustigtem Gesicht ansah.

Neben ihm stand ein Mann von Mitte vierzig mit einem langen, grauen Kinnbärtchen, der sie an Ho Chi Minh erinnerte. Er trug eine dunkelrote Kappe, aus der ein mit einem Gummiband zusammengehaltener Zopf über seine Schultern fiel.

Jens Binkel legte demonstrativ die Hände auf den Tisch und drehte die Handflächen nach oben. Ganz das unschuldige Kind, das sich zu Unrecht verdächtigt fühlt.

»Zeigen Sie mir Ihre Schuhe«, sagte Weitz. »Los, los.«

Binkel sah ihn fragend an, rutschte mit seinem Stuhl vom Tisch und hob zunächst sein linkes und dann sein rechtes Bein. Die Turnschuhe zeigten keinerlei Spuren von Feuchtigkeit oder grünen Flecken. Im Wald herumzulaufen und dabei so weiße Turnschuhe zu behalten war eigentlich schwer möglich. Oder hatte er sie in der Kürze der Zeit gewechselt?

»Darf ich auch?«, sagte der Mann, der neben ihm saß, und hob seinerseits seine Füße.

Bei seinen abgelaufenen Sandalen war schon schwieriger zu entscheiden, ob er ihnen im Wäldchen aufgelauert hatte.

»Und Sie sind?«, fragte Weitz.

»Carl Nicolai«, sagte der Mann und sah ihn betrübt an. »Ich weiß zwar nicht, worum es geht ...«

»Wie lange sitzen Sie hier schon zusammen?«

»Eine knappe Stunde«, sagte Nicolai. »Wieso?«

»Sie waren nicht zu einem kleinen Spaziergang vor der Tür?«

Nicolai schüttelte den Kopf.

»Haben wir was verpasst?«, fragte er.

»Wie stehen Sie mit Jens Binkel in Verbindung?«

Weitzens Augenlider flackerten. Er musste sich bewusst sein, dass er eine völlig blöde Frage gestellt hatte.

Carl Nicolai tippte sich an die Stirn.

»Mentaltraining«, sagte er.

Weitz stieß ein »Was für Vögel!« aus und sah Kaja mit gespielter Verzweiflung an.

»Ich bin hier als Kunstlehrer beschäftigt und arbeite mit den Patienten. Ich ergänze das therapeutische Angebot der Klinik.«

»Wenn ich Ihren Lebenslauf hören will, sag' ich Bescheid.«

Jens Binkel löste sich von der Stuhllehne.

»Bruder, Bruder«, sagte er zu Weitz. »Du musst doch nicht eifersüchtig werden.«

Weitz sprang auf und krallte sich mit beiden Händen in Binkels Hemd.

»Schon gut«, sagte er und setzte sich wieder. »Du Arschloch kannst froh sein, dass ich nicht allein bin.«

»Uiiih«, sagte Binkel und sah Carl Nicolai an. »Er will uns Angst machen.«

»Wenn ich dir Angst machen will, fange ich das ganz anders an. Darauf darfst du dich schon freuen«, sagte Weitz. »Hattest du die Möglichkeit, hier über mehrere Stunden, vielleicht sogar Tage, raus zu kommen?«

»Klar«, sagte Binkel.

»Du gibst also zu …«

»Du bist doch von der Mordkommission … rate mal, was mein Freund hier macht. Ich meine, wenn er uns Irre mal nicht unterrichtet?«

»Muss mich das interessieren?«

Kaja, die die ganze Zeit neben Weitz gestanden hatte, trat einen Schritt dichter an den Tisch und sah Binkel freundlich in die Augen.

»Weitz, was macht er denn so, Ihr Bruder … oder will er uns das vielleicht selbst erzählen?«

»Sie kennen doch die Geschichte mit unseren tausend Augen, die alle kleine Spiegel sind?«, sagte Binkel.

»Erzählen Sie's mir.«

»Lauter klitzekleine und verflucht scharfkantige Spiegelchen sind das. Die liegen bei uns im Gehirn herum und sehen in die Welt. Und sie machen nichts als spiegeln, spiegeln, spiegeln. Und sie spiegeln mal die böse Stiefmutter, die sich sogleich die Finger daran ritzt, und sie spiegeln auch meinen Bruder Carl hier.«

»Carl ist ein Spiegel?«

»Wir sind Spiegelwesen.«

Binkel stieß ein meckerndes Lachen aus.

Carl Nicolai rutschte unruhig auf seinem Stuhl.

»Und was macht er nun, dieser Spiegel-Freund Nicolai?«, setzte Kaja nach.

Jens Binkel schob verschwörerisch den Kopf über den Tisch.

»Er malt«, flüsterte er und deutete mit dem Zeigefinger auf Nicolai. »Er malt mit Blut.«

13.

Tannen durchtrennte mit seiner Scheckkarte das Siegel an der Wohnungstür und schob den Schlüssel ins Schloss.

Als er den Schlüssel im Berliner Präsidium abgeholt hatte, war er ruppig behandelt worden. Kommissar Arlandt hatte entweder einen schlechten Tag erwischt, oder er zeigte ganz direkt, was er davon hielt, dass man ihm diesen Fall weggenommen und einer Hamburger Sonderkommission übertragen hatte.

Tannen betrat die Wohnung, die aussah, als wären die Möbelpacker während des Umzugs in den Streik getreten. Auf dem Boden lagen Verlängerungskabel, Bücher- und Zeitschriftenstapel, Sofakissen und Sitzauflagen. Sämtliche Papiere waren in Kisten fortgeschafft und die Festplatte aus dem Computer ausgebaut worden.

Die Berliner Kollegen hatten gründliche Arbeit geleistet und dennoch: Das, was an Beweismitteln gesichtet worden war, wies eine gewaltige Lücke auf.

Was war mit den Unterlagen zu dem verurteilten Pfleger Schurmann? Wo waren Tanja Binkels persönliche Papiere wie Universitätsurkunden, Studienbücher oder Bewerbungsunterlagen? Wo ihre private Korrespondenz? Eine Frau in Tanja Binkels Alter musste doch Briefe aufbewahren. Auch Familienfotos gab es nicht.

Entweder hatte der Täter die Dokumente mitgenommen, oder aber Tanja Binkel selbst hatte sie beiseitegeschafft.

Nach den Ermittlungen der Berliner Polizei hatte sie bei keiner Bank ein Schließfach gemietet. Auch engere Verwandte oder Freunde, bei denen sie ihre Unterlagen deponiert haben konnte, gab es nicht.

Tannen ging durch den Flur und öffnete den Schuhschrank. Nein, diese Wohnung barg keinerlei nennenswerte Verstecke, die nicht sofort von den Berliner Kollegen untersucht worden wären.

Er setzte sich auf die Couch im Wohnzimmer und betrachtete die Markierungen, die die Lage von Spuren markierten. Keine davon hatte einen Anhaltspunkt auf diesen Killer mit seinen lateinischen Sprüchen gebracht.

Tannen seufzte und begann, die Wände nach Hohlräumen abzuklopfen.

Die Wohnung sah aus, als hätte man ihr die Seele herausgerissen. Auf dem Tisch stand noch das Glas, aus dem Tanja Binkel in den letzten Stunden ihres Lebens getrunken haben musste. Die Fingerabdrücke, die man davon abgenommen hatte, stammten ausschließlich von ihr.

Nachdem Tannen die Wände im Wohnzimmer abgeklopft hatte, untersuchte er die Fußleisten. Auch die zeigten keinerlei Spuren, die darauf hindeuteten, dass man sie an irgendeiner Stelle entfernt und etwas darunter verborgen hatte.

Er zog gerade den Kühlschrank von der Wand, als sein Handy klingelte.

»Hensen hier, Tannen, wo stecken Sie?«

»In Tanja Binkels Wohnung.«

»Was gefunden?«

»Keine Spur von ihren Unterlagen.«

»Ich bin in München«, sagte Hensen. »Sie fehlen mir.«

Tannen musste schlucken.

»Bitte?«

»Na ja, denken Sie an unseren Ausflug nach Bremen. Als wir auf die Lösung des Schachrätsels gekommen sind.«

»Ja, und?«

»Sie haben mich inspiriert. Wissen Sie, was das ist, inspiriert?«

Tannen dachte, dass der Journalist Hensen durch einen Hinweis auf diesen Wohnwagenparkplatz gestoßen war. Wieso also hatte ausgerechnet er ihn »inspiriert«?

»Hallo?«, sagte Hensen.

Weil ihm weiter nichts einfiel, fragte Tannen, ob der Münchner Tatort neue Hinweise oder Erkenntnisse ergeben hätte.

»Ich wollte Sie nicht erschrecken, Tannen. In München ist es wieder eine Anspielung auf ein Gemälde, und da habe ich gedacht ...«

»Ja?«

»Wir starten eine Neuauflage unserer Zusammenarbeit.«

»Ich hab' keine Ahnung, was Sie meinen. Ich müsste hier jetzt weitermachen.«

»Nicht so stur, Tannen. Ich sitze hier in der Pinakothek der Moderne und schau' mich um.«

»Im Museum?«, fragte Tannen.

»Unser Täter kopiert berühmte Künstler. Hier in München ist es Picasso und sein Minotaurus. Der Stier im Labyrinth.«

»Und wie kann ich jetzt helfen? Ich bin in Berlin ...«

»Ich wollte Sie bitten, in das Pergamonmuseum mit dem babylonischen Tor zu gehen.«

»Ich soll was?«

»Fahren Sie zur Museumsinsel. Gehen Sie unbedingt dahin, schauen Sie sich um.«

»Wonach?«

»Tannen, ich weiß, Sie halten mich für verrückt. Und ganz bestimmt haben Sie Recht, aber andererseits ist das der Grund, warum ich überhaupt an Ihren Ermittlungen mitarbeite. Gehen Sie durch die Räume, lassen Sie das mal auf sich wirken. Der Täter muss mit Kunst zu tun haben, Kunst findet man in Museen, das hat was mit Geschichte zu tun … Ich weiß auch nicht. Ich glaube, dass seine Tatorte uns nicht weiterbringen. Wir brauchen Ideen, und zwar genau aus der Atmosphäre, aus der auch er seine Ideen bezieht.«

»Also eine Kunstsammlung oder Gemäldegalerie?«

»Der Pergamonaltar wird Ihnen gefallen. Das Minotaurus-Motiv hier verweist auf etwas Antikes. Auch wenn das Bild von Picasso ist.«

»Ich weiß nicht.«

»Und, Tannen, ich meine nicht, dass Sie sich das im Computer ansehen sollen, gehen Sie hin.«

»Und dann?«

»Warten Sie ab, vielleicht tut sich was.«

»Wie abwarten?«

»Himmelherrgott – stellen Sie sich doch nicht so an. Kommen Sie da mal zur Ruhe, lassen das Ganze auf sich wirken.«

»Und das soll helfen?«

»Ich hab' keine Ahnung. Stellen Sie sich einfach mal unsere Mordserie als antikes Drama vor. Leute, die im Lendenschurz oder einer Tunika aufeinander losgehen. Fantasie, Tannen. Einfach mal rumspinnen. Selbst Sie können das.«

Nachdem das Gespräch beendet war, setzte Tannen sich auf einen Küchenstuhl. Jetzt bekam der Journalist auch noch esoterische Anwandlungen. Das fehlte noch! Am Ende würden sie die Ermittlungen mit Hellsehern durchführen!

Sollte er Mangold anrufen und fragen, ob Hensens Bitte mit ihm abgestimmt war?

Tannen setzte die Durchsuchung der Küche fort. Nach einer weiteren halben Stunde setzte er sich an den Tisch, schlug sein Notebook auf und suchte nach den Berliner Nahverkehrsverbindungen. Zwar wusste er nicht, was das mit ihrem Serienkiller zu tun haben sollte, aber na schön, ging er also dienstlich ins Museum!

Tannen versiegelte die Wohnungstür und fuhr mit der S-Bahn zur Berliner Museumsinsel. Schon auf dem Vorplatz des Gebäudes wurde er zu seinem Entsetzen daran erinnert, dass es ein normaler Werktag war. An ihm vorbei stürmten Schulklassen das Museum.

Tannen nahm sein Notebook mit hinein. Gleich hinter dem Eingang ragte der in Griechenland gefundene und hier wieder aufgebaute Pergamonaltar mit seiner gewaltigen Treppe in die Höhe. Die Figuren, Schlachtendarstellungen, Bildnisse der hellenischen Götterwelt, waren tatsächlich beeindruckend. Verstärkt wurde die Wirkung durch die Höhe der Stufen, die man wohl eher für die Füße von Göttern errichtet hatte.

Tannen stieg die Stufen hinauf und bestaunte die Reliefs, die Szenen aus der griechischen Sagenwelt zeigten.

Er nahm sich vor, die genaueren Details später noch einmal nachzulesen. Trotz des überwältigenden Eindrucks spürte er doch so etwas wie ein schlechtes Gewissen. Eigentlich wollte er die wenigen in Tanja Binkels Notizbuch notierten Freunde und Freundinnen der Toten anrufen und das eine oder andere Gespräch führen. Stattdessen stand er hier im Museum herum.

Er zog sein Handy aus der Tasche, doch dann entschied

er sich dagegen, Hensen anzurufen. Fehlte noch, dass der Journalist ihn mit seinen spinnerten Ahnungen durch die Räume jagte. Da vertraute er schon eher der Intuition von Weitz. Der Mann war zwar eine Katastrophe und allenfalls für den Streifendienst geeignet, doch eines musste man diesem Rüpel zugestehen: Er hatte einen Riecher. Selbst Joyce hatte das immer wieder erwähnt.

Für Tannen waren das meist Zufallstreffer, die sich trotz seiner rüden Ermittlungsmethoden einstellten. Auch das blinde Huhn findet ein Korn, wenn es nur häufig genug pickt.

»Intuition lässt sich trainieren«, hatte Joyce beteuert.

»Mit Räucherstäbchen und Klangschalen?«, hatte er gefragt und war wieder hinausgegangen, um in seinem kleinen Vorgarten das Unkraut zu jäten.

Und jetzt saß er hier in einem Museum, bereit, sich eine Eingebung von Hensen schicken zu lassen. Lächerlich!

Tannen klemmte sein Notebook fest unter den Arm und ging zur Abteilung mit minoischen Funden, die man bei Ausgrabungen auf Kreta entdeckt hatte.

Schon von Weitem sah er eine leuchtend blaue Mauer. »Ischtar-Tor« stand auf einem Schild, und dass es unter der Herrschaft von Nebukadnezar II. um 600 vor Christus errichtet worden war.

Überrascht war Tannen von den Ausmaßen und dem frischen Glanz der glasierten Steine.

Er sah auf die Uhr. Eine Stunde musste reichen. Bevor er zurückfuhr, wollte er unbedingt noch zwei Bekannte von Tanja Binkel aufsuchen. Beide waren berufstätig, und deshalb war der frühe Abend vermutlich eine gute Zeit, sie zu Hause anzutreffen.

Mit ein wenig Glück erhielt er von den Frauen Informationen darüber, was für ein Mensch Tanja Binkel gewesen war. Schon möglich, dass sie als erstes Opfer eine besondere Bedeutung hatte.

Ausgeschlossen werden konnte auch nicht, dass mit dem Mord an der jungen Rechtsberaterin die Serie ausgelöst wurde. Und da war ja auch noch der verrückte Bruder, um den Weitz sich kümmerte. Dann der Häftling Claus Schurmann. Gut möglich, dass der mit der Wahrheit herausrückte und erklärte, was Tanja Binkel im Gefängnis Billwerder gewollt hatte. Tannen verstand einfach nicht, warum Mangold in diesem Fall so vorsichtig vorging und die Befragung hinauszögerte.

Er musste hier raus und sich um die Arbeit kümmern. Was hatten jahrhundertealte Tempel und Stadttore mit ihrem Fall zu tun?

Jan Hensen hatte mal wieder einfach so ins Blaue gesponnen. Er war eben kein Polizist, sondern ein Schreiberling, der zwar gelernt hatte, nach interessanten Storys zu graben, doch mit systematischer Polizeiarbeit hatte das nichts zu tun. Absolut gar nichts.

Tannen ging Richtung Ausgang und durchquerte einen Saal, in dem Schautafeln die Arbeit der Archäologen dokumentierten. Besonders im Abfall wurden die Wissenschaftler fündig. Gezeigt wurde die mit Lehmziegeln gemauerte Umfassung eines Brunnens, in dem die Forscher Scherben von zerbrochenen Keramiken, Keilschriftplatten und vereinzelt sogar Schmuckstücke gefunden hatten. Verloren beim Wasserholen, dachte Tannen.

Die Müllschichten gaben den Archäologen auch Auskunft über die Fortschritte der Zivilisation. Und sie wurden für Zeitdatierungen genutzt.

Plötzlich erinnerte Tannen sich an die blauen Ziegel des babylonischen Stadttores. Er trat erneut auf das Bild mit der antiken Brunnenumfassung zu. Ins Blaue hinein!

Sein Handy klingelte.

»Und? Schon auf der Museumstour?«, fragte Hensen.

»Jetzt nicht«, sagte Tannen. »Ich muss zurück in die Wohnung von Tanja Binkel.«

»Alles in Ordnung?«, fragte Hensen. Doch Tannen antwortete nicht mehr, sondern lief zum Ausgang.

*

»Herr Weitz, in Ihrem vorläufigen Bericht steht, dass Sie drei Mal in den Wald geschossen haben. Wir haben uns das von Frau Winterstein bestätigen lassen.«

»Ja, und?«

Jens Schiermacher rückte seine Brille zurecht und sah ihm schweigend in die Augen. Dann schüttelte er den Kopf.

»Weitz, Sie ballern auf gut Glück in den Wald?«

»Kann ich mich nicht zur Wehr setzen, oder was? Dürfen die mich einfach so wegschießen?«

»Haben Sie jemanden gesehen? Jemanden mit einer Waffe?«

Weitz schwieg.

»Ihre Dienstwaffe ist eine Neun-Millimeter-SigSauer.«

»Ich kenne meine Dienstwaffe.«

»Mit einem Schuss können Sie bis zu sieben hintereinanderstehende Menschen umbringen. Die Durchschlagskraft reicht dafür locker aus.«

»Haben Sie Angst um die sieben Zwerge oder was?«

»Ich habe nicht den Eindruck, dass Sie das hier ernst nehmen.«

»Fein«, sagte Weitz. »Wenn das nächste Mal auf mich geschossen wird, schwenke ich eine weiße Fahne und stelle mich tot. War's das?«

Schwachsinn. Dabei saß Carl Nicolai im Verhörraum, und eine Probe, die er von einem seiner Blutbilder im Atelier abgenommen hatte, war auch schon im Labor.

Alles würde viel schneller gehen, wenn diese Idioten von der Internen nicht ständig ihre Spielchen mit ihm trieben. Sollten sie doch mal die Polizisten in die Mangel nehmen, die ihre Hand aufhielten. Aber da trauten sie sich natürlich nicht ran.

Jens Schiermacher blätterte schweigend in seinen Papieren.

»Es war eindeutig Notwehr ...«

»Weitz, gehen Sie jetzt.«

Auf dem Flur sah er sich spähend um. Nur jetzt Mangold nicht begegnen und die ganze Kiste noch einmal erklären. Er musste sich um Carl Nicolai kümmern. Der Mann war reif. Ein zitterndes Bündel – und das war genau der Zeitpunkt, um mit einem Verhör nachzusetzen. Jetzt saß er wieder auf der anderen Seite des Schreibtisches. Und er war es, nach dessen Taktstock die Musik spielte.

Noch bevor er die Tür des Verhörraums hinter sich schloss, sah er die Veränderung. Carl Nicolai saß aufrecht hinter dem Tisch und beäugte das Mikrofon vor sich. Keine Spur mehr von den eingezogenen Schultern und dem flackernden Blick.

Weitz schob seinen Stuhl an den Tisch und schaltete das Aufnahmegerät ein.

»Wie nennen Sie die Bilder, die Sie malen?«

Carl Nicolai sah ihn belustigt an.

»Die haben ganz unterschiedliche Titel, manche auch gar keinen. Ich bin da für Vorschläge noch ganz offen.«

»Dies ist kein Kunstgequatsche. Ich meine den Stil, oder wie man das nennt.«

»Die Blutbilder heißen Blutbilder.«

»Seit wann malen Sie solche Bilder?«

»Immer schon. Als Kind hab' ich Rattenblut genommen.«

»Wieso Ratten?«

»Keine Ahnung, ich hab' mal 'ne zerdetschte Ratte auf der Straße gefunden, und ihr Blut … also der Fleck, das ergab eine Figur.«

Weitz setzte alles daran, seine Anspannung unter Kontrolle zu halten. Hatte ihnen nicht die Psychotante Winterstein erzählt, dass Serientäter in ihrer Kindheit oft Tiere quälten?

»Was malen Sie denn so? Ich meine, was wollen Sie mit Ihren Bildern zeigen?«

»Gar nichts. Da läuft Blut die Leinwand runter, und das ist es auch schon.«

»Das können Sie mir nicht erzählen.«

»Ich bin Maler. Mit Interpretationen hab' ich nichts zu tun, dass müssen Sie schon selbst rausfinden.«

»Schön, also moderne Kunst, oder wie man das nennt.«

»Wie man das nennt, ist mir egal.«

»Nicolai, wir halten hier keinen Künstler-Smalltalk. Was für Blut benutzen Sie? Und wo haben Sie das her?«

»Zunächst Stierblut«, sagte Nicolai.

»Lassen Sie sich nicht alles aus der Nase ziehen. Sie gehen auf eine Weide und zapfen den Kühen Blut ab oder was?«

»Blut bekommt man beim Schlachter seines Vertrauens.«

»Ich habe eine Probe von Ihrem Bild abgekratzt und ins Labor gebracht. Also, ich frage Sie noch mal: Was ist das für Blut?«

»Menschenblut«, sagte Nicolai mit tiefer Stimme. Dann sah er ihn fröhlich an.

»Sie wollen mich verarschen«, sagte Weitz.

»Nö.«

»Haben Sie etwas mit dem Tod von …«

»Hab' ich.«

»Sie geben zu, dass Sie Tanja Binkel, Karl Wengmann und Hans Innach getötet haben?«

»Heißen die so?«

»Was denn nun?«

»Ja, ja, klar. Hab' ich umgebracht.«

Weitz überlegte angestrengt, wie es weitergehen sollte.

Würde er jetzt Mangold informieren und das Ganze sich als Spaß eines Verrückten herausstellen … Das gesamte Präsidium würde sich über ihn lustig machen.

»Sie sind sich darüber im Klaren, was Sie da sagen?«

Nicolai grinste, hob seine Hände über den Tisch und machte mit einer Geste deutlich, dass er bereit war, sich Handschellen anlegen zu lassen.

»Wie haben Sie Tanja Binkel umgebracht?«

»Ich hab' Sie verkehrt herum an die Decke gehängt, das wissen Sie doch.«

»Das könnten Sie auch in der Zeitung gelesen haben.«

»Muss ich Ihnen jetzt beweisen, dass ich es war? Was nehmt ihr Bullen? Ich will auch was von dem Zeug.«

»Sie sind geil auf Zeitungsberichte, was?«

Weitz bemerkte, wie sich auf Nicolais Stirn eine Falte bildete. Er hatte ins Schwarze getroffen.

»Sie sehen die Schlagzeilen schon vor sich«, sagte Weitz. »Verrückter malt mit Blut seiner Opfer.«

Carl Nicolai grinste ihn an.

»Sie sehen schon die perversen Kunstsammler vor Ihrer

Tür, die Tausende Euro für Bilder aus angeblichem Menschenblut hinblättern, stimmt's?«

»Das nennt man Kunstmarkt.«

»Und du Wichser glaubst, dass ich dir dabei helfe?«

»Sie haben mein Geständnis.«

»Einen Scheiß hab' ich.«

»Aber ich gebe alles zu!«

Jemand öffnete die Tür zum Verhörraum.

»Jetzt nicht!«, sagte Weitz, ohne sich umzudrehen. Im Augenwinkel erkannte er den weißen Kittel eines Labormitarbeiters. Der Mann beugte sich an sein Ohr und flüsterte: »Ganz eindeutig, es ist Menschenblut.«

*

Jan Hensen saß mit seinem Skizzenblock im Saal VIII der Alten Pinakothek in München und versuchte, Peter Paul Rubens' »Höllensturz der Verdammten« zu kopieren. Leiber, die weg vom himmlischen Licht in seltsamen Verrenkungen in die Finsternis glitten, taumelten und stürzten. War es das? Fühlte sich ihr Täter als mörderische Hand eines göttlichen Auftrags? Erhob er sich selbst in seiner grenzenlosen Egomanie zum Richter und Henker?

Traf das zu, mussten sich die Opfer schuldig gemacht haben. Zumindest in den Augen des Täters. Oder waren sie einfach schuldig, weil sie Menschen und damit ohnehin »sündenbeladen« waren, wie einige katholische Lehren das behaupteten? Theologisch-psychologisches Geschwätz.

Wenn er bei seinen stundenlangen Meditationen und der Begleitmusik ständiger Rückenschmerzen etwas begriffen hatte, dann, dass er hinsehen musste. Genau hinsehen. Nachzudenken, während man skizzierte, das war ohnehin Unsinn.

Wie zeichnete man fallende Körper? Wie das Entsetzen, wenn es abwärts ging? In einen namenlosen Schlund.

Hensen sah auf seinen Versuch und schüttelte angewidert den Kopf. Da fiel gar nichts, sondern lag aufgeklatscht auf einem weißen Stück Papier. Die pure Talentlosigkeit. Mit seinem mit Spucke befeuchteten Finger versuchte er, ein paar zu harte Striche etwas weicher zu gestalten. Immerhin ähnelten sie dadurch mehr dem, was man eine Kontur nannte.

Er blätterte zurück zu dem Bild, das er vor ein paar Stunden am Tatort angefertigt hatte. Der Minotaurus zwischen den Schenkeln einer 70-jährigen Frau. Er würde sich wohl niemals wieder eine Zeichnung von Picasso ansehen können, ohne daran zu denken. Wollte der Täter das? Die Bilder von berühmten Künstlern mit Leben, nein, mit dem Tod füllen?

Hensen dachte an Tannen. Er hatte einfach aufgelegt. Ihm musste tatsächlich etwas eingefallen sein.

Vor ihm stand ein junges Pärchen vor dem Rubensbild. Der Mann hatte seinen linken Arm so um den Hals der Frau geschlungen, dass einem angst und bange werden konnte. Die Frau mit den roten Haaren neigte den Kopf leicht zur Seite, als interessierte sie ein Detail ganz besonders. Sie drehte ihren Kopf und sagte etwas zu ihrem klammernden Begleiter.

Ihr Pagenschnitt ähnelte einem Helm. Sie versuchte erneut, sich aus den Armen zu lösen, und ihr Freund mit der dunklen Hornbrille hatte ein Einsehen.

Nein, diese Frau machst du dir nicht untertan, dachte Hensen und blickte auf seine Tatortskizze. Mit seinem Stift schrieb er ein Fragezeichen an den unteren Rand. Auch wenn die Initialen eindeutig auf Picasso hindeuteten, den lateinischen Spruch, den der Täter hinterlassen hatte, würden sie erst in ein paar Stunden von den Pathologen übermittelt bekommen. Wie passten die lateinischen Sprüche dazu?

Der Täter machte sich mit seinen zynischen Kommentaren lustig über seine Opfer, die er keineswegs verbarg oder bedeckte. Jeden Rest von Würde wollte er ihnen mit seiner Zurschaustellung nehmen. Auch das Ausziehen der Unterwäsche deutete darauf hin.

Er nahm ihnen nicht nur das Leben, sondern auch ihre Lebensgeschichte. Degradierte sie zu Gliederpuppen für seine perversen Fantasien und seinen Größenwahn, der nur Respekt vor den Giganten der Malerei kannte.

Warum dieses Sammelsurium aus Weisheiten, Spitzfindigkeiten und höhnischen Kommentaren? Hinter den Sätzen standen nicht unbedingt Persönlichkeiten. Bei einigen war der Urheber unbekannt. Das wiederum passte keinesfalls zu den blutenden Bildern, die er nach Vorbildern inszenierte. Was aber, wenn er sich nicht nur einfach über die Opfer lustig machte? Wenn er auch hier kopierte? Jemanden, der ihn mit solchen Sprüchen malträtiert hatte? Also doch ein Lehrer, Professor oder Akademiker mit Lateinkenntnissen, der seine Schüler gequält hatte?

Ein Mädchen mit Zöpfen und in rosafarbenem Anorak betrachtete andächtig das Rubensbild, drehte den Kopf im Strudel der herabtaumelnden Körper und stellte sich dann gerade davor. Sie klatschte in die Hände, hüpfte, warf die Arme in die Höhe und lachte. Dann klatschte sie erneut in die Hände und rannte in den nächsten Saal.

Hensens Handy klingelte. Peer Mangold meldete sich.

»Du bist schon in Hamburg?«

»Vor dem Flughafen. Die Münchner Gerichtsmediziner haben angerufen.«

»Und?«

»Keine auffälligen Spuren, die etwas bringen würden, keine Fremd-DNA, keine Vergewaltigung ...«

»Und? Was ist mit dem Satz?«

»Da mi basia mille, auf Deutsch: Gib mir tausend Küsse.«

Hensen sagte zu, am nächsten Tag wieder im Präsidium zu erscheinen.

»Ich kann fest mit dir rechnen?«, vergewisserte sich Mangold.

»Ich steck' doch schon knöcheltief drin. Bis morgen.«

Besser, er setzte sich auf eine Wiese und malte dort Blumen. Beschäftigte sich mit seinem Zen-Kōan und brachte in Erfahrung, wie sich das »Klatschen der einen Hand« anhörte. Das hatte die Meisterin ihm mit einem Lächeln als neue Aufgabe übertragen und ihn in den Meditationsraum geschickt. Zurück zur Rückenfolter.

Was hatte das Mädchen beim Anblick dieses Höllensturzes zum Lachen gebracht?

Hensen sah, wie sie sich mit den Bildern im nächsten Saal beschäftigte. Sie hopste um zwei Erwachsene, die dem Alter nach gut Oma und Opa sein konnten. Sie zeigte mit dem Zeigefinger in seine Richtung und sagte: »Das Bild ... sie fliegen. Die Menschen fliegen.«

14.

Kaja packte ihre Tasche. Sollte sie ihre Tochter Leonie in Zürich anrufen? Sie nahm den Hörer und legte ihn gleich wieder auf. Unsinn, es war nicht mehr als ein medizinischer Routineeingriff. Und überhaupt, wie sollte sie ihr die Schwangerschaft erklären? Ohne ihr haarklein auseinanderzusetzen, dass sie von einem Serienkiller zwar nicht vergewaltigt, aber mithilfe eines gynäkologischen Instruments geschwängert worden war.

Sie dachte an den Anruf und die Stimme Travenhorsts. Die Stimme hatte so echt und auch vertraut geklungen. Nicht, dass sie sich hätte reinlegen lassen, aber es machte ihr unmissverständlich klar, dass etwas durchgesickert war. Ja, sie musste es Leonie sagen, bevor die es von anderer Seite zugetragen bekam. Andererseits wäre dies ein vertrauliches Gespräch, und vertraulich … nein, vertraulich hatte sie nun schon seit zwei Jahren nicht mehr mit ihrer Tochter reden können.

Kaja sah sich noch einmal im Wohnzimmer um, nahm dann ihre Tasche und verließ die Villa. Es sollte ein ambulanter Eingriff werden, aber zur Sicherheit hatte sie ihre Zahnbürste, einen Morgenmantel und ein Schlafhemd eingepackt. Nur falls es Komplikationen gab.

Sie setzte sich in ihren Toyota und drehte den Zündschlüssel. Der Motor drehte einmal durch und war wieder aus. Erneuter Versuch, doch jetzt gab der Wagen außer einem Klicken keinen Laut mehr von sich. Die Lampen am Armaturenbrett leuchteten auf. Sie wartete ein paar Minuten. Nichts.

Kaja kramte ihr Handy aus der Tasche und rief einen Taxifunk an.

Die Frau in der Zentrale sicherte ihr zu, dass das Taxi in weniger als fünf Minuten vor ihrem Haus stehen würde. Kaja stieg aus ihrem Auto und zündete sich eine Zigarette an.

Es war selbstverständlich, dass sie den Fötus abtrieb, andererseits hatte sie früher noch nie ernsthaft über eine Abtreibung nachdenken müssen. Diese ungewollte Schwangerschaft war absurd und überhaupt nur möglich, weil sie die Pille nicht vertrug. Woher eigentlich hatte dieser Travenhorst gewusst, dass sie keine Spirale benutzte oder Antibabypillen schluckte?

Ja, der Serientäter musste sie sehr genau ausgeforscht haben, bevor er sie zur Mutter seines vermeintlichen Bruders auserkoren hatte. Seines Bruders, der als parasitärer Zwilling in seinem Kopf lebte und einen Körper bekommen sollte. War es das? Keine Verhütungsmittel, ein Kind, das ihre Fruchtbarkeit unter Beweis stellte, die Travenhorst dazu gebracht hatte, ausgerechnet sie auszuwählen?

Als das Taxi vor dem Haus hielt, setzte sie sich auf die Rückbank und teilte dem Fahrer die Adresse der gynäkologischen Klinik in Altona mit.

Was, wenn sie das Kind austrug? Das Kind eines vollkommen fremden Mannes. Und damit vielleicht dessen krankhafte Gene? Er würde über seinen Tod hinaus triumphieren, denn ihre Schwangerschaft war sein Ziel, war sein mörderischer Antrieb gewesen. Unsinn. Es wurde Zeit, dass sie die Sache hinter sich brachte. Schluss mit diesen Gedankenspiralen.

Das Taxi lud sie direkt vor dem Eingang der Klinik aus. Am Empfangstresen wurde sie von einer freundlichen Schwester begrüßt.

»Wie ist Ihr Name bitte?«

»Winterstein, ich habe einen Termin. Einen Abbruch-Termin.«

Die Frau am Empfang zog die Stirn kraus und blätterte in ihrem Terminbuch.

»Frau Winterstein ... Sie haben es sich anders überlegt?«

»Was soll das heißen?«

»Wir bieten hier auch eine psychologische Beratung an, bei der ...«

»Wieso anders überlegt?«

»Aber Sie haben den Termin abgesagt und ...«

»Sie müssen sich irren.«

Das eben noch freundliche Gesicht der Frau am Tresen nahm einen mitleidsvollen Ausdruck an.

»Erinnern Sie sich nicht? Sie haben angerufen und gesagt, Sie hätten noch einmal gründlich nachgedacht. Das kommt oft vor.«

»Unsinn, ich habe Sie nicht angerufen.«

»Entschuldigung, aber das Gespräch ist bei mir gelandet.«

»Ich habe nichts abgesagt.«

Auf der Stirn der Schwester bildete sich eine Sorgenfalte.

»Es war Ihre Stimme, ganz sicher, es war Ihre Stimme.«

»Sie wollen mit mir geredet haben?«

»Frau Winterstein, ich will Ihnen wirklich nicht zu nahe treten, aber ich bitte Sie ganz herzlich: Suchen Sie unseren Psychologen auf. Ich kann Ihnen gleich für morgen einen Termin machen. Der mentale Stress, der mit einer Abtreibung verbunden ist ...«

Kajas Handy signalisierte eine Nachricht. Als Absender leuchtete »Liferescue« auf. Lebensrettung!

Die Buchstaben tanzten vor ihren Augen.

»Kaja, sind nicht genug Menschen gestorben? Niemand sollte sterben. Nicht durch deine Hand. Nicht durch meine Hand.«

*

Clemens Carolus sah sich suchend um und betrat dann die Telefonzelle. Was für eine Szene. Wie aus einem schlechten amerikanischen Krimi. Aufträge an die Unterwelt aus einer öffentlichen Telefonzelle!

In was für einen Sumpf hatte ihn dieser Spinner getrieben?

Aber am Ende würde er Recht behalten. Man musste das Netz nur auswerfen. Und warten können.

Carolus zog den Zettel aus seiner Tasche und wählte die Mobilnummer. Der Mann konnte sonst wo sitzen, aber was ging das ihn an? Hauptsache, er schaffte diesen Mist aus der Welt. Eine Männerstimme meldete sich.

»Diesmal geht es nicht um Einschüchterung. Also nicht nur in der Gegend herumballern und ein paar Polizisten auf Trab bringen. Haben Sie verstanden? Ich will, dass Sie den Mann erledigen. Und es muss beim ersten Mal funktionieren.«

»Wenn Sie's nicht glauben, kann ich mein Honorar gern verdoppeln.«

»Ich will eine saubere Arbeit.«

»Wo wir gerade über das Honorar reden. Dies ist eine ganz andere Sache, das ist Ihnen doch klar?«

Jetzt konnte er auch noch mit diesen Typen feilschen. Zum Erstaunen von Carolus akzeptierte der Mann am anderen Ende der Leitung die Summe sofort, die er bot. War es zu viel? Himmel, er kannte sich mit Auftragsmorden nicht aus. Höchste Zeit, dass er sich wieder auf Dinge konzentrierte, von denen er etwas verstand.

Nachdem er ihm knapp Namen und Adresse des Mannes übermittelt hatte, verließ Carolus die Telefonzelle.

Erinnern konnte er sich zwar nicht an ihn, aber alles fügte sich zusammen und bildete einen Zeigefinger, der genau auf diesen Mann zeigte. Er musste es sein. Und sollte diese Serie weitergehen … gut, dann gab es einen zweiten Kandidaten. Irgendwo musste er einen Anfang machen. Kollateralschäden waren bedauerlich, aber dem Spuk musste ein Ende gesetzt werden. Unerfreulich, dass die neu eingerichtete Sonderkommission es nicht geschafft hatte, den Mann aus seinem Loch zu treiben.

Zum Abendessen hatte er Pasta vorbereitet. Eine kleine Entschädigung für seine Frau, die in den letzten Wochen so manchen Abend allein hatte verbringen müssen. Anschließend wollte er sie in ein Weinbistro entführen. Familie war schließlich das, was blieb. Familie war wichtig. Also kein Verkriechen mehr. Schluss damit.

*

Peer Mangold zog sich am Geländer die Treppen hinauf und machte in der zweiten Etage eine Pause.

In der Küche musste noch eine Flasche Shiraz stehen, und mit ein bisschen Glück gab auch der Gefrierschrank noch eine Pizza her.

Im Treppenhaus roch es nach Braten und verkochtem Wein. Als er seinen Schlüssel in die Wohnungstür steckte, gab sie nach. Kein Zweifel, der Essensgeruch kam aus seiner Küche!

Im Flur hörte er klassische Musik. Vorsichtig drückte er die Tür zum Wohnzimmer auf und legte die Hand auf den Knauf seiner Waffe, als plötzlich Lena vor ihm stand. In einem Abendkleid aus den 1970ern, das sie aus einem Altkleidercontainer gezogen haben musste.

»Schatzi, du kannst schon mal die Kerzen anmachen, Essen ist gleich fertig.«

Das hatte ihm gerade noch gefehlt! Fieberhaft überlegte er, wie er seine Nachbarin loswerden konnte. Noch vor zwei Wochen wäre das einfach gewesen, er hätte bloß ihre Eltern anrufen müssen. Doch seitdem sie volljährig geworden war, nun ja.

Die Küche sah aus, als hätten die Insassen eines Kreativ-Kindergartens Promi-Dinner gespielt.

»Es gibt Braten mit Spinat, Wein steht auf dem Tisch.«

»Ich bin wirklich hundemüde«, sagte Mangold. Halbherzig, denn die Aussicht auf ein richtiges Essen in Gesellschaft war nicht die schlechteste Idee nach diesem Ausflug nach München.

Nachdem er mit Lena einige Male zusammengerasselt war, hatte sie ihn als eine Art väterlichen Freund auserkoren. In Wirklichkeit verstand er nicht, was sie von einem so viel älteren und zuweilen müden Hauptkommissar überhaupt wollte. Er hätte es nie zugegeben, aber ihre erfrischende Art und so manche ihrer unorthodoxen Ansichten ließen ihn einige Dinge von einer anderen Warte sehen. Auch wenn sie immer wieder überaus schräge Ansichten über seine Arbeit zum Besten gab und tatsächlich eine Praktikantinnenstelle in der Pathologie angetreten hatte.

Dass sie allerdings den ihr anvertrauten Zweitschlüssel ungefragt nutzte, um in seiner Küche zu kochen, das ging wohl doch zu weit. Aber jetzt einen Streit vom Zaun brechen und dann doch nur wieder vor einer Tiefkühlpizza sitzen …?

»Na, wie war dein Tag, Bulle? Wieder ein paar Verbrecher eingefangen?«

»Findest du nicht, dass es verbrannt riecht?«

»Das ist die Kruste, die muss schön knusprig werden.«

Mangold warf seinen Trenchcoat über drei gestapelte Kisten, in denen Tunnelmodelle darauf warteten, ausgepackt zu werden.

Tunnel, dachte er. Auch er buddelte sich Zentimeter um Zentimeter in dem blutigen Dreck vor, den dieser Serientäter hinterließ.

»Shakespeare-Killer« hatte ihn die Presse getauft, weil er den Opfern Sätze in die Oberschenkel ritzte. Dass die Sprüche lateinisch waren, schien dabei niemanden zu stören. Mangold öffnete die Flasche Wein und füllte zwei Gläser.

»Bruckner, es läuft Bruckner«, sagte Lena und zwinkerte ihm von der offenen Küche her zu.

»Du hörst Bruckner?«

»Hab' ich auf mein iPhone gezogen.«

»Es kommt aus meiner Anlage. Und ich sehe kein Kabel.«

»FM-Transmitter«, sagte Lena und sah ihn mit großen Augen an.

»Wunder der Technik? Genau. Macht das Telefon zu einer kleinen Sendeanstalt? Richtig. Hunger?«

Die Hochnäsigkeit pur.

»Immer noch in der Pathologie?«

»Jap.«

»Heißt das ja?«

»Ich mach' den Blut- und Urinkurier.«

Mangold verschluckte sich.

»Nichts Schlimmes, Schatzi, ich bringe Reagenzgläser mit Körpersäften ins Labor.«

Mangold konnte noch immer nicht begreifen, wie man ein so junges Mädchen als Praktikantin in der Pathologie beschäftigen konnte.

Lena stellte den dampfenden Braten auf den Tisch und balancierte anschließend eine Kasserolle aus der Küche.

»Spinat«, sagte Mangold.

»Keine Sorge, ich bring' nichts von der Arbeit mit nach Hause.«

Mit dem Getue einer treu sorgenden Mama schnitt sie den Braten an und legte ihm ein Stück auf den Teller.

Mangold füllte sich von dem Spinat auf und testete mit der Messerspitze das Fleisch. Die Kruste war tatsächlich knusprig.

Lena quittierte seine Stocherei, indem sie ihre Augenbrauen hochzog.

»Weißt du, du könntest mehr aus dir machen«, sagte sie. »Wie war's denn mit Vera? Heiße Nacht?«

Prompt verbrannte Mangold sich am Spinat die Zunge.

Wieder dieser tadelnde Blick von Lena.

»Na, Hauptsache, du bist mal wieder zum Zug gekommen. Was ist mit deinem neuen Fall? Gibt es etwas, was die Zeitungen noch nicht geschrieben haben über Mister Shakespeare-Killer?«

»Sag du es mir.«

»Er ist Rechtshänder.«

»Das stand aber nicht in den Obduktionsbefunden.«

»Ich hab' es mir mit der Lupe angesehen.«

»Ah, Frau Doktor hat es sich mit der Lupe angesehen!«

»Zweifellos Rechtshänder.«

»Und das hast du herausgefunden, weil … weil alle anderen zu blöd waren? Oder zu faul hinzusehen?«

Mangold hobelte sich ein weiteres Stück Fleisch ab.

»Sag nichts gegen die Faulheit«, sagte Lena.

»Nanu, mal nicht das übereifrige, tapfere und arbeitsame Mädchen?«

»Faulheit macht kreativ.«

Mangold biss in das Stück Fleisch. Wirklich gut. Dieses Mädchen war ihm ein Rätsel.

Und nicht mal dumm, was sie sagte. Faulheit konnte tatsächlich kreativ sein. Wer faul war, machte bei seiner Arbeit keine überflüssigen Umwege, sondern marschierte ganz direkt aufs Ziel los. Nur keine unnötigen Abstecher. Je schneller man das Problem löste, desto mehr Zeit blieb für andere Dinge.

»Schmeckt's?«, fragte Lena mit schnippischem Unterton.

»Geht so«, erwiderte Mangold.

»Vielleicht stellst du dich das nächste Mal selbst in die Küche und überraschst deine liebenswerte Nachbarin?«

Mangold kaute nachdenklich. Es gab etwas, was selbst die Faulheit noch auf Trab brachte: gezielt, aber vorsichtig eingesetzte Überforderung. Sie konnte zu brauchbaren Ideen führen, konnte helfen, den Gordischen Knoten zu durchschlagen.

Seine Sonderkommission folgte ihren Theorien und Spuren, sie hatten die Fährte aufgenommen. Sicher, mit jeder Menge Irrwegen. Wie etwa Sienhaupt, der ihnen tatsächlich den Künstler Joseph Beuys als Täter präsentieren wollte. Der Mann war nicht mal davon abzubringen gewesen, als er ihm einen Internetartikel mit dem Todesdatum des Künstlers zeigte. Jeder hatte auf seine Art die Spur aufgenommen.

Jetzt hieß es, den Ermittlungen ein System und eine Richtung zu geben. Tatmotiv, Versuch eines Täterprofils, das verbindende Element bei den Opfern, die vom Täter hoffentlich nicht nur als Zufallsopfer und Mittel zum Zweck, als Leinwände benutzt wurden, auf denen er seine blutigen Botschaften in die Welt hinausposaunte.

Ja, er musste eine Struktur finden. Kriminaldirektor Wirch saß ihm im Nacken. Sprach von baldigen Ergebnissen, von seinem Riecher, der gerade jetzt nicht versagen dürfe.

Sein Handy klingelte.

»Ich hab' gedacht, wir haben einen schönen Plausch«, beschwerte sich Lena mit gespielter Vorwurfsmiene.

Auf dem Display leuchtete Veras Name auf. Das hatte ihm gerade noch gefehlt. Nein, nur nicht diesen katastrophalen Abend mit ihr aufleben lassen. Er wies das Gespräch ab.

Lena musterte ihn argwöhnisch.

»Kein Wunder, dass dich die Leute komisch finden.«

»Die Leute finden mich komisch?«

Statt zu antworten, lächelte sie ihn an.

Er half ihr das Geschirr abräumen und setzte sich in seinen Sessel. Vielleicht genau der richtige Augenblick, um den Abwasch zu übernehmen und Lena hinauszukomplimentieren.

»Hat Spaß gemacht«, sagte Lena. »Du brauchst dich nicht zu bedanken.«

Es klingelte an der Wohnungstür. Mangold fuhr zusammen. O nein, Vera!

»Willst du nicht aufmachen, Schatzi?«, fragte Lena und sah ihn belustigt an.

Sie redete mit voller Absicht so laut, dass man es im Hausflur hören musste.

Mangold öffnete. Kaja Winterstein stand mit feuchten Haaren vor ihm. Mit dem Handrücken wischte sie sich die Regentropfen von der Stirn.

»Ich weiß, es ist spät.«

»Sie? Woher kennen Sie … ist auch egal, kommen Sie rein. Was ist passiert?«

Lena trat einen Schritt auf Kaja zu und sagte: »Oha.«

»Tut mir leid, dass ich hier so reinplatze, aber …«

»Mangold, das hätte ich dir gar nicht zugetraut«, sagte Lena und streckte der Profilerin die Hand entgegen.

»Sind Sie die Tochter von …«, hob Kaja an.

»Oha«, sagte Lena noch einmal. »So viele Seelenklempner, wie ich bei so einem Vater bräuchte, gibt es gar nicht.«

Kaja lächelte sie an und wandte sich an Mangold: »Ich muss Sie leider sprechen, und ich … wir können nicht warten.«

»Dann räum' ich mal das Feld«, sagte Lena und zwinkerte Kaja verschwörerisch zu.

Mangold bot der Profilerin einen Cognac an. Sie nickte, und er zog zwei Gläser aus einem Karton.

»Sie wohnen wohl noch nicht lange hier?«

»Ich bin noch nicht zum Auspacken gekommen.«

»Ich hab' Psychologie studiert und weiß, dass auch wir selbst nicht dagegen gewappnet sind.«

»Wogegen?«, fragte Mangold.

»Paranoia, Schizophrenie, Depressionen …«

»Um was geht es eigentlich?«

»Travenhorst oder jemand, der ihn kopiert, hat Kontakt zu mir aufgenommen und will die Abtreibung verhindern.«

Mit wenigen Worten erzählte Kaja von den Anrufen und den Nachrichten des Serientäters. Mangold wollte sie unterbrechen, ließ sie dann aber weiterreden. Nach 20 Minuten sagte er: »Es ist ganz und gar unmöglich, vollkommen ausgeschlossen.«

»Das hab' ich auch zuerst gedacht.«

»Wir haben die Einzelteile seines Körpers eingetütet, die DNA getestet.«

»Aber Sie wissen doch, was er mit unserem Fingerabdruckabgleich angestellt hat.«

»Deshalb haben wir mehrere DNA-Quervergleiche angestellt. Überall in seiner Fabriketage haben wir Vergleichsmaterial sichergestellt. Es ist ausgeschlossen, vollkommen ausgeschlossen.«

»Jemand, der sich zumindest als Travenhorst ausgab, hat mit mir gesprochen, mich gewarnt, meinen Termin abgesagt.«

»Stimmen am Computer nachzubauen ist nicht so schwierig«, sagte Mangold.

»Ich weiß, ich weiß. Aber es ist … ja, als würde man einen Geist treffen. Außerdem …«

»Außerdem?«

»Wer sollte Interesse daran haben, den Mann zu imitieren? Meinen Schwangerschaftsabbruch zu verhindern?«

»Verstehen Sie mich nicht falsch, aber solch ein Abbruch kann … nun ja, Konflikte auslösen.«

»Das sagen Sie ausgerechnet einer Psychologin?«

»Ich weiß, aber Travenhorst ist tot. Und das ist auch ganz in Ordnung.«

»Dann gibt es genau drei Möglichkeiten. Entweder, sein Geist spukt herum, oder jemand gibt sich für Travenhorst aus, oder aber …«

»Ja?«

»Ich bin verrückt. Was halten Sie davon: eine verrückte Profilerin? Und was ist mit seiner Botschaft?«

»Die indirekte Drohung, dass er seine Mordserie wieder aufnehmen könnte?«

»Nein, die Botschaft, die ich vor einer Stunde erhalten hab'.«

Kaja zog ihr Handy aus der Jacke, rief den Text auf und reichte Mangold das Gerät.

»Ein Opfer ist ein Opfer ist ein Opfer.«

15.

Er sah auf den Boden. Der Priester da unten ruderte mit den Armen und stöhnte. Die Wirkung des Narkosemittels ließ nach. Ja, er sollte es sehen. Die Verwandlung. Bei vollem Bewusstsein aus der Düsternis ins Licht. Ins lodernde Flammenlicht der Hölle.

Er überprüfte die Fesseln und glättete dann den lilafarbenen Umhang. Dann legte er ihn auf den Sessel und zog den weißen Vorhangstoff aus dem Beutel. Nicht gerade passend, aber er würde seinen Zweck erfüllen.

Der Priester stöhnte und fuhr sich mit der Zunge über die Lippen. Er rang nach Worten und stieß dann einen Satz hervor.

»Was ... was um Gottes willen wollen Sie?«

»Gottes Willen«, sagte er und öffnete die Farbdose. Dann begann er, den Stuhl gelb zu streichen. Es war schon seltsam, dass der Mann ihn nicht erkannte.

»Was machen Sie da?«

»Ich bereite alles vor.«

»Sie sprechen Deutsch. Kenne ich Sie?«

Er lachte. Was für eine Schlussfolgerung.

»Ich habe Geld, drüben in der Schatulle, und nehmen Sie meinen Ring. Nehmen Sie ihn.«

Er strich mit dem Pinsel über die Lehne und zog anschließend die beiden gedrechselten gelben Holzaufsätze und die gelbe Wäscheleine aus der Tasche.

»Sagen Sie mir doch, was Sie wollen.«

»Ihre Fahrt ins Licht, mein Vater«, sagte er. »Sie werden hoch erhobenen Hauptes und mit staunend aufgerissenem Mund heimkehren. Wie ein Papst. Gefällt Ihnen das?«

»Was hat unser Heiliger Vater damit zu tun?«

»Sehen Sie diese gelbe Leine?«

»Was ist damit?«

»Ich werde sie in einem Viereck um Sie spannen. Wie einen Boxring, verstehen Sie?«

»Lassen Sie ab ...«

»Es ist keine Kanzel, es ist ein Heiliger Stuhl. Es ist der Stuhl der Gerechtigkeit und der Reinheit. Und auf dem werden Sie jetzt dargebracht.«

Es amüsierte ihn, so viel mit ihm zu sprechen, und einen Moment überlegte er, ob er sich zu erkennen geben sollte. Der Mann versuchte, seine an den Knöcheln gefesselten Beine zu strecken.

»Seien Sie vorsichtig und machen Sie keinen Lärm. Es ist ohnehin nichts mehr zu ändern.«

»Was ist es? Was habe ich dir getan?«

»Was du deinem Nächsten getan, das hast du mir getan.«

»Jesus hat das gesagt, und um Jesu Christi willen ...«

»Jesus hat keine Geduld mehr mit dir.«

»Mein Sohn, du versündigst dich ...«

»Ich weiß.«

»Wir können über alles reden, verstehst du? Über alles. Was hat man dir angetan, dass du ...«

»Weißt du, was Innozenz bedeutet?«

»Unschuld«, sagte der Mann am Boden und wiederholte laut: »Unschuld.«

»Ich aber werde dir deine Schuld nehmen. Zumindest in

diesem Leben. Spürst du nicht die Last? Wolltest du sie nicht immer schon loswerden? Endlich frei davon sein?«

»Jeder von uns sündigt. Wir sind keine Heiligen.«

»Möchtest du nicht einer werden? Ein Heiliger? Einer, der Heil bringt? Der Wunden schließt? Einer, der in einem weißen Rock vor Gott tritt? Oder vor den Teufel?«

»Willst du mir nicht sagen, was ich getan habe? Warum du mir diese Strafe auferlegen willst? Was hast du vor?«

Er schwieg und legte das Eisengeflecht auf den Stuhl, dann sah er sich nach einer Steckdose um und zog ein Verlängerungskabel aus seiner Tasche.

»Sprich endlich. Ich will wissen, warum …«

»Es würde dir nur leidtun, und dann würdest du dich entschuldigen.«

»Was ist daran schlecht?«, fragte der Priester.

»Du bist doch die Unschuld. Wie kannst du dich da entschuldigen?«

»Du willst es mir nicht sagen?«

Er schüttelte den Kopf und griff dem Mann unter die Arme. Der Priester wehrte sich, wollte auf dem Boden bleiben.

Mit einem Ruck zog er ihn hoch und wuchtete ihn auf den Stuhl. Dann wickelte er die Spitzengardine um seine Hüften. Anschließend fesselte er den Oberkörper mit Paketband an die Stuhllehne und legte den lilafarbenen Umhang über seine Schulter.

Erst jetzt löste er die Fesseln und fixierte die Unterarme mit dem Klebeband an den Lehnen. Der Priester unternahm einen kraftlosen Versuch, ihn abzuschütteln.

»Das Gute tritt in die Welt, und das Böse tritt in die Welt. Und keine Entschuldigung kann es aufhalten.«

Als er die ersten Buchstaben in seinen Oberschenkel schrieb, röchelte der Priester. Sein Kopf rutschte zur Seite.

»Du musst noch bei mir bleiben«, sagte er und schlug dem Priester leicht auf die Wange. Der kam wieder zu Bewusstsein und sah ihn mit aufgerissenen Augen an.

Er steckte ihm eine Metallklammer in den Mund, die das Gebiss auseinanderdrückte.

»Es ist so weit«, sagte er und zeigte ihm den Stecker. »Es tut dir alles furchtbar leid, ich weiß.«

Der Priester sah ihn ungläubig an. Dann schob er den Stecker in die Dose.

16.

Mangold schaltete in den dritten Gang und fuhr die Rothenbaumchaussee hinunter. Vor dem NDR-Gebäude stand eine Gruppe von Musikern, die zu ihren punkigen Frisuren schwarze Fräcke trugen und neben sich ihre Instrumentenkoffer gestapelt hatten. Livemusik im Radio, das war wie aus einer fernen Epoche.

Der morgendliche Berufsverkehr schob sich in Richtung Innenstadt. Die angeblichen Anrufe des toten Serienkillers Travenhorst würde er nicht in der Runde diskutieren. Auch Psychologen waren nicht vor Halluzinationen gefeit. Andererseits, Kaja Winterstein war eine gestandene Frau. Systematisch, mit Ideen und genügend Fantasie. Vor allem aber war sie eine Wissenschaftlerin, die sich nicht hinter ihren Büchern versteckte.

Für sein etwas anarchisches Ermittlerteam war sie als Bindeglied und wissenschaftliche Bodenverankerung absolut unentbehrlich. Mal ganz davon abgesehen, dass sich die anderen Polizei-Haudegen gegenüber dieser attraktiven Frau beweisen wollten. Aber es gab eben auch ausgesprochene Machos, denen es nicht um ihr Testosteron, sondern um die Ablehnung neuer Methoden und die Heiligsprechung herkömmlicher Ermittlungsarbeit ging. Nur die geringste Andeutung über die Nachrichten aus dem Jenseits – und sie hätte schlagartig jeden Respekt verloren. Nein, das konnte er nun wirklich nicht brauchen.

Hatte Travenhorst sein Ziel doch noch erreicht und sie tiefer in seine Gedankenwelt gezogen, als sie dachte? Kaja hatte wenig über die Stunden berichtet, in denen sie in seiner Gewalt gewesen war. Er wusste nicht einmal, ob sie sich professionellen Rat bei einem Kollegen geholt hatte.

Vor ihm bremste ein Taxi scharf ab, und Mangold hatte Mühe, seinen Wagen zur Seite zu ziehen.

Als er überholte, sah der Fahrer mit gelangweilter Miene herüber.

Was, wenn Kaja sich diese Anrufe nicht eingebildet hatte? Die SMS-Nachrichten hatte er schließlich gelesen. Wer steckte dahinter? Wer versuchte, die Abtreibung zu verhindern? Der Einzige, der ihm einfiel, war ihr hochbegabter Autist Sienhaupt. Wochenlang hatte der mit dem Serienkiller gerungen, hatte Schreikrämpfe bekommen und war nervlich am Ende gewesen. Niemand im Präsidium hatte bis heute genau nachvollziehen können, was sich zwischen den beiden abgespielt hatte.

Spielte der jetzt den Stellvertreter des Killers und versuchte, dessen Kind zu schützen? Machte er sich einen Witz? Oder fühlte er sich in seiner genialischen Gedankenwelt, in die Normalsterbliche keinen Zutritt fanden, einfach nur einsam? Und hoffte er nun, über das Kind des toten Savants eine Art Kontakt zur Außenwelt schaffen zu können?

Er musste das im Auge behalten. Aber ihre Ermittlungen durften nicht darunter leiden. Wirch hatte ihm mehr als einmal deutlich gemacht, dass er mit seinem Engagement für die länderübergreifend agierende Sonderkommission ein großes Risiko einging. Wirch verlangte Erfolge. Und mehr Ermittlungsdruck auf den Täter. Auch die Fragen in den Zeitungen wurden drängender. Es war längst keine lokale Geschichte mehr, sondern große Medien interessierten sich inzwischen für den »Shakespeare-Killer«.

Die grausamen Tatabläufe wurden dabei gern ausgeblendet oder mit schaudernder Bewunderung lediglich angedeutet. Die Unruhe wuchs.

Und was bedeutete diese Nachricht: »Ein Opfer ist ein Opfer ist ein Opfer«? Zweifellos eine Anspielung auf ein berühmtes literarisches Zitat von einer gewissen Gertrude Stein, die in den zwanziger Jahren Schriftsteller und Maler in ihren Salon lud. Aber was sagte es über ihren Mörder aus? War dies der Weg, auf dem Sienhaupt mit ihnen kommunizierte und Hinweise auf den Täter gab?

Eine halbe Stunde später parkte er in der Tiefgarage des Polizeipräsidiums und fuhr mit dem Fahrstuhl hinauf.

Im Flur traf er auf den Kriminaltechniker Riehm.

»Und was macht er?«, fragte Mangold.

»Du meinst Sienhaupt? Ich hab' keine Ahnung.«

»Du siehst dir doch hoffentlich an, was er im Internet treibt, welche Suchoptionen ...«

»Weiß er eigentlich, dass die Kamera hinter ihm seinen Computerschirm beobachtet?«

»Das hat er sicher längst herausgefunden«, sagte Mangold und blieb stehen. »Also, raus damit, was ist es?«

»Nun ja, er hat sich jede Information über den Kunstprofessor Beuys aus dem Netz gesaugt und sich in die Datenbank der Rentenversicherungsanstalt gehackt.«

»Um Gottes willen, wenn die merken ...«

Riehm berührte mit der Hand Mangolds Unterarm.

»Aber du ahnst nicht, was er dort gemacht hat.«

Mangold schüttelte den Kopf.

»Er versucht einen Abgleich der in Sozialnetzen auftauchenden ...«

»Sozialnetzen?«

»Soziale Netzwerke wie Facebook, Xing, MySpace, StudiVZ, Twitter …«

»Schon verstanden. Und, was macht er?«

»Er vernetzt die Daten mit denen der Rentenversicherungsanstalt.«

»Und was soll das? Was sucht er? Was?«

Riehm hielt seinem Blick stand und antwortete dann: »Außerirdische.«

»Nein!«

»Er versucht, Außerirdische aufzuspüren.«

»Mit Hilfe der Rentenversicherung?«

»Vielleicht denkt er, die haben dort nicht eingezahlt oder sind eben gar nicht gemeldet, weiß der Teufel.«

»Falls Wirch dich fragen sollte, du hältst den Mund«, sagte Mangold.

»Die ganze Wahrheit ist, bei Sienhaupts Recherche nach Aliens fallen auch Daten für uns ab.«

»Etwas Verwertbares?«

»Er sucht nach Außerirdischen und gibt auch alle Namen ein, die in unserem Fall auftauchen.«

»Du willst sagen, er hält unseren Shakespeare-Killer für einen Alien, der sich dadurch auszeichnet, dass er nicht in die Rentenkasse gezahlt hat. Großer Gott, ist es das?«

»Mangold, es war schließlich nicht meine Idee, den Mann in unsere Ermittlungen einzubinden.«

»Bitte behalt das weiter im Auge und gib mir Bescheid, wenn Sienhaupt einen intergalaktischen Krieg auslöst.«

Er nickte dem Kriminaltechniker kurz zu und öffnete die Tür zum Konferenzraum.

Alle Mitglieder der Sonderkommission waren anwesend und warteten auf die »Große Lage«. So hatte Mangold das

Treffen angekündigt. Hensen sah kurz von seinem Schreibtisch hoch und legte grüßend den Finger an die Stirn.

Mangold hätte nicht sagen können, was er erwartete. Aber sicher nicht, dass sich die Mitglieder des Teams hinter ihren Schreibtischen verschanzten. Jeder für sich, ohne sich mit den Kollegen auszutauschen. Entweder waren sie weitergekommen und warteten nun auf den großen Moment der Verkündigung. Oder stocherten sie, jeder für sich, weiter im Nebel?

»Chef, willst du einen Kaffee?«, fragte Hensen und zwinkerte ihm zu. Auch Kaja hob jetzt den Kopf, und er konnte ihr ansehen, dass sie sich ins Gedächtnis rufen musste, wo sie sich gerade befand.

Mangold holte sich in der Küche einen Kaffee und ging zum neuen Konferenztisch.

Er entdeckte einen silbernen Schlitz in der Mitte des Tisches und davor eine Tastatur.

»Was ist das?«

»Haben die Techniker hier gestern reingeschleppt«, sagte Tannen.

Mangold drückte auf einen Knopf. Der Schlitz öffnete sich, und ein Bildschirm wurde hochgefahren. Er ließ sich in alle Richtungen schwenken und war an das Netzwerk des Präsidiums angeschlossen.

Sienhaupt machte überraschte Kinderaugen und gab dann hastig etwas in seine Tastatur ein.

Plötzlich erklang die Nationalhymne, und der Bildschirm zeigte abwechselnd das Bild von Joseph Beuys und das Phantombild, das der Berliner Polizeizeichner angefertigt hatte.

»Weitz, Sie und Sienhaupt sind doch Partner, was soll das?«

»Keine Ahnung, was der Scheiß zu bedeuten hat.«

Sienhaupt saß auf seinem Knautschsessel und sah glücklich zum Konferenztisch hinüber, an den sich jetzt auch Hensen und Kaja Winterstein setzten.

Dann fuhren seine Hände auf den Boden und zauberten etwas hervor, das er dort versteckt haben musste.

Verschwörerisch blickte er in die Runde und ließ das Bündel dann in seiner karierten Jacke verschwinden.

Mangold war froh, dass Wirch an dieser Besprechung nicht teilnahm. Diese Vorstellung hätte seinen Illusionen über die richtige Zusammensetzung der Sonderkommission sicher den Todesstoß versetzt.

Nur mühsam saß Sienhaupt mit dem Ausdruck unterdrückter Freude aufrecht auf seinem Knautschsessel und wirkte wie ein gelehriger Schüler. Einer, der es unbedingt verdient hatte, an diesen Ermittlungen teilzuhaben.

Mangold stöhnte leise und sah dann Hensen an.

»Bevor du anfängst zu zeichnen ...«

»Klar«, sagte Hensen. »Also: Der Tatort in München deutet wieder auf eine künstlerische Kopie hin.«

»Das also ist sicher?«, fragte Weitz.

Hensen nickte.

»Diesmal ist es ein Bild von Picasso: ›Dora Maar und der Minotaurus.‹ Vielleicht können wir ...«

Hensen zog die vor Mangold liegende Tastatur zu sich heran, doch bevor er etwas eingeben konnte, erschien das Porträt Picassos. Hensen drehte sich zu Sienhaupt, der vor Vergnügen wieherte.

»Schön«, sagte Hensen.

Weitz kniff die Augen zusammen und sagte: »Mein lieber Schwan, ein Stier, der eine Frau vögelt?«

»Minotaurus. Ein altgriechischer Mythos. Ist ein Fabelwesen, halb Mensch und halb Tier und lebt in einem Labyrinth. Wichtig ist meines Erachtens das Labyrinth. Und in dem verläuft sich, wer den Stier sucht …«

»Hab' ich mal von gehört«, sagte Weitz. »Da steigt dann einer im Lendenschurz rein und findet anschließend den Ausgang, weil er einen Faden auslegt.«

»Stimmt«, sagte Mangold. »Gut möglich, dass es eine Aufforderung des Täters ist.«

Weitz blickte zweifelnd auf das Bild.

»Ebenso gut möglich, dass es ihm am Arsch vorbeigeht und der Typ nur pervers ist.«

»Ist immerhin ein Bild von Picasso«, sagte Hensen.

»Scheißegal, es ist pervers«, sagte Weitz. »Sodomie nennt man das, nicht wahr, Frau Winterstein?«

Kaja Winterstein zuckte zusammen.

»Ich glaub' nicht an einen Sodomisten. An den anderen Tatorten fehlen derartige Hinweise.«

»Wie auch immer«, sagte Hensen. »Dora Maar war zur Zeit der Entstehung des Bildes die Geliebte von Picasso. Sich selbst hat er als Stier gesehen. Beim ersten Bild haben wir Jackson Pollock …«

Auf dem Monitor erschien ein Bild des amerikanischen Actionpainters.

»Danke, Sienhaupt«, sagte Hensen.

»Dann haben wir noch Baselitz mit seinen auf dem Kopf gemalten Personen …«

»Petrus wurde auch gekreuzigt und verkehrt herum aufgehängt«, sagte Tannen.

»Stimmt«, sagte Hensen. »Religiöse Motive spielen bei unserem Täter eine Rolle, aber sie sind eben auch fester Bestandteil der Kunst.«

»Religiöse Bezüge kommen bei Serientätern tatsächlich

sehr oft vor«, sagte Kaja Winterstein. »Einige fühlen sich berufen, andere hören Stimmen oder reden mit Gott. Viele wollen die Welt retten, das Böse oder das Gute auslöschen, eine Mission erfüllen.«

»Auf jeden Fall will er seine perversen Kunstwerke in der Presse sehen«, sagte Weitz. »Das reicht doch als Motiv. Oder ist Motiv noch gar nicht dran?«

»So einfach ist das nicht«, antwortete Hensen. »Er kopiert. Und deshalb kann ich mir eigentlich ...«

»Carl Nicolai würde genau dazu passen«, sagte Weitz. »Ein durchgeknallter Kleckser, der Blutbilder malt.«

»Und warum haben Sie ihn dann wieder gehen lassen, ohne mich zu kontaktieren?«, fragte Mangold.

»Der Mann hatte alles zugegeben. Alles. Nur wusste er nichts Genaues über die Tatumstände, konnte glaubhaft keine genauen Daten und Uhrzeiten angeben ...«

»Warum dann das Geständnis?«, fragte Hensen.

»Der Mann will in die Presse«, antwortete Weitz. »Der sitzt jetzt garantiert in einer Redaktion und erzählt den Schreiberlingen, dass er der Shakespeare-Ripper ist. Außerdem ...«

»Ja?«, sagte Mangold.

»Für die Niendorfer Tatzeit hat er ein Alibi.«

»Wasserdicht?«, fragte Mangold.

»Er saß in Untersuchungshaft, weil er zu einem Flashmob mit Blutkonserven aufgerufen hat.«

»Flashmob?«, fragte Mangold.

Hensen sagte: »Spontane Internetverabredungen. Die Leute verabreden sich über das Netz, treffen sich zu Hunderten oder Tausenden und gehen dann gemeinsam in Zeitlupe, fangen grundlos zu klatschen an oder machen eine Kissenschlacht auf einem öffentlichen Platz. Nach wenigen Minuten ist alles vorbei, und die Leute verschwinden, wie sie gekommen sind.«

»Genau«, sagte Weitz. »Jedenfalls hat Nicolai dazu aufgerufen, die Hamburger Kunsthalle mit Eigenblut zu bewerfen.«

»Und dafür saß er in U-Haft?«

»Sachbeschädigung und Gefahr im Verzug. Die Kollegen waren der Meinung, der Mann bereitet umgehend die nächste Aktion vor.«

»Also fällt Nicolai als Täter aus«, sagte Mangold. »Was ist mit seinem Freund, dem Bruder des ersten Opfers? Jens Binkel?«

Weitz war deutlich anzusehen, wie er es genoss, im Rampenlicht des Geschehens zu stehen.

»Der hat ein Alibi, aber das ist butterweich.«

»War er beim Flashmob?«, bohrte Hensen nach.

»Die Pfleger aus dieser Anstalt, wo er lebt. Sie sagen, es sei unmöglich, dass er längere Zeit abwesend gewesen sein könnte, ohne dass sie es gemerkt hätten.«

»Das müssen wir nachprüfen«, sagte Mangold. »Tannen, kümmern Sie sich darum?«

Tannen nickte.

»Gut, wir müssen herausfinden, ob wir es hier mit einem verhinderten Künstler zu tun haben.«

»Oder mit Familienrache«, sagte Tannen.

Hensen beugte sich vor.

»Sie wissen, warum Jens Binkel seine Schwester getötet haben könnte?«

»Ja und nein«, sagte Tannen.

»War es mein Museumstipp?«, wollte Hensen wissen.

»Der was?«, fragte Mangold, doch Hensen sagte nur: »Später, später.«

»Also, Tannen? Was gibt's Neues aus der Opferfamilie?«

»Na ja«, sagte Tannen. »Es war zu wenig, einfach zu wenig.«

»Zu wenig von was?«, fragte Mangold.

Ihm ging diese künstliche Dramatik zusehends auf die Nerven. Jeder hier wollte seine Ergebnisse verkaufen, als wären sie auf einem Basar.

»Zu wenig Leben, zu wenig ...«

»Tannen, kommen Sie auf den Punkt. Predigten können Sie später halten.«

»Aber es ist so«, protestierte Tannen. »Keine persönlichen Papiere, keine Familienbilder, nichts von dem, was man in seinem Leben aufhebt. Die erste Liebe, Kinderbilder von sich, der Familie ...«

»Der ganze Scheiß halt«, ergänzte Weitz. »Da hat Tannen mal Recht.«

»Ich war im Museum ...«

»Bitte?«, fragte Mangold.

»Mein Wunsch«, sagte Hensen und ergänzte: »Das hat was gebracht, ich wusste es. Manchmal muss man nur drei Schritte zurücktreten.«

»Es gab dort ein gekacheltes Stadttor von Babylon.«

»Pergamon-Museum«, sagte Mangold. »Weiter. Was hat unser Fall mit dem Stadttor von Babylon zu schaffen?«

»Eher mit den Ausgrabungen in Brunnen, bei denen die Archäologen ...«

Mangold sah entnervt zur Decke, was den Redefluss von Tannen beschleunigte.

»Kacheln, Brunnen, wie auch immer, ich habe einen Haufen Unterlagen in der Ummantelung der Badewanne gefunden. Hinter den Kacheln.«

»Da haben die Berliner Kollegen nicht nachgesehen?«

»Die Fugen der Klappe waren mit Silikon bearbeitet. Das sah ziemlich echt und auch alt aus.«

»Und was haben Sie gefunden?«

»Ich hab's in den drei Kartons da«, sagte Tannen und wies auf die Umzugskartons neben seinem Schreibtisch.

»Wir sehen uns das später genauer an, was ist das Wesentliche?«

»Soweit ich das beurteilen kann ... Neben allen möglichen Sachen gibt es eben Unterlagen zu ihrer Arbeit.«

»Genauer, Tannen, genauer.«

»Sie hat Opfer von Pflegediensten rechtlich beraten. Im ganz großen Stil.«

Mangold schlug mit der Faust auf den Tisch.

»Also doch diese Pflegedienstnummer. Was heißt beraten?«

»Oft sind es Angehörige, die sich über mangelnde Ernährung, zu wenig Pflege und Ansprache und so weiter beschweren. Viele erst, nachdem die Pflegeperson gestorben ist. Ein Haufen schlimmer Schicksale. Tanja Binkel hatte einen ganzen Aktenordner mit Briefen von Angehörigen.«

»Und was genau hat sie damit zu tun?«, fragte Mangold, der plötzlich meinte, einen Lichtstreifen am Horizont zu sehen. Das war doch endlich mal was, das er auch Wirch erzählen konnte.

»Sie hat Selbsthilfegruppen von Pflegegeschädigten und deren Angehörigen beraten, Prozesse vorbereitet, Schmerzensgeld eingefordert, das ganze juristische Drumherum. Sie war auf diesem Gebiet richtig gut. Und gefragt.«

»Und wieso versteckt sie die Unterlagen? Hat sich ein Beschuldigter gewehrt?«, fragte Kaja.

»Schurmann, der Mann, der im Knast von Billwerder sitzt, ist solch ein Beschuldigter«, sagte Weitz.

»Und genau deshalb hat Tanja Binkel ihn aufgesucht«, sagte Tannen. »Es gibt ein Erinnerungsprotokoll. Ihr ging es um die großen Fische, die Geschäftemacher im Hintergrund. Die Betreiber dieser Pflegeeinrichtungen, die daran verdienen, dass sie zu wenig Personal einstellen. Schurmann hat das inzwischen bestätigt. Und er hat gesagt, dass er ihr nicht weiterhelfen konnte.«

»Was ist mit den staatlichen Einrichtungen?«

»Nach den Unterlagen hat Tanja Binkel keine Unterschiede gemacht. Sie hat Fakten gesammelt. Alles, was gerichtsverwertbar war.«

»Aber warum um alles in der Welt hat sie die versteckt?«, sagte Mangold. »Das müssen wir wissen. Wir haben die Verbindung zur Kunst, die Pflegeeinrichtungen, Opfer, die mit Pflegediensten zu tun hatten, vielleicht gibt es einen durchgedrehten Angehörigen als Täter?«

»Es passt nicht«, widersprach Hensen. »Sollte unser Killer der einsame Rächer sein und die Tatorte nur zum Spaß künstlerisch gestalten, dann haben wir ein Problem. Warum sollte er Tanja Binkel umbringen, sie hat schließlich für die Betroffenen gearbeitet?«

»Dann muss es ein anderes Motiv geben«, sagte Mangold. »Fest steht, es gibt ein Bindeglied unter den Opfern, und das ist der Pflegedienst, oder es sind die Heime.«

In diesem Augenblick bemerkte Mangold, dass sich Sienhaupt neben Weitz aufgebaut hatte und ein Gesicht machte, als wäre er das Christkind höchstpersönlich.

»Ihr Partner«, sagte Mangold und deutete auf Sienhaupt.

Weitz blickte den Autisten verächtlich an und sagte: »Und, was willst du?«

Sienhaupts Gesicht zerfloss förmlich vor Lachen. Seine

Haare lagen auf der einen Hälfte eng am Kopf, so als wären sie mit Gel bearbeitet worden.

»Wir verstehen uns, was?«, sagte Weitz.

Sienhaupt hob vor Begeisterung die Arme, und dabei rutschte zu Boden, was er die ganze Zeit unter dem Jackett verborgen hatte.

Rasch hob er ein Bündel auf und legte es weihevoll vor Weitz auf den Tisch. Es war mit einem Geschirrhandtuch umwickelt, obendrauf war die Berliner Phantomzeichnung befestigt.

»Pralinen?«, sagte Weitz und wickelte das Tuch ab.

Zum Vorschein kam eine Aktenmappe, die zentimeterdick mit Ausdrucken gefüllt war. Die erste Seite zeigte wieder ein Foto des Kölner Kunstprofessors Joseph Beuys. Weitz blätterte die Papiere durch.

»Was ist das?«, fragte Mangold.

»Bilder, Installationen, Ausstellungen von Beuys, und hier eine Liste seiner Schüler. Was hat er nur mit diesem verrückten Professor?«

Weitz wandte sich an Sienhaupt und schüttelte tadelnd den Kopf.

»Professor tot. Verstehst du? Professor gestorben vor vielen Jahren ...«

Sienhaupt hüpfte, als wäre es genau das, was er gerade herausgefunden hatte.

Mangold wandte sich an Weitz. »Sehen Sie sich die Unterlagen genau an, die unser Freund aus dem Netz gefischt hat.«

»Aber ...«

»Tun Sie es einfach.«

Mangold dachte plötzlich an die Erkenntnisse von Riehm. Dass der Savant so ganz nebenbei auf der Suche nach außerirdischem Leben, nach unerkannt unter den Menschen lebenden Aliens war, das verschwieg er lieber.

»Ich muss mich doch …«, versuchte Weitz einen weiteren Protest.

»Weitz!«, sagte Mangold. »Dies ist eine dienstliche Anordnung. Außerdem …«

»Ja?«, sagte Weitz.

»Schließlich ist er Ihr Partner. Und er hat es wirklich schön verpackt.«

»Ich hab' in der Badewannenverkleidung noch etwas gefunden«, sagte Tannen.

»Raus damit.«

Tannen ging zu seinem Schreibtisch, griff in die Schublade und zog ein Notizbuch heraus.

»Was soll das werden?«, stöhnte Mangold. »Julklapp?«

»Das«, sagte Tannen, »das ist so eine Art Therapietagebuch von Tanja Binkel.«

»Und steht der Mörder drin?«, fragte Hensen amüsiert.

»Zumindest eine Beinahe-Mörderin und ein Verdächtiger. Ist übrigens ein alter Bekannter.«

17.

»Ich denke nicht, dass Kommissar Mangold meine Hinweise ernst genommen hat«, sagte Clemens Carolus und nippte an seinem Glas Whisky. Dann sah er sich im Raum um und meinte: »Ein wirklich schickes Büro, Wirch. Nicht mein Stil, aber alles, was recht ist.«

Wirch nahm die Brille ab, sah auf sein Gegenüber und legte die Hände auf den Tisch.

»Er ist sich der Situation bewusst. Er weiß, dass wir unter Zeitdruck stehen.«

»Ja, die Öffentlichkeit«, sagte Carolus. »Morgens lesen die Leute die Serienkiller-Schlagzeilen in der Zeitung, machen ihre Witzchen und genießen wohlige Schauer, und am Abend beschimpfen sie die Polizei, weil sie nicht weiterkommt.«

»Aufgeschreckte Hühner«, sagte Wirch. »Aber, Carolus, es gibt ernst zu nehmende Ansätze. Spuren, die wir verfolgen. Mangold ...“

»... ist nicht mal in der Lage, einen Bericht zu schreiben«, unterbrach ihn Carolus. »Ich weiß nicht, ob er der Richtige ist, um solch ein neues Modell wie diese Sonderkommission zu führen.«

»Denken Sie an seinen Erfolg im Travenhorst-Fall!«

»Hat er die richtigen Leute?«, fragte Carolus.

»Er hat alles im Griff«, antwortete Wirch und wischte sich mit einem Papiertaschentuch über die Stirn.

»Wirch, Sie wissen, dass wir mit unserer Zukunft spielen. Ich kann das verkraften, aber Sie sind ein Kriminaldirektor.«

»Ich habe volles Vertrauen in den Mann.«

»Wo steckt er denn jetzt, Ihr Hauptkommissar Mangold?«

Wirch griff zum Telefonhörer und wählte die Nummer von Mangolds Handy.

»Mangold, wo stecken Sie?«

»Wir sind mitten in einer wichtigen Besprechung.«

»15 Minuten. Ihre Leute sollen sich solange die Beine vertreten, verstanden?«

Wirch trennte die Verbindung.

»Er wird gleich da sein«, sagte er.

Carolus nickte und nahm einen weiteren Schluck.

»Könnten Sie sich eigentlich vorstellen, zum Bundeskriminalamt zu wechseln?«, fragte Carolus. »Einen raschen Erfolg mal vorausgesetzt, so könnte ich mir das gut vorstellen. Man muss Talente entwickeln.«

»Sicher«, sagte Wirch. »Haben Sie etwas Bestimmtes im Auge?«

»Nun, ich werde Sie informieren, wenn es so weit ist. Aber ich habe gerne einen guten Mann im Ärmel, wenn ich gefragt werde, und seltsamerweise werde ich sehr oft gefragt. Ich weiß nicht, wieso, aber man sagt mir einen Riecher für die richtigen Leute nach. In Wirklichkeit …«

Carolus machte eine Pause und musterte seine Schuhspitzen.

»In Wirklichkeit?«

»Glück. Ich hab' Glück gehabt. Aber, Wirch, das Glück ist ein launischer Genosse. Glück darf man nicht überstrapazieren. Sie verstehen, was ich damit sagen will?«

In diesem Moment betrat eine Sekretärin das Büro.

»Herr Mangold …«

»Immer rein mit ihm«, sagte Carolus.

Verblüfft stellte Mangold fest, dass ausgerechnet Carolus, der Mann, der sich bedroht fühlte, auf dem Besucherstuhl saß und ihn jovial anlächelte.

In knappen Worten informierte Mangold die beiden Männer über den Stand der Ermittlungen.

»Das heißt, wir haben einen Tatverdächtigen?«

»Das Tagebuch des ersten Opfers hat ein paar entscheidende Hinweise enthalten.«

»Und die Berliner Kollegen haben das Tagebuch und die Papiere tatsächlich nicht in der Wohnung gefunden?«, fragte Carolus ungläubig.

Mangold bestätigte knapp.

»Sehr gut«, sagte Carolus und fing Wirchs Blick auf.

»Was ist mit Schurmann, dem Pfleger, der jetzt in Billwerder die Unterhosen seiner Mitgefangenen waschen darf?«

»Er wurde von Tanja Binkel wegen der Zustände in Pflegeheimen befragt. Sie erhoffte sich davon harte Informationen, die sie bei mindestens zwei Klagen verwenden wollte.«

»Schlau«, sagte Wirch. »Sie hat sich gedacht, der Mann hat nichts mehr zu verlieren und plaudert ein paar Interna aus.«

»Nehmen Sie diesen Bruder und seinen Freund unter die Lupe. Wir dürfen da nichts auslassen.«

»Es gibt Alibis, aber die müssen wir noch überprüfen.«

»Und Sie sehen unter Umständen einen Zusammenhang mit Pflegediensten?«

»So weit sind wir noch nicht. Wir haben die Feinheiten der Inszenierung am Tatort noch nicht vollkommen geknackt. Klar ist, dass berühmte Gemälde nachgestellt werden.«

»Ein Mörder, der sich zum Künstler berufen fühlt. Ist es möglich, dass jemand sich wehrt?«, fragte Carolus.

»Sich wehren?«, fragte Wirch, und auch Mangold verstand nicht.

»Also alle Opfer hatten mit Pflegeberufen oder Heimen zu tun. Nehmen wir mal an, es gibt eine Liste, die unser Täter abarbeitet.«

»Und?«, fragte Mangold.

»Es könnte doch jemand sein, der glaubt, er selbst könnte zum Ziel werden, also so jemand könnte sich doch … sagen wir: wehren.«

»Dazu müsste er aber den Täter kennen.«

»Stimmt«, sagte Carolus und lächelte verstohlen.

Er setzte sein Glas auf dem Schreibtisch ab.

»Mangold, vor Ihnen sitzen zwei alte Männer, doch täuschen Sie sich nicht. Wir erwarten, dass Sie das in Sie gesetzte Vertrauen …«

»Wollen Sie mir den Fall entziehen?«

»Wir wollen schnelle Ergebnisse. Die Zeit läuft. Ich bin selbst aktiv geworden und habe Ihnen den Weg freigeschaufelt.«

Mangold verstand nicht.

»Nun, ich habe die Berliner Kollegen einen nach dem anderen zur Sau gemacht, weil es keine vernünftige Zeugenbefragung gab«, sagte Carolus. »Ich habe sie alle antreten lassen. Sie verstehen, Mangold? Wenn man sich so aus dem Fenster lehnt, darf man sich keine Blöße leisten. Sonst wird man aufgefressen.«

Eine halbe Stunde später war Mangold wieder auf dem Weg ins Büro der Sonderkommission.

Seltsam, dass niemand nach den Externen, nach Kaja, Hensen und Sienhaupt, gefragt hatte. Man wollte Ergebnisse, egal wie. Nach der Mittagspause musste er klare Aufträge vergeben.

Mit Kaja wollte er sich diesen Nicolai anschauen. Binkel kam später.

Aus ihren Personalunterlagen wusste er, dass Kaja einige Trainingseinheiten im so genannten Facescanning absolviert hatte. Eine Methode, die auf den amerikanischen Psychologen Paul Ekman zurückging und bei der man anhand von Mikroausdrücken der Gesichtsmuskulatur Aufschluss über den Wahrheitsgehalt von Aussagen machen konnte.

Wer wusste Nicolai schon einzuschätzen? Wenn jemand so scharf auf die Öffentlichkeit war, dass er einen Mord auf sich nahm, warum dann nicht auch einen Mord tatsächlich begehen?

Andererseits gehörte zu einem derart brutalen Vorgehen weit mehr als der Wunsch, eines Tages auf der Titelseite zu stehen.

Tannen sollte sich um die Pflegedienstspur kümmern und Weitz sich in den Künstlerkreisen umhören. Hensen mit seinem »polizeifernen« Blick würde er auf die Spur des gemeinsamen Nenners schicken, die diese Morde verband.

Auch Sienhaupt musste stärker eingebunden werden. Wie sollte er Wirch erklären, dass sich der Autist damit abmühte, die Existenz von außerirdischem Leben auf der Erde zu beweisen? Und der mit seinen kleinen selbst gebastelten Pixelraumschiffen die Datenbank der Rentenversicherung anflog und hackte. Sienhaupt brauchte mehr Informationen, mit denen er im Netz Querverbindungen suchen konnte. Außerirdische und einen längst verstorbenen Kunstprofessor hatte er beigesteuert! Unfassbar. Aber in seiner Welt wohl absolut logisch.

Überrascht hatte ihn vorhin die Anwesenheit von Carolus schon. Mangold überlegte, woher Wirch und Carolus einander kannten. Der Mann war eine graue Eminenz, jemand mit besten Verbindungen. Ein Mann außerhalb der Hierarchien und damit unberechenbar. War er mit Wirch befreundet? Alte Kumpel? Und was sollte sein Hinweis auf Opfer, die sich wehren könnten und zurückschlugen? Warum machte Carolus einen derartigen Druck? Fütterte sie mit Hinweisen? Ein persönlicher Rachefeldzug?

Und was bedeuteten diese Schüsse auf Weitz und Kaja? Aus einem Kleinkalibergewehr. Zu ihrem außerordentlich kontrolliert agierendem Serientäter passte das keinesfalls.

Andererseits hatte der Täter sofort reagiert, als der Berliner Augenzeuge aufgetaucht war. Aber woher wusste er von diesem Zeugen? Gab es gute Kontakte zur Berliner Polizei? Schließlich war sein Name nicht bekannt gegeben worden. Tannen würde sich um diese Spur kümmern.

Sie hörte das Einschnappen der Tür und spürte den kleinen Windhauch. Noch ein wenig warten mit der Tablette.

Sie drückte sich in ihrem Bett hoch und bemühte sich, ein freundliches Gesicht aufzusetzen. Nein, sie konnte sich nicht erklären, warum er erst jetzt kam.

Durch den schwarzen Vorhang drang die schwindende Helligkeit des Tages. Das Licht da draußen verweste. Wie sie diese Nächte herbeisehnte, in denen sie einen samtenen Vorhang über sich breiten konnte! Ihn traf! Und die Angst verschwand.

Auf dem Nachttisch stand das Glas mit Orangensaft, das ihr die Pflegerin am Nachmittag bereitgestellt hatte.

Es war ein Tag voller Ereignisse gewesen, und begonnen hatte er mit einem Traum. Sie hatte ein Kind geboren, ein Kind, das in ihren Armen lag und plötzlich die Augen aufschlug. Es war das Kind dieses Mannes, der Nacht für Nacht am Ausgang des Tunnels auf sie wartete.

Nein, sie hatte keine Angst vor diesem Kind. Sie war die wenigen Schritte in die Küche gegangen und hatte sich einen Karton geholt, dann ein paar Kissen aus dem Schrank gezogen und ein weißes Laken.

Sie blickte zur Seite und lächelte zum Karton, den sie auf den Boden gestellt hatte. Eine Wiege. So viele Jahre hatte sie sich das gewünscht. Ein Kind in einer Wiege, ein Kind, dem sie ihre ganze Liebe schenken konnte.

Die Flurdielen knirschten.

»Schatz«, sagte sie. »Schatz.«

Die Tür wurde einen Spalt geöffnet, und sein Gesicht erschien.

»Du schläfst nicht?«

»Später«, sagte sie. »Komm, erzähl mir von deinem Tag.«

»Zwei Tage«, sagte er. »Ich musste verreisen.«

»Zwei Tage. Kommst du voran mit deiner Arbeit?«

»Die weißen Leinwände sind schrecklich.«

Sie lachte und streckte ihre Hand nach ihm aus.

»Und es werden immer mehr«, sagte sie.

Er nickte.

»Landschaften?«, fragte sie. »Sind es Landschaften? Oder Stillleben?«

»Menschen, Liebes. Es sind Menschen. Stille Menschen.«

18.

Hensen überreichte Sienhaupt den Karton mit der Pizza. Der roch an der Schachtel und setzte feierlich seine Brille ab.

»Warum Beuys?«, fragte er Sienhaupt. Der biss in seine Pizza und begann, mit fettigen Fingern etwas in seine Tastatur zu tippen.

Auf dem Bildschirm erschienen die Fotos der Gesichter von acht Männern und zwei Frauen. Sie stammten aus dem Mitgliederbereich von Facebook. Ein kleines Raumschiff tauchte auf, und mit ein paar Strichen bekamen die Personen einen Körper. Dann breiteten sie die Arme aus und flogen zum Raumschiff.

»Ich weiß, jetzt geht es zur Rentenversicherungsanstalt, aber was ist mit dem hier?«, sagte Hensen und legte das von Sienhaupt ausgedruckte Bild von Joseph Beuys auf die Tastatur.

Sienhaupt hielt sein Stück Pizza mit den Zähnen im Mund und tippte. Auf dem Bildschirm erschienen ein Porträt des Kunstprofessors und die Phantomzeichnung, die der Berliner Polizeizeichner angefertigt hatte. Daten zum Augenabstand, der Augenform, eine Berechnung der Nase oder der Augenbrauen rasten über den Schirm. Dann erschien blinkend das Wort »Match«, also »Treffer«.

Sienhaupt biss kräftig ab und sah mit großen Augen auf Hensens Schulter. Mit ein paar Tastendrucken öffnete er den Zugang zum Datenzentrum des Kieler Landeskriminalamtes und förderte einen Untersuchungsbericht zutage. Dann markierte er eine Stelle.

»Sie haben am Niendorfer Tatort Filz gefunden?«, sagte Hensen. »Treffer, Sienhaupt. Filz war der bevorzugte Werkstoff von Beuys. Filzecken.«

Es gab also eine Verbindung zwischen dem in Berlin beobachteten Täter und dem Tatort an der Ostsee. Schlüpfte der Mörder bei seinen Taten in eine Art Künstlerverkleidung? Mit einer Maske? Gehörte das zu seiner Tatortinszenierung?

Listen mit Namen rasten über den Bildschirm. Versehen waren sie mit Angaben über ihre Geburtstage. Waren das die Namen von Beuys-Schülern, die Sienhaupt mithilfe seines Datenraumschiffs zusammengetragen hatte? Sienhaupt schüttelte tadelnd den Kopf, stopfte sich den Rest seiner Pizza in den Mund und stoppte die laufende Namensliste.

Hensen sah die beiden Namen und sagte: »Himmelherrgott, warum haben Sie das nicht früher gesagt?«

Sienhaupt sprang von seinem Knautschsessel auf und ging zum Konferenztisch. Er hob das Dossier in die Höhe, das er für seinen »Partner« Weitz zusammengestellt hatte, und ließ es mit einem Krachen auf die Tischplatte fallen.

*

Kaja schnallte sich an und öffnete ihre Tasche. Behutsam zog sie das Tagebuch Tanja Binkels heraus.

»Ein neuer Anruf oder SMS-Nachrichten vom vermeintlich noch lebenden Travenhorst?«, fragte Peer Mangold. Er legte den Rückwärtsgang ein, und der Wagen glitt aus der Parklücke des Polizeipräsidiums.

»Nichts. Ich hab' mir dieses Therapietagebuch genauer angesehen. Sie hat einige Seiten eingeklebt, die aus einem älteren Tagebuch stammen müssen. Kinderschrift, sie muss so zehn oder elf gewesen sein.«

»Also Geschichten von Pferden und Barbiepuppen?«

»Von ihrem Bruder.«

»Ja, die kleinen Brüder kriegen alles ab.«

»Das können Sie laut sagen«, antwortete Kaja. »Sie hat versucht, ihn umzubringen.«

»In ihrer Fantasie.«

»Es hört sich sehr real an. Sie schreibt: Ich bringe ihn zu den Wassergeistern, von denen Papa vorgelesen hat.«

»Wassergeister?«

»Sie schreibt später, sie hätte versucht, ihren Bruder in der Badewanne zu ertränken. Die Mutter hat sie in letzter Sekunde davon abgehalten, aber es muss durch den Sauerstoffmangel zu Schädigungen in seinem Hirn gekommen sein.«

»Und das war dann der Beginn seiner Heimkarriere?«

»Ungerecht, nicht?«

»Und warum wollte sie ihren Bruder töten? Steht das auch in diesem Tagebuch?«

»Das kann man sich aus den Notizen zusammenreimen. Es ist die alte Geschichte. Der Vater verlässt die Familie, und einer bekommt dann die Schuld.«

»Der kleine Bruder?«

»Ja, er hätte alle so genervt, dass der geliebte Papa das Weite suchte. Mädchenfantasien halt. Weitz hat recht, zweifellos hatte Binkel ein Rachemotiv.«

Mangolds Handy klingelte. Hensen informierte ihn über Sienhaupts Rechercheergebnisse.

»Also wenn du schon ein Genie in deinem Team beschäftigst, solltest du dir wenigstens ansehen, was er herausgefunden hat.«

»Es stand alles in dem Dossier, das er Weitz überreicht hat?«, fragte Mangold.

»Es tauchen die Namen von Binkel und Nicolai auf. Die müssen mit dem Kunstprofessor zu tun haben. Möglich, dass sie sich dort kennengelernt haben.«

»Und dann das Stück Filz in Niendorf … was ist, wenn das Zufall ist?«, sagte Mangold.

»Hochwertiger Filz«, erwiderte Hensen. »Zumindest behaupten das deine Kieler Kollegen. Außerdem bist du der Polizist, du glaubst doch nicht an Zufälle.«

»Deine Theorie ist also, der Täter hält sich für so eine Art Megakünstler und verwandelt sich in einen toten Kunstprofessor, bevor er wieder zuschlägt.«

»Keine Ahnung«, sagte Hensen. »Ich versuche, durch Sienhaupt mehr herauszubekommen. Wer weiß, woran der sonst noch tüftelt.«

»Darum sollte sich doch sein Partner Weitz kümmern.«

»Darauf möchte ich mich wirklich nicht verlassen«, sagte Hensen.

Mangold fuhr auf einen Parkplatz am Dammtorbahnhof.

»Ist das möglich?«, fragte er Kaja. »Ein Bruder wird beinahe von seiner Schwester getötet und verabredet daraufhin mit einem Kollegen, sie zu töten? Und dazu gleich noch ein paar weitere Leute, mit denen sie aus verschiedenen Gründen eine Rechnung offen hatten?«

»Denkbar ist alles. Kann schon sein, dass sich zwei Männer gegenseitig bestärken, sich heiß reden …«

»Männer? Bei Frauen …«

»… wäre das untypisch. Frauen sind eher Einzeltäterinnen. Die teilen sich so was untereinander nicht mit. Aber bei Männern ... Es lässt sich wunderbar der Macho raushängen, wenn man gemeinsam fantasiert, Leute umzubringen. Es gibt gerade unter Serienmördern genügend Beispiele, dass sich zwei Männer gegenseitig gepuscht haben.«

»Der Bruder unseres ersten Opfers hat eine typische Heimkarriere hinter sich. Doch der Haken ...«

Kaja unterbrach Mangold und schüttelte lächelnd den Kopf.

»Ihre Ermittlungen ergaben weder einen Kontakt zu dem Niendorfer Opfer noch zu der Frau in München.«

»Das ist nicht gesagt«, widersprach Mangold. »Vielleicht haben wir die Verbindung nur noch nicht gefunden.«

Er startete den Wagen und fuhr in Richtung Hauptbahnhof. Im direkt gegenüberliegenden Schauspielhaus war Nicolai als Honorarkraft beschäftigt. So hatte er es jedenfalls im Präsidium angegeben.

Der Pförtner schickte Mangold und Kaja zu einem seitlich gelegenen Bühneneingang.

Sie stiegen ein paar Stufen hinauf und standen vor einer Tür, an der ein Schild mit der Aufschrift »Bühnenbildnerei« befestigt war.

Mangold drückte die eiserne Tür auf und ließ der Profilerin den Vortritt.

»Das wollte ich mir schon immer mal ansehen«, sagte Kaja.

Mangold sah sich um, konnte aber im Eingangsbereich niemanden entdecken, den er nach Nicolai hätte fragen können.

»Mittagspause?«, mutmaßte er und betrat den nächsten Saal.

Der Raum, der der Größe nach durchaus als kleiner Flugzeughangar durchging, war angefüllt mit Requisiten und

Bühnenbauten zu den unterschiedlichsten Stücken. Die Einrichtung einer Bar, daneben eine hölzerne Häuserwand, Regale mit Brettern, Werkzeugen, Drähten und Seilen. An einem täuschend echt aussehenden Baum lehnte ein Dreirad, gleich daneben altertümliche Kinderwagen.

Eine eiserne Wendeltreppe führte ins Nichts, und eine auf Pappe gemalte Waldlandschaft war in drei Teilen nebeneinandergestellt.

»Hier könnte das Phantom der Oper wohnen«, sagte Kaja.

»Ist hier jemand?«, rief Peer Mangold.

Niemand antwortete. Ein weißer Pfeil auf dem Boden wies den Weg zu einem weiteren Saal. Dort schlurfte ein junger Mann in Zimmermannshose auf sie zu. Die Haare waren zu einem Zopf gebunden.

»Worum geht's?«

»Wir sind auf der Suche nach einem Carl Nicolai.«

»Der verrückte Maler? Sie haben merkwürdige Freunde.«

»Ist schon in Ordnung«, sagte Mangold. »Wo finden wir ihn?«

Der Mann strich sich mit einer flüchtigen Bewegung über die Haare und deutete auf einen weiteren Durchgang.

»Der bastelt am Macbeth«, sagte der Mann und legte grüßend zwei Finger an die Stirn.

»Shakespeare?«

»Lassen Sie sich nicht mit Blut vollspritzen.«

Mangold sah Kaja an.

»Hätten Sie gedacht, dass es hinter dem Theater so ausladende Räume gibt?«, fragte Kaja.

Mangold verneinte und sah sich interessiert um.

Die Kulissen erinnerten ihn mehr an den Zweiten Weltkrieg als an Shakespeares Macbeth. Zelte in grüner Tarnfarbe, Stacheldrahtverhaue und ein aus Hartpappe nachgebauter Leopard-Panzer.

»Herr Nicolai?«, rief Mangold.

Hätte sich der Maler in diesem Durcheinander verbergen wollen, sie hätten ihn mit Sicherheit nicht gefunden. Zu weitläufig waren die Räume, und auch die hier gestapelten, aufgestellten, zerlegten oder noch verbundenen Kulissen boten eine Vielzahl an Verstecken.

Auf einer Seite des grün gestrichenen Panzers war eine Reihe aufgemalter Blutflecken zu sehen. Das Geschützrohr war mit einer derben Wolldecke abgedeckt.

Mangold trat auf einen Rollwagen, der krachend in einem der Regale landete. Dann sah er seitlich an der Decke einen Arm herausbaumeln. Vorsichtig hob er den Stoff an.

Nicolai hing, an einem Seil aufgehängt, an der Geschützlafette. Die geschwollene Zunge war aus dem Mund gefallen. Der Maler trug einen verschmierten Kittel und darunter Bermudashorts. Plötzlich stand Kaja hinter ihm.

»So viel zu unserem Verdächtigen«, sagte Mangold.

Er drehte vorsichtig den Körper.

»Keine Verletzung am Oberschenkel, nicht die Spur einer Einritzung.«

»Geänderte Handschrift?«, gab Kaja zu bedenken.

»Und das in einer Shakespeare-Kulisse, nicht zu fassen«, stöhnte Mangold.

»Was, wenn er sich selbst gerichtet hat?«

Mangold schüttelte energisch den Kopf.

»Sehen Sie einen Stuhl? Eine Leiter, irgendetwas, auf das er gestiegen sein könnte, um es dann wegzustoßen?«

»Vielleicht ist er auf das Geschützrohr geklettert und dann mit dem Seil um den Hals heruntergesprungen?«

Das Handy klingelte.

»Jetzt nicht«, bellte Mangold hinein.

»Wirch hier, und Sie werden zuhören.«

»Wir haben …«

»Mangold, mir ist egal, was Sie haben, denn ich habe auch etwas. Nämlich einen Anruf vom Außenministerium. Wir haben keine Zeit mehr. Wer immer dieser Shakespeare-Killer ist, er schüttet uns mit Leichen zu. Und jetzt auch noch das Ausland. Mangold, das muss aufhören, verstehen Sie?«

»Wo?«, fragte Mangold.

»In Florenz. Ein deutscher Priester. Ermordet in seiner Wohnung aufgefunden. Verflucht, jetzt haben wir auch noch die Kirche am Hals.«

»Mit einer Einritzung im Oberschenkel?«

»Dona nobis pacem. Initialen F. B..«

»Und das heißt?«

»Gib uns Frieden.«

*

Marc Weitz drückte energisch die Tür auf. Das Ganze sah aus, als hätte jemand eine Wagenladung Klavierlack in den Laden gekippt. Die Wände glänzten, die Stahlmöbel glänzten, ja selbst der Parkettboden war eine polierte Fläche.

An den Wänden hingen großformatige Bilder. Abstrakt. Mit einer Menge Fantasie ließen sich darin Wolken entdecken. Oder waren es Landkarten, in denen die Kleckse ganze Länder darstellten?

Weitz ärgerte sich, dass er darüber überhaupt nachdachte.

Eine Frau mit langen, dunklen Haaren stand vor ihm und sah ihn freundlich an. Sie war höchstens Mitte 20 und trug eine überlange Jeans.

»Ich bin Marlit Amery, kann ich …«

»Was ist denn das für ein Name?«

»Marlit? Ist eine Grundform von …«

»Als Galeristin Elke oder Kerstin verkauft man nicht so viele Bilder, ist schon klar.«

Die junge Frau strich sich ihre Haare hinter das Ohr und sah ihn verwundert an.

»Glaub' nicht, dass meine Mutter mir schon als Baby den Job in einer Galerie an den Hals hängen wollte. Tut mir leid, wenn er Ihnen nicht gefällt. Kann ich Ihnen helfen? Oder wollen Sie sich in Ruhe …«

»Umsehen? Verschonen Sie meine Augen.«

»Sie sind …«

»Polizei«, sagte Weitz, machte aber keinerlei Anstalten, sich auszuweisen.

»Was kostet denn so ein moderner Schinken?«

Er hob kurz den Arm, ließ ihn dann aber schnell wieder sinken, als würde er sich davor ekeln.

»Kommt darauf an.«

»Und so was hängen sich die Leute tatsächlich ins Wohnzimmer?«

»Einiges geht auch in Sammlungen oder Museen. Das hier ist ein kanadischer Künstler …«

»Der mich eigentlich nicht interessiert. Sie haben doch …«

Sein Handy klingelte. Auf dem Display leuchtete der Name seines Chefs auf. Sollte Mangold ihn doch endlich mal in Ruhe ermitteln lassen! Konnte doch nicht sein, dass bei echter Polizeiarbeit dauernd das Handy klingelte.

Auch den Anruf von Hensen vor einer Viertelstunde hatte er weggedrückt. Der musste warten. Man hatte auf ihn geschossen, und er würde einen abgenagten Hühnerknochen gegen einen Maserati verwetten, wenn dieser beknackte Binkel und sein Kumpel Nicolai nicht dahintersteckten. Und wenn sie erst einmal so weit waren, dass sie aus lauter Angst auf einen Polizisten schossen, dann hieß es nachsetzen. Druck erhöhen. Ein Jagdhund erwischte den Hasen schließlich auch nicht, indem er den Wald bewunderte.

Diese ganze Ermittlerkombo war nichts anderes als ein schlechter Witz. Wenn er da allein an diesen bettnässenden Sienhaupt dachte. Nur weil das »Genie« ein paar längere Zahlenreihen zusammenzählen konnte!

»Sie brauchen mich nicht mehr?«, fragte die Galeristin.

»Und wie ich Sie brauche. Sie hatten hier eine Gemeinschaftsausstellung von einem gewissen Nicolai und seinem Kumpan Binkel.«

»Die Blutbilder«, sagte die Galeristin. Weitz entdeckte ein Lächeln.

»Haben Sie davon was verkauft?«

»Vier großformatige Bilder, acht Lithografien und jede Menge Postkarten, die Motive ...«

»Ich bin nicht von der Steuerfahndung.«

»Nein?«, sagte Marlit Amery und lächelte ihn an.

»Mordkommission«, sagte Weitz.

»Ist Nicolai etwas passiert?«

»Noch nicht«, sagte Weitz. »Und ich meine noch nicht.«

»Er verwendet Tierblut«, sagte die Galeristin.

»Und manchmal zapft er sich selbst was ab.«

»Das ist nicht verboten. Die Bilder sind mit einer Lasurschicht überzogen.«

»Wenn hier jemand mit abgehackten Rinderbeinen kommt, dann würden Sie das auch ausstellen?«

»Interessante Idee. Steckt in Ihnen ein Künstler?«

»Sie wollen mich verarschen.«

»Eigentlich wollte ich Ihnen einen Espresso anbieten.«

Weitz willigte ein und ließ in einen Nebenraum führen. Dass der Hase den Hund bezirzte, nun, darauf war er nicht vorbereitet gewesen.

Marlit Amery füllte Kaffeepulver in eine sechseckige Espressokanne und stellte sie auf eine kleine Elektroplatte. Während Weitz am Tisch saß, nahm sie zwei Tassen aus dem Schrank und stellte Zucker auf den Tisch. Nach ein paar Minuten begann die Kanne zu fauchen. Die Galeristin drehte sich zu Weitz um.

»Ich mag das«, sagte sie.

»Die Blutbilder?«

»Wie Sie Ihre Ermittlungen führen.«

»Machen Sie sich nicht lustig über mich.«

»Kein Witz«, sagte sie.

Sie füllte die beiden Tassen, schob mit dem Ellenbogen einen auf dem Tisch liegenden Katalog zur Seite und stellte sie ab. Dann sagte sie: »Was ich nicht weiß, ist: Was wollen Sie von mir?«

»Na ja«, sagte Weitz. »So genau weiß ich das auch nicht.«

»Interessante Polizeitaktik«, sagte Marlit Amery und strahlte ihn an.

»Wenn so ein Vogel wie Nicolai ausstellt, was kommt da für ein Publikum? Ist Ihnen was aufgefallen?«

»Nichts Besonderes. Klar, die Künstler bringen immer ein paar Freunde mit, aber im Wesentlichen kommen unsere Stammkunden. Die sehen sich das an, und wenn wir Glück haben …«

»… können Sie ihnen das Geld aus der Tasche ziehen.«

»… können wir am Monatsende unsere Miete bezahlen.«

»Die Spinner, die sich das ansehen, ekeln die sich nicht vor dieser Blutpanscherei?«

»Die Leute sind heiß auf neue Wege, wollen kaufen, wenn

ein Künstler, dem sie eine Karriere zutrauen, noch bezahlbar ist.«

»Was hat das mit Kunst zu tun? Die würden sich doch glatt auch Monatsbinden …«

Weitz griff hastig zur Espressotasse.

»… an die Wand hängen«, vollendete Marlit Amery seinen Satz.

»Jeder nach seinem Geschmack«, sagte Weitz.

Der Espresso war wirklich ausgezeichnet und vor allem: Er war heiß. Seitdem die Leute ihre Küchen mit Espressomaschinen aufgerüstet hatten, war das eine Seltenheit geworden. Meistens wurde er lauwarm auf den Tisch gestellt.

»Also Carl Nicolai«, begann sie. »Das ist eigentlich ein netter Kerl, kümmert sich um geistig Behinderte. Malprojekte und so.«

»Kunst in der Klapse, ich weiß«, pflichtete Weitz ihr bei.

»Ist selbst in einem Heim aufgewachsen.«

Weitz atmete heftig aus. Schon wieder ein Heim!

»Und was ist mit seinem Kumpel Jens Binkel? Kennen Sie den?«

»Sicher, aber das war mir denn doch zu … na ja.«

»Zu was?«

»Nicolai hat sich bemüht, die Bilder seines Freundes an den Mann zu bringen. Hat eine Ausstellung vorgeschlagen, aber nein … Da hätten sie uns den Laden dichtgemacht. Das Schlimmste ist, Binkel malt von realen Objekten ab. Ob Engel oder Leichen … er braucht Vorlagen.«

»Was gibt es denn Ekligeres als Bilder, die mit Blut gemalt wurden?«

»Die Darstellung von bestialisch verstümmelten Kindern.«

19.

Der Taxistand am Flughafen von Florenz war leer gefegt.

»Nehmen wir den Bus?«, fragte Hensen.

Tannen nickte. Nein, er hatte nicht die geringste Ahnung, was er hier sollte. Warum glaubten Mangold und Hensen, dass sie etwas Besonderes finden würden? Und was sollte er hier? Im Präsidium gab es genug zu tun.

»Tannen, Sie sehen nicht gerade glücklich aus. Ich dachte, Sie freuen sich. Ist doch mal was anderes, als immer nur vor dem Computer zu sitzen.«

»Wir werden eine stinkende Leiche finden und eine neue Inszenierung.«

»Und die italienischen Behörden sind begeistert, dass sich die deutsche Polizei um ihren verblichenen Staatsbürger kümmert«, ergänzte Hensen.

»Ein Priester«, sagte Tannen und fügte nach kurzem Überlegen hinzu: »Aber ist es der gleiche Täter, oder kopiert da jemand unseren mörderischen Shakespeare?«

»Genau das werden wir sehen«, sagte Hensen. »So detailliert sind die Zeitungsberichte nicht, dass ein Nachahmer daraus eine Bedienungsanleitung stricken könnte.«

»Wir finden immer neue Leichen und sind noch keinen entscheidenden Schritt weitergekommen«, sagte Tannen.

Nach einer halben Stunde kam der Linienbus, der das vier Kilometer entfernte Stadtzentrum von Florenz anfuhr. »Santa Maria Novella« stand auf der Busanzeige.

Sie verstauten ihr Gepäck hinter einer Klappe, die der Busfahrer in die Höhe hielt. Dann bezahlte Hensen die fälligen zehn Euro für zwei Tickets.

Im Inneren des Busses roch es nach Knoblauch, Dieselöl und Parfum. Tannen glaubte, dass Letzteres wohl von den Touristen stammte, die ihre Einkäufe im Duty-free-Shop gleich ausprobierten.

Der Busfahrer redete gestikulierend auf einen jungen Mann ein, der gelangweilt an der Haltestelle stand. Der Busfahrer hob den Arm und rieb Daumen und Zeigefinger.

Eine junge Frau versuchte, ihren Rucksack durch die Tür zu schieben. Der Busfahrer ließ von seinem Gegenüber ab und nahm der Frau das Gepäckstück ab. Sie protestierte, doch der Fahrer wuchtete den Rucksack in die Ladeluke des Busses. Dann wies er ihr mit einer aufgesetzt freundlichen Geste den Weg in den Bus.

Tannen vergewisserte sich, dass er den Stick für den Zugang zum Internet in der Tasche hatte. Er musste noch den Auslandszugang aktivieren.

Zum Glück hatte er diesen Stick immer greifbar, auch wenn er sich niemals hatte träumen lassen, dass er so einszweidrei in Florenz landen würde.

Die alten Gebäude, die an den Fenstern des Busses vorbeizogen, wirkten seltsam abweisend. Gerade so, als hätten sich die Bewohner vor den Touristen, die durch die Stadt taumelten, in Sicherheit gebracht. Tannen hatte in der toskanischen Stadt Lebensfreude, Leichtigkeit, offene Parks und Gärten erwartet, doch die Fassaden ähnelten Festungsmauern, die nur selten zeigten, zu welcher Blüte und Schönheit die Stadt es in vergangenen Jahrhunderten gebracht hatte. Immer war eine Art mittelalterlicher Strenge zu spüren. Lag es daran, dass hier einst Päpste residiert hatten? Das hatte ihm jedenfalls Hensen im Flugzeug erzählt.

Der Busfahrer hupte entnervt und bremste dann scharf vor einer Reisegruppe ab. Er schimpfte erst durch die Scheibe seiner Fahrerkabine, öffnete dann das Seitenfenster und schimpfte laut hinaus. Er schob seinen linken Arm vor und machte ein paar Gesten, die Tannen nicht zuordnen konnte.

»Ich hab' Sie falsch eingeschätzt«, sagte Hensen.

Tannen fühlte sich unbehaglich. Er mochte dieses zwischenmenschliche Gerede nicht. Wozu sollte das gut sein? Am Ende wurde einem doch nur ein Strick daraus gedreht. Er versuchte, seine Arbeit gut zu machen. Das war selbstverständlich. Wozu das Ganze komplizierter machen?

»Tannen, Sie sind doch viel mehr als der sture Befehlsempfänger.«

»Ich geb' mir Mühe.«

»Was Sie inzwischen aus Ihrem Computer holen ... alle Achtung!«

»An Sienhaupt werde ich nie heranreichen.«

»Nein, das meine ich nicht. Sie sind eine Inspiration ... ich finde, wir können prima zusammenarbeiten.«

»Ist das jetzt ein Kompliment?«

»Nicht so sarkastisch, Tannen. Denken Sie an unsere Bremer Ermittlungen. Ich hab' das Gefühl, in Ihrer Nähe kann ich besser denken. Kein Scherz.«

Was für ein Unsinn! Was wollte der Mann?

»Lassen Sie es uns mal gemeinsam versuchen.«

»Ich muss die Verbindung zum Internet noch aktivieren.«

»Vergessen Sie mal Ihren Computer. Alle Morde haben irgendwie mit Kunst zu tun.«

»Und mit Heimen.«

»Und wir haben ein erstes Opfer, das Heiminsassen oder ihre Angehörigen rechtlich beraten hat.«

»Vielleicht waren sie nicht zufrieden?«, vermutete Tannen und biss sich auf die Zunge.

»Möglich, aber nicht eben wahrscheinlich. Wir haben einen toten Hausmeister, eine tote Rechtsberaterin, einen toten Zeugen und eine tote Rentnerin.«

»Die ebenfalls in einem Heim gearbeitet hat und vorbestraft war.«

»Richtig«, sagte Hensen. »Veruntreuung durch Lebensmitteldiebstahl. Hat den Kindern Wassersuppe serviert und mit dem Verkauf der Lebensmittel ein kräftiges Zubrot verdient. So steht es jedenfalls in der Ermittlungsakte. Einer unserer Verdächtigen wurde erhängt.«

»Nachdem man ihn betäubt hatte«, sagte Tannen.

»Zwei Erhängte machen es unwahrscheinlich, dass wir einen weiblichen Täter haben. Da ist eine Menge an Gewicht zu bewegen.«

»Oder zu ziehen.«

»Ein Flaschenzug?«, fragte Hensen. »In dem Fall müsste unser Täter Spuren hinterlassen haben. Andererseits, wenn der Mörder mit dem Akkustaubsauger kommt ... Das Ganze riecht nach einem Krieg.«

»Kriege gibt es mehr, als man denkt«, sagte Tannen.

Hensen sah ihn verwundert an.

»Was meinen Sie damit?«

»Na ja, es gibt Kriege ...«

»Ich bin Kriegsreporter«, sagte Hensen. »Also, was meinen Sie?«

Tannen klopfte auf das Notebook, dass er auf seinen Oberschenkel gelegt hatte.

»Computerkriege?«, fragte Hensen.

»Die toben in fast jedem Rechner. Unbemerkt von den Besitzern. Da werden Schadprogramme eingeschleust, und andere versuchen, sie zu eliminieren.«

»In jedem normalen Computer?«

»Das ist ja gerade der Witz. Gesprochen wird darüber immer nur, wenn die Bösen gewonnen haben und ein Computer etwa ferngesteuert wird.«

»Um was damit zu machen?«, bohrte Hensen nach.

»Da gibt es eine Menge von Möglichkeiten. Server werden lahmgelegt, indem die Rechner plötzlich auf einzelne Seiten zugreifen. Milliarden von Spammails werden verschickt.«

»Von Computern, deren Besitzer völlig ahnungslos sind?«

»Unbedingt. Nur in seltenen Fällen wird die Rechnerleistung etwas beeinträchtigt.«

»Für unseren Fall bedeutet das ... wir sehen nicht alles«, sagte Hensen. »Wer tötet Nicolai, und warum? Und ist er vielleicht doch der Shakespeare-Killer, der gerichtet wurde? Wollten Sie das damit sagen?«

»Aber wer trägt das dann nach Italien? Ermordet hier auf ähnliche Weise einen Priester«, sagte Tannen.

Hensen betrachtete ihn aufmerksam und sagte dann: »Wir kennen also die Opfer, aber wer die Armeen befehligt oder die Standarten trägt, das ist uns unbekannt.«

Tannen nickte. Das war wieder einmal typisch. Kaum erklärte man dem Journalisten ein paar Fakten, machte der gleich einen mittelalterlichen Kreuzzug daraus.

Der Bus hielt in der Nähe der zentralen Piazza della Signoria. Durch die auf den Platz zulaufenden Gassen schoben sich die Touristenmassen. Einige folgten in Gruppen ihren Fremdenführern, die zur besseren Orientierung leuchtende Regenschirme in die Höhe streckten.

Durch die Luft kurvten Taubenschwärme, die sich auf alles stürzten, was nach etwas Essbarem aussah.

»Michelangelos David«, sagte Tannen und deutete auf die Figur vor dem Gebäude.

»Jein«, sagte Hensen. »Das ist nur eine von einer ganzen Reihe Kopien. Die echte Skulptur steht in einer Akademie. Ist dort sicher vor Taubendreck.«

Tannen lotste sie mit einem Navigationsprogramm auf dem iPhone in eine etwas abgelegene Gasse. Nach zehn Minuten standen sie vor der Villa, in der zahlreiche Priester ihren Ruhestand verbrachten.

Vor der Tür stand ein uniformierter Polizist, der einen kurzen Blick auf das Fax warf, das die Rechtmäßigkeit ihrer Ermittlungsarbeit in Italien beglaubigte.

Im Treppenhaus verströmten jahrhundertealte Dielen einen fast betäubenden süßlichen Geruch. Auf dem ersten Treppenabsatz erwartete sie ein junger, auffallend elegant gekleideter Polizist.

»Ich hoffe, Sie hatten einen guten Flug? Wir hätten Sie auch abgeholt.«

»Wo lernt man als Italiener ein so perfektes Deutsch?«, fragte Hensen.

»In Bochum«, sagte der Beamte und streckte ihm die Hand entgegen.

»Gianni Serra, angenehm.« Dann deutete er zum Gang. »Gleich da vorn ist es.«

Sie schritten den holzgetäfelten Flur entlang, von dem Türen in die Wohnbereiche der hier lebenden Priester führten.

Vor der sechsten Tür stand wieder ein hoch gewachsener Uniformierter, der militärisch grüßte.

Als Serra die Tür öffnete, schlug ihnen mit einem kühlen Windhauch das Tuckern eines Dieselaggregats entgegen.

»Wir haben den Raum runtergekühlt und die Fenster mit Fliegengittern zugehängt. Aber viel Zeit haben wir bei der Hitze nicht mehr. Der Tod ist wahrscheinlich vor zwei Tagen eingetreten.«

Tannen tat einen Schritt in das Zimmer und zuckte zusammen.

Der tote Priester saß mit zur Seite geneigtem Kopf auf einem hölzernen Sessel. Den verzierten Streben und Armlehnen nach hätte das Möbelstück auf so mancher Auktion eine Menge Geld eingebracht. Der Mund des Toten war aufgerissen, auf dem Kopf trug er ein lilafarbenes Käppi. Der ebenfalls lilafarbene Umhang war zugeknöpft und auch der weiße, durchwirkte Stoff ordentlich um den Unterleib geschlungen. Die Unterarme waren mit Paketband an die Lehnen gefesselt und der Stuhl samt Leichnam mit gelben Seilen umspannt. Von der Decke hingen Stoffstreifen aus schwarzer Spitze.

»Ein Boxring«, sagte Hensen.

Er nahm seinen Zeichenblock heraus und begann, den Leichnam zu skizzieren.

»Wir haben Hunderte von Fotos gemacht«, sagte Serra.

Hensen lachte verlegen.

»Natürlich, aber ich brauche das.«

»Ich habe so einen Tatort noch nie gesehen«, sagte Serra. »Sieht aus wie der Papst in seiner letzten Stunde.«

»Ja«, sagte Hensen. »Da hat ein beschaulicher Tod im Bett schon seine Vorteile. Haben Sie so etwas wie Filz gefunden?«

»Filz? Brokat, Kirchengewänder, ein paar Deckchen, aber Filz?«

Serra schüttelte den Kopf und gab dem Uniformierten eine Anweisung.

»Wir hätten Ihnen gern ein paar Details zu dem Priester genannt, aber ich fürchte, da müssen Sie sich an die Kirchenverwaltung wenden. Oder an den Jesuitenorden. Das hier ist ein Altersheim für Priester.«

»Die schickt man nicht nach Rom?«, fragte Tannen.

»Wissen Sie, unser Klima ... es ist freundlicher zu den alten Knochen.«

Hensen und Tannen durchsuchten die Räume nach Auffälligkeiten. Auch hier hatte der Täter sauber gearbeitet. Keine Farbreste auf dem Boden, keinerlei Werkzeuge oder Überbleibsel von Materialien, die er für seine Inszenierung benutzt hatte.

»Woran ist er gestorben, ich meine, die genaue Todesursache?«, fragte Tannen.

Hensen zog die Augenbrauen hoch, konzentrierte sich dann aber wieder auf seine Skizze.

»Stromschlag«, sagte Serra. »Außerdem ...«

»Ja?«

»Der Zustand der Mundhöhle deutet auf Säure hin.«

»Deshalb dieser verzerrte Gesichtsausdruck?«

»Kann schon sein«, sagte Serra. »Verlassen Sie sich nicht auf mich, ich hab' noch nie vorher eine Leiche gesehen, der man Säure eingeflößt hat.«

»Dies ist Blut von meinem Blut«, sagte Hensen.

»Das Abendmahl mit anderen Zutaten?«, fragte Serra. »Äußerst makaber. Sehen Sie hier die Einritzung im Oberschenkel?«

Deutlich konnte Hensen neben »Dona nobis pacem« die Buchstaben F und B erkennen.

Er erkundigte sich nach einer günstigen Pension, woraufhin Serra einen Uniformierten anwies, die beiden Deutschen zu einer bestimmten Adresse zu fahren.

»Die haben eigentlich immer ein Zimmer frei, allerdings ist es ein altes Patrizierhaus. Mit einer Toilette im Hof. Das macht Ihnen doch nichts aus?«

Tannen startete die Webkamera seines Notebooks und umkreiste mit dem Computer die Leiche. Sollte Hensen doch seine Skizzen malen, er war hier, um seine Polizeiarbeit zu erledigen. Was würde Mangold sagen, wenn er ohne vernünftige Aufnahmen zurückkäme?

Als sie aus dem Haus traten, fuhr gerade der Leichenwagen vor. Ein umgebautes amerikanisches Oldsmobile aus den 1960ern. Ohne sich weiter um das Hupen der nachfolgenden Wagen zu kümmern, die jetzt weder vor noch zurück konnten, stiegen zwei Männer in schwarzen Anzügen aus, gingen um das Auto herum und zogen einen Zinksarg heraus. Tannen sah an der Hausfassade hoch.

»Und dafür ein Flug nach Florenz?«

»Das hat sich doch gelohnt«, antwortete Hensen.

Ein Polizeiwagen brachte sie in die wenige Straßenzüge weiter gelegene Pension, die ebenfalls den Geruch von altem Holz, Schimmel und etwas Süßlichem verströmte.

»Haben Sie das Bildmotiv erkannt?«, fragte Hensen.

Als Tannen den Kopf schüttelte, sagte er: »Faxen Sie meine Skizze an Sienhaupt.«

»Aber ich habe Fotos ...«

»Das wird ihn nur verwirren. Fragen Sie den Pensionswirt, ob Sie sein Faxgerät benutzen dürfen.«

»Und was ist damit?«, fragte Tannen.

Er zog unter seinem Laptop eine lederne Mappe hervor.

»Was soll das sein?«, fragte der Journalist.

»Ich hab' reingeblättert, ist so eine Art Familienalbum.«

Hensen pfiff durch die Zähne.

»Und das haben Sie einfach so mitgehen lassen?«

»Bevor es in den Verliesen der Inquisition verschwindet. Außerdem sind es Aufnahmen, die in Deutschland gemacht wurden.«

Tannen schlug die Mappe auf, suchte kurz und zeigte Hensen dann ein Bild, das den Priester in jüngeren Jahren mit einer Frau und einem Kind vor dem Kölner Dom zeigte.

»Priester, die heimlich eine Partnerschaft führen, sind keine Seltenheit, und ob das als Mordmotiv ...«

Tannen blätterte weiter. Das letzte Bild zeigte den Priester mit einem vielleicht 14-jährigen Jungen. Mit groben Strichen eines Kugelschreibers war das Gesicht des Priesters ausgekreuzt worden.

*

Viktor Riehm blickte angestrengt durch eine Lupe auf eine Platine. Mangold zog sich einen Stuhl heran und setzte sich neben ihn.

»Haben wir einen Augenblick Ruhe?«, fragte er.

»Wenn ich hier weitermachen kann?«, sagte Riehm, ohne den Kopf zu heben.

»Was wird das?«

»Ich operiere ein Motherboard, damit ich an den Ram-Speicher komme.«

»Techniker«, stöhnte Mangold.

Riehm nahm das vielleicht zwei Handflächen große Motherboard vom Tisch und platzierte es vorsichtig auf eine Art Amboss. Dann legte er ein Zinnkabel auf die Platine und stellte an dem Gerät eine Uhrzeit ein.

»Ist das euer Röntgengerät?«

»Besser«, sagte Riehm. »Die gesamte Platine wird erhitzt,

die Lötstellen werden warm und ziehen den Lötzinn an die Stellen, die gebrochen sind. «

»Danke«, sagte Mangold. »Hast du dir angesehen, was Sienhaupt den ganzen Tag so treibt?«

»Du meinst, wenn seine Schwester mal nicht da ist und ihn betütert?«

»Er hat immerhin Binkel und Nicolai als Schüler von Beuys identifiziert.«

»Die Baustelle Beuys lässt er nie aus den Augen. Es sieht so aus, als würde er nach einer weiteren Person aus diesem Umfeld suchen.«

»Eine dritte Person?«

»Genau. Und dann ist da natürlich noch seine Hauptbeschäftigung.«

»Er surft durch die Netze?«

Riehm lachte heiser.

»Ehrlich gesagt wundere ich mich, warum nicht schon längst die CIA, das MI 6 oder der Bundesnachrichtendienst an deine Tür geklopft hat.«

»Er kommuniziert mit den Geheimdiensten?«

»Lass es uns so sagen. Er macht das Gleiche wie die Geheimdienste, nur eben effizienter.«

»Das heißt?«

»Der gesamte weltweite Datenverkehr läuft über eine Handvoll Root Server. Alle Daten müssen da durch. Verstehst du?«

»Eine Art Nadelöhr, bevor sie verteilt werden?«, vergewisserte sich Mangold.

»Genau da hängen sich die Geheimdienste rein, erstellen von allem und jedem, was verschickt wird, eine Kopie. Die wird dann mit Programmen auf verdächtige Zusammenhänge, bestimmte Wörter, Absender und so weiter durchsucht. Die Amerikaner beschäftigen allein 30 000 Experten, um sich den Datenverkehr anzusehen.«

»Und bei dem Konzert spielt Sienhaupt mit?«, fragte Mangold.

»Er bastelt an effektiveren Suchprogrammen und probiert sie dann so ganz nebenbei bei unserem Fall aus. Seine Programme laufen als Robots durchs Netz und fischen in den gleichen Gewässern wie die Geheimdienste.«

»Mit seinem kleinen Rechner?«

»Er baut sich Boot-Netze mit fremden Computern, ich weiß nicht, wie viele er wieder zusammengeschaltet hat. Du kennst das von deinem letzten Fall.«

Mangold erhob sich und stützte sich auf ein Regal.

»Reg dich nicht auf«, sagte Riehm. »Das verändert minimal die Raumtemperatur, und mein Lötwunder hat das gar nicht gern.«

»Was, frage ich dich, was um Himmels willen sucht Sienhaupt denn genau? Unseren Täter?«

Riehm nahm einen Bierdeckel vom Tisch, der ganz und gar mit Flecken vom Lötzinn bedeckt war. Er schoss ihn in Richtung des verdutzten Mangold.

»Das weißt du doch.«

»Ich verstehe nicht.«

»Außerirdische. Er sucht die Weltbevölkerung nach Außerirdischen ab. Er knackt Gendatenbanken, analysiert Augenzeugenberichte, sucht nach Veränderungen geothermischer Strukturen, vergleicht Wetterdaten und sogar die Ergebnisse von Pferderennen … er sucht Unregelmäßigkeiten, die auf den Einfluss von Außerirdischen schließen lassen. Und er will diese Aliens aufspüren. Er probiert Thesen aus wie: Aliens halten sich abseits, oder Aliens haben mehr Glück bei Pferdewetten, weiß der Teufel.«

»Und dann?«

»Sucht er alle Personen, die sich auffällig abseits halten, im Netz nicht sonderlich auffallen, knackt medizinische Datenbanken. Das ist zumindest das, was ich verstanden habe. Würde mich wirklich nicht wundern, wenn er gerade die Urinproben deines Teams analysiert.«

»Wie sollte er an die rangekommen sein?«

»Sieh mal ins Klo, ob da ein kleiner Sensor klebt. Wenn Sienhaupt eine Idee hat, sucht er sich einen Weg. Auch sämtliche von Polizeidiensten gespeicherten DNA-Abgleiche hat er gehackt und auf andere Datenbanken übertragen. Glaub mir, der Mann könnte ganze Volkswirtschaften zum Einstürzen bringen, wenn er seine Computer-Armada in Stellung bringt.«

Mangold kratzte sich im Nacken.

»Ich weiß nicht, wie lange ich Wirch das noch verschweigen kann.«

»Bist du krank? Ich mag gar nicht daran denken, was passiert, wenn Sienhaupt uns zu Feinden erklärt. Dann landen wir im Mittelalter. Oder es gibt uns plötzlich gar nicht mehr.«

»Die Frage ist: Wie können wir ihn auf die Fährte setzen? Wir brauchen Ermittlungserfolge, aber der Zeuge und ein ganz brauchbarer Verdächtiger werden umgebracht.«

»Da gibt es einen Weg«, sagte Riehm mit Verschwörerstimme.

»Wir bestechen ihn mit einem Ausflug zu McDonalds oder Pizzahut. Oder aber, du fragst seinen Partner.«

»Weitz?«

»Von dem nimmt er jederzeit Aufträge entgegen. Seitdem Sienhaupt Binkel und Nicolai als Beuys-Schüler …«

»Seitdem?«

»... sind die beiden ganz dicke. Wenn Weitz anruft oder ihm eine SMS schickt, fällt ihm vor Begeisterung die Brille runter.«

»Wo steckt Weitz eigentlich? Er geht nicht an sein Handy.«

Ein Signal verkündete, dass die Lötmaschine mit der Reparatur des Motherboards fertig war.

»Der ist dein Problem«, sagte Riehm. »Zeit fürs Bonbon. Ich wollte dich gleich nach meiner Operation anrufen.«

»Nicht noch eine Untergangsmeldung.«

»Unser Master of the Universe hat herausgefunden, dass unser guter Clemens Carolus früher einen anderen Namen hatte. Er hieß Arnfried Müller, und dieser Arnfried Müller hat eine wirklich interessante Vergangenheit.«

*

Sollte er die Galeristin zum Essen einladen? Weitz war unentschieden. Ja, da hatte was geknistert zwischen Marlit und ihm. Sah gut aus, die Frau. Redete zwar eine Menge Müll, aber das war berufsbedingt. Gut möglich, dass sie sich auch in seiner Welt zurechtfand. Sie war ja regelrecht zerflossen, als er von seiner Arbeit erzählte.

Später. Jetzt musste er erst einmal an dem Zipfel ziehen, den er in den Händen hielt. Und zwar kräftig. Sollten sie sich im Team doch alle zu Affen machen. Nicht mit ihm. Auch Sienhaupt hatte ihm noch einmal bestätigt, dass Binkel und Nicolai gemeinsam in eine Art Künstlerklasse gegangen waren und dass ihr Lehrer mit Filz zu tun hatte. Filz, wie sie ihn auch am Niendorfer Tatort an der Ostsee gefunden hatten.

Die beiden Vögel hatten sich die Drecksarbeit geteilt. Wollten mit ihren Morden groß rauskommen. Amüsierten sich in diesem Essensraum für Beknackte darüber, dass sie die Menschheit zum Narren hielten.

Weitz parkte in der Lieferanteneinfahrt vor dem Gebäude und sprang aus dem Wagen. Er fuhr mit dem Fahrstuhl in den dritten Stock und lief eilig den Flur entlang. Niemand zu sehen. Hatten die Irren Wandertag oder was? Weitz öffnete die Tür zu einem Patientenzimmer. Ein älterer Mann mit wirren Haaren lag im Pyjama auf seinem Bett und sah ihn an.

Weitz trat auf ihn zu, sagte: »Tut mir leid, Kumpel, is aber für 'ne gute Sache.« Dann schlug er dem Mann auf die Kinnspitze. Der Kopf sackte zurück in das Kissen. Weitz wuchtete den Mann hoch und trug ihn in den Speiseraum. Neben den Thermoskannen mit Tee legte er ihn vorsichtig auf den Boden. Anschließend huschte er zurück in den Flur und klopfte energisch gegen die Scheibe der gläsernen Loge. Die Schwester, die er schon beim letzten Mal gesprochen hatte, kam aus einem der hinteren Räume.

»Sie schon wieder?«

»Ich muss mit Ihnen reden.«

»Wir haben hier kein Kleinkalibergewehr, und Herr Binkel hat auch keine ausgedehnteren Urlaubsfahrten unternommen. Ich habe jetzt zu tun.«

»Sie haben mit mir zu tun. Und für Behinderung einer Morduntersuchung kann man in den Knast kommen. Wie würde Ihnen das gefallen, die ganze Sache mal von der anderen Seite zu betrachten?«

»Das hier ist kein Knast.«

»Fein. Zu Binkel. Ist er im Haus?«

»Sicher, in seinem Zimmer.«

»Jetzt mal unter uns Betschwestern. Könnte er zumindest Tagesausflüge machen, ohne dass Ihnen das auffällt?«

»Also ich habe doch bereits gesagt …«

»Wäre es theoretisch mit ein wenig Trickserei möglich?«

»Wenn er nicht zur Therapie gehen würde und wir darüber nicht informiert würden, oder eben nachts …«

»Die Zimmer sind nachts nicht abgeschlossen?«

»Die Zimmer sind nie verriegelt. Das hier ist keine geschlossene Abteilung, das hab' ich Ihnen doch schon gesagt.«

»Ausflüge sind also möglich. Hat seine Schwester ihn mal besucht?«

»Nein. Eine Schwester von Herrn Binkel kenne ich nicht.«

»Neigt er zu Gewalttätigkeiten?«

»Dazu gebe ich keine Auskunft.«

»Unter den Insassen hier, hat er da schon mal zugeschlagen?«

»Das unterliegt der ärztlichen Schweigepflicht. Soll ich Sie zu Herrn Binkel bringen?«

»Nein«, sagte Weitz. »Aber Sie könnten sich mal um Ihre Patienten kümmern.«

»Was meinen Sie?«

»Im Essensraum liegt ein Mann am Boden, und dem geht es gar nicht gut.«

Die Schwester sah ihn entsetzt an und stürmte aus der Loge.

Weitz sah sich um. Der Stahlschrank mit den Patientenakten stand im hinteren Teil des Raums. Nicht abgeschlossen!

Er zog die Schublade für die Hängeordner heraus, suchte den passenden Buchstaben und fand nach zehn Sekunden die Akte von Binkel. Eilig ließ er sie unter seinem Mantel verschwinden und verließ die Loge. Als er am Essensraum vorbeiging, sah er, dass der alte Mann wieder zu sich gekommen war.

Du hast ein Opfer gebracht, murmelte Weitz. Außerdem, wenn der Mann an Alzheimer litt, hatte er den Vorfall eh schon längst wieder vergessen.

*

Beim Frühstück hatte sie einen Tritt gespürt. Unsinn, ein Fötus von nicht einmal drei Monaten bewegte sich nicht.

Sie musste auf sich Acht geben. Die Abtreibung durfte ihr nicht die Kraft rauben. Sie hatte sich verpflichtet, die Polizei als Profilerin bei ihrer Jagd nach dem Shakespeare-Killer zu unterstützen. Schon zwei Mal hatte sie das modifizierte Viclas-System mit Daten gefüttert. Wie alt war er? Wo lebte er? Lebte er allein? Wo konnte er schon einmal aufgefallen sein? Fuhr er oft mit dem Wagen? Welcher Beruf passte zu ihm?

Doch auch in diesem Fall erwies sich das Viclas-System als nicht sonderlich hilfreich. Sicher war, sie hatten es nicht mit einem Gelegenheitsmörder zu tun, den eine sexuelle Störung auf die Straße trieb. Ihr Mann deckte die Leichen nicht verschämt ab, sondern präsentierte sie als Kunstwerk. Ließ sich bei seinen Rachefantasien durch berühmte Maler »anregen«. Er musste mit Kunst zu tun gehabt haben oder zumindest doch kunstinteressiert sein. Das Alter lag zwischen 30 und 50 Jahren, kräftig gebaut, und er verfügte über handwerkliche Fähigkeiten. Ansonsten ein eher penibler Mensch, ordnungsverliebt und ein verlässlicher Partner. Doch war er das überhaupt? Verheiratet oder zumindest mit einer Partnerin zusammenlebend?

Er genoss die Eskalation. Gut möglich, dass er einem kreativen Beruf nachging. Unauffällig, verschlossen und wahrscheinlich ohne großen Freundeskreis. Ein Einzelgänger und dabei überdurchschnittlich intelligent.

Kaja verspürte eine leichte Übelkeit. War das auf ihre Schwangerschaft zurückzuführen, oder war es einfach nur der Ekel, den sie spürte, wenn sie an die Abtreibung dachte?

Sie hatte es schon immer gehasst, sich fremdbestimmen zu lassen. Und genau das versuchte jemand, der sich als Serienkiller Travenhorst ausgab. Sie sah hinüber zu dem um diese Uhrzeit leeren Platz des Savants. Seine Schwester hatte ihn vor zwei Stunden abgeholt und ins Hotel gebracht. Unter dem Siegel der Verschwiegenheit hatte sie ihr erzählt, dass sie einen Umzug nach Hamburg plante. Ihr Bruder fühlte sich einfach wohler in der Stadt. Sein Gehirn hätte mehr Beschäftigung, ab und an beginne er sogar, sich für wildfremde Menschen zu interessieren.

Mangold würde der Schreck in die Glieder fahren, wenn er das erfuhr.

»Peter lebt mit der Arbeit richtig auf«, hatte Ellen Sienhaupt gesagt. Nein, es sei nicht nur die Herausforderung durch seine Recherchen, auch das Arbeiten mit anderen Menschen gefiele ihm immer besser.

War dieser in allen Dingen des Lebens eher unbeholfene Savant fähig, sie zum Austragen des Kindes zu nötigen?

Und wenn ja, warum? Nun gut, er hatte über das Internet eine enge Bindung zum Serienkiller Travenhorst aufgebaut, doch reichte das, ihn dazu zu bringen, dessen Kind zu schützen? Ein wenig erinnerte sie ihre Situation an »Rosemarys Baby«. Aber wuchs da in ihrem Bauch wirklich ein kleines Monster heran? Es gab keine Serienmörder-Gene.

Musste er oder sie überhaupt erfahren, was sein Vater getan hatte? Nur Eingeweihte wussten von der wahren Vaterschaft, und die würden es niemals ausposaunen. Oder doch?

Sie zwang sich, die Pathologieberichte noch einmal zu überfliegen. Was hatte sie übersehen? Gab es einen unscheinbaren Hinweis, der es ermöglichte, das Täterprofil genauer zu fassen, den Mörder einzukreisen?

Das Faxgerät gab ein elektronisches Piepen von sich und warf zwei Blätter aus. Post aus Italien. Auf dem Vorblatt hatte Tannen darum gebeten, die folgende Skizze gleich Sienhaupt vorzulegen. Er solle herausfinden, welches Gemälde da nachgestellt worden war.

Sie legte die beiden Blätter auf Sienhaupts Schreibtisch und legte zuoberst ein Blatt, auf das sie ein großes Fragezeichen malte.

Ihr Täter musste über ein gerüttelt Maß an Selbstbewusstsein, Mut und Entschlossenheit verfügen. Ließ das auf eine tiefe Verletzung schließen?

Es war nicht so einfach, in einem fremden Land zu morden.

Nur wenige Serienmörder hatten ihre Taten über Ländergrenzen hinweg ausgeweitet. Sie erinnerte sich an einen Fernfahrer, der reihenweise junge Anhalterinnen umgebracht hatte. Waldstücke in der Nähe von Rastplätzen waren seine bevorzugten Ablageplätze. Da hatte er sich ausgekannt.

Ihr Täter ein Trucker? Das passte einfach nicht zu den künstlerisch gestalteten Tatorten. Andererseits saß so mancher promovierte Hochschulabsolvent hinter dem Lenkrad eines Lastwagens oder Taxis. War es das? Frust über »Nicht-Anerkennung«? Jemand, der sich wegen der Missachtung seiner Fähigkeiten an der Menschheit rächte? Blutig zurückzahlte, was er an Respektlosigkeit und Ignoranz erlebt hatte?

Doch wie passte dazu jegliches Fehlen von mörderischer Raserei am Tatort? Fest stand, der Mord an dem Kunstmaler Nicolai, den sie in der Bühnenbildnerei gefunden hatten, passte nicht in die Serie. Schon einmal hatte er einen Augenzeugen beseitigt und ihm sein »Erkennungszeichen« in den Oberschenkel geritzt. Warum dann nicht bei Nicolai? Alle Serienmörder – auch wenn sie noch so rational und überlegt handelten – brauchten ihren Kick. Das Gefühl von Macht. Sie steigerten sich.

Bevor ein Täter seine Wohnung verließ und sich ein Opfer suchte, brauchte er einen stärker werdenden Antrieb, eine noch grausamere Fantasie, die er »umsetzen« wollte. Genau das konnte man am Tatort erkennen. Sei es nun der längere Todeskampf, die größere Erniedrigung oder die Steigerung der Angst bei den Opfern.

Es war die nächste Stufe, auf die er sich in seinem Wahn hinaufschraubte.

War Bestrafung das Motiv, musste das nächste Opfer es noch mehr verdient haben, musste es noch schlimmere Exzesse bei Bewusstsein oder nach Eintreten des Todes über sich ergehen lassen?

Draußen schlurfte jemand über den Gang, entfernt war eine Toilettenspülung zu hören. Nur ihre Schreibtischlampe brannte im sonst leeren Konferenzraum. Sie konnte sich nicht helfen, aber sie genoss diese intime Atmosphäre. Und die geschäftige Einsamkeit. Sie bedeutete auch eine sich steigernde Vertrautheit mit dem Täter. Wo auch immer er sich gerade aufhielt, was auch immer er gerade tat, sie war ihm nah. Und es war keineswegs ausgeschlossen, dass er das spürte. Dass er spürte, dass da jemand versuchte, in seine

Gedankenwelt einzubrechen, der dachte, was er gedacht hatte. Der das verstehen wollte. Serienmörder empfanden das oft genug mit einer gewissen Befriedigung.

Das Telefon auf Weitzens Schreibtisch leierte seine elektronische Tonfolge ab. Sie zögerte kurz, entschied dann, dass es wichtig sein konnte, und nahm den Hörer ab.

»Sonderkommission ... äh ... ja?«

Im Telefon knackte es.

»Kaja, sind Sie es?«

»Ach, Hensen, Sie sitzen nicht auf einer Piazza und trinken Vino Rosso?«

»Doch, und das ist in Gesellschaft Tannens schwieriger, als Sie sich vorstellen können.«

Sie lachte heiser und zündete sich eine Zigarette an.

»Ich höre das genau«, sagte Hensen.

»Was denn? Das Arbeiten meiner Hirnzellen?«

»Das Rasseln Ihres Atems.«

»'tschuldigung«, sagte sie. »Das Rauchverbot hab' ich ganz vergessen.«

»Könnten Sie Weitz etwas ausrichten?«

»Nur zu.«

»Er soll herausfinden, ob der Sohn des toten Priesters noch so heißt und wo er sich aufhält.«

»Ein Priester mit Kind?«

»Und tot obendrein. Der Mann hieß mit bürgerlichem Namen Hans Peter Schwan.«

»Geschrieben wie der weiße Schwan?«

»Genau. Der Vorname des Sohnes lautet Thomas.«

»Ich leg' ihm einen Zettel auf den Schreibtisch.«

»Ist das Fax für Sienhaupt angekommen?«

»Liegt schon ...«

»... auf seinem Schreibtisch, wunderbar. Dann hätte ich

gern einen Espresso und die Unterschriftenmappe. Und eine Zigarette.«

»Die Toskana scheint Ihnen zu gefallen.«

»O ja, nur Tannen …«

»Was ist mit Tannen?«

»Er beginnt zu klauen.«

*

Marc Weitz blätterte die Krankenakte auf. Wenn er das Ärztelatein richtig verstand, litt Binkel an einer schweren Psychose, die schubweise auftrat. Außerdem wurden Hirnschädigungen durch Sauerstoffmangel erwähnt. Aufgewachsen war er in Jugendheimen, weil die Mutter mit ihm nicht zurechtkam. Als Jugendlicher verschiedene Einbrüche, Bewährungsstrafen, Jugendgefängnis, dann schwere Körperverletzung und als krönender Abschluss eine Vergewaltigung.

Ja, er hatte es gewusst. Der Mann war gefährlich und genau der Typ, der fähig war, andere Menschen umzubringen. Aus Hass, oder weil er einfach verrückt war. Die Medikamente, die ihm laut Akte verabreicht wurden, konnten solch einen Menschen garantiert nicht ändern. Und die in der Anstalt angebotenen komischen Therapien schon gar nicht.

Binkel war ihr Mann. Er, Marc Weitz höchstpersönlich, würde das im Präsidium aus ihm herausbringen. Noch einmal würde er ihn nicht zurück in die Anstalt schicken.

Weitz machte sich auf die Suche nach einem Copyshop. Nach einer Viertelstunde wurde er in einer kleinen Geschäftsstraße fündig.

Sicher war sicher, er brauchte die Akte. Wenn er da erst auf einen richterlichen Beschluss warten sollte, hatte Binkel sich bestimmt längst aus dem Staub gemacht.

Weitz legte die Kopien in seinen Wagen und schob dann die Krankenakte wieder unter seinen Mantel. Bevor er aus dem Fahrstuhl in den Flur trat, versicherte er sich noch einmal, dass sie nicht zu früh herausrutschen konnte.

Abermals klopfte er gegen die Scheibe der Schwesternstation.

Das Gesicht der Schwester lief rot an.

»Sie kommen hier nur rein, wenn Sie einen Kollegen mitbringen. Haben Sie verstanden?«

»Ich wollte mich entschuldigen«, sagte Weitz. »Machen Sie auf, bitte.«

Die Schwester öffnete die Tür einen Spaltbreit. Weitz drückte sie vorsichtig auf und trat ein.

»Es gibt wirklich keinen Grund, Angst vor mir zu haben«, sagte er. »Ich bin die Polizei.«

»Genau das macht mir Angst.«

»Wissen Sie, das alles hier …« Bei diesen Worten drehte er sich mit theatralisch ausgestreckten Armen um und ließ die Akte für die Schwester unsichtbar auf den Schreibtisch rutschen. Als er sich wieder umdrehte, deckte er den Schreibtisch an dieser Stelle mit seinem Körper ab.

»Es tut mir leid, aber wir stehen unter großer Anspannung. Es geht leider nicht nur um einen Mord.«

»Das ist kein Grund, sich hier so aufzuführen.«

»Ich würde jetzt doch sehr gern mit Herrn Binkel reden. Geht das wohl?«, fragte Weitz, der versuchte, seine Stimme sanft klingen zu lassen.

Die Schwester musterte ihn misstrauisch, als er auf den Gang trat, folgte ihm aber und sperrte hinter sich die Tür ab.

Weitz ließ ihr den Vortritt. Meine Güte, dachte er, die Frau hat einen Arsch wie eine Bahnhofsuhr.

Sie klopfte gegen eine Zimmertür und öffnete dann.

»Das verstehe ich nicht«, sagte die Schwester. »Er hat sich nicht abgemeldet.«

Sie ging hinein, sah sich kurz um und öffnete die Schranktür. Sämtliche Kleidungsstücke Binkels waren verschwunden.

»Das hat er noch nie gemacht«, sagte sie.

Er zog seine Schuhe aus und glitt im Dunkeln in das Weiße Zimmer. Er setzte sich in die Ecke und tastete nach dem Teelicht und den Streichhölzern.

Etwas hatte sich verändert, zog wie eine Windböe durch das Zimmer, rüttelte an den Bildern, die aufschienen und wieder verblassten.

Er musste den Zugang zu diesem Bereich fest verschlossen halten. Ihn schützen. Diesen Raum, der ihm geblieben war, in dem er sich spürte. Seinen Atem, das Pulsieren unter seiner Haut, den Geruch in seinen Haaren. Das Weiß war sein Spiegel, half ihm, alles abzuwaschen. Er musste darauf aufpassen. Gerade jetzt.

Sie näherten sich. Zentimeter um Zentimeter. Auf keinen Fall durfte er jetzt nachlassen.

Aber da war noch etwas. Er dachte an diese knappe Zeitungsmeldung. »Verdächtiger im Fall des Shakespeare-Killers erhängt aufgefunden.«

Kein Zweifel, es war noch jemand in diesem Spiel. Und der kam lautlos. Hier im Weißen Zimmer konnte er ihn spüren. Er wusste, er war da draußen. Lauerte, beobachtete, lockte, wartete.

Vorsichtig streckte er das angewinkelte Bein von sich. Dann griff er zu der Kerze und zündete sie an. Er sah jetzt wieder das Bild vor sich, spürte den Flugwind auf seiner Haut, die Nässe der Wolken, die näherkommende Erde.

»Du bist ein Engel«, hatte seine Mutter gesagt. Und von dort oben stürzte er sich hinab. Mit seinen ausgebreiteten blutroten Flügeln.

20.

»Ich würde die Psychologin nehmen«, sagte Lena. »Das ist total praktisch.«

Mangold sah sie amüsiert an.

»Und was soll daran praktisch sein?«

»Keine stundenlangen Kennenlern-Gespräche, und du wirst endlich mal deinen Stau los.«

Mangold hob die nach außen gedrehten Handflächen, als wollte er sich ergeben.

»Okay, okay, ich werde ihr Patient.«

»Ich meinte den sexuellen Stau. Wenn's schwierig wird, kannst du dich ja immer noch auf ihre Couch legen.«

Nein, es war nicht ausgemacht, wer auf die Couch gehörte. Genauer betrachtet, war es kein Wunder, dass Kaja Winterstein bei ihrer Gefangennahme durch den Serienmörder Travenhorst ein Trauma erlitten hatte. Nicht einmal sie selbst hielt das für ausgeschlossen.

Andererseits hatte sie ihm die SMS gezeigt, die seltsamerweise keine Absenderadresse aufwies. Eigentlich ein Ding der Unmöglichkeit. Auch die Telefongesellschaft hatte nicht herausfinden können, von wem die Nachricht stammte.

Steckte Sienhaupt hinter all dem? Bis heute war unklar, wie eng das Verhältnis der beiden Savants gewesen war. Nicht ausgeschlossen war, dass Sienhaupt das Kind seines Savant-Kollegen schützen wollte. Gehörte es zu einem »Deal«, von dem sie keine Ahnung hatten?

Sienhaupt hatte den Abschlussbericht gelesen und ohne einen Kommentar beiseite gelegt. Aber er hatte ihn seltsam angelächelt, so wie man jemanden anlächelt, wenn man sich wegen eines Geheimnisses überlegen weiß.

Niemand auf der Welt war in der Lage, aus dem Savant etwas herauszubringen, wenn der das nicht wollte. Zumindest war ihm noch kein Druckmittel eingefallen, mit dem er ihn hätte dazu bringen können, all die Geheimnisse mitzuteilen, die er mit dem Serienkiller Travenhorst ausgetauscht hatte.

»Hallo? Sind wir noch da?«, sagte Lena und klatschte in die Hände.

Sie deutete auf das Modell der Pyramide von Gizeh.

»Zumindest ein guter Ansatz«, sagte sie. »Es gibt doch verschiedene Kammern in solch einer Pyramide?«

»Kommt auf die Entstehungszeit an, die ersten waren eher primitiv.«

»Egal, es gibt Kammern, und die haben blinde Türen, Gänge, die ins Nichts führen oder einfach zu weiteren leeren Kammern«, sagte Lena.

»Sie führen in Scheinkammern. Worauf willst du hinaus?«

»Scheinkammern, genau«, sagte Lena. »Er baut eine Menge Kammern und Tatorte um dich herum, aber er befindet sich in einer versteckten Kammer.«

»Fein, eine versteckte Kammer.«

»Mangold, nun mach nicht so langsam. Wo ist der beste Platz für eine verborgene Kammer?«

»Keine Ahnung.«

»Im Zentrum.«

»Wieso im Zentrum?«

»Weil euer Täter ziemlich viel weiß. Er hat ja auch euren einzigen Augenzeugen abgefangen. Das sieht nicht nach Zufall aus.«

»Du meinst, er hat Zugang zu Polizeicomputern?«

»Warum nicht? Das wäre so eine Kammer. Jedenfalls kontrolliert er das Spiel. Seine Kammer ist noch verborgen.«

»Trotzdem, die meisten altägyptischen Pyramiden haben Grabräuber ausgeräumt«, sagte Mangold.

»Woher willst du das wissen? Die beste Tarnung für das Gold und den Sarkophag des Pharaos ist doch, man tut gleich so, als wären schon ein paar Leute da gewesen und hätten alles ausgeraubt.«

»Du meinst, die echten Gräber und Goldkammern sind noch vorhanden?«

»Und so gut versteckt, dass auch wir sie nicht gefunden haben. Wäre ich Kleopatra, so hätte ich es gemacht.«

Lena sah ihn aufgeregt an. Bevor Mangold etwas antworten konnte, fuhr sie fort: »Stell dir das vor: Pharao sitzt am Feuer und denkt, o Ramses, o Ramses, nein, ich will nicht, dass meine Mumie von ein paar Grabräubern ausgewickelt wird. Was also macht er? Er versteckt sich und sein Gold, so gut es geht. Ein paar Sachen lässt er in der angeblich verborgenen Kammer für die Räuber da, damit die Ruhe geben ...«

»Unser Täter ist ein Künstler«, sagte Mangold. »Er baut Bilder nach.«

»Oder er hält sich eben nicht für einen Künstler. Und genau das will er mitteilen: Ich bin kein Künstler, und du bist schuld.«

»Ich?«

»Wir alle. Die blöden Menschen und die blöden Umstände.«

»Gewagte Theorie, teuerste Lena«, sagte Mangold. Er

sah, dass ihr vor Aufregung über ihre eigenen Theorien die Röte ins Gesicht gestiegen war. Lena ließ sich nicht bremsen: »Trotzdem, diese Bilder erzählen etwas über die Motive. Was ist mit den lateinischen Sprüchen?«

»Was soll damit sein?«

»Was habt ihr über die rausgefunden?«

»Ich denke, ich hab' dir schon viel zu viel über den Fall erzählt«, sagte Mangold. »Willst du nicht Journalistin werden? Du bist gut darin, anderen etwas aus der Nase zu ziehen.«

»Also habt ihr keine Ahnung. Manchmal können einem die Dinge wirklich was erzählen.«

Mangold schob lachend den Teller von sich.

»Kommen wir jetzt zum Abendprogramm mit Lenas Lebensweisheiten?«

»Tattoos zum Beispiel. Tattoos, das sind genau genommen ja auch Einritzungen.«

Mangold sah entnervt zur Decke, doch Lena schien das nicht zu beeindrucken.

»In der Pathologie haben wir jede Menge Spaß damit. Da erfährst du, wen die Leute geliebt und für welchen Fußballverein sie sich begeistert haben. Ob sie im Gefängnis waren, wie viel Geld sie so in den verschiedenen Lebensabschnitten verdient haben. Und dann die Tätowierer. Die Stümper und Abkopierer, die Künstler und ...«

»Halt mal«, sagte Mangold. »Warum verewigt man überhaupt etwas in der Haut?«

»Es ist ein Schmuck, und du bist gezeichnet, im besten Sinne, weil ...«

»Gezeichnet, gebrandmarkt?«

»Kommt auch vor«, sagte Lena. »Manche haben Tattoos, die ihnen garantiert nicht freiwillig und meist wohl mit besoffenem Kopf verpasst wurden. Ein beliebtes Spiel im Knast.«

»Welche Motive kommen denn am häufigsten vor?«

»Schriftzüge mit der Heimatstadt, und Platz zwei sind weibliche Namen mit Fahnen, Ankern oder Herzen drum herum.«

»Und bei Frauen?«

»Kleine Rosen, und jetzt sind die Arschgeweihe im Kommen.«

»Die sind wieder aus der Mode«, warf Mangold ein.

»Bei uns nicht.«

Das Telefon klingelte.

»Weitz hier. Binkel und Nicolai sind verschwunden.«

Mangold erhob sich von seinem Stuhl und ging unter den neugierigen Blicken von Lena hinüber zum Fenster.

»Nicolai ist tot. Haben Sie Ihre Mails nicht gecheckt? Sie haben das Smartphone nicht zum Musikhören bekommen.«

»Nicolai ist tot? Mit einer Einritzung?«

»Nein, es passt nicht in das Muster. Keine Einritzungen, keine Inszenierungen, einfach am Kanonenrohr eines Panzers aufgehängt.«

»Am was?«

»Lesen Sie die Mail. Was ist mit Binkel?«

»Hat sich ein paar Sachen geschnappt und ist verschwunden. Könnte er seinen Kumpel umgebracht haben?«

»Keine Ahnung«, sagte Mangold. »Geben Sie die Fahndung raus.«

»Schon erledigt.«

»Sind Sie im Büro?«

»Auf dem Weg. Mal sehen, was mein Partner Sienhaupt angestellt hat.«

Während Mangold das Gespräch beendete, zwinkerte Lena ihm zu.

»Fortschritte?«

»Es verknotet sich immer mehr. Warum bringt jemand nach all den Jahren seine Schwester um? Und dazu noch ein paar andere Leute. Und was hat der tote Priester Schwan damit zu tun? Das ergibt alles keinen Sinn. Absolut nicht.«

»Vielleicht steckt eine Geheimloge dahinter? Oder eine Sekte?«

Mangold schüttelte den Kopf und begann das Geschirr vom Tisch zu räumen. Warum Kopien berühmter Künstler?

Gut, Nicolai und Binkel hatten mit diesem Beuys zu tun gehabt. Am Rande. Zumindest Nicolai war so durchgeknallt, dass er zum Malen seiner Bilder sogar sein eigenes Blut nutzte.

»Ich geh' dann mal, Schatzi«, sagte Lena, doch so richtig nahm Mangold das erst wahr, als sie die Tür schon ins Schloss gezogen hatte.

Erneut klingelte das Telefon.

»Mangold, entschuldigen Sie, sind Sie überhaupt noch wach?«, fragte Kaja.

»Sicher, was gibt's? Wieder Botschaften aus der Hölle?«

»Travenhorst? Nein, Hensen und Tannen haben in Florenz etwas herausgefunden, das ich Ihnen gleich mitteilen soll.«

»Eine Geheimsekte?«

»Wie?«

»Schon gut«, sagte Mangold. »Was ist es denn?«

»Dieser deutsche Priester, der in Florenz tot aufgefunden wurde, hatte einen Sohn, den er wohl verschwiegen hat. Zölibat, Verleugnung und all das. Jedenfalls gab es Spuren, die auf die Anwesenheit dieses Sohnes am Tatort hindeuten könnten.«

»Noch eine Spur?«, stöhnte Mangold.

»Den Tatort haben sie noch keinem Bild zuordnen können. Ich hab' Sienhaupt eine Zeichnung von Hensen schon auf den Schreibtisch gelegt.«

Nachdem sie das Gespräch beendet hatten, stellte Mangold die Spülmaschine an und setzte sich in seinen Sessel. Welchen Fehler hatten sie begangen? Die Ermittlungen zerfaserten sich.

Sobald Tannen wieder aus Florenz zurück war, sollte er sich um die Pflegedienst-Spur kümmern. Und Sienhaupt musste eindeutigere Vorgaben bekommen. Es musste doch mithilfe des Computers das Bindeglied zwischen den Opfern zu finden sein.

Irgendwo in den Billionen von Webseiten, und wenn nicht dort, dann in einem der Computer, der mit dem Netz verbunden war.

Und was war mit dem Sohn des Priesters Hans Peter Schwan? Und dann der Filz. Das bevorzugte Material von Joseph Beuys. Filz hatte dem das Leben gerettet, denn in Filz gewickelt hatte man den an der Ostfront schwer verwundeten Soldaten Beuys hinter den Kampflinien in Sicherheit gebracht.

»Das erste Opfer erzählt die ganze Geschichte«, sagte er laut. Tannen musste unbedingt alles über die Frau herausbekommen. Lückenlos. Warum versteckte sie ihre Unterlagen in der Badewannenumrandung? Warum gab es in ihren Computern so wenige Informationen? Schließlich hatte sie Opfer von Pflegeeinrichtungen betreut.

Mangold putzte sich gerade die Zähne, als erneut sein Handy klingelte.

»Es tut mir leid, aber ...«

»Lassen Sie mich raten, Kaja. Sie haben eine Nachricht aus der Geisterwelt bekommen.«

»Das kann man wohl sagen«, sagte sie.

»Was ist es?«, fragte er und bedauerte im gleichen Augenblick seinen harschen Tonfall.

Kaja auf der anderen Seite der Leitung schwieg, räusperte sich und sagte dann: »Und das Wort ist Fleisch geworden und hat unter uns gewohnt – suche den Pfarrerbastard.«

*

Clemens Carolus überflog die Anzeige, die in zwei Tagen in allen wichtigen Tageszeitungen sowie in der Berliner und der Hamburger Lokalpresse erscheinen sollte.

Angeblich hatte Nicolai selbst in der letzten Minute seines Lebens geleugnet, etwas mit den Morden zu tun zu haben. War darauf Verlass?

Und was war mit dem Mann, den er für diese Aufgabe engagiert hatte? Eigentlich erledigten diese Leute, die mit ständig wechselnden Handynummern im Hintergrund blieben, ihre Arbeit zuverlässig. Sie lebten von Mund-zu-Mund-Propaganda. Ein vermasselter Job wurde nicht verziehen.

Wie auch immer, der Künstler Carl Nicolai war ein Schwächling, und Schwächlinge leugneten nicht im Angesicht des Todes.

Es musste Binkel sein. Schon als Kind hatte er versucht, sich durch kleinere Spitzeldienste das Leben zu erleichtern. Eigentlich unglaublich, dass dieser verrückt gewordene Täter den Mumm aufbrachte, seine angeblichen Peiniger zu töten. Und was hatte er mit dem Niendorfer Hausmeister und der Münchener Rentnerin zu tun? Wieso hatten die seinen Zorn auf sich gezogen?

Schön, Mangolds Sonderkommission hatte den Serientäter eingekreist. So weit es eben möglich war. Den Rest musste er erledigen. Es durfte gar nicht erst zu einer Verhaftung und einem umfassenden Geständnis kommen. Binkel war auf der Flucht, und genau damit hatte er gerechnet. Er würde ihn schon aus seinem Versteck bringen. Ohne ihn, Clemens Carolus, als Opfer war seine Liste sicher nicht komplett. Der Psychopath umkreiste ihn und hatte bereits angelegt. Der Mann würde sich wundern, wenn er das Rascheln hinter sich hörte.

Carolus öffnete seine Schreibtischschublade und zog eine Schatulle heraus. Vielleicht war es besser, die Fotos zu verbrennen. Nur für den Fall, dass etwas schiefgehen sollte. Warum seiner Familie zumuten, die unangenehmen Fragen der Polizei beantworten zu müssen?

Binkel war eine lebende Zeitbombe. Selbst wenn sie ihn in einer psychiatrischen Anstalt einsperren würden, wäre er eine Gefahr. Hier ging es um höhere Interessen, und es ging um den Ruf seiner Familie. Außerdem: Sollte seine Lebensleistung vernichtet werden, weil ein nicht überlebensfähiger Bastard ihn für sein kaputtes Leben verantwortlich machte? Das durfte nicht sein.

Er nahm den Hörer ab und ließ sich mit der Anzeigenabteilung des Hamburger Abendblattes verbinden.

»Arnfried Müller, ich hätte gern eine Anzeige geschaltet.«

»Worum geht es?«

»Eine Familienanzeige. Ich möchte die Taufe meines Sohnes Jens bekannt geben.«

»Das geht leider nicht telefonisch.«

»Die Geldanweisung müsste Ihnen bereits vorliegen.«

»Arnfried Müller? Einen Moment, ich sehe nach.«

Carolus strich über ein Foto, das ihn im Kreis von 20

fröhlichen Schülern zeigte. Bezaubernde Jungen konnten es sein, und doch steckten in ihnen kleine Bestien, vor denen man sich hüten musste. Er hatte das erst spät begriffen. Fast zu spät.

Das Sodom und Gomorrha musste endlich ein Ende haben.

»Die Geldanweisung liegt tatsächlich vor. Wir müssten aber die Gestaltung besprechen, wäre es nicht besser, Sie kommen in unserer Anzeigenannahme vorbei?«

»Das wird nicht nötig sein, ich sende Ihnen ein Fax mit dem Formblatt zu, das mir einer Ihrer Kollegen geschickt hat. Den Text habe ich eingefügt.«

»Wir haben da besondere Angebote für die Gestaltung …«

»Ich faxe Ihnen den Text zu. Einen fremdsprachigen Text einzubauen ist kein Problem?«

»Nur wenn es sich um etwas Sittenwidriges handelt.«

Carolus lachte in den Hörer.

»Sicher nicht.«

Als Carolus aufgelegt hatte, tat er, was er sich bis zum Schluss aufgehoben hatte. Handschriftlich fügte er die Überschrift in den Anzeigentext. Es war die Adresse, an die diese Botschaft gerichtet war: »Angelus sanguinis «, der Blutengel.

21.

Kaja öffnete per Handy ihr E-Mailfach und las noch einmal die Mail, die sie am Vortag erhalten hatte. Seltsamerweise war diesmal ein Absender angegeben, mit Zahlen und Ziffernfolgen, die an Spam-Mails erinnerten.

»Und das Wort ist Fleisch geworden und hat unter uns gewohnt – suche den Pfarrerbastard.«

Mit Sicherheit war diese Adresse nicht ausfindig zu machen, aber vielleicht ließ sich mit einer Frage klären, ob Travenhorst dahintersteckte.

Sie tippte auf Beantworten und schrieb: »Die Wachhunde auf dem Bremer Wohnwagengelände … Wie haben Sie die abgelenkt?«

Sie zögerte ein paar Sekunden, dann schob sie ihre Zweifel beiseite und sendete die Nachricht.

Das Zitat, das der Absender benutzt hatte, stammte aus dem Angelus-Gebet, das in katholischen Kirchen und besonders in Klöstern jeden Morgen gebetet wurde.

Der Eisenbahnwaggon rumpelte. Draußen zog sich das Wasser zurück, und nur noch vereinzelt standen Schafe auf dem morastigen Gelände. Dann war links und rechts nichts als Meerwasser zu sehen.

Der Zug glitt über die Schienen des Hindenburgdamms. Ohne die Schleifgeräusche hätte man meinen können, er führe direkt durch die Nordsee.

Die Wasseroberfläche war nur leicht gekräuselt. Sie erkannte Buhnen, kleine Anpflanzungen, mit deren Hilfe man Wellen brach und versuchte, der Nordsee Land abzuringen. Eine Minute später sah sie nur noch die Weite des Meeres.

Durch den Gang holperte ein von einem Bahnangestellten geschobener Getränkewagen.

Nach nur zwei Anrufen beim zuständigen Dekanat hatte Kaja erste Informationen zum Priester Hans Peter Schwan erhalten. Gut, sie hatte sich als Polizistin ausgegeben, denn dies hier war Polizeiarbeit. Dennoch hätte sie nicht erwartet, dass man sich in der Kirchenverwaltung so kooperativ zeigte.

Offiziell war Schwan Ende der 1990er Jahre zu einem Studienaufenthalt an einer Bibliothek nach Florenz geschickt worden, beauftragt durch die Glaubenskongregation, die aus der römischen Inquisition hervorgegangen war. So etwas gab es immer noch, auch wenn man sich weniger um das Verfolgen von Ketzern als um die rechte Glaubensauslegung kümmerte.

Schwan hatte zuvor ein Priesteramt in Norddeutschland innegehabt. Ausgerechnet auf der Insel Sylt, wo er eine kleine Gemeinde, ein Erholungsheim für Kinder und seelsorgerisch auch katholische Touristen betreute. »Missionspfarrei« hieß das im offiziellen Sprachgebrauch. Eine Fackel des rechten Glaubens mitten im protestantischen Norden.

Nachdem Kaja in Westerland ausgestiegen war, ging sie hinaus auf den Vorplatz. Sie erschrak fast, als sie die leuchtend grünen Figuren sah, die aus einer Spielzeugwelt zu stammen schienen und sich hier, ins Monströse vergrößert, in den Wind stemmten. Eine schiefe und ebenfalls grüne Straßenlampe unterstrich den Eindruck, dass sich inmitten der »normalen« Welt ein neuer Kosmos mit anderen Größendimensionen geöffnet hatte.

Direkt gegenüber entdeckte sie den Schriftzug des Westerländer Casinos. Ein Gebäude, in dem anscheinend auch die Kurverwaltung untergebracht war.

Von Seeluft war in der Nachmittagshitze nichts zu spüren.

Der Bahnhofsvorplatz war erstaunlich leer. Die Tagestouristen lagen sicher längst am Strand. Zwei Mädchen hopsten über die Platten und versuchten, mit ihren kleinen Füßchen nicht auf den Ritzen zu landen. Eine kreischte laut auf, dann sah sie zu einer Frau hinüber, die ihren Sohn über den Platz zog.

Mit einer Mischung aus Neugierde und Ekel drehte er sich zu den Mädchen um. In der Hand hielt er eine Plastikschaufel, und seinem Gesichtsausdruck nach war er mächtig stolz darauf.

Kaja hatte ihren Besuch nicht angekündigt, sondern war kurz entschlossen in den Zug gestiegen. Mangold hatte sie über die SMS-Mitteilung informiert, als sie am Hauptbahnhof auf den Regionalzug wartete.

»Travenhorst hin oder her, das ist sowieso eine Spur, der wir nachgehen müssen«, hatte der Hauptkommissar gesagt und sich dann doch über ihre Eigenmächtigkeit beschwert.

Ja, das war es. Eine heiße Spur.

Nach allen Informationen von Hensen hatte der Täter am Tatort in Italien seinen persönlichen Hass offen gezeigt. Verwirrend war nur, dass er das Familienalbum nicht mitgenommen hatte. War er so überwältigt gewesen, den Mann wiederzusehen? Wenn das stimmte, dann war es tatsächlich gut möglich, dass er der Sohn des Priesters war. Der Familienname Schwan war in den Unterlagen bisher nicht aufgetaucht. Gut möglich, dass er sich jetzt anders nannte, sei es durch Heirat, durch Adoption oder einfach durch eine neue Identität.

Sie sah auf den Westerländer Stadtplan, den sie sich am Computer ausgedruckt hatte, und schlenderte weiter die Friedrichstraße hinunter.

In den meisten Geschäften wurden Luxusmarken verkauft, doch zwischendrin lockten die Billigtextilketten mit überladenen Kleiderständern besonders die jugendlichen Käufer.

Vor dem Restaurant Gosch saßen Touristen auf Barhockern. Einige hatten Teller mit Fischgerichten vor sich auf die Stehtische gestellt, andere begnügten sich mit Wein, der in tönernen Kühlern an fast jedem Platz stand.

Direkt daneben saß auf einer fleckigen Wolldecke ein Obdachloser, der zwei schlafende Welpen im Arm hielt und stumm auf das vor ihm stehende leere Marmeladenglas starrte.

Kurz vor dem Hotel Maritim bog Kaja in einen unscheinbaren Seitenweg ein.

Die Kirche lag etwas versteckt und war in einem Stil gehalten, der Ende der 1960er Jahren als modern galt. Steil aufragender Kirchturm, farbige Glasbausteine und Eichentür.

Sie steuerte auf das kleine Gemeindehaus direkt neben der Kirche zu.

Da Kaja keine Klingel finden konnte, klopfte sie mit der Faust gegen die Tür. Keine Reaktion. Auch ein Schild mit Öffnungszeiten konnte sie nicht entdecken.

»Unser Büro ist am Dienstag geschlossen«, sagte eine

Stimme hinter ihr. Eine Frau in einer Kittelschürze stand in der Haustür eines Einfamilienhauses.

»Ich habe da eine dringende Frage, es dauert auch nicht lange.«

»Der Priester ist auf dem Festland, da kann ich Ihnen wohl nicht helfen.«

»Es geht nur um einen Blick in Ihre Kirchenunterlagen. Ich bin von der Polizei, und es ist wirklich wichtig.«

»Polizei?«, fragte die Frau skeptisch und zog dann doch den Schlüssel aus ihrer Tasche.

Als sie die Tür zum Kirchenbüro aufgesperrt hatte, drehte sie sich kurz um.

»Ich habe nicht viel Zeit.«

Kaja nickte und sah sich um.

In dem kleinen Raum standen um einen hellblauen Tisch drei Stühle, dahinter ein Tresen. Die Frau zog einen weiteren Schlüssel aus einer Schreibtischschublade und öffnete damit ein Rollgitter, das vor einem Aktenschrank heruntergezogen war.

»Wie ist der Name?«

»Kaja Winterstein.«

Die Frau machte Anstalten, einen Aktenordner zu suchen.

»Entschuldigung, das ist mein Name. Ich hätte gern Informationen zu Hans Peter Schwan und seinem Sohn Thomas.«

Das Lächeln im Gesicht der Frau gefror.

»Ihr ehemaliger Seelsorger.«

»Dazu bin ich nicht befugt«, sagte die Frau und machte Anstalten, das Rollgitter wieder vor die Akten zu ziehen.

»Es geht um seinen Sohn, um Thomas Schwan.«

»Sie fragen nach dem Sohn unseres Priesters?«

»Ich weiß, es ist ein wenig heikel, aber …«

»Da kann ich Ihnen nicht helfen«, sagte die Frau. Kaja sah, dass ihre Augen feucht wurden.

Eine Minute später standen sie vor der Tür.

»Das ist doch schon lange her, und wir brauchen diese Information für eine Mordermittlung«, sagte Kaja.

»Eine Mordermittlung?«

»Wir müssten dringend mit dem Sohn von Hans Peter Schwan sprechen.«

»Sie sind schwanger, nicht?«, sagte die Frau und deutete auf Kajas Bauch.

»Woher wissen Sie …«

»Ich kann das sehen«, sagte die Frau und drehte sich um.

Im Weggehen wiederholte sie, dass sie nicht helfen könne, und dann verschwand sie in dem Einfamilienhaus direkt neben der Pfarrei.

Katja ertappte sich bei dem Gedanken, dass Weitz jetzt hilfreich gewesen wäre. Unsinn, sie musste anders an die Informationen gelangen.

Sie ging in Richtung Strand, löste ein Kurtaxenticket und stieg eine hölzerne Treppe hinab. An der Brüstung war ein Schild mit der Aufschrift »Himmelsleiter« befestigt.

Das Meer hatte sich zurückgezogen, die Schlickflächen funkelten in der Sonne. Sie zog ihre Schuhe aus und spazierte zur Sylter Promenade.

Vielleicht sollte sie im Westerländer Rathaus fragen, ob der Pfarrer Schwan dort als Vater eingetragen war und Informationen zum Verbleib seines Sohnes Thomas vorlagen. Und was war mit seiner Lebensgefährtin? Hatte man auch sie von der Insel verbannt? Aber warum? Dies hier war protestantisches Gebiet und kein niederbayerisches Dorf, in dem man Andersgläubige schief ansah.

Jemand zupfte an ihrem Rock. Ruckartig fuhr sie herum. Es war ein kleiner Junge. Stumm und ernst sah er sie an und reichte ihr einen Zettel.

*

Weitz sah sich um. Das Treppenhaus war nicht verändert worden, seitdem die ehemaligen Firmenbesitzer vor vielleicht 50 Jahren ihre letzten Kartons und Maschinen heruntergetragen hatten. Selbst der graue Anstrich war nie erneuert worden und wurde jetzt in großen Placken vom Mauerwerk abgestoßen.

In der zweiten Etage hatte jemand, ganz bestimmt im Vollrausch, die Flurwände mit mystischen Wesen bedeckt, die aus einer anderen Welt zu kommen schienen und ihn anglotzten. Weitz blieb stehen und betrachtete kopfschüttelnd Mammutbäume und seltsame Insekten, die durch die Luft wirbelten. Hier war er richtig. Die Künstlergruppe, die dies zu verantworten hatte, war nicht weniger beknackt als Jens Binkel.

Zwei Jahre hatte der angeblich mit diesen Leuten zusammengearbeitet und sogar zwei Ausstellungen mit ihnen bestritten. Der Typ fühlte sich wohl mit diesen Leuten. Kein Wunder.

Weitz öffnete die Tür und befand sich in einem etwa 80 Quadratmeter großen Raum.

Vor ihm standen wieder seltsame Wesen, diesmal zusammengeschweißt aus Schrottteilen. An den Wänden großformatige Bilder. Grellbunte Farben. Auch hier Mischwesen, die aus einem Dschungel krochen und ihn mit aufgerissenen Mündern anstarrten.

An einer Seitenwand stand eine ausladende Werkbank, an der acht Mitglieder des Vereins saßen. Ein Mann mit gestrickter Pudelmütze auf dem Kopf drehte sich um und lächelte ihn an.

»Wo ist denn euer Oberkünstler?«, fragte Weitz.

»Wie bitte?«

Der Mann verstand nicht und sah ihn fragend an.

»Der Betreuer! Wer führt die Aufsicht?«

»Wenn Sie den Mieter des Ateliers meinen, der bin ich.«

»Ist mir auch recht.«

»Joseph van Hall«, sagte der Mann und streckte Weitz die Hand entgegen.

»Lass mal, ich wollte dich nicht zum Bier einladen.«

Joseph van Hall zog seinen Arm zurück.

»Polizei?«, fragte er.

»Dafür hast du einen Riecher, was? Wer kauft dieses Zeug?« Weitz deutete auf die Bilder an der Wand.

»Es gibt Sammler, und auch wenn Sie sich das nicht vorstellen können, es gibt ganz normale Leute …«

»Du glaubst gar nicht, was ich mir alles vorstellen kann. Ich suche diesen Arschloch-Maler.«

»Bitte?«

»Binkel, ich suche Jens Binkel.«

»Der ist kein aktives Mitglied unserer Gruppe. Er war bei einigen Sammelausstellungen dabei.«

»Eine Ahnung, wo er sich rumtreibt?«

Der Mann mit der Strickmütze wandte sich wieder dem Bogen Packpapier zu, der auf der Werkbank lag.

»Wir sind hier keine Wohngemeinschaft«, sagte er. »Vielleicht sollten Sie mal beim Einwohnermeldeamt anrufen.«

»Keine schlechte Idee. Sie heißen Hall?«

Der Mann griff in seine hintere Hosentasche. Weitz machte einen Sprung auf ihn zu und drehte ihm den Arm auf den Rücken.

»Was soll das?«

»Respekt, mein Freund, es geht um Respekt«, sagte Weitz.

»Ich wollte meinen Ausweis ...«

»Woher soll ich wissen, dass du Keks nicht eine Waffe herauszauberst? Ich bin nicht lebensmüde.«

»Eine Waffe?«

»Spiel nicht den Volltrottel. Leider hab' ich keine Zeit, mich verarschen zu lassen. Es geht um eine Mordermittlung. Und du willst sicher nicht den Kollateralschaden abgeben.«

Weitz griff in die Hosentasche des Malers und zog einen abgegriffenen Pass heraus.

»Holländer? Na schön, Mijnheer van Hall. Es könnte sein, dass mich die große Lust überkommt, mal ein Sondereinsatzkommando durch deine Bude zu schicken. Die Drogenfahndung ist ganz heiß auf Indoor-Pflanzungen. Vielleicht fällt mir auch auf, dass es hier keine vernünftigen Feuerlöscher gibt.«

Weitz ließ den Arm los.

»Heute, mein Freund, heute möchte ich mich nicht mehr verarschen lassen.«

Der Mann drehte sich vorsichtig zu Weitz um und nickte.

»Wo also ist Binkel?«

»Ich hab' keine Ahnung, hier war er jedenfalls schon seit einem Jahr nicht mehr. Er hat nicht mal sein Bild abgeholt, das in der letzten Ausstellung mit dabei war.«

»Wo ist das Bild?«

Joseph van Hall erhob demonstrativ die Hände und ging in den hinteren Teil der Etage. Hier war eine kleine Küche eingebaut, von der eine weitere Tür in eine Art Abstellkammer führte.

Weitz folgte van Hall und sah sich verwundert um. Den

größten Teil des Raums bevölkerten Schaufensterpuppen mit umgestalteten Gesichtern. Erschrocken, grinsend, geschmolzen, geschminkt und mit gebleckten Zähnen starrten sie Weitz an. Weitz spürte, dass von ihnen etwas Forderndes ausging.

Er sah sich einige Figuren von allen Seiten an. Gerade die groben Gesichtszüge, in denen immer wieder einzelne Details ausgearbeitet worden waren, kamen ihm irgendwie vertraut vor, dennoch verwirrten sie ihn.

»Nicht schlecht«, sagte er.

Van Hall blickt nur kurz hoch, durchsuchte dann ein Regal, auf dessen Ablagen Ölbilder in sehr rustikalen Rahmen lagen.

»Hier ist es«, sagte er und hielt es in seine Richtung.

»Rote Farbflecken und braune … ist das eines von Binkels Arschlochbildern?«, meinte Weitz.

»Keine Ahnung«, sagte van Hall. »Er hat es ›Engel 34‹ genannt.«

»Das passt«, sagte Weitz. »Der Racheengel.«

Warten. Eine halbe Stunde noch. Dann rasch die Tablette nehmen, und sie würde wieder vor dem Tunnel stehen. Eine halbe Stunde noch.

Sie wusste, er wartete bereits.

Sie strich mit der Handfläche ihre Bettdecke glatt. Vorsichtig streckte sie ihre Füße über die Bettkante, glitt hinaus und zog sich den Morgenmantel über. Barfuß ging sie zum Fenster und sah hinaus.

Die Nachmittagssonne färbte die Häuserwände in einen cremefarbenen Ton. Selbst die Straßenlampe vor ihrem Haus warf einen langen Schatten über die Dächer der parkenden Autos. Eine schläfrige Welt, eine ahnungslose, dumme und verspielte Welt. Eine Welt, in der andere ihre Herausforderungen und Abenteuer fanden, eine Welt voller Zweifel und schwankend. Immer schwankend.

Manchmal wünschte sie sich, dass sie diese Normalität noch einmal spüren könnte. Doch das verging. Sie lebte für den Abend, für ihre Verabredung. Warum durfte sie nicht für immer dort bleiben?

»Liebling, bist du da?«

Sie hörte, wie die Tür geöffnet wurde.

»Oh, ich wollte dich nicht stören. Magst du nichts essen?«, fragte er und deutete auf das Tablett mit den Broten, das immer noch unberührt auf dem Nachttisch stand.

»Später vielleicht. Wenn ich zurück bin.«

Sie wandte sich wieder dem Fenster zu. Ein Hund lief über den Fußweg und sah sich aufgeregt um.

Nein, sie würde sich nie nie wieder verirren. Sie wusste, wo er wartete, wusste, was und wie er es mochte. Ein wohliger Schauer lief ihren Rücken herunter. Sie dachte an seine Hand, die sich gleich auf ihre Brust legen würde. Und an ihren Hals. Seine kalte, seine kühlende Hand.

22.

Kriminaltechniker Riehm fing Mangold bereits am Fahrstuhl ab.

»Ihr seid euch klar, dass ihr da eine tickende Zeitbombe habt?«

Mangold blieb stehen und sah ihn überrascht an.

»Sienhaupt? Ich denke, er sucht neben den Verbindungen der Opfer untereinander nur seine Außerirdischen? Und solange er keine Webseiten attackiert ...«

»Das muss irgendwann auffallen.«

»Soll ich ihm den Stecker rausziehen?«, fragte Mangold.

»Das kann ich nicht sagen. Er sammelt äußerst sensible Daten.«

»Das heißt?«

»Große Geldtransfers. Und Dateien, die kopiert oder überschrieben wurden. Er vollzieht die Veränderungen im Internet nach und geht Schritte zurück, indem er auf die Sicherungskopien in geschützten Systemen zugreift.«

»Eine Verschwörungstheorie? Er versucht, Außerirdischen auf die Spur zu kommen, die unseren Datenverkehr verändern?«

»Er trinkt an der Tränke, an der sich auch die Löwen versammeln«, sagte Riehm.

»Wird das hier jetzt eine Tiersendung?«

»Die amerikanischen Geheimdienste sind genau dort bei der Arbeit. Mit unzähligen selbst lernenden Programmen und Zehntausenden von Spezialisten. Die müssen Sienhaupt entdecken, ich hoffe nur, dein Genie spielt nicht Star Wars.«

»Wenn er eine derartig große Keule schwingt, was fällt dabei für uns ab?«

»Seine Hilfsprogramme senden ihm weiter große Datenpakete, die dann regelrecht gesiebt werden.«

»Komm schon, was bleibt hängen?«

»Keine Ahnung«, sagte Riehm. »Es wird alles verschlüsselt. Es ist so, als hättest du fünf Millionen Rechenschritte vor dir und müsstest dann daraus im Kopf das Foto zusammenstellen, dem diese Daten zu Grunde liegen.«

»Aber was könnte die an Sienhaupt stören, die sind doch auf Terroristenjagd.«

»Die jagen alles, was ihnen auch nur im Entferntesten Informationen einbringen könnte. Technologietransfer, Liebesgeflüster zwischen bedeutenden Leuten. Du willst wissen, warum sie sich an Sienhaupt stoßen könnten? Die Macht, die pure Macht, mit einem Tastendruck weltweit das Licht auszuschalten.«

Sienhaupt wippte vergnügt auf seinem Knautschsessel und hielt eine Taschenlampe in die Höhe. Es knipste das Licht an, und es sah so aus, als wollte er statt Mangold ein Flugzeug einweisen. Dann gab er einen kehligen Laut von sich und vertiefte sich wieder in den Computerschirm.

Auch Tannen sah von seinem Schirm hoch.

»Besprechung?«, fragte er.

»Wo steckt der Rest?«

»In der Küche.«

Mangold drehte die Lichtstärke hoch und bat Tannen, Bescheid zu geben.

Eilig überflog er die Mails und Aktenvermerke auf seinem Schreibtisch, schob dann aber den Stapel zur Seite.

Hensen und Kaja kamen aus der Küche, nickten ihm zu und deuteten fragend auf den großen Konferenztisch. Mangold sagte: »In fünf Minuten. Kaja, kommen Sie bitte ganz kurz.«

Sie traten ein paar Schritte zur Seite.

»Und, haben Sie … ich meine, gibt es eine neue Nachricht von …«

Kaja Winterstein zögerte kurz und schüttelte den Kopf. »Nichts«, sagte sie und sah ihm dabei eine Spur zu lang in die Augen.

»Wirklich nicht?«

»Ich habe ihm eine Frage zurückgeschickt.«

»Sie versuchen, Kontakt aufzunehmen? Um Gottes willen. Welche Frage?«

»Die Hundefrage. Wie er es geschafft hat, die Hunde in dem Wohnwagenpark zu überlisten und das tote Mädchen dort abzulegen.«

Mangold nickte missbilligend und ging zum Konferenztisch. Nachdem er sich gesetzt hatte, fuhr er mit einem Knopfdruck den Bildschirm aus dem Tisch.

»Wollen Sie sich nicht dazusetzen?«, fragte Mangold, an Sienhaupt gewandt. Der Savant wippte kurz, dann erhob er sich und schleifte seinen Knautschsack zum Schreibtisch.

»Wollen Sie nicht lieber auf dem Stuhl … die Tischkante ist sehr hoch …«

Sienhaupt ließ sich nicht beirren. Obwohl sich sein Kinn nur knapp über der Tischkante befand, strahlte er in die Runde.

Mangold sagte: »Schön, wir haben eine Menge Arbeit vor uns, und ich möchte, dass wir mit klaren Aufgabenstellungen darangehen. Keiner von uns weiß, wie lang die Liste noch ist, die dieser Shakespeare-Killer abzuarbeiten gedenkt.«

In diesem Augenblick stürmte Weitz in das Büro. Sienhaupt erhob sich leicht von seinem Sitz und strahlte ihn an.

»'tschuldigung, aber ich bin dicht dran«, sagte Weitz.

»Wer zu spät kommt, darf gleich anfangen«, antwortete Mangold.

Weitz machte eine dramatische Pause und hob dann an:

»Binkel, der Bruder des ersten Opfers, kann 'ne Menge vorweisen. Vorstrafen von Betrug über Einbruch bis zur Vergewaltigung. Ist in Heimen aufgewachsen und nach seinem Vorstrafenregister und seiner Krankenakte …«

»Gut, dass Sie darauf zu sprechen kommen.« Mangold wühlte in seinem Stapel und zog einen Zettel hervor. »Ich hab' hier eine Mail von der Internen. Es liegt eine Anzeige von der Krankenhausgruppe St. Josephs-Stift vor, nach der Sie sich die Akte illegal beschafft haben sollen.«

»Gefahr im Verzug«, sagte Weitz. »Damit können wir ihn als wahrscheinlichen Täter …«

»Unsinn, mit derartigen Aktionen gefährden Sie unsere gesamte Ermittlungsarbeit.«

»Sie werden dir den Arsch aufreißen«, sagte Tannen. »Eine richterliche Anordnung kann man schließlich in drei Stunden auf dem Schreibtisch haben.«

»Wir haben keine Zeit«, sagte Weitz. »Wir schreiben Anträge, und der mordet einfach weiter.«

Mangold sah ihn wütend an und sagte:

»Sie werden sich künftig an die Regeln halten. Oder Sie werden wieder den Verkehr regeln.«

Weitz nickte, während Mangold fortfuhr: »Sie haben heute noch eine Verabredung mit der Internen. 16 Uhr. Pünktlich.«

Hensen begann Sienhaupt zu zeichnen, der mit aufgerissenen ungläubigen Augen über die Tischkante starrte.

Mangold wandte sich an Hensen und Tannen.

»Was ist mit diesem italienischen Tatortbild, bringt uns das weiter?«

»Keine Ahnung«, sagte Hensen. »Wir haben Sienhaupt gebeten, nach der Vorlage zu suchen.«

»Und?«, fragte Mangold an Sienhaupt gewandt.

»Er rückt es nicht raus«, sagte Tannen.

Weitz grinste seinem Partner zu.

Sienhaupt schob seine Brille zurück und sah zur Decke.

»So geht es nicht«, sagte Mangold. Doch Sienhaupt reagierte nicht mal mit einem Augenzucken.

»He, Partner, was ist los?«, sagte Weitz.

Sienhaupt kicherte plötzlich in sich hinein, sprang von dem Knautschsessel auf und hüpfte zu seinem Arbeitsplatz.

Als er zurückkam, hielt er ein Blatt vor seinen Pullover, den wahrscheinlich seine Schwester gestrickt hatte.

Feierlich legte er den Ausdruck verkehrt herum vor Weitz auf den Schreibtisch.

»Super, Partner, da wollen wir doch mal sehen«, sagte Weitz. Tannen warf einen Blick zur Decke, als erflehe er höheren Beistand.

»Vela ... Vell ...«, sagte Weitz.

Hensen nahm das Blatt und besah sich das Bild, das Sienhaupt ausgedruckt hatte.

»Velázquez, spanischer Barockmaler.«

Er drehte das Blatt und sagte: »Es stimmt, und es stimmt auch wieder nicht.«

»Wirch wird uns kreuzigen«, sagte Mangold. »Bitte, bitte, nicht noch mehr Orakel.«

»Wichtige gestaltete Details tauchen nicht auf.«

»Zum Beispiel.«

»Velázquez zeigt einen mürrisch und brav angezogenen Papst, der den Betrachter ansieht. Wir haben einen Papst mit aufgerissenen Augen, aufgerissenem Mund und einem gelben Band, das seinen Sitz umspannt ...«

»Und die Farben stimmen nicht«, sagte Tannen, der über Hensens Arm hinweg das Bild in Augenschein nahm. »Bisher hat er sich Mühe gegeben.«

»Sollte der Sohn des Priesters der Täter sein, dann war er womöglich in Eile. Oder aufgeregt«, warf Kaja ein.

Hensen blätterte in seinem Skizzenblock zurück, bis er die Tatortzeichnung aus Florenz fand.

»Warum dann dieses gelbe Absperrband um den Leichnam? Und der aufgerissene Mund? Außerdem passen die Initialen F und B nicht dazu.«

Peter Sienhaupt sah betrübt auf den Ausdruck mit dem Velázquez-Gemälde, das Hensen an Mangold weiterreichte.

»Papst Innozenz ... Papst Unschuld«, sagte Hensen.

Kaja räusperte sich und sagte:

»Wenn einer seinen Priestervater umbringt, könnte das passen. Auch der Spruch ›Gib uns Frieden‹, der in seinen Oberschenkel geritzt war, spricht für eine späte Abrechnung.«

Tannen rief in seinem Notebook den Mediaplayer auf.

»Ich hab' mit der Notebook-Kamera ein Video gemacht«, sagte Tannen und drehte den Bildschirm zu Mangold. »Dieses Bild ist wirklich zu harmlos.«

Als Mangold die Aufzeichnung vom Tatort sah, verzog er angeekelt das Gesicht.

»Wie kann man so etwas tun?«, sagte er.

Interessiert sah sich Sienhaupt das Video an und trommelte dazu nervös auf die Tischplatte.

Der Savant hievte sich aus dem Knautschsessel und zog das Notebook zu sich heran. Tannen wollte protestieren, doch Mangold hielt ihn zurück.

Kurz ließ Sienhaupt beide Hände über die Tastatur schweben, dann begann er etwas einzugeben.

»Er tippt mit zehn Fingern«, raunte Kaja. »Dafür, dass er erst vor ein paar Monaten seinen ersten Computer in die Hand bekommen hat ... unglaublich!«

Ohne seine Tipperei zu unterbrechen, sah Sienhaupt sie freundlich lächelnd an und konzentrierte sich dann wieder auf die Tastatur.

Sienhaupt bewegte seine Finger mit atemraubender Geschwindigkeit. Plötzlich hielt er inne, wog den Kopf hin und her und gab mit Hilfe von Sonderzeichen eine Formel ein.

»Was soll das?«, fragte Mangold Tannen, der hinter den Autisten getreten war.

»So genau weiß ich das nicht. Er hat ein Bild mit der Leiche gescannt, daraus eine Formel berechnet, und die schickt er jetzt durch die Quelltextdateien.«

»Erklären Sie es mir später«, sagte Mangold.

Mangold konnte erkennen, wie Hensen in sich hineingrinste. Die Brille rutschte Sienhaupt von der Nase, und Schweiß perlte über seine Stirn. Kein Zweifel, er war hoch konzentriert.

»Jetzt erweitert er die Bild-Datenbanken, durch die seine Formel läuft«, sagte Tannen. »Er wandelt alles in mathematische Gleichungen um.«

»Mein Partner ist eben ein gründlicher Mensch«, sagte Weitz.

Tannen wollte etwas erwidern, doch Mangold unterbrach ihn.

»Wie lange wird das dauern?«

»Schwer zu sagen, kommt drauf an, welche Rechnerressourcen er durch das Netz jagt …«

»Er arbeitet wieder mit irgendwelchen Rechenzentren?«

»Da müssen Milliarden von Dateien durchforstet werden«, sagte Tannen.

Ein Lächeln huschte über Sienhaupts Gesicht. Interessiert betrachtete er, was er dort vor sich auf dem Bildschirm sah, und heulte kurz auf. Dann stieß er Tannens Notebook von sich weg.

Hensen reckte den Hals und sagte: »Darauf hätte ich auch kommen können. Francis Bacon, irischer Maler.«

Mangold hatte selten ein so furchteinflößendes Bild gesehen.

Der Papst war mit einem weißen Rock und einem lila Überwurf bekleidet, der Mund qualvoll aufgerissen. Eine Gestalt, die durch einen schwarzen Vorhang in ihre Welt blickte. Sein Stuhl war mit gelben Seilen umspannt.

»Bacon war nicht gerade ein Freund der Päpste«, sagte Hensen.

»Amputierte Glieder, Deformationen, oft wurden die Personen auf seinen Bildern in Käfige oder Aquarien gepfercht.«

»Da hat sich Binkel ja genau das richtige Vorbild ausgesucht«, sagte Weitz. »Das passt doch vollkommen. Der hat sogar entstellte Kinder gemalt. Chef, wenn Sie mich fragen …«

»Aber wie kommt der mal eben nach Florenz, häh?«, sagte Tannen zu Weitz. »Wenn er gleich mehrere Tage verschwunden gewesen wäre, dann müsste das im Krankenhaus aufgefallen sein!«

»Vielleicht hat er sich vertreten lassen, von seinem Kumpel Nicolai. Und weil der das nicht für sich behalten wollte …«

»Unsinn«, sagte Mangold. »Trotzdem brauchen wir ihn schnellstens hier im Präsidium.«

»Ich hänge ihm schon an den Fersen«, sagte Weitz. »Vielleicht sollte ich mich gleich …«

»Sie haben vorher eine Besprechung mit der Internen. Glauben Sie nicht, dass ich Ihnen ein Entschuldigungskärtchen schreibe«, sagte Mangold.

Tannen rief auf seinem Notebook die Wikipedia-Seite auf.

»Passt alles. Francis Bacon. Als Sohn britischer Eltern in Dublin geboren, erlebt früh Gewalt, wird vergewaltigt. Der Vater erwischt den Sohn, als er die Dessous seiner Mutter anprobiert …«

»O Gott«, sagte Weitz. »Und die Bilder von so einer Schwulette hängen in Museen und sind unbezahlbar.«

Mangolds eisiger Blick brachte ihn zum Schweigen.

Tannen fuhr fort: »Zwischen 1942 und 1943 zerstört er seine Bilder fast vollständig.«

»Und er war spielsüchtig, malte immer wieder religiöse Themen, obwohl er immer behauptete, nichts mit Religion zu tun zu haben«, ergänzte Hensen. »Verkrüppelte Körper, bluttriefende Fleischmassen und Verstümmlungen. Für das Innozenz-Bild hat er sich tatsächlich den Velázquez als Vorlage ausgesucht.«

»1992 gestorben«, sagte Tannen.

»Diese Künstlerspur müssen wir unbedingt weiterverfolgen«, sagte Mangold. »Was ist mit dem Sohn des Priesters?«

Kaja fasste ihre Sylter Recherchen zusammen. »Da war niemand begeistert von meinen Nachfragen, obwohl die Insulaner wohl eher Mitleid mit dem Priester hatten.«

»Wo der Sohn geblieben ist, weiß niemand. Seine damalige Lebenspartnerin hat in Westerland eine Schwester, mit der sie sich wohl ab und zu schreibt«, sagte Tannen.

»Und die Identität des Sohnes?«, sagte Mangold und nickte in Richtung Tannen.

»Fehlanzeige. Ist in den 1980er Jahren angeblich nach Südamerika ausgewandert.«

»Das heißt, jeder könnte es sein. Jemand mit einer neuen Identität.«

»Wenn er gute Papiere hat.«

Kaja klopfte mit ihrem Bleistift auf ihren Block.

»Die Mutter könnte uns weiterhelfen, ich habe ihre Adresse. Wohnt in einem Damenstift in den Niederlanden. Ehemaliges Kloster.«

»Gut«, sagte Mangold, »Wäre schön, wenn Sie da mal anklopfen und vorsichtig nachfragen. Bei unserem Glück ist die Frau allerdings dement.«

Kaja zog ratlos die Schultern hoch.

»Notfalls bringe ich ein Kilo Lakritz mit, damit sich die Dienstreise lohnt.«

»Gute Idee«, sagt Hensen und widmete sich wieder seiner Zeichnung.

Sienhaupt schnaufte kurz und verschränkte die Arme vor der Brust.

»Ja, wir haben auch ein paar Aufgaben für Sie«, sagte Mangold.

Der Savant erhob sich von seinem Sessel und stapfte zu seinem Platz. Er kehrte mit einem Aktenordner zurück und ließ ihn demonstrativ auf den Tisch fallen.

Weitz öffnete den Deckel und stöhnte auf: »Nicht schon wieder Beuys. Bitte nicht.«

Sienhaupt nahm den Ordner und schob ihn sich unter

den Pullover, dann zog er seinen Knautschsack zurück an seinen Platz.

Warum nur war seine Schwester nicht in der Nähe, dachte Mangold. Sie hätte helfen können, ihrem Bruder klarzumachen, dass Joseph Beuys in die falsche Richtung führte.

Als hätte Kaja seine Gedanken erraten, sagte sie:

»Wohnung. Sienhaupts Schwester sucht eine Wohnung in Hamburg.«

Mangold spürte förmlich den Schlag in seine Magengrube. Wie sollte das gehen? Das hatte etwas mit Verantwortung zu tun. Das hier war keine Lebensanstellung. Sicher, sie hatten ihm viel zu verdanken. Ohne ihn würde Travenhorst noch immer sein Unwesen treiben, aber was, wenn Wirch es sich anders überlegte und diese Sonderkommission auflöste? Was, wenn sie im aktuellen Fall versagten?

»Kaja, darüber reden wir später«, sagte Mangold. »Jetzt müssen wir Ordnung in unseren Fall bekommen. Und das bedeutet eine Menge Arbeit. Tannen, Sie fahren nach Berlin und graben weiter Informationen zu Tanja Binkel aus. Sie war das erste Opfer. Und in der Regel zeigt das erste Opfer auch die Motive. Besonders interessiert mich, warum die Frau ihre Unterlagen und ihr Tagebuch in der Badewannenumkleidung versteckt hat. Warum gibt es nichts in unseren Datenbanken, schließlich war die Frau als rechtliche Beraterin unterwegs? Die muss doch mal Akten angefordert haben, bei Prozessen aufgetaucht sein. Ich möchte keine weißen Flecken mehr. Sie ist das erste Opfer, und genau sie passt nicht in das Bild, das die anderen Opfer ergeben.«

Tannen nickte und machte sich eine Notiz. Mangold wandte sich dem Journalisten zu.

»Hensen, du suchst nach der Gemeinsamkeit. Nach dem, was die Opfer verbindet. Wie und wo hängen die Heim-

und Pflegegeschichten miteinander zusammen? Achte auf alles, was auch nur entfernt nach einer Verbindung oder einem Motiv riecht. Pflüge die Zeitungsarchive durch, hack dich mit Sienhaupt in die Krankenkassen ein …«

»Und ich kriege Ärger, weil ich mir für ein paar Stunden eine Krankenakte ausgeliehen habe, oder was?«, sagte Weitz.

»Sie sind Beamter«, sagte Mangold. »Und Sie haben sich erwischen lassen.«

»Was machen wir mit dem toten Nicolai?«, fragte Kaja.

»Richtig«, sagte Mangold. »Der passt nicht in die Reihe der Opfer. Und dennoch wurde er getötet, weil er mit diesem Fall zu tun hat. Möglich, dass er dem Täter gefährlich geworden ist.«

»Binkel«, sagte Weitz.

Mangolds Stimme war schneidend, als er sagte: »Ihre voreiligen Schlussfolgerungen bringen uns nicht weiter. Wir müssen jetzt alle Spuren verfolgen. Und vor allem müssen wir Druck machen.«

»Und was ist mit dieser Beuysverbindung? Nicolai und Binkel hatten mit dem Künstler zu tun, ich glaube nicht, dass wir die Recherchen Sienhaupts so einfach ausklammern sollten«, sagte Hensen.

»Beuys! Das fußt doch nur auf dieser bescheuerten Phantomzeichnung, die nach den Aussagen unseres toten Zeugen aus Niendorf angefertigt wurde«, protestierte Weitz.

»Darum kümmere ich mich«, sagte Mangold. »Ich möchte jetzt mehr Abstimmung, Herumstocherei bringt uns nicht weiter.«

»Genau«, sagte Hensen und zog aus einer neben seinem Stuhl stehenden Plastiktüte einen bronzenen Buddha, der ein Schwert in die Höhe streckte.

»Ist das jetzt die Buddha-Polizei oder was?«, fragte Weitz.

»Genau«, sagte Hensen. »Das ist der Buddha-Manjushri, und er schwingt das Schwert der Erkenntnis. Alle unnötigen Gedanken durchtrennen, sich auf das Wesentliche konzentrieren …«

»Ich denke, Buddhisten essen kein Fleisch, sind für den Frieden und den ganzen Scheiß …«

»Ja?«

»Und dann ein Schwert?«, fragte Weitz.

Hensen nickte.

»Mit dem Schwert kann ich Ihnen – zack – die Zunge abschneiden.«

»Wie soll das gehen?«, sagte Weitz grinsend.

»Wissen Sie, Weitz«, sagte Hensen. »Ich halte Sie für schwul. Für eine Closed Queen, die damit nicht raus will.«

Weitz sprang wütend auf, und sein Stuhl fiel polternd nach hinten. Seine Augen quollen hervor.

»Stopp, das war nur ein Scherz«, sagte Hensen. »Aber sehen Sie, ich habe Ihnen die Zunge herausgeschnitten. Sie haben kein einziges Wort gesagt.«

In diesem Augenblick trat Sienhaupt an den Schreibtisch und sah Hensen böse an.

Ärgerlich warf er ihm einen Packen Papier auf den Tisch.

»Spasti, nicht schon wieder Beuys«, herrschte Weitz den Autisten an.

Hensen zog den Aktendeckel zu sich heran und schlug ihn auf. Dann stieß er einen Pfiff aus. Er hielt einen Fotoausdruck in die Höhe. Mit dem Zeigefinger tippte er auf einen vollbärtigen Mann, der mit einem grauen Anzug bekleidet inmitten der Kinder stand.

»Carolus«, sagte Hensen. »Oder besser Arnfried Müller,

wie er damals noch hieß. Er hat in einem Heim Kinder unterrichtet.«

Kaja nickte und wollte gerade etwas sagen, als ihr Handy den Eingang einer SMS-Nachricht signalisierte. Sie las die Nachricht, und Mangold konnte deutlich erkennen, wie ihr Gesicht plötzlich eine grünliche Farbe annahm. Sie reichte das Handy wortlos an Mangold weiter:

»Frisches Kaninchenfleisch und Wolfsduftmarken, die man sich in einem Zoogehege besorgen kann. Wachhunde haben großen Respekt davor. Instinkte. Bei uns Menschen herrscht die Liebe. Kaja, das Kind … Ich will es.«

23.

Clemens Carolus drückte die rechte Handfläche gegen das Jackett und prüfte, ob die Pistole sicher saß. In nicht ganz einer Stunde war der Spuk vorbei. Endlich.

Mit ein wenig Glück ergab sich die Gelegenheit, diesem Verrückten klarzumachen, was der ihm eigentlich zu verdanken hatte. Wie sein verfluchtes Leben ohne ihn verlaufen wäre. Und dass auch Feindbilder und Autoritäten, gegen die man eben aufbegehren musste, einen Charakter stärker machten. Das gehörte zur Entwicklung einer gesunden Persönlichkeit.

Carolus nippte an der Tasse mit erkaltetem Kaffee und versuchte, seinen Atem unter Kontrolle zu bringen.

Vor ihm lag die ausgedruckte E-Mail. Der Mann hatte ein Treffen vorgeschlagen. Angeblich, um »unausgesprochene Dinge ins Lot zu bringen«. So hatte er sich ausgedrückt: ins Lot zu bringen! Ja, in gewisser Weise freute er sich darauf, diesem Mann in die Augen sehen zu können. Nach all den Jahren.

Alles war vorbereitet. Seine Leute bezogen in diesen Minuten ihre Positionen. Der Mann, der anscheinend immer die anderen für sein Versagen verantwortlich machte, hatte ausgerechnet den Alten Elbtunnel für ihr Treffen vorgeschlagen. Umso besser. Zwei Röhren, zwei Wege.

Carolus dachte an die Kinder, die er damals zu achtbaren

Menschen geformt hatte. Trotz des miesen Materials war aus einigen doch tatsächlich etwas geworden. Unter dem Strich rechtfertigte das seine etwas – nun – härtere Gangart, so konnte man es nennen.

Besonders, wenn sie aus verlotterten Elternhäusern stammten, war eine starke Hand mehr als gerechtfertigt gewesen. Man musste eine Basis für das Miteinander schaffen, und Angst war ein Treibmittel. Angst half, sie wieder auf Null zu drehen und langsam mit brauchbaren Werten wieder aufzubauen.

Nur wer mit seinem Selbstwertgefühl und seinen kriminellen Instinkten auf Null war, konnte wieder zu einem achtbaren Mitglied der Gesellschaft erzogen werden.

Die allerorten grassierende Brutalität von Jugendlichen zeigte doch, dass all die schön formulierten sozialpädagogischen Ansätze letztlich versagt hatten.

Manchmal waren auch ihm die Bestrafungen an die Nieren gegangen, aber nie hatte er daran gezweifelt, den Kindern damit zu einer echten Chance zu verhelfen.

Harte Zeiten erforderten harte Methoden. Und gegen Verstocktheit war ein Kraut gewachsen.

Er sah hinüber zu der Kiste, die er in sein Bücherregal gestellt hatte. Dankesbriefe. Ja, einige hatten ihm im Erwachsenenalter gedankt. Die Liebe zu den Menschen zeigte sich eben nicht immer mit einem Lächeln auf dem Gesicht.

Schade, dass er wohl keine Zeit finden würde, diesem durchgedrehten Schüler die andere Seite der Medaille zu zeigen.

Warum hatte er sich ausgerechnet den Alten Elbtunnel als Treffpunkt ausgedacht? Gut möglich, dass er sich erst zu erkennen geben wollte, wenn sie in der Röhre standen. In dem Glauben, einen überschaubaren Fluchtweg zu haben.

Ein Blind Date unter der Elbe. Schade, dass er das niemandem würde erzählen können.

Sicher wusste er nicht, wie er heute hieß. Schließlich hatte er sich mit der E-Mail-Adresse von Arnfried Müller gemeldet.

Nein, dieser Binkel war noch nie der Hellste gewesen. Seine Mitschüler hatten ihn damals unter die Dusche tragen müssen. Wasserscheu. Aber das hatte er ihm gründlich ausgetrieben. Carolus dachte an die mit abgestandenem Wasser gefüllte Viehtränke, die auf der Wiese hinter dem Heim gestanden hatte.

Andererseits, wie er bei seinen Morden vorgegangen war und mit welchen Tricks er sich ein Alibi beschafft haben musste ... alle Achtung!

Ja, auch er, Carolus, war ausgeschlafen.

Er nahm das Handy vom Tisch und wählte die Nummer.

»Wie weit sind Sie mit den Vorbereitungen?«, fragte Carolus.

»Wir sind einsatzbereit. Nur einer vom Tunnelpersonal hat wegen einer Dienstanweisung bei einem Vorgesetzten nachgefragt. Besonders, dass wir uns ihre Uniformen ausgeliehen haben, hat ihnen so gar nicht gefallen.«

»Sehr gut. Sie sind bei der Legende einer geheimdienstlichen Angelegenheit geblieben?«

Der Mann am anderen Ende der Leitung machte eine kurze Pause und sagte dann: »Ich habe die Worte ›Nationale Sicherheit‹ und ›Terrorprävention‹ benutzt. Die waren froh, dass sie hier rausdurften.«

»Wie viele Leute haben Sie da unten?«

»Vier in der Zentrale, an jedem Eingang zwei Mann und an der anderen Tunnelröhre auch jeweils zwei.«

»Sehr gut. Technik?«

»Komplette Kameraüberwachung und Richtmikrofone.«

»Die Aufnahmen gehen an mich. Und nur an mich.«

»Verstanden.«

»Was immer Sie aufnehmen, Sie werden das umgehend vergessen, haben wir uns verstanden?«

»Selbstverständlich«, sagte die Stimme.

»Angelus sanguinis...«

»Bitte?«

»Schon gut, ich werde exakt vier Minuten vor dem vereinbarten Termin mit dem Fahrstuhl hinunterfahren.«

Carolus legte den Hörer auf.

»Flieg herbei, blutroter Engel, ich erwarte dich«, flüsterte er und lächelte.

Plötzlich spürte er Metall an seiner Stirn.

»Hier bin ich«, sagte der Mann, der neben ihm stand.

Carolus hob den Blick.

»Sie?«, sagte er ungläubig und noch einmal: »Sie sind das?«

24.

Kaja Winterstein stoppte den Wagen an einem Kanal und sah auf die Karte. Das zu einem Damenstift umgewandelte holländische Kloster musste ganz in der Nähe sein.

Auf dem Kanal, der parallel zur Straße verlief, dümpelten sechs Hausboote vor sich hin. Auf einem hatten es sich die Bewohner in Liegestühlen mitten auf dem Deck bequem gemacht. Gleich auf dem Kahn dahinter lackierte ein Mann ein Ruderblatt. Sein nackter Oberkörper war sehnig, die Shorts mit Farbflecken übersät.

Holländische Sonntagsidylle. Und zu der gehörte auch das mit Kühen bevölkerte platte Land. Die Wege zwischen den Wiesen ähnelten einem asphaltierten Gitternetz.

Vereinzelt sah sie Radfahrer und vorbeirasende Inlineskater.

Sie hatte gehofft, in diesem Ort ein Hinweisschild zu finden, denn auf ihrer Karte war das Kloster nicht verzeichnet. Notfalls musste sie eben eine Tankstelle suchen, um sich eine bessere Karte der Umgebung zu kaufen.

Was, wenn die ehemalige Geliebte des Priesters unter Demenz litt? Oder sich weigerte, über diese für sie so verhängnisvolle Affäre zu reden? Und wusste sie, wo ihr Sohn zu finden war und wie er jetzt hieß?

Sie stieg aus dem Wagen und sah sich nach jemandem um, den sie nach dem Weg hätte fragen können, doch die Dorfstraße war verwaist.

Kaja zündete sich eine Zigarette an und lehnte sich gegen den Wagen. Der Geruch nach Kuhmist und frisch gemähtem Gras war trotz des Tabakrauchs unverkennbar. Ein älterer Mann mit einem Strohhut radelte an ihr vorbei und grüßte freundlich.

»Entschuldigen Sie«, sagte sie. »Sprechen Sie Deutsch?«

Der Mann bremste sein Fahrrad und sagte:

»Een beetje.«

»Ich suche das Kloster Serveen.«

Der Mann sagte nichts, sondern streckte seinen Arm aus.

Irritiert folgte Kaja Winterstein der Richtung. Vor einer mit Knöterich bewachsenen Häuserecke entdeckte sie das umrankte Schild mit dem Namen des Klosters.

»Das ist mir jetzt aber peinlich«, sagte sie.

»Och«, sagte der Mann. »Dat is geen Unfall.«

Er stieg wieder auf sein Damenrad, schob seinen Strohhut grüßend in die Höhe und trat mit ganzem Körpergewicht in die Pedale.

Das Kloster, dessen älteste Gebäudeteile aus dem 12. Jahrhundert stammen sollten, war eine liebevoll restaurierte Ansammlung miteinander verbundener Gebäude, umschlossen von einer Steinmauer.

Ein gepflasterter und überbauter Gang führte in den Innenhof. Efeu kletterte das Mauerwerk hinauf und umrankte die kleinen Fenster, die mit ihrem dicken Glas ein wenig kurzsichtig wirkten. Aus dem Internet wusste Kaja Winterstein, dass hier Benediktinerinnen jahrhundertelang ihr »Ora et labora«, ihr »Bete und arbeite« gelebt hatten. In der Früh aufstehen, dann erste Morgengebete, danach das Land bearbeiten, Wäsche waschen, Essen kochen, den Kräutergarten pflegen und dann die Stickarbeit, Weißstickerei, für die dieses Kloster einst berühmt war.

Ein kleines Schild wies den Weg zum Klostercafé. Wegen der geringen Deckenhöhe zog Kaja Winterstein den Kopf ein.

Sofort erhob sich eine etwa 60-jährige Frau von ihrem Stuhl und sah sie aufmunternd an.

»Einen Kaffee?«, sagte sie. »Oder doch lieber einen kleinen Genever? Sie werden nirgendwo sonst einen vergleichbaren finden. Wir brennen selbst.«

Während sie das sagte, zwinkerte sie Kaja zu und deutete auf eine Batterie von Schnapsflaschen.

»Tut mir leid, ich muss noch fahren«, sagte Kaja.

Die Frau machte ein mitleidiges Gesicht.

»Einer wird nicht schaden«, entschied sie und füllte ein Glas.

Wie eine gestrenge Lehrerin stand sie vor Kaja und war tete darauf, dass sie zum Schnaps griff.

»Eigentlich bin ich auf der Suche nach Frau Eilers.«

»Da werden Sie sich noch etwas gedulden müssen, die gute Rose hält gerade ihren Mittagsschlaf.«

Kaja Winterstein kippte den Genever herunter. Er kratzte leicht im Hals, hinterließ dann aber einen angenehmen Salbeigeschmack.

»Und?«, sagte die Frau. »Das ist ein Geheimrezept. Zusammengebraut mit *Inkridenschien* aus unserem Kräutergarten. Ein geistiges Getränk.« Sie lachte.

Kaja erinnerte der Schnaps an einen Hustensaft, den sie als Kind getrunken hatte. Sie stellte das Glas auf den kleinen Tresen, und die Stiftsdame schenkte sofort nach. Kaja protestierte, doch die Dame verkündete: »So richtig schmeckt man den erst beim zweiten Glas. Sie werden sehen.«

Sie stellte sich als Trude van Steen vor. Ja, sie habe heute Dienst, und wenn Kaja Lust habe, könne sie mit ihr eine kleine Besichtigung »veranstalten«, bis Rose »wieder fit« sei.

»Sie ist doch gesund?«

»Munter wie ein junges Walross«, sagte Trude van Steen und begann laut zu kichern. »Liegt an unserem Genever.«

Sie führte Kaja Winterstein durch den Kreuzgang, dessen Fenster die Namen längst verstorbener Äbtissinnen zeigten. An den Wänden lehnten uralte ausgewaschene Grabsteine, die man ins Trockene geschafft hatte.

In einer Vitrine waren Tücher aus dem 14. Jahrhundert ausgestellt. Hineingestickt hatten die Nonnen biblische Szenen wie Geburt, Kreuzigung oder Auferstehung von Jesus Christus oder Episoden aus dem Leben der Apostel.

»Sehen Sie das Schaf mit dem brennenden Schwanz?«

Kaja nickte.

»Das ist *sejxjuell*. Mit einigen ist die Fantasie durchgegangen.«

Dann überlegte die Stiftsdame ein paar Sekunden und wandte sich mit bestürztem Gesicht Kaja zu.

»Oder glauben Sie, die hatten damals schon Cannabis?«

Neckisch schlug sie die Hand vor den Mund.

»Ich würde mir bei dieser Stickerei die Finger abbrechen«, sagte Trude van Steen. Plötzlich dröhnte »Hells Bells« von ACDC aus der Tasche ihres Kostüms.

»Oh«, sagte sie verschmitzt. Sie zog ein Handy heraus und wandte sich mit einer entschuldigenden Geste zur Seite.

Sie sprach Holländisch, beendete das Gespräch rasch und sah Kaja bekümmert an.

»Ein Problem in der Verwaltung. Unsere alte Ingrid hat wohl wieder den Computer umgebracht.«

Ja, da sei »Holland in Not«. Kaja Winterstein solle sich

nur überall in Ruhe umsehen. Alle Türen seien offen. Dann huschte sie auch schon den Kreuzgang entlang.

An einem plätschernden Brunnen vorbei ging Kaja in das mittelalterliche Refektorium, den Speisesaal des Klosters.

Hier standen immer noch die langen Tische, an denen die Nonnen gemeinsam gegessen und gearbeitet hatten. An der Stirnseite waren Schränke angebaut, in denen sie ihre Essensutensilien verstaut hatten.

Die Wände waren mit leuchtenden Brauntönen bemalt und erinnerten Kaja an mittelalterliche Flaggenmuster.

Eine Treppe führte zu den Schlafräumen. Die holzverkleideten Decken erweckten den Eindruck, man befände sich im Innern eines gewaltigen Sarges. Ein Eindruck, der durchaus gewollt sei, denn die Nonnen hatten stets auch an den Tod zu denken – so erläuterte es jedenfalls ein kleines Informationsblatt in deutscher und englischer Sprache.

Die Kammern der Nonnen wiesen erstaunliche Unterschiede auf. Einige zeigten geradezu märchenhafte und lieblich anmutende Landschaften an den Wänden. Bemalte Leinwände, die mancher Nonne einen sehnsüchtigen Seufzer entlockt haben mochten. Neben den Türen befanden sich quadratische Sprechgitter.

Die Räume waren zugig und kahl. Die Fenster der Zellen gaben den Blick auf den Innenhof und auf den dort angelegten Klosterfriedhof frei.

Kaja stieg die schmale Treppe zum Nonnenchor hinauf, der genau gegenüber dem Altar der kleinen Kirche lag. Der Geruch nach Weihrauch und altem Holz schlug ihr entgegen.

Im Dämmerlicht entdeckte sie auf der Lehne eines der mächtigen Holzsitze, die den Nonnen vorbehalten waren, den blassen und reglosen Arm einer Frau. Kaja wich zurück.

Die Frau beugte sich sehr langsam nach vorn und musterte die Profilerin. Ihre blasse Gesichtsfarbe, die roten Haare und der Pagenschnitt gaben ihr ein puppenhaftes, entrücktes Aussehen.

»Sie suchen mich?«, fragte sie mit starrem Blick.

»Frau Eilers?«

Die Frau antwortete nicht, sondern sah sie weiter ausdruckslos an.

»Es tut mir leid, wenn ich Sie störe ...«

Die Frau erhob sich, machte ein paar Schritte in Richtung Holztreppe und drehte sich noch einmal kurz um. Kaja verstand das als Aufforderung, ihr zu folgen. Sie trug rosafarbene Turnschuhe und hielt sich auffallend gerade.

Die Haltung einer Balletttänzerin, dachte Kaja.

Auf dem Innenhof deutete die Frau mit einer langsamen Armbewegung an, in welche Richtung sie gehen mussten.

Seitlich der alten Backsteinmauern standen langgestreckte Häuser mit mehreren Eingängen. Die Gebäude mussten vor 200 Jahren gemauert worden sein.

Sie öffnete die Tür des dritten Eingangs und forderte Kaja mit einladendem Blick auf, ihr zu folgen.

Die Decken waren tief heruntergezogen, der Flur bot allenfalls Platz für zwei Personen.

Das Wohnzimmer war mit zwei Sesseln, einer kleinen Couch, einem Tisch und einem Fernseher vollkommen zugestellt. Neben dem Sessel, auf den sie rutschte, stand eine alte Stehlampe, daneben ein Korb mit Handarbeitszeug.

An der Wand hing hinter Glas ein modernes Bild, das Maria mit Kind darstellte.

Die Frau beugte sich leicht vor und sagte:

»Sie möchten mich sprechen?«

Ihre Stimme klang holprig, ungeübt.

»Es geht um Ihren Sohn«, sagte die Profilerin.

Das kurze Lächeln auf ihrem Gesicht wurde sofort von einer Sorgenfalte auf der Stirn abgelöst.

»Ja?«

»Wissen Sie, wir müssten ihn sprechen.«

»Ich habe schon lange nichts mehr von ihm gehört.«

»Trägt er den gleichen Familiennamen wie Sie?«

»Ich weiß es nicht. Vielleicht hat er geheiratet und den Namen seiner Frau … also das geht heute ja.«

»Keine Postkarte oder ein Brief?«, fragt Kaja Winterstein.

Die Frau sah auf den Boden. Langsam zog sie ihre Füße zurück.

»Wenn die Kinder aus dem Haus sind … Sie wissen, wie das ist.«

»Lebt er denn in Deutschland oder in Argentinien? Sie sind doch nach Argentinien ausgewandert, damals.«

»Ja, Argentinien.«

»Könnte Ihr Sohn …«

Unvermittelt sah sie Kaja an.

»Aber ich weiß es doch nicht«, sagte sie.

Kaja zwang sich, ruhig auszuatmen. Die Enge des Zimmers machte ihr ebenso zu schaffen wie diese Frau mit ihrem eingefrorenen Gesichtsausdruck. Ein Gesicht wie aus Porzellan.

»Wissen Sie, ich bin Psychologin, Sie wissen doch, was eine Psychologin ist?«

Die Frau nickte.

»Und deshalb möchte ich Sie fragen, wie das Verhältnis zwischen Ihrem Sohn und seinem Vater so war.«

»Ihrem Sohn und seinem Vater«, wiederholte sie. Die Augen brachen, und dann machte sie den Eindruck, als hätte sie in der Ferne irgendetwas entdeckt. Ihr Blick kehrte zu Kaja zurück.

»Darüber rede ich nicht«, sagte sie.

Nein, dachte Kaja Winterstein, darüber würde sie nicht reden. Unter keinen Umständen. »Sie sticken?«, fragte Kaja und deutete auf den Korb neben der Stehlampe. »Meine Mutter hat mir das leider nie beigebracht.«

»Ach, das ist nichts. Es ist immer das gleiche Motiv. Und man braucht nur drei Farben.«

Sie griff zu dem Stickrahmen und reichte ihn der Profilerin.

»Rot, Blau, Weiß«, sagte Kaja. War nicht das Geschenkband, mit dem die Fesseln der ermordeten Rentnerin in München an den Oberschenkel gebunden wurden, genau in diesen Farben gehalten?

»Warum ausgerechnet Rot, Blau und Weiß?«

Mit einer zeitlupenartigen Bewegung deutete sie auf das gerahmte Marienbild an der Wand.

»Ich sticke das Bild da ab.«

»Also keine besondere Bedeutung?«

»Maria wird immer in Blau, Weiß und Rot dargestellt.«

»Immer?«

»Blau bedeutet Ruhe und Treue und Tradition. Das lernt man beim Kommunionsunterricht.«

»Und Rot?«

»Blut und Feuer und das Leiden Christi und all der Menschen, die den Märtyrertod gestorben sind.«

Kaja dachte an den weißen und mit Dreckspritzern besudelten Rock des Priesters, der vor vielen Jahren der Lebensgefährte der Frau vor ihr gewesen war.

»Ja, Weiß ist die Unschuld und das Licht der Erleuchtung.«

»Dann verstehe ich nicht, warum die Priester im Alltag Schwarz tragen. Sie tragen doch Schwarz?«, sagte Kaja.

»Das weiß ich auch nicht. Schwarz ist das Chaos, das Nichts.«

»Und warum kopieren Sie ausgerechnet das Bild dort? Was ist daran so besonders, es sieht, nun ja … ein wenig modern aus.«

Zum ersten Mal zeigte sie jetzt ein offenes Lächeln.

»Ich habe Hunderte von Deckchen mit dem Motiv bestickt. Wir verkaufen sie im Café.«

»Ja, aber …«

»Das hat Thomas gemalt.«

»Ihr Sohn?«

»Er war so hin- und hergerissen. Schon als Kind. Hat seinen Vater so verehrt. Wollte Priester werden und dann wieder Maler … wie das so ist bei Kindern.«

»Es tut mir sehr leid«, sagte Kaja Winterstein, »aber ich muss Sie das fragen: War Ihr Sohn im Heim?«

Rose Eilers ruckte den Kopf nach oben und sah sie mit aufgerissenen Augen an.

»Heim?«, fragte sie. »Heim?«

»Vielleicht nur ein paar Monate, als Kind? Oder in einer Erziehungseinrichtung?«

Die Frau sah sie entsetzt an.

»Um Gottes willen, nein! Thomas war nie im Heim. Er hat doch eine Mutter.«

25.

Was für ein Unsinn, dachte Marc Weitz. Der untergetauchte Sohn eines Priesters! Wenn das eine heiße Spur sein sollte, dann war sein Arsch ein Zigarettenanzünder. Binkel war ihr Mann. Und er würde diesen Dreckskerl schon erwischen.

Hatte seine Schwester gekillt und ein paar alte Rechnungen beglichen.

Dieser ganze Fall war viel weniger kompliziert, als die Psychotante ihnen weiszumachen versuchte.

Sie rechtfertigte am Ende nur die rausgeschmissenen Steuergelder, die für ihre Mitarbeit bezahlt werden mussten.

Wo bekam Jens Binkel seine Engel her, die er ständig abmalte? Nach Aussage der Krankenschwester und der Galeristin, die er noch einmal angerufen hatte, suchte sich Binkel seine Motive in der näheren Umgebung. Gab es so etwas wie eine Engel-Kolonie in unmittelbarer Nähe der Irrenanstalt?

Seltsam war diese Versammlung von religiösem Zeugs bei Serientätern schon. Leute, die angeblich Gottes Stimme gehört hatten, die sie zu den Taten drängte, oder eben die Variante mit dem Teufel.

»Nicht gerade selten«, hatte Psycho-Winterstein gesagt. Es gehe oft um religiöse Wahnvorstellungen. Und das durch alle Religionen. Aber wie sollte sich ein Beknackter wie Binkel zu Höherem berufen fühlen? Göttliche Stimmen hören!

Großer Gott, diese Winterstein hatte einen an der Marmel. Wahrscheinlich hörte sie selbst Stimmen.

Marc Weitz bog auf den Parkplatz des Schauspielhauses ein. Das würde zu Binkel passen. Seine ganze Mordserie als kranke Theateraufführung. Außerdem wurde hier der aufgehängte Nicolai gefunden.

»Kennen Sie sich hier aus?«, fragte Weitz einen jungen Mann, der hinter seiner Glasscheibe saß und den Blick nur langsam vom Schirm seines Fernsehers löste.

»Nee, ich bin hier das Phantom des Theaters und erschrecke die Besucher.«

»Hör zu, Phantom, ich werde dir gleich mal deine Tür eintreten.«

»Welche Vorstellung?«, fragte der Mann und hob die Hände über seine Tastatur.

»Lass stecken«, sagte Weitz. »Es gab da einen Zeitungsbericht über die Restaurierung der Engel im Theaterraum.«

»Sie meinen die Putten?«

»Was ist der Unterschied?«

»Soweit ich weiß, sind Putten männlich. Knabenengel halt.«

»Scheißegal. Hauptsache, sie haben Flügel«, sagte Weitz. »Sie haben doch Flügel?«

»Klar, und meistens ein Musikinstrument in der Hand.«

»Wo stehen die Dinger?«

»In den Vorräumen, im Zuschauerraum, auf den Wandgemälden. Wir haben eine ganze Menge davon.«

»Und gibt es auch Leute, die das abmalen?«

»Kann schon sein.«

Weitz streckte seinen Kopf vor.

»Und? Ist dir da jemand aufgefallen? Jemand, der öfter kam? Mit Skizzenblock oder so?«

»Kann mich nicht erinnern, soll ich mal in der Dramaturgie anrufen?«

»Mach das«, sagte Weitz.

Ja, das wäre ein riesiger Glückstreffer gewesen, doch jetzt aufgeben kam nicht in Frage. Binkel malte Engel ab, fliegende, verstümmelte, blutende … was lag da näher, als sich gerade jetzt unter den vermeintlichen Schutz der geflügelten Wesen zu begeben?

Denk nach, Weitz, denk nach. Wo sonst waren Engelsdarstellungen gehäuft anzutreffen?

»Da weiß niemand was von einem Maler. Auch die Restaurateure fotografieren eher, als dass sie abmalen. War's das?«

»Das war's«, sagte Weitz. »Und halt mal deinen Glaskäfig sauber.«

Weitz zeigte auf die zusammengeknüllte Tüte eines Schnellrestaurants, die neben einer alten Zeitung auf dem Boden der Kabine lag.

»Was soll das alles?«, protestierte der Mann hinter der Scheibe.

»Wo geht jemand hin, der Engel abmalen will?«, fragte Weitz. »Na, eine Ahnung?«

»Ich würde ins Museum gehen.«

»Museum? Gemälde …«

»Oder ins Museum für Kunst und Gewerbe, da gibt es jede Menge Ausstellungsstücke zur christlichen Kunst.«

»Nicht schlecht«, sagte Weitz. »Ein Mann mit Ideen.«

Ein paar Minuten später betrat er das Museum für Kunst und Gewerbe. An der Kasse hielt er seinen Ausweis in die Höhe und ging dann durch die Absperrung.

Selbst Tannen war ja in einem Museum auf seine Idee mit

dem Versteck der Unterlagen von Tanja Binkel gekommen. War es möglich, dass ihr Bruder sich hier herumdrückte, um seine krankhaften Fantasien aufs Papier zu bringen?

In den Vitrinen standen Altäre und Christusfiguren, daneben Weihegefäße und Mariendarstellungen. Und mittendrin geschnitzte oder aus Silber oder Bronze gegossene Engel, die mit einem verklärten Gesichtsausdruck zum Himmel sahen.

An einer Wand im ersten Stock entdeckte er das Schild mit dem Hinweis auf den Museumspädagogischen Dienst. Er öffnete die Tür, ohne zu klopfen. Im Vorraum stand eine Frau mit einer Hochfrisur und fragte, wie sie helfen könne.

Weitz zog das Foto von Binkel aus der Tasche, das man vor einigen Jahren von ihm gemacht hatte.

»Kennen Sie den?«

Die Frau schüttelte den Kopf.

»Gibt es hier Leute, die Figuren oder Bilder abmalen?«

»Sicher«, sagte die Frau. »Aber die melden sich eigentlich immer an, besonders dann, wenn sie eine Staffelei aufstellen.«

»Und an einen Typen mit so einem Gesicht können Sie sich nicht erinnern? Es ist wirklich wichtig.«

Sie betrachtete noch einmal das Foto und sagte: »Nein, tut mir leid. Aber ich kann auch nicht ausschließen, dass er hier gearbeitet hat.«

»So, Arbeit nennt man das.«

Weitz nickte kurz und verließ das Büro. Er stieg die Treppen hinauf und gelangte in einen Saal mit Einrichtungsgegenständen aus den 1970er Jahren.

Vielleicht sollte er mal seinen Dachboden entrümpeln und den Mist diesem tollen Museum vor die Tür kippen. Die würden sich bestimmt freuen.

»Send me an Angel«, dachte er. »Send me …«

Er zog sein Handy heraus und tippte »Wo in Hamburg gibt es Engel?« hinein. Sollte sich doch mal das Genie darum kümmern. Schließlich konnte dieser Typ, der ihn als Partner ausgesucht hatte, mal was für sein Geld machen.

Er hatte das Telefon gerade in die Tasche gesteckt, als ein Klingelton eine eingegangene SMS ankündigte.

Das war ja klar, dieser Sienhaupt hatte nichts zu tun. Gott sei Dank konnte man noch nicht durch das Telefon sabbern.

Weitz öffnete die Mail und las die zwei Worte.

»Na klar«, sagte er laut. »Hirni, du bist der Knaller.«

*

Tannen legte seine Aktenmappe auf die Rückbank und setzte sich dann auf den Beifahrersitz. Hensen nickte ihm aufmunternd zu. Mit dieser Fahrt nach Berlin ging ihm, Tannen, schon wieder ein Nebenjob flöten. Auch seine Freundin Joyce hatte er seit über einer Woche nicht zu Gesicht bekommen. Die schien das überhaupt nicht zu stören. Im Gegenteil, sie feuerte ihn über das Telefon noch an und sagte, dass er das alles später mal seinen Kindern erzählen könne. »Du willst Kinder?«, hatte er gefragt, und sie hatte laut gelacht. Wie immer.

Hensen auf dem Beifahrersitz seufzte.

»Tannen, ich verspreche hoch und heilig, dass wir kein Museum besuchen. Wir fahren nicht mal in die Nähe, einverstanden? Es gibt also keinen Grund, hier stundenlang zu schweigen.«

»Meinen Sie, wir brauchen zwei volle Tage?«

»Vielleicht sogar drei«, sagte Hensen. »Probleme mit meiner Anwesenheit?«

Tannen zog es vor zu schweigen. Dieser Journalist hatte eine seltsame Art, ihn zu provozieren. Allerdings, seine Ideen waren ab und zu ganz brauchbar. Warum Mangold allerdings darauf bestanden hatte, dass ausgerechnet sie beide nach Berlin fahren sollten, war ihm ein Rätsel.

»Lassen Sie uns doch mal ein bisschen herumspinnen«, sagte Hensen. »Was denken Sie, wie sieht unser Täter aus? Ist er klein, groß, was arbeitet er?«

»Nach dem von Kaja erstellten Profil ist er zwischen 30 und 50, kein Einzelgänger, aber jemand, der enttäuscht ist, frustriert.«

»Wo isst so ein Mann? Was beschäftigt ihn? Wofür gibt er sein Geld aus?«

»Eintrittskarten fürs Museum«, sagte Tannen.

Hensen richtete sich leicht in dem Beifahrersitz auf: »Tannen, Sie können Witze machen? Das ist ja nicht zu fassen! Also, was isst der Täter, wie sieht seine Bettwäsche aus?«

»Streifen, dunkle Streifen«, sagte Tannen.

Was interessierte ihn, in was für einer Bettwäsche der Killer schlief?

»Lieblingsspeise?«

»Sushi.«

»Sie glauben also, der Mann hat Stil ... ich meine, nicht so ein Fast-Food-Typ.«

»Eher nicht«, sagte Tannen.

Die weitere Fahrt verlief vorwiegend schweigend. Nur einmal fragte Hensen ihn, ob er noch mit seiner Freundin Joyce zusammen war.

Als sie eine Stunde später das Büro des Berliner Hauptkommissars Arlandt betraten, schoss der gleich hinter seinem Schreibtisch hervor.

»Berlin gefällt Ihnen, stimmt's?«, sagte er.

Hensen streckte ihm seine Hand entgegen, doch der Hauptkommissar ignorierte sie.

»Erklären Sie mir das mal. Wir haben Opfer in Schleswig-Holstein, Hamburg, München, ja sogar in Italien …«

»Und das erste der Serie in Berlin«, sagte Tannen.

»Sie haben eine Theorie?«

»Lücken«, sagte Hensen, »wir haben gewaltige Lücken.«

»Das ist ja nicht gerade erbaulich.«

»Unterschätzen Sie das nicht. Weiße Stellen können verflucht kreativ machen«, sagte Hensen.

»Kreativ? Ich denke, Sie suchen einen Serienkiller.«

»Genau, und deshalb müssten wir an Ihr Computersystem und vor allem an Ihre Archive.«

»Sie wollen unbeschränkten Zugang?«, fragte Arlandt. »Wer gibt Ihnen das Recht …«

»Kriminaldirektor Wirch. Rufen Sie ihn an.«

»Schön«, sagte Arlandt. »Was genau suchen Sie?«

»Genau das, was nicht vorhanden ist.«

»Gibt es noch mehr solche Clowns in Hamburg?«, fragte Arlandt an Tannen gewandt und deutete mit dem Daumen auf Hensen.

»Ihnen ist klar, dass Sie unsere Arbeit behindern?«, erwiderte Tannen scharf. »Nichts spricht dafür, dass diese Serie so einfach endet.«

Arlandt nahm ein paar Aktenordner vom Schreibtisch, wies auf den Computer und sagte: »Bedienen Sie sich. Der Rechner ist eingeloggt.«

»Und dann schicken Sie mir doch mal den Polizeizeichner, der die Phantomzeichnung angefertigt hat«, sagte Hensen.

Arlandt nickte und verließ das Büro.

»Läuft doch prima«, sagte der Journalist augenzwinkernd zu Tannen.

Ein paar Minuten später betrat der Zeichner das Büro.

Hensen setzte sich mit ihm an den kleinen Besprechungstisch.

»Herr Stevens, wir müssen noch einmal etwas zu Ihrer Phantomzeichnung fragen.«

Der Polizeizeichner nickte ergeben und senkte den Blick schuldbewusst auf seine Schuhspitzen.

»Ich weiß, ich hätte noch mehr Details herausarbeiten können, aber der Zeuge …«

»Ja?«

»Er war unglaublich nervös, hat mich ständig korrigiert. Erst waren die Augen richtig, dann sollten sie doch ein wenig geschlitzt sein, dann war es perfekt, und eine Minute später … Wenn Sie mich fragen, hat der den Mann gar nicht richtig gesehen, oder er konnte sich nicht erinnern. Ich hab' das schon ausgesagt.«

»Nervös?«

»Unbedingt.«

»Nicht ganz verwunderlich, wenn man die Einzelheiten dieses Mordfalls in der Zeitung gelesen hat. Ist Ihnen denn noch etwas eingefallen? Also der Mann kam in Ihr Büro …«

»… mit einem Kollegen vom Empfang. Stand unschlüssig im Zimmer, und ich hab' ihm dann gesagt, er soll damit anfangen, was ihm gerade so einfällt.«

»Sie benutzen kein Computerprogramm, um die Phantomzeichnung zu erstellen?«, fragte Hensen.

»Zeichnungen sind plastischer«, sagte Stevens. »Außerdem kann man sich langsam vorarbeiten. Ist meine Technik, die Leute erinnern sich entspannter, wenn man so ruhig vor sich hinkritzelt.«

Tannen sah kurz vom Bildschirm auf. Das war es nun, warum sie nach Berlin gefahren waren: ein Zeuge, der einen Zeugen beschreibt.

»Da war einfach nicht mehr herauszuholen«, sagte Stevens, der unruhig auf seinem Stuhl hin- und herrutschte. »Glauben Sie mir. Der Mann schien Angst zu haben. Ich hatte den Eindruck …«

»Ja?«, fragte Hensen.

»Na ja, als hätte er den Täter schon mal gesehen. Sie wissen, so eine vage Erinnerung, bei der man sich an Gesichtszüge erinnert und sich dann sagt, nein, um Himmels willen, das kann nicht sein.«

»Sie meinen, er ist ihm vor vielen Jahren schon mal begegnet?«

»Möglich.«

»Vielleicht, als der Zeuge ein Kind war?«

»Ich weiß es wirklich nicht. Nur so ein Gefühl.«

Plötzlich steckte Kommissar Arlandt seinen Kopf zur Tür herein und meinte: »Sie wissen nicht vielleicht, warum wir seit einer Woche ständig Störungen mit unserem Computersystem haben?«

Tannen und Hensen sahen sich gleichzeitig an. Sienhaupt!

»Wir? Wie sollte das gehen?«, sagte Hensen. »Wer knackt schon einen Polizeicomputer?«

»Sie haben da doch so einen Computerfreak in Ihrem Team.«

»Sie meinen Sienhaupt. Der Mann ist schlau, verflucht schlau, aber in den Berliner Polizeicomputer einbrechen, nein. Da sind Sie doch sicher bestens abgesichert.«

Arlandt ließ nicht locker.

»Drei Mal ist unser gesamtes System zusammengebrochen, um sich dann wie von Zauberhand wieder hochzuladen.«

Arlandt sah Hensen und Tannen misstrauisch an.

»Keine Ahnung«, sagte Hensen.

Arlandts Kopf verschwand, und der Polizeizeichner sagte: »Es tut mir leid, dass ich Ihnen nicht weiterhelfen kann.«

»Eins noch«, sagte Hensen, »Könnten Sie aus dem Gedächtnis diesen Zeugen zeichnen?«

»Selbstverständlich«, sagte Stevens. »In meinem Job kann man mit der Zeit die Gesichter abrufen. Zumindest die Leute, mit denen man zu tun hatte.«

Hensen bedankte sich, und als Stevens gegangen war, blickte er achselzuckend zu Tannen.

»Vage, alles verflucht vage.«

In diesem Augenblick betrat ein Uniformierter den Raum. Der Mann war Mitte 30, und in seinem kantigen Gesicht wuchs ein Dreitagebart.

Mit flackerndem Blick sah er sich im Büro um, konnte aber nicht entscheiden, an wen er sich nun wenden sollte. Das Hemd war perfekt gebügelt und seine Uniformjacke zugeknöpft. Obwohl der Mann bestimmt vier Meter entfernt war, fielen Tannen sofort die frisch polierten Schuhe auf.

»Kommissar Arlandt schickt mich«, sagte er unschlüssig.

»Ja, und?«, fragte Hensen.

»Ich bin der Beamte, der den Zeugen Hans Innach zur Fahndung gebracht hat.«

»Sie sitzen im Empfang?«

»Nur einmal in der Woche.«

»Na, dann lassen Sie uns mal runtergehen.«

Hensen nickte Tannen zu und verließ mit dem Polizisten das Büro.

Tannen gab den Namen Tanja Binkel ein und fand Hinweise auf fünf Verfahren wegen Kindesmissbrauchs in evangelischen und katholischen Kinderheimen. Allem Anschein nach hatte sie darüber hinaus zwei Selbsthilfegruppen betreut. Tannen tippte das Aktenzeichen eines Vorgangs ein. »File unbekannt«, verkündete der Computer. Er versuchte es beim nächsten Aktenzeichen. Wieder stieß er ins Leere.

Tannen notierte sich die Namen und Adressen zweier Sprecher von Opferverbänden. Die vorhandenen Untersuchungsakten zweier Missbrauchsanzeigen kopierte er auf seinen USB-Stick. Nach den Vermerken waren zwei Verfahren wegen Verjährung eingestellt worden. In drei weiteren Fällen waren die Beschuldigten bereits verstorben.

Tannen griff zum Telefonhörer und ließ sich über die Zentrale mit dem Berliner Computeradministrator verbinden.

Als er sich meldete, erklärte Tannen, dass er mit einer Recherche im System beschäftigt war und ihm Unregelmäßigkeiten aufgefallen seien.

Der Mann am anderen Ende bestätigte Lücken bei Altfällen.

»Wir haben hier in den letzten acht Jahren zwei komplette Neueinspielungen gehabt. Alles neu aufgesetzt.«

»Warum?«, fragte Tannen.

»Neue Computersysteme, neue Programme ... das war nicht immer einfach.«

»Und da verlieren Sie einfach ein paar Akten? Ermittlungsrelevantes Material?«

»Nichts haben wir verloren«, sagte der Mann am anderen Ende der Leitung. »Wir haben alles auf Papier. Im Archiv.«

Hensen war anscheinend immer noch mit dem Polizeibeamten beschäftigt, oder hatte er sich in die Kantine verkrümelt?

Tannen notierte sich die Aktennummern und ließ sich von einem Beamten das Archiv zeigen.

Nach einer Stunde wurde er fündig. Fein säuberlich lagen in einem hochmodernen Stahlregal die in einen Karton geworfenen Akten. Nach drei Querverweisen entdeckte er eine Handakte, in der die Missbrauchsfälle zusammengefasst worden waren. Doch das lag nun auch schon vier Jahre zurück.

Tanja Binkel war durchaus rührig gewesen. Bei mindestens 15 Verfahren war sie aktiv geworden. Es ging um sexuellen Missbrauch, Pädophilenspiele, schwere Körperverletzung und Nötigung.

Tannen hielt die Akte dichter an das Licht. Tatsächlich, auch der Berliner Rentner Hans Innach hatte als Hausmeister mitgemischt. Selbst das Münchner Opfer war hier aufgelistet. Die Frau hatte nicht nur Lebensmittel gestohlen, sondern bei einem perfiden Strafe-durch-Essensentzugs-Programm in einem süddeutschen Erziehungsheim mitgewirkt. Letztlich war dies nur ans Licht gekommen, weil zahlreiche Kinder mit Mangelerkrankungen auffällig geworden waren. Die Leitung des Heims hatte bis zum Schluss versucht, die Angelegenheit zu vertuschen. Das Haus wurde geschlossen und die Kinder in anderen Heimen untergebracht.

Auch Arnfried Müller alias Clemens Carolus tauchte in den Akten auf. Er war wegen schwerer Misshandlung angezeigt worden, und er stand in Verdacht, einzelne Jugendliche aus vorgeschobenen »pädagogischen« Gründen zu seinen Dienern gemacht zu haben. Das Wort »Sexsklaven« fiel nicht.

Tanja Binkel schien mit besonderem Eifer gegen diesen Carolus ermittelt zu haben.

Hatte er den Schlüssel zu ihrem Fall gefunden? Das verbindende Glied? Misshandlungen in katholischen, evangelischen und staatlichen Kinderheimen? War ein Rächer unterwegs? Aber wie passte es zusammen, dass die Heime weit auseinanderlagen und zwischen den Beschuldigten keine Verbindung existierte? Und warum brachte der Täter Tanja Binkel um? Carolus jedenfalls hatte sich zu Recht bedroht gefühlt.

»Tannen, es gibt Neuigkeiten«, sagte plötzlich hinter ihm die Stimme von Hensen.

»Das kann man wohl sagen«, sagte Tannen. »Sie zuerst? Oder soll ich anfangen?«

*

Als Mangold aus dem Fahrstuhl des Polizeipräsidiums trat, kamen ihm drei Männer entgegen. Ein Schriftzug auf ihren Arbeitsjacken wies sie als Mitarbeiter einer Spedition aus. Neugierig sah einer der Männer ihn an und fragte: »Sind Sie bewaffnet, wenn Sie in Ihr Büro gehen?«

»Wie bitte?«, fragte Mangold.

»Na, man sieht das immer in Kriminalfilmen, Schulterhalfter und so.«

»Kommt drauf an«, sagte Mangold, der tatsächlich die Dienstwaffe in seinem Schulterhalfter trug. Er wollte schon weitergehen, da drehte er sich noch einmal zu den Männern um.

»Moment«, sagte er und öffnete sein Jackett.

Die Männer nickten und stiegen in den Fahrstuhl.

Gerade als er die Tür zum Konferenzraum öffnen wollte, wurde sie von Viktor Riehm aufgerissen.

»Hast du die drei Typen gesehen?«

»Die Leute von der Transportfirma?«

»So geht das schon den ganzen Vormittag«, sagte Riehm. »Die geben sich hier die Klinke in die Hand.«

»Wieso … wir haben doch neue Möbel.«

»Du wirst nicht glauben, was da drin los ist«, sagte Riehm und deutete mit der Hand auf die Tür.

»Viel Spaß«, sagte er und grinste.

Als Mangold das Büro betrat, sah er ein gutes Dutzend Kartons, die um Sienhaupts Platz herum aufgebaut waren.

»Peter Sienhaupt?«, sagte er. »Hallo?«

Mangold hörte ein schabendes Geräusch. Dann erschien der Kopf des Savants über einem der Kartons.

»Was um Himmels willen ist das?«

Sienhaupts Gesicht zerfloss in einem glücklichen Strahlen.

»Schau…feln und Spa…ten«, sagte er.

Mangold umkreiste den ersten Kartonturm und sah, was der Savant mit »Schaufeln und Spaten« meinte. Mindestens vier neue Flachbildschirme hatte er bereits angeschlossen und so angeordnet, dass sie eine Art Cockpit ergaben. Unter und neben dem Tisch stapelten sich Computer, Server, Platinen, blinkende Metallkästen, in denen sich den Schaltern nach elektronische Bauteile befinden mussten. Auf dem Boden schlängelten sich zahlreiche Kabel, die an Knotenpunkten durch blinkende Weichen verbunden waren. Unzählige Päckchen hatte er noch gar nicht ausgepackt.

Elke Sienhaupt trat auf ihn zu.

»Was soll das?«, fragte Mangold. »Wer hat das genehmigt?«

»Ich glaube, Peter ordnet sein Verhältnis zur Außenwelt neu«, antwortete sie. »Das ist was Großartiges.«

Gerade schraubte Sienhaupt eine Kamera auf ein Stativ, setzte sich dann auf seinen roten Knautschsessel und betrachtete begeistert sein Gesicht.

»Aber wie …«

»Oh, er hat das alles selbst bezahlt«, sagte Ellen Sienhaupt.

»Und das Geld? Woher hat er das?«, fragte Mangold.

»Das verrät er mir nicht, es ist immer genug auf unserem Konto.«

»Sie meinen, er …«

»Ich habe keine Ahnung«, sagte sie.

»Hören Sie, wenn aus dem Polizeipräsidium heraus illegale Hackerattacken …«

Sienhaupt sah Mangold missbilligend an. Dann wühlte er auf seinem Schreibtisch und warf ein dickleibiges Buch auf einen Pappkarton.

Mangold las den Titel: »Das A und O der Börse.« Untertitel: »Für Einsteiger und Fortgeschrittene.«

»Er spekuliert an der Börse?«, sagte Mangold.

Viktor Riehm trat grinsend auf ihn zu.

»Schön, was?«

»Verkraften das überhaupt unsere Server? Unsere Leitungen?«

»Er benutzt eine modifizierte WLAN-Anbindung, das heißt, er hat mehrere zusammengeschaltet und gebündelt.«

»Hast du schon mal gesehen, dass er mit Aktien handelt?«, fragte Mangold.

»Hauptsächlich Optionsscheine … außerdem handelt er nicht. Er lässt handeln.«

»Und was soll das wieder heißen?«

»Da agiert ein Programm, das er unregelmäßig anpasst. Das kauft und verkauft automatisch. Irgendwo muss ein Ausdruck herumliegen, da hatte er Tausende von Papieren in seinem Portfolio. Über die ganze Erde verteilt, um die Schwankungen im Wechselverhältnis der internationalen Währungen auszugleichen.«

»Das steht in dem Ausdruck?«

»Die Videokamera«, flüsterte Riehm. »Ich hab' gesehen, dass das Programm sich bei größeren Transaktionen selbstständig meldet und er Entscheidungen treffen muss. Er hat übrigens eine Vorliebe für Technologiewerte, aber ich glaube, der weiß immer schon vorher, was andere gleich kaufen oder verkaufen.«

»Du meinst, er zapft andere Rechner an und verfolgt die Entscheidungsfindung vor größeren Käufen und Verkäufen?«

»Frag mich nicht«, sagte Riehm. »Es geht meistens nur um Centverschiebungen pro Aktie, aber wenn man Millionen davon hält ...«

»Und die Börsenaufsicht hat sich noch nicht gemeldet?«

»Nö«, meinte Riehm. »Da würden bei uns die Telefone heiß laufen.«

»Und warum das?«

»Er handelt in New York, Tokio, Singapur, Moskau und auf dem chinesischen und indischen Aktienmarkt. Und manchmal, o Wunder, wickelt er oder das Programm auch Handelsumsätze mit Frankfurt ab. Du hättest also praktischerweise gleich mit mehreren Börsenaufsichten zu tun.«

»Auf wen müssen wir uns hier einstellen?«, sagte Mangold. »Wer klopft zuerst an unsere Tür? Der amerikanische Geheimdienst, die Steuerfahndung oder die Börsenaufsicht?«

»Peter macht sicherlich nichts Illegales«, sagte seine Schwester. »Na ja, jedenfalls nicht mit Absicht.«

Mangold stöhnte auf und ging zu seinem Schreibtisch.

»Wirch anrufen«, stand auf einem Zettel, der auf seinem Notebook lag.

Klar, schließlich hatte er ihn gestern gleich per Mail darüber informiert, dass sein Bekannter Carolus früher in einem Heim unterrichtet hatte. Die Mail von Tannen, die darauf hindeutete, dass er von der ermordeten Tanja Binkel ins Visier genommen worden war, hatte er zunächst zurückgehalten. Ebenso wie die Beschuldigungen, die gegen ihn erhoben wurden.

Warum hatte dieser Mann eigentlich einen neuen Namen? Da musste es doch Vermerke, Hinweise bei den Einwohnermeldeämtern oder bei den Passbehörden geben!

Mangold wählte Wirchs Nummer.

»Mangold, sind Sie das?«

»Es geht um Carolus alias Arnfried Müller.«

»Ja, er ist etwas ungeduldig, hat er Ihnen die Hölle heiß gemacht?«

»Ich erreiche ihn nicht. Wir glauben …«

»Ja?«

»Dass er gefährdet ist.«

»Deshalb hat er sich schließlich mit diesem Drohbrief an uns gewandt.«

»Wir haben Informationen, dass er in einem Heim gearbeitet hat. Früher.«

»Und?«

»Das ist das Verbindungsglied all der Morde, die wir diesem so genannten Shakespeare-Killer zuordnen.«

»Alle haben in demselben Heim gearbeitet?«

»Nein, es waren unterschiedliche Einrichtungen. Die meisten von den Kirchen betrieben.«

»Unterschiedliche Konfessionen?«

»Ja.«

»Gott sei Dank.«

»Wissen Sie, wo wir Carolus finden? Wir wollen ihm dringend Personenschutz zur Seite stellen.«

»Das hat er doch schon mal abgelehnt.«

»Die Situation hat sich verschärft«, sagte Mangold. »Wenn wir nicht wissen, wo er sich aufhält, können wir für nichts garantieren.«

»Das können wir bei diesem brutalen und unberechenbaren Täter ohnehin nicht.«

Wirch gab ihm vier Nummern von »engen Bezugspersonen«.

»Der Mann reist viel. Ist vielleicht der beste Schutz.«

Nachdem sie das Gespräch beendet hatten, versuchte es Mangold unter den angegebenen Nummern. Doch weder in den beiden Büros wusste man, wo Clemens Carolus sich aufhielt, noch konnte seine sich in London befindende Ehefrau weiterhelfen.

»Machen Sie sich keine Gedanken«, sagte sie. »Der ist manchmal tagelang verschwunden. Man gewöhnt sich daran.«

Mangold schrieb auf einen Zettel in großen Buchstaben den Namen Clemens Carolus und brachte ihn hinüber zu Sienhaupt.

Einen Personenschutz für eine derart zwielichtige Person zu organisieren, die übelster Verbrechen beschuldigt wurde, nun, das war nicht gerade eine Sternstunde der Polizeiarbeit.

Sienhaupt kroch unter seinem Schreibtisch hervor und patschte mit der Hand auf den Zettel, den Mangold auf den Schreibtisch gelegt hatte. Ohne ihn eines Blickes zu würdigen, verschwand der Autist wieder unter dem Schreibtisch.

Mangold betrachtete das abgegriffene Handy, das neben drei Fernbedienungen lag.

Es war mit einem eher unscheinbaren Kabel an eine der Netzwerkweichen angeschlossen, von der mindestens zwölf Kabel zu den unterschiedlichsten Geräten führten. Es schien, als hätte der Mann das von ihm manipulierte Handy in eine Art zentrale Steuereinrichtung oder Knotenpunkt, oder wie immer man das nannte, verwandelt. Das Modell war mindestens seit sechs Jahren nicht mehr auf dem Markt, doch Sienhaupt schien die kompakte Form zu mögen.

»Es wäre wirklich nett, wenn Sie es mal versuchen würden«, rief er unter den Schreibtisch. »Wir brauchen dringend Informationen darüber, wo sich Carolus aufhält.«

Von unten kam ein unwirsches Grunzen als Antwort zurück.

Mangold war gerade zurück an seinem Schreibtisch, als Kaja hereinstürmte.

»Die religiösen Bezüge liegen eindeutig auf der Hand. Er gestaltet seine Tatorte nach liturgischen Farben, und vieles, wirklich vieles spricht dafür, dass es sich bei dem Täter um den Sohn des Priesters Hans Peter Schwan handelt!«

»Plötzlich so sicher?«, fragte Mangold.

»Es passt in unser Profil. Und er hat einen Hang zur Kirche und zur Kunst.«

»Nicht gerade eine Seltenheit«, sagte Mangold, »viele Künstler haben sich mit der Kirche auseinandergesetzt.«

»Ich weiß, ich weiß. Aber er hat an den Tatorten eindeutige Symbole hinterlassen. Farben, die in der christlichen Religion eine ganz bestimmte Bedeutung haben. Der Mann rächt sich an der Institution Kirche und wegen der Verleugnung durch seinen Vater.«

Mangold überlegte ein paar Sekunden, bevor er sagte:

»Also Rache für den Missbrauch in einem Erziehungsheim und die Missachtung durch seinen Vater. Ein Täter, der sich mit dem Entschuldigungsgelaber der Verantwortlichen nicht zufriedengegeben hat?«

»Das allerdings ist ein Problem. Seine Mutter behauptet steif und fest, dass er nie im Heim oder einer ähnlichen Einrichtung war.«

»Eine Lüge?«

»Ich habe sie genau beobachtet, und wenn ich auch nur ein wenig von Mikroausdrücken begriffen habe, dann sagt sie die Wahrheit. Sie war ehrlich entrüstet, dass man ihr das zutraut. Und sie hat Recht: Sie hat immer zu ihrem Sohn gehalten. Hat seinetwegen und wegen des Geredes Sylt verlassen.«

»Was ist mit unserem Verdächtigen Binkel?«, fragte Mangold.

»Binkel hatte eindeutig andere Eltern. Trotzdem, wir müssen unbedingt mit dem Mann sprechen.«

»Klar«, sagte Mangold, »haben Sie herausgefunden, wie der Sohn des Priesters heute heißt?«

»Das ist das Problem«, sagte Kaja Winterstein. »Sie weiß seinen jetzigen Namen nicht, oder sie will ihn nicht herausrücken.«

»Es könnte also jeder sein.«

»Er wurde als Jugendlicher ins Ausland geschickt. Gut möglich, dass damals sogar ein paar wichtige Kirchenleute mitgemischt haben.«

»Um ihren Priester zu schützen?«

»Ist gemacht worden, wenn sich die Vaterschaft des im

Zölibat lebenden Vaters partout nicht mehr verheimlichen ließ. Selbst manche Priester sind daran zerbrochen, aber über Selbstmordraten unter Geistlichen gibt es von den Kirchen keine Auskünfte.«

»Kennen wir das Land, in das der Sohn abgeschoben wurde?«

»Argentinien … meine Güte, was ist denn das?«

Kaja deutete auf die teilweise leeren und auf einen Haufen geworfenen Verpackungen und den Stapel mit Kartons.

»Wie sieht's denn aus?«, sagte Mangold. »Ich tippe auf Kommandozentrale, aber vielleicht macht unser Freund auch eine neue Börse auf.«

In diesem Augenblick kroch Sienhaupt unter seinen Schreibtisch und zwischen den Kabeln hindurch und tauchte dann in einer Haltung auf, die Mangold an ein Erdmännchen erinnerte. Nur, dass Erdmännchen mit schief auf der Nase sitzender Goldrandbrille in der Natur wohl eher nicht vorkamen.

Stolz strahlte er Kaja an, die überrascht die Augenbrauen in die Höhe zog. Dann machte er drei Schritte und klatschte Mangold einen Computerausdruck auf den Schreibtisch.

»Angelus sanguinis « stand auf dem Zettel.

»Blutengel?«, fragte Kaja Winterstein.

In diesem Augenblick ertönte aus Mangolds Computerlautsprecher das »Salve Regina«, ein gregorianischer Mönchsgesang.

»Er spielt wieder«, sagte Mangold an Kaja gewandt.

Sienhaupt drehte sich auf dem Absatz um, stiefelte zurück, bückte sich und kroch unter seinen Schreibtisch.

Mangold griff zu dem anderen Blatt, warf einen Blick darauf und pfiff durch die Zähne.

*

Engel, so weit das Auge reichte. Engel aus Stein, aus angelaufenem Metall, Engel mit und ohne Flügel. Engel in Trauer gebeugt oder sich zum Himmel aufschwingend.

Marc Weitz lenkte den Wagen an einer Kapelle vorbei in eine stillere Seitenstraße des Ohlsdorfer Friedhofs.

Den modernen Grabsteinen nach war das Gräberfeld erst vor wenigen Jahren angelegt worden. Ein Grab war frisch ausgehoben und abgedeckt mit grünem Kunstrasen, auf dem Kränze und verwelkte Blumen lagen. Der Regen der letzten Nacht hatte die Trauerflore in Mitleidenschaft gezogen.

Sollte sich Binkel auf diesem größten Parkfriedhof der Welt verbergen, er würde sicher kein Versteck in der Nähe der asphaltierten Straßen suchen, die nur im Schritttempo befahren werden durften.

Wo sollte er mit der Suche beginnen?

Auf dem riesigen Gelände gab es keinerlei Überwachungskameras, und selbst wenn, Binkel hätte hinter Büschen und Grabsteinen genug Möglichkeiten, sich in Deckung zu bringen. Und er konnte sich einfach unter eine der zahlreichen Trauergesellschaften mischen, die hier jeden Tag von den Kapellen zu den Grabstellen gingen. 1,7 Millionen Menschen sind auf diesem Friedhof beerdigt worden, hatte Weitz erst vor ein paar Tagen in der Zeitung gelesen.

Er fuhr an dem Teil des Friedhofs vorbei, der den Gefallenen des Zweiten Weltkrieges und den im Bombenhagel Umgekommenen vorbehalten war. Am Rand standen jede Menge Engel, teilweise restauriert, teilweise verfallen. Ideale Vorlagen für Binkel, der daraus mit ihrer Hilfe seine perversen Bilder geschaffen hatte.

Ein mit grüner Latzhose bekleideter Gärtner schob eine Schubkarre mit Kränzen über den Gehweg. Aufgeregt huschte ein Eichhörnchen mit kräftigen Sprüngen einen Baumstamm hinauf.

Weitz parkte den Wagen und rief Tannen an.

»Ich brauche mal eine Hundertschaft«, sagte er. »Ich habe da eine Ahnung …«

»Eine Ahnung? Was soll das werden? Beschäftigungstherapie für die Jungs von der Polizeischule?«

»So kommen die auch mal an die frische Luft«, sagte Weitz. »Also, was ist?«

»Auf eine vage Vermutung hin? Ausgeschlossen.«

»Wie wär's mit ein paar Spürhunden?«

»Das schon eher. Wo spielen denn deine Ahnungen?«

»Friedhof Ohlsdorf. Hier stehen überall diese alten Engel herum, die Binkel abgemalt und mit seinen perversen Fantasien verändert hat.«

»Engel auf dem Friedhof, großartig, Weitz. An dir ist ein Polizist verloren gegangen.«

»Es sind die gleichen Engel, die auf den Bildern auftauchen. Und so ein riesiger Friedhof ist ein ideales Versteck.«

»Und da hättest du gern eine Hundestaffel …«

»Du bist einverstanden?«

»Eine Hundestaffel auf dem Friedhof! Was fängst du mit den Knochen an, die sie dort ausbuddeln? Weitz, du bist ein Spinner. Ist sonst noch was? Vielleicht ein paar Hubschrauber? Oder Kampfbomber mit Wärmebildkameras?«

Fluchend trennte Marc Weitz das Gespräch.

Typisch Tannen! Der gönnte ihm den Erfolg einfach nicht. War eifersüchtig auf seinen Riecher. Konnte sich nicht durchsetzen, der Mann. Nicht mal bei seiner Freundin. Und jetzt wühlte er bei den ach so armen Opfern herum, die ihr ganzes Leben mit in den Boden gerammten

Mundwinkeln verbrachten, weil sie früher mal ein wenig Dresche bekommen hatten.

Er fuhr an einem Schild vorbei, das die Öffnungszeiten des Friedhofsmuseums verkündete. Die Leute hatten zu viel Zeit. Sahen sich lieber die bei den Einäscherungen übrig gebliebenen Hüftknochen und geschmolzenen Herzschrittmacher an, als etwas Vernünftiges zu unternehmen.

Weitz fuhr die Hauptstraße entlang und bog dann links ab, um das Außengelände zu sondieren.

Sollte sich Binkel tatsächlich auf dem Friedhofsgelände befinden, dann musste er zumindest ab und zu herauskommen, um sich zu verpflegen.

An allen anderen Ein- und Ausgängen des Friedhofs gab es allenfalls Wohnhäuser oder Spielplätze. Nur gegenüber dem Hauptausgang gab es neben den üblichen Cafés, die an Friedhöfen klebten wie Fliegen an Kuhscheiße, auch einen Imbiss und einen kleinen Lebensmitteldiscounter.

Nein, es konnte nicht schaden, hier ein wenig zu warten.

Weitz parkte den Wagen gegenüber vom Haupteingang direkt vor einem Steinmetzbetrieb. Er kurbelte das Fenster herunter und ließ frische Luft in den Wagen. Abgesehen vom Lärm der Hauptverkehrsstraße direkt neben ihm war es fast idyllisch. Ein Jammer nur, dass er auf keinen Fall die Augen schließen durfte.

Er suchte einen Radiosender und kippte die Lehne zurück. Anschließend ging er noch einmal durch, an welchen Orten sich Binkel verborgen halten konnte. Viele Möglichkeiten gab es nicht. Er rechnete sicher damit, dass der Flughafen und der Hauptbahnhof überwacht würden. Nach seinen Ermittlungen hatte der Mann keinen Führerschein, eine Flucht mit dem Auto war also unwahrscheinlich. Nein, der Friedhof passte zu ihm. Er musste hier Tage verbracht haben, um seine Bilder zu malen.

Nach zwei Stunden nickte Weitz kurz ein, zwang sich aber, die Augen zu öffnen. Er stieg aus dem Wagen und ging einige Schritte an den Grabmalen des Steinmetzbetriebs entlang.

Ein Mann mit einer Schleifmaschine in der Hand und einer Atemmaske, die ihm um den Hals baumelte, blickte ihn misstrauisch an.

»Was ist?«, sagte Weitz in seine Richtung. Der Mann verschwand in einem Schuppen.

Sein Handy klingelte. Ein Anruf aus dem Präsidium. Nein, er hatte keine Lust, sich jetzt hier wieder abziehen zu lassen. Nicht jetzt. Weitz wies den Anruf ab und sah auf die Uhr. Außerdem hatte er längst Feierabend. Niemand konnte verlangen, dass er rund um die Uhr zur Verfügung stand. Schon gar nicht, wenn er an die beschissene Bezahlung dachte.

Gerade als er die Tür seines Wagens öffnete, sah er ihn. Jens Binkel trug eine schwarze Militärjacke und eine dunkelgrüne Cargohose. Von der rechten Hand baumelte eine Plastiktüte herunter.

Er hatte es ja gewusst! Dieser Irre konnte sich nur hier versteckt halten. Seltsam nur, dass er nicht gesehen hatte, wie der in den Discounter gegangen war.

Weitz wartete, bis der Verkehr ihm eine Lücke ließ. Dann lief er zum Haupteingang. Binkel vor ihm fühlte sich sicher. Er drehte sich nicht mal um. War das eine Finte? Wollte er ihn in eine Falle locken? Jemand, der sich verborgen hielt und auf dem Weg zu seinem Versteck war, sah sich doch um!

Weitz blieb stehen, tastete nach seiner Waffe und beschleunigte dann seine Schritte.

26.

»Was wollen Sie von mir? Was?«, schrie Clemens Carolus. Dem Geräusch nach musste es sich um eine Metalltür handeln, die der Mann vorhin geschlossen hatte. Gab es eine Möglichkeit, dass er ihn hörte? Ihm zusah?

Wie lange lag er schon auf dieser Sonnenbank? Die Schnüre, mit denen er darauf festgebunden war, bestanden aus Baumwolle. Keine Chance, dass sie durchbrennen würden.

Seltsamerweise spürte er immer noch die Feuchtigkeit, in der er lag. Sein Schweiß, oder war es schon Blut? Jemand da draußen musste diesen gleißenden Lichtschein doch sehen. Oder befand er sich in einem Keller?

Er hielt die Augen geschlossen, doch selbst dann sprühten Funken über die Netzhaut.

Wie lange hielten die Röhren durch? Sie mussten doch irgendwann durchbrennen. Oder platzen.

Carolus versuchte sich zu bewegen, doch Arme, Beine und auch der Hals waren stramm an die Bank geschnürt.

»Ja, wir bringen Licht in das Dunkel«, hatte der Mann gesagt. Licht in das Dunkel! Und dann hatte er gefragt, ob er, Carolus, sich entschuldigen wolle.

»Entschuldigen? Ja, wofür denn entschuldigen?«

»Ihr entschuldigt euch doch immer«, hatte er geantwortet und mit quäkender Stimme »Es tut mir ja so leid, ich bitte um Entschuldigung« hinzugefügt.

Und dann hatte er vom Inferno des Höllenfeuers gefaselt.

Carolus schätzte, dass er bereits drei Stunden auf dieser Sonnenbank gefesselt war. Am Anfang hatte er das Ticken einer Zeitschaltuhr gehört. Doch die war einfach stehen geblieben, ohne dass die Leuchtstoffröhren erloschen wären.

Eigentlich musste es doch Sicherungen an diesen Bräunungsgeräten geben. Man konnte doch niemanden mit den Röhren einer Sonnenbank umbringen! Das war unmöglich. Am Ende war der Mann gar nicht der Serienkiller. Welchen Höllenhund hatte er da aus seinem Schlaf geweckt? Allen anderen Opfern hatte er mit einem Füllfederhalter einen Satz in den Oberschenkel geritzt. Oder kam das noch?

Aber wenn er nicht der Täter war, was wollte er dann? Was hatte er ihm getan?

Carolus versuchte, den Kopf etwas zur Seite zu drehen, doch die Fesselung schnürte seinen Kehlkopf ein.

Dann hörte er es, und es übertönte wie ein Donnergrollen das Brummen der Leuchtstoffröhren. Die Tür! Er öffnete die Tür.

»Gott sei Dank«, sagte er. »Gott sei Dank.«

Der Mann antwortete nicht. Carolus spürte, wie er ihm etwas Kühlendes auf den Oberschenkel legte. Ein wohltuendes Frösteln durchlief ihn.

»Danke«, sagte Clemens Carolus. »Danke.«

27.

Hensen war überrascht. Der Mann, der ihnen die Tür öffnete, war wesentlich jünger, als er gedacht hatte.

»Herr Carlsen, es ist wirklich sehr freundlich, dass Sie bereit sind, mit uns zu sprechen«, sagte Hensen und stellte Tannen als seinen Kollegen vor. Der quittierte das mit einem nervösen Augenzucken.

»Das ist meine Aufgabe«, sagte Ramon Carlsen.

»Bitte?«

»Mit Menschen zu sprechen. Entschuldigen Sie«, sagte Carlsen und deutete auf die Schienen einer elektrischen Eisenbahn, die über den Flur in verschiedene Zimmer führten. »Hat mir mein Therapeut empfohlen, albern, was?«

Carlsen lachte und führte Hensen und Tannen in das Wohnzimmer.

»Sehen Sie einfach nicht hin.«

Hier im Wohnzimmer mit Schrankwand, einem Sechziger-Jahre-Schreibtisch und vollgestellten Hängeregalen hatte er auf dem Boden eine Art Bahnhof mit sich daran anschließendem Dorf aufgebaut. Die Fallerhäuschen, kleinen Figuren, Bäume und Seen waren lose auf einen Kunstrasen gestellt. Liebevoll war das nicht gerade, dachte Hensen, der an die gigantische Modelleisenbahnanlage in der Hamburger Speicherstadt dachte.

Es sah so aus, als hätte Carlsen einzelne Modellbahnteile wild aus dem Internet bestellt und wahllos zusammengestellt.

»Eine erste Planung … ich überlege noch an der Grundstruktur. Ist aber tatsächlich ein nettes Hobby, kann ich empfehlen«, sagte er. »Eine Mischung aus Stadtplanung und Landschaftsgärtnerei.«

Auf seinem Schreibtisch lagen auf Zeitungspapier verschiedene kleine Farbtöpfe und feine Pinsel. Tannen ging in die Knie und betrachtete eine frisch angemalte Menschengruppe.

»Das bringt am meisten Spaß«, sagte Carlsen. »Menschen zu gestalten, sie anzuziehen, mit einem Gesichtsausdruck zu versehen, ihnen eine Geschichte zu geben. Aber Sie sind sicher nicht gekommen, um einem Modellbauer bei der Arbeit zuzusehen.«

Er bat die beiden Männer, auf der Couch Platz zu nehmen. Während Carlsen in der Küche einen Kaffee zubereitete, dachte Hensen an das, was ihm von dem Polizisten am Empfang bestätigt worden war: Der inzwischen ermordete Zeuge Innach hatte demnach völlig verwirrt das Präsidium verlassen und sich gehetzt umgesehen. Hatte er gespürt, dass der Täter ihn verfolgte?

Carlsen stellte drei Becher mit Kaffee, Teelöffeln, Sahne und Zucker auf den Tisch und setzte sich.

»Herr Carlsen, Sie sind so etwas wie der Sprecher einiger Opfervereinigungen.«

»Opfer hört sich immer einfach an. Opfer von systematischem Missbrauch.«

»Es geht nicht nur um katholische und evangelische Heime, Schulen, Internate und so weiter?«

»Missbrauch gab es auch an staatlichen Einrichtungen«, sagte Carlsen.

»Wie viele Opfer vertreten Sie?«, fragte Tannen.

»Ungefähr 300, aber vertreten würde ich das nicht nennen. Ich bin Ansprechpartner für die Presse, die Kirchen und die Justiz.«

»Wie viele Verfahren sind anhängig?«, fragte Hensen.

»Die meisten Fälle sind verjährt. Aber ich vermittle eben auch Therapeuten, verschicke einen Rundbrief, in dem Tipps zu Entschädigungsleistungen gegeben werden. Und dazu jeweils das anonymisierte Porträt eines Opfers.«

»Und Sie selbst ...?«

»O ja, in einem evangelischen Internat. Das fing mit Pfadfinderspielen an, und dann wurden wir zu einer Art verschworener Wohngemeinschaft mit dem zuständigen Pädagogen. Schließlich haben wir alle in nebeneinander gestellten Betten geschlafen.«

»Also kein Priester?«, fragte Tannen unvermittelt.

»In dem Fall nicht. Aber die Kirche war nun mal über Jahrzehnte beim System der so genannten Fürsorge dabei.«

»Ich verstehe nicht, warum so lange geschwiegen wurde«, sagte Hensen.

Carlsen schüttelte energisch den Kopf.

»Wurde es nicht. Es gab immer Versuche, mit den Direktoren oder anderen Lehrern zu sprechen. Da wurde beschwichtigt, gedroht, dass man sich über die Konsequenzen klar sein müsse, wenn man damit an die Öffentlichkeit gehe und sein Leben lang als Schwuler geoutet werde. In wenigen Fällen wurden die Verantwortlichen an eine andere Schule oder ein anderes Heim versetzt, und damit war die Sache erledigt.«

»Wir suchen nach einem besonders extremen Fall von Misshandlung.«

»Was brauchen Sie? Darmrisse, Folterspiele, SM-Praktiken, Bearbeitung mit Lötkolben oder Zigarettenkippen? Wir haben da einiges im Angebot. Besonders beliebt war alles, was mit Entwürdigung zu tun hatte.«

Tannen räusperte sich.

»Können Sie sich vorstellen, dass einer Ihrer … Ihrer …«

»Opfer«, sagte Carlsen.

»… dass einer losmarschiert und sich rächt?«

Carlsen sagte einige Sekunden nichts, sondern starrte nachdenklich auf eine Modell-Molkerei.

»Verstehen würde ich es, aber vorstellen? Nein. Die meisten sind gebrochene Menschen. Die zittern heute noch, wenn sie ihren Peinigern begegnen oder sie im Fernsehen sehen.«

»Also niemand hat Rache oder was Ähnliches angekündigt? Vielleicht in einem Leserbrief?«

»Nein, wirklich nicht. Die meisten wären schon körperlich dazu nicht in der Lage.«

»Ich weiß, das ist sensibel, aber haben Sie eine Liste mit Namen?«

»Nein, das ist gar nicht sensibel. Ich kann Ihnen die Liste derjenigen geben, die mit ihrer Nennung bei Ermittlungen oder Prozessen einverstanden sind. Für alle anderen, die sich bei mir melden, gibt es keine Liste. Da schreibe ich nicht mal die Namen auf. Da können Sie auch eine Hausdurchsuchung veranstalten. Ich gebe Ihnen gern das Passwort für meinen Computer.«

Ramon Carlsen ging zum Regal und zog einen stark abgenutzten Aktenordner heraus.

»Hier müsste es eigentlich drin sein«, sagte er und öffnete den Deckel.

»Nach unseren Akten hat Tanja Binkel Sie beraten.«
»Sie war unser Rechtsbeistand. Über viele Jahre, bis …«
»Bis sie getötet wurde?«
»O nein, sie hat bereits vorher ihre Tätigkeit für uns niedergelegt.«
»Und warum?«
»Ich weiß es nicht. Sie hat gesagt, es werde zu viel für sie. Sie müsse sich endlich um ihren Bruder kümmern.«
»Psychische Belastung.«
»Kann schon sein«, sagte Ramon Carlsen.
Er blätterte gerade eine Seite um, als aus einer Klarsichthülle Fotos auf den Boden rutschten. Tannen bückte sich und sammelte sie zusammen.
»Danke«, sagt Ramon Carlsen.
Tannen schob die Fotos eines nach dem anderen zurück in die Klarsichthülle. Die meisten waren Schwarz-Weiß-Aufnahmen, einige in verblichenen Farben mit einem Gelbstich.
Tannen sah eher beiläufig auf den Abzug. Er hatte das Bild schon einmal gesehen, und auch den Mann erkannte er sofort.
»Das ist meine zweite Erfahrung mit der Fürsorge. Jahre nach dieser Pfadfindertruppe«, sagte Ramon Carlsen. Er tippte auf das Bild. »Den haben wir damals den Ritzer genannt.«
»Den Ritzer?«
»Wir haben ihn gefürchtet und geliebt. Und dann haben wir ihn geliebt, um ihn weniger zu fürchten. Das geht zusammen, glauben Sie mir. Nur, dass Sie das Lieben und das Fürchten nicht mehr auseinanderhalten können.«
Tannen zog sein iPhone aus der Tasche und rief die Lupenfunktion auf.

Hensen hörte, wie er geräuschvoll ausatmete.

Er zeigte wieder auf das Foto und reichte Hensen das Handy: »Kein Zweifel, die beiden Kinder da, das sind Binkel und Nicolai, und der Lehrer, das ist zweifellos …«

»Ich weiß«, sagte Hensen.

28.

Marc Weitz bückte sich hinter einen Rhododendronstrauch. Er hoffte inständig, dass nicht zufällig ein Polizeiwagen vorbeikam und ihm diese Observation kaputtmachte.

Das hier war sein Auftritt. Sein Riecher, seine Festnahme, seine Polizeiarbeit. Und es war das Pfund, das er der Internen Ermittlung auf den Schreibtisch knallen konnte.

Im Vorbeigehen las er das Hinweisschild »Zum Grab von Hans Albers«. Ein Schwarm Spatzen stob auseinander, dann folgte das laute Gezeter einer Amsel.

Weitz blieb stehen, doch Binkel vor ihm machte weiterhin keine Anstalten, sich umzusehen. War er derart in seinem Wahn gefangen?

Eine ältere Frau mit einer grünen Gießkanne beäugte ihn skeptisch. Weitz drückte sein Jackett an den Körper. Wenn die seine Waffe sah, würde sie den ganzen Friedhof zusammenschreien.

Weitz ließ Binkel 20 Meter Vorsprung und folgte ihm zu einem alten Gräberfeld. Hier zeigten die Grabsteine die Zeichen der Christlichen Seefahrt: Steuerräder, Albatrosse, Schiffsdarstellungen und Kompasskreuze.

Weitz schlenderte einen Trampelpfad entlang und huschte dann hinter einen Geräteschuppen. Eigentlich musste Binkel jeden Augenblick vorbeikommen. Weitz wartete, sah vorsichtig an der Ecke des Schuppens vorbei. Weit und breit keine Spur mehr von Binkel.

Es half nichts, er musste den Weg wieder zurückgehen. Vielleicht hätte er ihn gleich festnehmen sollen, aber er wollte unbedingt wissen, wo sich der Mann versteckte. Gut möglich, dass dort weiteres Beweismaterial zu finden war.

Etwas abseits vom Weg stand ein riesiges, aus Natursteinen aufgeschichtetes Grabmal. Die Inschrift der marmornen Platte an der Frontseite war nach all den Jahren noch gut zu lesen. Hier betrachteten sich drei Generationen einer Reederfamilie das Gras von unten. An der Seite des Grabmals war das Gebüsch heruntergedrückt. Weitz legte den Kopf an den Stein – und tatsächlich, aus dem Inneren drangen schabende Geräusche an sein Ohr. Weitz tastete die Steinfugen ab und fand eine Auslassung. Vorsichtig zog er die von außen kaum zu erkennende Tür zur Gruft auf. Seine Augen brauchten ein paar Sekunden, bis sie sich an die Dunkelheit gewöhnt hatten.

Unwillkürlich hob er den Arm schützend vors Gesicht.

»Mein Gott!«, sagte Weitz. »Du Sau!«

29.

Peter Sienhaupt saß hinter seinen Monitoren, blinkenden Geräten und Tastaturen. Vom Schreibtisch fielen zahllose Kabel auf den Boden, wo sie ein unübersehbares Gewirr bildeten, von dem sich einige Stränge lösten, um in anderen Geräten zu verschwinden.

Mussten sie im Notfall den Stecker ziehen, dachte Mangold, dann drehte er am besten gleich die Hauptsicherung des Präsidiums heraus. Wenn das überhaupt etwas half. Schließlich hatte Sienhaupt neben seinem Knautschsessel einen würfelförmigen Akku von der Größe eines Rollschranks aufgebaut.

Nur der Sitz dieses Raumschiff-Commanders, sein quietschroter Knautschsessel, passte nicht so recht in das Set eines Science-Fiction-Films.

Peter Sienhaupts Blick wanderte von einem Monitor zum anderen. Beide zeigten ablaufende Zahlenfolgen, die selbst dieser Savant unmöglich lesen konnte. Oder doch?

Aus den Augenwinkeln sah Mangold, dass der Savant mit ausdruckslosem Gesicht zwischen zwei Monitoren hindurch zu ihnen herübersah.

»Wie lange dauert das?«, sagte Mangold und starrte auf das Faxgerät.

Hensen hatte ihm gerade mitgeteilt, dass Carolus Jens Binkel und Carl Nicolai nicht nur flüchtig kannte. Er war einer der Lehrer, die in Verdacht standen, über Jahrzehnte Kinder und Jugendliche missbraucht zu haben. Als Beweis wollte er den Bericht gleich herüberfaxen. Mangold stand nachdenklich vor dem Gerät und überlegte, ob er Carolus befragen sollte.

Was würde Wirch dazu sagen? Und wie weit reichte der Einfluss von Carolus auf die übrige Polizeiführung?

Das Gerät ratterte, und Mangold zog eilig den Ausdruck aus dem Schacht.

»Und dem muss ich Personenschutz anbieten«, sagte Mangold. »Kaja, hören Sie sich das an!«

»Vergewaltigung?«, fragte sie.

»Seine Spezialität war: Bei schlechten Leistungen mussten die Kinder vor versammelter Klasse ihre Hosen runterlassen, und dann hat er ihnen mit einem Stift Schimpfworte auf den Hintern geschrieben. Anschließend …«

Mangold machte eine Pause und las dann weiter. »Anschließend wurde ihnen der Kugelschreiber in den After geschoben, und sie wurden aufgefordert, ihn wieder herauszuziehen und auf dem Klo zu säubern. Die Begründung von Carolus, oder Arnfried Müller, wie er damals hieß: Sie sollten mal ordentlich an der Scheiße riechen, die sie da verzapft hätten.«

»Pervers«, sagte Kaja. »Was ist mit der Staatsanwaltschaft, der Polizei? Hat es da keine Ermittlungen gegeben?«

»Wir finden nichts«, sagte Mangold. »Gut möglich, dass die Taten verjährt sind …«

»Trotzdem sollte es Vorermittlungen geben. Es kann doch nicht sein, dass derartige Unterlagen verschwinden. Oder doch?«

»Carolus hat gute Beziehungen zur Polizei. Ist befreundet mit Wirch, aber ich kann mir nicht vorstellen, dass das noch lange hält. Wir müssen Carolus unbedingt finden und befragen.«

»Du glaubst, er lebt noch?«

»Keine Ahnung. Jedenfalls hat er versucht, den oder die Täter mit seiner Anzeige aus der Reserve zu locken. Sienhaupt hat sie in zahlreichen Zeitungen gefunden. Unterschrieben mit seinem richtigen Namen: Arnfried Müller. Eigentlich müsste er sich vorbereitet haben. Was ist mit diesem Priestersohn? Irgendeine Verbindung?«

»Nichts zu finden«, sagte Kaja. »Der war nie im Heim, Carolus hat nie in Argentinien gearbeitet. Fehlanzeige.«

Das Handy der Profilerin signalisierte den Eingang einer SMS-Nachricht. Sie überflog die Nachricht und reichte das Telefon an Mangold weiter.

»Kaja, das Kind ist unschuldig. Du darfst es nicht töten.«

Mangold sah sie irritiert an.

»Sie … Sie haben das Kind noch?«

»Ein Embryo«, sagte Kaja Winterstein.

Er warf einen Blick auf Sienhaupt, doch der war in seine Bildschirme vertieft und malträtierte seine Tastatur. Wenn er der Absender dieser Nachrichten war, bewies er große schauspielerische Fähigkeiten.

Als hätte Kaja seine Gedanken gelesen, nickte auch sie in Richtung des Savants.

»Passt nicht zu einem Autisten«, sagte sie mit leiser Stimme. »Schauspielerei liegt ihnen einfach nicht. Wer die Gefühle und Emotionen seiner Umwelt nicht einordnen kann, ist nicht in der Lage, eine solche Tarnung aufzubauen.«

Erneut wurde eine SMS gemeldet.

Kaja las die beiden Worte und wandte sich an Mangold: »Araneus angulatus.«

»Was soll das sein?«

»Es gibt eine Arachnophobie. Spinnenangst.«

Kaja tippte den Begriff in das Suchmaschinenfeld ihres Computers ein.

»Gehörnte Kreuzspinne. 10 Millimeter lang, zwei Höcker auf dem Hinterleib, Oberseite ist mit einer Blattzeichnung bedeckt.«

»Und was sollen wir jetzt mit solch einem Hinweis? Wieder mit der Rätselraterei beginnen? Es kann nicht Travenhorst sein. Ausgeschlossen. Selbst ein Savant kann unmöglich Fleischbrocken mit seiner DNA liefern.«

»Was ist mit der Vergleichs-DNA?«, fragte Kaja Winterstein.

»Wie ich schon sagte, wir haben überall in der Fabriketage seine DNA eingesammelt, wir haben sie auf zwei der Opfer gefunden und in den in der Etage verteilten Überresten. Es ist unmöglich.«

»Es geht schon, wenn er von Anfang an diese Spur ausgelegt hat. Wenn er mit dem eventuell notwendig werdenden Selbstmord von vornherein gerechnet hat. Seine größte Inszenierung. Und eine fast wasserdichte Absicherung.«

Mangold klopfte mit den Fingerknöcheln auf den Tisch.

»Sollte er noch leben, dann gnade uns Gott.«

»Was ist, wenn wir hier tatsächlich einen ernsthaften Hinweis bekommen haben?«, fragte Kaja.

»Und?«

»Woher weiß er so viel über unsere Ermittlungen?«

»Entweder hat er einen Informanten«, sagte Mangold und deutete mit einem kurzen Nicken auf Sienhaupt. »Oder er hat unsere Computer angezapft.«

Kaja begann laut vorzulesen.

»Araneus angulatus hält sich meist nicht in ihrem Netz auf, sondern bevorzugt einen Schlupfwinkel. Von dort aus ist sie mit einem Signalfaden mit dem Netz in Verbindung und spürt, wenn sich Opfer darin verfangen haben.«

»Demnach hat unser Shakespeare-Killer ein Netz gebaut und beobachtet ... aber was für ein Netz?«

In diesem Augenblick klingelte Mangolds Telefon. Er schaltete den Lautsprecher ein und meldete sich.

»Jens Schiermacher von der Internen. Wir haben hier einen Computertotalausfall. Sind auch Ihre Systeme betroffen?«

Mangold sah hinüber zu Sienhaupt. Kaja konnte sich ein Lachen nur mit Mühe verkneifen.

Mangold schüttelte den Kopf, sagte: »Einen Moment« in das Telefon. Dann ging er hinüber zu den Aufbauten, hinter denen Sienhaupt zufrieden auf seinem Knautschsessel wippte.

»Wenn Sie etwas mit dem Abstürzen bei der Internen zu tun haben, also, ich will es gar nicht wissen. Aber das macht die Sache für Ihren Partner Weitz nur noch schlimmer. Ich bitte Sie: Hören Sie auf damit, wir kommen in Teufels Küche.«

Sienhaupt streckte fast in Zeitlupe die Hand nach vorn und chippte dann auf eine einzelne Taste.

Mangold ging zurück zu seinem Schreibtisch und hob den Hörer.

»Nein«, sagte er. »Unsere Systeme laufen.«

»Ist Weitz in der Nähe?«, fragte Jens Schiermacher.

»Ist gerade im Einsatz. Soll ich ihm etwas ausrichten?«

»Er soll sich umgehend melden, wenn er wieder im Haus ist. Und wenn ich umgehend sage, dann meine ich auch umgehend.«

Mangold versprach, Weitz notfalls persönlich dort abzuliefern.

»Er hält eben zu seinem Partner«, sagte Kaja, nachdem Mangold das Gespräch beendet hatte. »Ich weiß ja nicht, wie es sonst hier zugeht, aber Sienhaupt bringt Leben in die Bude.«

»Darauf kann ich gut verzichten«, sagte Mangold. »Wir müssen Carolus finden. Bevor etwas passiert. Oder besser noch den Täter. Was ist mit dieser Kreuzspinne?«

»Keine Ahnung«, sagte Kaja Winterstein. »In einem Netz verfangen sich …«

»… die Opfer?«

»Möglich«, sagte die Psychologin. »Spinnennetze spielen als Symbole auch in der Traumdeutung eine große Rolle, da …«

»Traumdeutung, das würde zu Travenhorst passen.«

»Netze in Träumen weisen darauf hin, dass sich der Träumende in einem Schema oder einer Situation eingesperrt und gefangen fühlt.«

»Gefangen sind wir doch alle«, erwiderte Mangold.

Grinsend trottete Peter Sienhaupt an ihnen vorbei in Richtung der Toiletten.

»Stimmt schon, das ist alles ziemlich vage, wie die gesamte Traumdeutung. Mit Wissenschaft hat das wenig zu tun. Netz kann auch bedeuten, dass man eine Gefühlsbindung sucht, in der auch sexuelle Wünsche erfüllt werden. Andererseits kann es auch um sexuelles Fehlverhalten gehen.«

»Und was ist, wenn derjenige, der uns diese Nachricht geschickt hat, auf etwas ganz anderes aus ist?«

»Wäre es nur eine Sache, dann hätte derjenige sich klar ausgedrückt. Ein Netz ist ein Symbol, gut möglich, dass darin verschiedene Hinweise gebündelt sind. Das zumindest deutet auf Travenhorst.«

»Spinne und Netz als Metaphern für mehrere Deutungen«, sagte Mangold.

»Unser Täter hängt zweifellos auch in einem religiösen Wahn. Warum sonst diese Farbenauswahl, die auf Mariendarstellungen hinweisen?«

»Es gibt also auch eine religiöse oder spirituelle Bedeutung von Netzen?«, fragte Mangold.

»Es ist sogar ein elementares spirituelles Symbol«, erwiderte Kaja. »Das Netz des Lebens. Gesponnen von den göttlichen Mächten, in dem Schicksal und Zeit verwoben werden und womit die Realität für jeden Einzelnen geschaffen wird.«

Mangold kritzelte ein Spinnennetz auf einen Notizblock und sagte: »Gemeint kann aber andererseits eine irgendwie verfahrene Situation sein, in der sich jemand verfangen hat.«

»Das ist alles sehr schwammig. Ich kann nur sagen, in der Literatur, die wiederum von der Schulpsychologie nur sehr eingeschränkt anerkannt wird, ist das Netz ein Symbol für Sexualität, die als verführerisch, aber gleichzeitig auch als bedrohlich empfunden wird.«

»Und die Spinne?«, fragte Mangold.

»Sie steht für das Verschlagene und das Künstlerische beim Träumenden. Und sie ist ein Symbol für die dunkle weibliche Kraft. Angst vor Verführung, Angst davor, aufgesogen zu werden.«

Mangold trat zum Flipchart, nahm einen Filzstift und malte ein Spinnennetz. Mitten hinein eine Spinne mit einem Kreuz auf dem Rücken. Er tippte mit dem Edding auf das Kreuz und sagte: »Eine Kreuzspinne deutet natürlich auf die Kirche hin und das Netz, das sie spinnt …«

In diesem Augenblick schob Weitz den blutenden und völlig verschmutzten Jens Binkel in den Konferenzraum.

»Hab' ihn«, sagte Weitz triumphierend.

»Um Gottes willen, was ist mit dem Mann passiert?«, fragte Mangold.

»Ich hab' den Vogel ausgegraben«, sagte Weitz.

Binkels Gesicht wies Schürfwunden auf, und seine Handgelenke waren mit blutigen Lappen umwickelt.

Mangold bat telefonisch zwei Uniformierte, Binkel zum Sanitätsdienst und danach in den Verhörraum zu bringen. Zwei Minuten später holten die Polizisten Binkel ab. Der sah sich immer noch so um, als versuchte er zu begreifen, in welchem Traum er gelandet war. Bis jetzt hatte er kein Wort gesagt.

»Sie können sich sicher selbst waschen«, sagte Mangold zu Weitz.

»Klar, Chef.«

»Was heißt ausgegraben?«

»Er war auf dem Ohlsdorfer Friedhof, hat sich in einer Gruft versteckt und da seine perversen Dinge veranstaltet.«

»Perverse Dinge?«, fragte Kaja.

»Ich weiß sehr genau, was pervers ist«, sagte Weitz. »Dazu brauche ich kein Psychologiestudium.«

»Also?«, fragte Mangold.

»Ich schleich' mich da rein, und da sitzt er, hat ein Kreuz aus Stöcken gebastelt, und statt Jesus hat er ein Bild seiner Schwester dran befestigt.«

»Und was ist daran pervers?«, fragte die Profilerin.

»Der Typ muss auf dem Friedhof Knochen ausgebuddelt haben, Oberschenkel, eine skelettierte Hand ... die hat er fein säuberlich vor dem Kreuz aufgeschichtet und Teelichte drum herum gestellt. Wenn das nicht pervers ist, dann weiß ich nicht.«

»Eine Ersatzbestattung«, sagte Kaja.

»Hätte mich echt gewundert, wenn ihr Psychologen dafür keinen schönen Psychologenbegriff hättet. Ersatzbestattung! Der Mann ist ein Vergewaltiger, der ist krank in der Birne, und zusammen mit diesem Nicolai … ich brauche nur eine halbe Stunde allein mit ihm im Verhörraum …«

»Was waren das für blutige Lappen an den Handgelenken?«, fragte Mangold.

»Der hat sich Blut abgezapft und in einer Konservendose gesammelt. Gehört wohl auch zu dieser Ersatzbestattung.«

Viktor Riehm stürmte in den Konferenzraum. »Mangold, wir haben das Signal, wir haben ihn geortet.«

»Wen?«

»Carolus. Plötzlich war das Handysignal da. In der Innenstadt.«

»Wir fahren gleich los«, sagte Mangold und riss die Schublade auf, in der er seine Pistole verstaut hatte.

»Heilige Scheiße, was ist das?«, fragte Weitz und deutete auf die Computerschirme und Tastaturen auf Sienhaupts Schreibtisch.

»Wo ist Spasti überhaupt?«, sagte Weitz. »Ich muss meinem Partner mal kräftig die Hand schütteln. Er ist auf die Idee mit dem Ohlsdorfer Friedhof gekommen.«

»Sehen Sie auf dem Klo nach«, sagte Mangold, doch plötzlich fiel ihm auf, dass der Savant vor ungewöhnlich langer Zeit den Raum verlassen hatte.

»Sehen Sie das?«, fragte Kaja Winterstein und deutete auf vier lose zwischen den Tastaturen liegende Kabelenden.

»Er hat sein Handy rausgezogen und mitgenommen.«

Die weißen Flächen rochen nach Vanille, und ein Hauch von Minze war darin. Er zog den weißen Pappkarton zu sich heran und strich sanft über den Deckel. Darin waren die Bilder verschlossen, die jetzt in einem anderen Universum kreisten.

Und mit ihnen all die Schreie und Beteuerungen, die Verzweiflung und die Entschuldigungen. Das geseufzte, geschriene, gestöhnte und gejammerte »Mea Culpa« – »Meine Schuld«.

Ursache und Wirkung. Jesus hatte seinen Stellvertreter auf den Stuhl Petri gesetzt. Und er selbst? Er war der Papst der Schuld. Er trieb ein, was sie vergessen machen wollten. Präsentierte die Rechnung. Er öffnete ihnen den Blick auf die Hölle, an deren Existenz sie nicht glaubten. Bis er kam.

Er musste die Bilder sammeln und sie dann in diesem Raum von seinem Leib waschen. Nicht übertünchen, o nein, das war nicht möglich. Die Bilder mussten sich auflösen. Im Weiß der Leinwände.

Er sah auf die Uhr. Alles war vorbereitet. Da draußen. Dieses neue Bild würde aufscheinen und leuchten. Und sich einbrennen in die Gesichter der Schuldigen. Er brachte ihnen das Schuldgericht. Er öffnete das Tor zum Fegefeuer.

Behutsam wickelte er den weiß lackierten Pappkarton in ein Stück Leinen und schob alles in eine Ecke des Raums.

Er musste pünktlich sein. Die Leinwand in ihm war jetzt leer. Aufnahmebereit. Nichts würde dieses neue Bild verun-

reinigen. Es würde auf reinen Untergrund gemalt. Es würde leuchten in seiner glorreichen Pracht. Und es würde verlöschen und vergehen, und am Ende war nichts mehr da. Er war ein Reiter der Hölle, einer, der mit der U-Bahn kam. Mit einer Rüstung aus Normalität und Alltag. Er war das grau gekleidete Grauen.

30.

»Schafft endlich den Besitzer ran!«, brüllte Mangold ins Telefon. Dann rüttelte er noch einmal an den metallenen Rollläden, die die gesamte Vorder- und Seitenfront des Cafés bis zum Boden abdeckten.

Auf ausdrückliche Anweisung Mangolds beobachtete Kaja die Szenerie aus sicherer Entfernung.

Warum war das Handy eingeschaltet worden? Konnte es sein, dass der Täter ihnen erlaubte, Carolus in letzter Minute zu retten?

Mit ihnen waren zwei Streifenwagen am Tatort eingetroffen. Die Uniformierten hatten in aller Eile Flatterbänder über die Straßenecke gezogen und wimmelten neugierige Passanten ab.

Mangold wählte die Nummer von Carolus und lauschte an den Rollläden. Auch Kaja, die ihren sicheren Platz verlassen hatte, legte ihren Kopf gegen das Metall. Nach drei Sekunden war ein Signal zu hören.

»Kann man das nicht aufhebeln?«, fragte Kaja.

»Nur mit Spezialwerkzeug. Die Kollegen haben den Besitzer schon aus dem Bett getrommelt, der müsste jeden Augenblick hier sein.«

Unschlüssig standen Hensen und Tannen in einem gegenüberliegenden Hauseingang. Als Mangold sie von unterwegs informiert hatte, waren sie mit ihrem Wagen nicht weit entfernt in der Nähe des Hauptbahnhofs gewesen.

Zwei weitere Streifenwagen rasten mit Blaulicht heran und stoppten ein paar Meter vor dem Haus. Mit knappen Befehlen wies Mangold die Polizisten ein, die sofort damit begannen, das Absperrband 20 Meter entfernt von dem ersten um zwei Lampenmasten zu wickeln und die neugierigen Passanten weiter zurückzudrängen.

Hensen trat zusammen mit Tannen auf Kaja und Mangold zu.

»Könnte er eine Falle gelegt haben? Ich meine, Sprengstoff?«, fragte Tannen an Mangold gewandt.

»Es muss einen Grund geben, warum er uns hierherlockt.«

»Was, wenn Carolus sein Handy selbst einschalten konnte?«, fragte Kaja.

Hensen drehte sich einmal im Kreis und musterte die umliegenden Fassaden.

»Das gefällt mir nicht, das Ganze sieht aus wie eine Filmkulisse«, sagte er.

Ein weiterer Streifenwagen raste heran. Aus dem Wagen sprang ein sichtlich verwirrter Mann um die 40, der keine Zeit gehabt hatte, seine Haare zu kämmen. Er hielt ein Schlüsselbund in der Hand und wollte es gerade in ein Metallkästchen neben der Eingangstür stecken.

»Moment, Moment«, sagte Mangold und ließ sich von einem Polizisten ein Megafon aus einem Polizeiwagen holen. Er hielt es sich vor das Gesicht und sagte: »Bitte treten Sie bis hinter die Absperrungen zurück.«

Der Besitzer des Cafés ließ sein Schlüsselbund sinken und sah ihn erstaunt an. Dann streckte er Mangold die Schlüssel entgegen und deutete auf das Metallkästchen.

Zweimal drehte Mangold den Schlüssel nach links, als auch schon das Surren zweier Elektromotoren einsetzte.

Weil die Häuserecke im Schatten lag, war das gleißende Licht von innen sofort zu erkennen.

Knirschend und rasselnd wurde der Metallrollladen nach oben gezogen. Mangold bückte sich und erkannte drinnen einen langen Tresen, an dem ein einzelner Mann saß. Bekleidet mit einem Anzug und einem Hut auf dem Kopf.

»Hopper!«, stieß Hensen aus, der sich neben Mangold bückte und in das Café starrte.

»Keine Gefahr«, sagte er.

»Wieso bist du so sicher?«

»Wer so eine Szenerie baut, zerstört sie nicht mit einer Bombe.«

Der Besitzer sah verstört in den Raum, während Mangold, Hensen und Tannen das Lokal betraten.

Der Täter hatte das, was einmal Clemens Carolus oder Arnfried Müller gewesen war, auf den Barhocker gebunden. Die aufgestützten Hände auf den Tresen genagelt. Ein von der Decke hängender Draht hielt den Kopf der Leiche in die Höhe.

»›Nighthawks‹«, sagte Hensen.

»Was?«, kam es von Mangold.

»›Nighthawks‹ von Edward Hopper. Nachteulen oder Nachtschwärmer. Einsame Menschen an noch einsameren Orten.«

»Was ist mit seinem Gesicht?«, fragte Mangold.

»Sonne und Nachtszenen waren Hopper wichtig«, sagte Hensen.

»Die Gesichtshaut ist verbrannt.«

»Er hat ihn geröstet. Bestrahlt.«

»Großer Gott!«, sagte Mangold.

Der Hauptkommissar versuchte, das Hosenbein in die

Höhe zu schieben, nahm dann ein Taschenmesser und trennte den Stoff auf. Auch hier war die Haut krebsrot.

»Sieh dir das an«, sagte Mangold. »Er hat es nicht eingeritzt, er hat eine Schablone daraufgelegt.«

»Kannst du es lesen?«, fragte er.

Mangold und Tannen gingen in die Hocke.

»Angelus sanguinis, und dann ... Fiat lux. Insignien E. H.«, sagte Hensen. »Es werde Licht.«

»Und die ersten Worte?«, fragte Mangold.

»Blutengel. Derselbe Begriff, den Carolus in seiner Anzeige benutzt hat. Es ist eine perfekte Inszenierung. Als bereite sich der Täter selbst ein Fest.«

»Ein Fest stelle ich mir anders vor.«

Hensen widersprach.

»Er beginnt, seine Arbeit zu verfeinern, mehrere Bilder zusammenzuführen.«

»Herr im Himmel«, sagte Mangold. »Er bekommt mehr Spaß an seinem Gemetzel?«

»Du siehst zwei Hopper-Bilder, die er zusammengebracht hat. Einmal ›People in the Sun‹, und dann dieses ›Nighthawks‹. Einsame Menschen an der Bar oder nebeneinander auf Liegestühlen beim Sonnen.«

»Es soll ein Bild für uns werden ... Die Rollläden, das gleißende Licht ... Er will uns etwas bieten.«

»Das ist nicht gesagt«, erwiderte Hensen und ging zu den Fenstern. Sorgfältig suchte er die gegenüberliegenden Fassaden ab.

»Ich wette, er steht da draußen. Auf der Straße, hinter einem Fenster. Er steht da und sieht es sich an. Wie ein Künstler, der zwei Schritte von seiner Staffelei zurücktritt und sein Bild betrachtet.«

»Er ist noch in der Nähe?«, fragte Mangold.

»Unbedingt, er will das sehen. Das ist seine Arbeit, seine Neuschöpfung. Das sieht er sich an. Und er wird sich Verbesserungen und Korrekturen überlegen.«

Mangold zog sein Handy aus der Tasche und forderte eine Hundertschaft an. Der Einsatzleiter schien nicht zu begreifen, was er wollte.

»Ja, Personalien überprüfen und alles mit Videos aufnehmen«, sagte Mangold ins Telefon.

»Aber welcher Straftatbestand ... Landfriedensbruch?«

»Keine unangemeldete Demonstration. Ich will, dass Sie hier möglichst viele Menschen filmen.«

»Also das Dokumentationsteam.«

»Na endlich«, sagte Mangold, dessen Stimme anzumerken war, wie sehr ihm ihre Langsamkeit auf die Nerven ging.

»Wo steckt Weitz?«, fragte Tannen. »Wir könnten doch schon mal anfangen, uns umzusehen.«

»Ist auf der Suche nach Sienhaupt. Das hoffe ich jedenfalls.«

»Das Gehirn unserer Truppe ist verschwunden?«, fragte Hensen.

Mangold nickte.

»Ich glaube, wir müssen uns beeilen«, sagte Hensen. »Ich hab' noch mal über Araneus angulatus nachgedacht. Kaja hat mir davon erzählt.«

»Die Spinne?«, fragte Mangold.

»Ihr Netz«, sagte Hensen. »Es geht um das Netz von Araneus angulatus. Und ich will nicht hoffen, dass unser Autist bereits darin zappelt.«

*

Marc Weitz starrte Binkel an und sagte kein Wort. Binkel grinste schief zurück, und seine Hände sortierten etwas Unsichtbares vor ihm auf der Tischplatte.

Angst, dachte Weitz. Bei dem Typ läuft alles über Angst.

»Sieh dich mal um, Binkel, was siehst du?«

Binkel sah ihn an und zuckte mit den Schultern.

»Einen schönen hellen Raum mit ein wenig Tageslicht, das durch die Oberlichter hereinkommt. Ein abgewischter Tisch, frisch gestrichene Wände, und draußen steht ein Beamter, der dir sogar einen Kaffee holt, wenn ich es ihm sage.«

»Ich trinke lieber Tee.«

»Schön, Tee.«

Weitz machte keine Anstalten aufzustehen.

»Das hier ist nicht die Klapse, verstehst du? Hier musst du dir deinen Tee verdienen.«

Betont gelangweilt blickte Weitz wieder auf seine Finger.

»So eine Hand ist was ganz Tolles, Binkel. Hunderte von Knochen, und alle funktionieren miteinander.«

Binkel sah ihn amüsiert an.

»Wir haben ein paar Etagen tiefer Räume … glaub mir, Binkel, die möchtest du lieber nicht sehen. Und da unten, da ist so eine Hand nicht viel wert. Da gibt es schnell mal einen Unfall. Du brauchst doch deine Hand, oder?«

»Was soll das?«, sagte Binkel.

Langsam bröckelte seine Fassade. Weitz lächelte ihn an.

»So eine Hand ist praktisch, die braucht man zum Malen und zum Arschabwischen. Glaub mir, ist nicht schön, wenn das jemand anders machen muss. Kannst du dir das vorstellen, Binkel? Und wenn es beide Hände erwischt, dann kannst du dir nicht mal mehr einen … na, du weißt schon.«

Weitz erhob sich von seinem Stuhl und trat hinter Binkel. In Erwartung des ersten Schlags zog der den Kopf zwischen die Schultern.

Weitz nahm sanft Binkels Hand von der Tischplatte und tätschelte sie. »Und das kann richtig weh tun«, sagte er. »Du glaubst gar nicht, wie viel Schmerz in so einer Hand steckt. Stell dir nur mal vor, sie gerät ganz aus Versehen zwischen eine Stahltür und den Eisenrahmen. Kannst du dir das Geräusch vorstellen? Ist nicht schön, wenn die Sehnen reißen und die Knochen splittern.«

Binkels Augen wanderten unruhig hin und her.

»Was wollen Sie?«, fragte er.

»Du hast deine Schwester gehasst.«

Binkel schwieg und musterte seine Fingerkuppen.

»Na, verabschiedest du dich schon von deinen Händen? Das ist zu früh, glaub mir. Mit mir kann man doch reden. So von Mann zu Mann. Mit wem redest du sonst noch so? Du hast gute Freunde, nicht?«

»Klar.«

»Freunde, die dir helfen. Weißt du, ich hab' deine Akte gelesen.«

Binkel sah ihn interessiert und erschrocken an.

»Wie war das mit der Frau, die du vergewaltigt hast? Wie kann man dabei überhaupt einen hochkriegen? Oder kriegst du nur so einen Steifen? Erzähl mal.«

»Ich kann mich nicht erinnern.«

»Die Frau ist immer noch in ärztlicher Behandlung. Und wie war das mit deiner Schwester? Ist dir auf die Nerven gegangen, und dann hast du sie an die Decke gehängt. Was hat sie zu dir gesagt?«

Binkel zog die Hände vom Tisch und verschränkte die Arme vor der Brust.

»Sie kam aus dem Tunnel, und sie hat auf den Boden gesehen.«

»Welcher Tunnel?«, fragte Weitz.

»Sie hat mich nicht angesehen und …«

»Deine Schwester?«

»Sie hat mich nicht angesehen, und ich kann es nicht leiden …«

»Nein, du kannst deine Schwester nicht leiden, nach dem, was sie dir angetan hat. Du musstest ins Kinderheim, nicht? Und die Schuld hatte nur deine Schwester, ist doch so. Die Schlampe war schuld.«

»Ich war zufällig an dem Tunnel …«

»Wir reden jetzt nicht über die Vergewaltigung, es geht um deine Schwester …«

»Sie ging schneller … fing an zu laufen.«

»Hör auf«, brüllte Weitz. »Hast du deine Schwester getötet?«

Marc Weitz schob seinen Kopf über den Tisch.

»Ich weiß doch, wie das ist, mit älteren Schwestern. Sie nerven. Sie nerven furchtbar. Und deine Schwester ist die furchtbarste von allen Schwestern, die man haben kann. Als du noch ein Kind warst, hat sie versucht, dich in der Badewanne zu ertränken, nicht?«

»Das Wasser … es ist grün«, sagte Binkel.

»Da musstest du dich endlich mal wehren, nicht? Das geht ja auch nicht, dass die eigene Schwester …«

Jens Binkel nickte heftig mit dem Kopf und stierte auf den Schreibtisch.

»Und da hast du sie umgebracht, nicht? Hast all diese kranken Dinge mit ihr angestellt.«

Binkels Nicken verstärkte sich, und der Oberkörper wippte hin und her.

»Hast du deine Schwester getötet?«

»Ja«, sagte Binkel. »Ja, ja, immer wieder. Ich habe sie immer wieder getötet.«

Marc Weitz atmete aus.

»Und dann dieser alte Mann in Niendorf? Hast du den auch getötet?«

Binkel nickte und starrte auf die gegenüberliegende Wand.

»Töten, töten, töten«, sagte er.

»Was ist mit Peter Sienhaupt? Hast du den auch … nein, das geht ja gar nicht. Also, wer hilft dir? Wer hat Sienhaupt …?«

Als Binkel in die Höhe sprang, stürzte der Stuhl um.

»Ja, ja, ja. Ich habe … habe sie alle getötet … alle, hören Sie. Alle, alle, alle.«

*

»Lass schön die Rollläden oben«, sagte Hensen.

Mangold nickte.

»Das ist für ihn unwiderstehlich.«

Er verließ mit Tannen den Tatort und mischte sich unter die Passanten, die vor dem Absperrband standen. Gemeinsam versuchten sie, jemanden zu entdecken, der verdächtig aussah.

»Sehen Sie mal unauffällig zu dem Gebäude direkt gegenüber«, sagte Hensen.

»Die Versicherung?«

»Das schmale Fenster im vierten Stock. Sehen Sie den Mann mit der Kamera?«

»Müsste der Treppenaufgang sein. Erkennen kann ich ihn nicht«, sagte Tannen.

Beiläufig und ohne Eile näherten sie sich dem Eingang zum Bürogebäude. Tannen schob dem Pförtner seinen Ausweis über den Tisch und fragte nach dem Treppenhaus.

Der Pförtner schien nicht zu verstehen und griff zum Telefonhörer. Tannen drückte seine Hand herunter und sagte: »Jetzt kein Aufsehen. Wo ist das Treppenhaus?«

Der Pförtner erhob sich etwas aus dem Sessel.

»Da, hinter den Fahrstühlen.«

Tannen und Hensen liefen zu der Chromtür und stürmten die Treppen hinauf. Abrupt blieb Hensen stehen und horchte. Er gab Tannen ein Zeichen. Tatsächlich, da stieg jemand die Treppe herunter. Plötzlich hörten sie über sich eine Tür zuklappen. Beide sprangen die Treppe zum zweiten Stock hinauf und rissen die Tür auf.

Sie standen in einem leer geräumten Büroraum. Es roch nach Farbe, an der Stirnseite standen Farbeimer, Papierrollen, auf einer Plastikfolie Eckpinsel und Rollen.

Tannen deutete auf eine Tür. Dann zog er seine Waffe heraus und bedeutete Hensen, zur Seite zu treten.

Er stellte sich neben die Tür, drückte die Klinke und riss dann die Tür auf. Vor ihnen lag ein kleiner Flur, der zu einem geöffneten Fenster führte.

»Ein Baugerüst«, sagte Hensen. Tannen beugte sich über die Brüstung.

»Keine Chance, der Typ muss über einen hervorragenden Instinkt verfügen.«

»Oder über Glück«, ergänzte Hensen.

Tannen wählte auf seinem Handy eine Nummer und bat die Spurensicherung, sich die Büroetage anzusehen.

Hensen war skeptisch. »Einen Versuch ist es wert. Möglich, dass er in der Eile Fingerabdrücke hinterlassen hat.«

*

»Schauen Sie sich den doch an«, sagte Kaja und sah durch die Scheibe in das Innere des Verhörraums. Binkel kauerte auf seinem Stuhl und schien zu frieren.

»Der Mann ist psychotisch, der gesteht alles. Fragen Sie ihn doch mal, ob er Kennedy umgebracht hat.«

Weitz sah sie an.

»Psychologengequatsche. Der ist reif. Wenn ich ihn mir noch mal vornehme ...«

»Ohne einen Arzt läuft hier gar nichts mehr«, sagte Mangold.

»Aber ...«

»Sie werden den Mann nicht mehr verhören, haben Sie das verstanden?«

»Was ist mit Sienhaupt?«, protestierte Weitz. »Wenn der da den Auftrag gegeben hat, ihn zu ...«

»Der versteckt sich in einer Friedhofsgruft und verteilt Killer-Aufträge? Weitz, machen Sie sich nicht lächerlich!«

Mangold wies den Beamten vor der Tür an, Binkel ins Untersuchungsgefängnis am Holstenglacis zu bringen.

Als sie zurück im Konferenzraum waren, gab er die telefonische Anweisung, Binkel amtsärztlich untersuchen zu lassen, und hob die besondere Suizidgefährdung hervor.

»Hat die Spurensicherung etwas für uns?«, fragte er Tannen, der, ohne von seinem Schirm hochzusehen, sagte: »Kann schon sein. Fingerabdrücke. Aber die können auch von einem Bauarbeiter oder Maler stammen. Sind nicht in unserem System.«

Eine Viertelstunde später stand Sienhaupts Schwester im Raum.

»Was heißt das, verschwunden?«, fragte sie, nachdem Mangold ihr erklärt hatte, dass ihr Bruder nicht aufzufinden sei.

»Er hat sein Handy geschnappt und ist hier rausmarschiert.«

»So, so, auf Entdeckungstour«, sagte Ellen Sienhaupt.

»Wo könnte er sein, haben Sie eine Idee?«

»Na, er ist ja nicht hilflos, und er macht immer wieder mal so seine Ausflüge.«

»Wohin denn?«, fragte Mangold.

»Einmal wurde ich aus einem Automaten-Casino angerufen. Ich bin da hin, und Peter steht da und hat einen von diesen einarmigen Banditen geknackt. 8000 Euro, stellen Sie sich das mal vor.«

»Dann haben Sie ja finanziell ausgesorgt.«

»Schön wär's«, sagte Ellen Sienhaupt. »Er hat Hausverbot in allen Spielbanken, angeblich benutzt er einen verbotenen Trick.«

Sie näherte sich Mangolds Ohr und sagte mit Verschwörerinnenstimme: »Ich glaube, er kann die rotierenden Zahlen in seinem Gehirn auf Zeitlupe stellen, merkt sie sich, und dann im richtigen Moment drückt er die Stopptaste. So hat er es mir jedenfalls erklärt. Sagen Sie mal ehrlich, ist das etwa ein Trick?«

»Waren Sie mit ihm an einem besonderen Ort, irgendetwas, wofür er sich begeistert hat?«

»Hagenbeck«, sagte Ellen Sienhaupt. »Auf jeden Fall hat er einen besonderen Grund, wenn er sich auf den Weg macht.«

»Wie kommen Sie darauf?«, fragte er.

»Weil er seine Arbeit hier sehr, sehr ernst nimmt. Sein Ausflug muss damit zusammenhängen. Auf seine Art ist er absolut zuverlässig.«

Hensen sah besorgt zu ihnen herüber. Ellen Sienhaupt versprach, sich auf die Suche zu machen.

Sie war schon an der Tür, als Mangold ihr nachrief: »Und bitte, melden Sie sich gleich, wenn er auftaucht. Sagen Sie ihm, dass wir ihn hier brauchen. Dringend.«

»Gefällt mir nicht«, murmelte Weitz, und Hensen pflichtete ihm bei.

»Du meinst wegen des Spinnennetzes, in dem er deiner Meinung nach zappeln könnte?«, fragte Mangold Hensen. Der zögerte einen Augenblick, bis er antwortete.

»Lassen wir mal völlig dahingestellt sein, von wem diese Nachricht kommt, Tatsache ist doch: Wir haben eine Reihe von Opfern, die mit Heimen zu tun hatten. Allerdings in unterschiedlichen Institutionen und über das ganze Bundesgebiet verstreut.«

»Vielleicht gibt es eine zentrale Erfassung solcher Fälle, die mit Kindesmissbrauch, Prügeleien und so weiter zu tun haben?«

»Die gibt es«, sagte Hensen.

»Du meinst die Kirchen? Die Vertrauensbeauftragten?«

»Nein«, sagte Hensen. »Wir haben mit der Köchin, die Lebensmittel gestohlen hat, auch jemanden aus einer staatlichen Institution. Dafür sind die nicht zuständig.«

Kaja stand neben Mangolds Schreibtisch und nickte Hensen zu.

»Klar«, sagte sie. »Es gibt ein Spinnennetz, in dem der Täter gefischt haben muss. Das ist klar, und so gesehen ist es sogar das Bindeglied all unserer Fälle.«

»Und wieso sind wir nicht darauf gekommen?«, fragte Mangold.

»Weil wir mittendrin sitzen«, sagte Hensen.

31.

Er sah ihn schon von Weitem.

So also siehst du aus, dachte er und schritt auf ihn zu. Dieser Sienhaupt hob das Handy vor seine Goldrandbrille und fotografierte ihn.

»Sie wollen meine biometrischen Daten abgleichen, stimmt's?«

Mit einer raschen Bewegung nahm er dem Autisten das Handy aus der Hand.

»Ich weiß nicht, wie man unter Hunderttausenden von Leuten einen Menschen findet, aber glauben Sie mir, ich hätte mich unsichtbar machen können. Sie brauchen das jetzt nicht mehr, wir haben uns gefunden.«

Er sah hinauf zu der Kamera, die neben der Anzeigentafel in ihre Richtung zeigte.

»Die Überwachungskamera, stimmt's? Aber wie sind Sie auf mein Bild gekommen, mein Foto? Auf das, was Sie damit abgeglichen haben. Die Vorlage?«

Peter Sienhaupt verzog das Gesicht. Schweiß rann über seine Stirn. Dann stieß er einen jammernden Laut aus.

»Wie genial, in den Berliner Computern nach gelöschten Akten zu suchen«, sagte er anerkennend.

Der Mann da vor ihm suchte zweifellos nach einem Ausweg. Ein Autist. Er würde gleich darauf kommen, dass man schreien musste, wenn man Hilfe brauchte. Dass es andere Menschen gab, die auf einen reagierten.

Er zog die vorbereitete Injektion aus der Tasche und stach die Nadel durch Sienhaupts Anorakärmel.

»Wir werden jetzt ein wenig Auto fahren. Sehen Sie, ich hätte mich nicht auf Bahnhöfen herumtreiben müssen. Ich habe Sie gefunden, nicht wahr?«

32.

Kaja Winterstein ging zum Fenster. Der Himmel verdunkelte sich, ein Gewitter würde mit Wind und Regen hoffentlich bald die Schwüle vertreiben, die seit gestern über der Stadt lastete.

War es richtig gewesen, den Journalisten Hensen einzuweihen und ihm von Travenhorsts Nachrichten zu erzählen? Seinem Gesichtsausdruck hatte sie sofort angesehen, dass er sie, wenn schon nicht für verrückt, so doch für reichlich überspannt hielt. Auch seine Überraschung hielt sich in Grenzen. Hatte Mangold ihn bereits darüber informiert? Und das, obwohl er versichert hatte, es vorerst für sich zu behalten?

Wie auch immer, mit seiner Vermutung hatte der Journalist sicher Recht: Das Netz, in dem der Serientäter fischte, konnte nur die Datenbank der Polizei sein. Genau hier liefen die Fälle aus den verschiedensten Heimen, Schulen und Internaten zusammen.

Sollte der mörderische Savant Travenhorst tatsächlich noch leben, dann war er ihm vielleicht genau dort begegnet oder zumindest auf seine Spuren gestoßen. Das würde erklären, warum er ihnen den Hinweis auf das Spinnennetz geben konnte. Oder er kannte die Spurenlage aus ihren Computern.

Travenhorst hatte bewiesen, dass es ihm keinerlei Probleme machte, in die drei- und vierfach gesicherten Datenbanken einzubrechen. Nur so konnte er die Fingerabdruck-Dateien manipulieren.

Der Shakespeare-Killer machte keinerlei Anstalten, mit seiner Raserei aufzuhören, und er hatte ganze Fallakten gelöscht. Nicht, um sie zu vertuschen, sondern um sich ungestört selbst zum Richter zu erheben. Das Motiv, für eine angeblich höhere Gerechtigkeit zu streiten, war bei Serientätern häufig anzutreffen.

Warum hatte er Tanja Binkel getötet, die doch für die Missbrauchsopfer gearbeitet hatte?

Und dann dieser Carolus. Auf der Suche nach ehemaligen Schülern von Carolus hatte Tannen alle verfügbaren Datenbanken durchforstet. Keiner von ihnen, bis auf Binkel, war bisher auffällig geworden. Die meisten waren an ihren Peinigern zerbrochen.

Carolus und Binkel. Sie hatte etwas übersehen, musste etwas übersehen haben. Noch einmal überflog sie Binkels Akte.

Er zeigte schon in der Kindheit schwere Auffälligkeiten, die mit der versuchten Tötung zu tun haben mussten, die Tanja Binkel in ihrem Kindheitstagebuch eingeräumt hatte. Die Familie wurde mit ihm nicht mehr fertig und schob ihn ins Heim ab. Dort Quälereien und Missbrauch. Anschließend diverse Straftaten, Versuche, sich künstlerisch zu betätigen, dann wieder Gewaltausbrüche. Schließlich eine äußerst brutal durchgeführte Vergewaltigung, jahrelange Sicherheitsverwahrung und dann die offene psychiatrische Anstalt.

Nach dem, was sie von ihm gesehen hatte, war es kaum vorstellbar, dass er im Land herumreiste und die ehemaligen Peiniger umbrachte. Und warum die Münchner Rentnerin und den alten Mann aus Niendorf?

Außerdem glaubte sie nicht, dass er fähig war, in die Datenbanken des Präsidiums einzubrechen und anschließend alle Spuren zu beseitigen. Auch die Tatausführungen erforderten eine geradezu perfekte Planung und genaueste Vorbereitung. Marc Weitz glaubte an einen Komplizen, der ihm geholfen haben konnte. Unwahrscheinlich.

Dafür waren die Morde auf eine perverse Weise zu intim, zu persönlich. Oder spielte Binkel ihnen allen etwas vor? Benutzte er sein Irresein, um sich genau in diesem Schutz als rächender Engel auf die Vergewaltiger und Quäler von damals zu stürzen?

Sie spürte ein heftiges Ziehen im Bauch. Auch die Anfälle von morgendlicher Übelkeit nahmen zu.

Kaja ging am Computer noch einmal die gerichtsmedizinischen Berichte zu dem Fall Travenhorst durch. Die Gerichtsmediziner hatten in der gesamten Fabriketage Genmaterial des Bewohners gesammelt. Zahnbürste, Speichelreste an gebrauchten Bechern und Gläsern, Haare aus der Bürste, Spuren aus der Kleidung. Alle genetischen Fingerabdrücke waren identisch mit den Resten des durch die Bombe völlig zerfetzten Leichnams. Den Blutspritzern und der Verteilung der Körpermasse nach galt als wahrscheinlich, dass Travenhorst die Sprengladung, die er gezündet hatte, am Körper in Höhe seiner Brust getragen hatte. Wie diese Selbstmordattentäter, dachte sie.

Sie hatte Glück gehabt, dass sie sich neun Meter entfernt in einer Vertiefung des Bodens aufgehalten hatte. Aufgehalten! Genau diesem Umstand hatte sie ihr Leben zu verdanken.

Sollte Travenhorst noch leben und sollte tatsächlich er es sein, der sie drängte, das Baby auszutragen, gab es dafür nur eine plausible Erklärung.

Er musste sämtliche DNA-Spuren in der Wohnung manipuliert und eine weitere Geisel in der Etage gehabt haben, die er in die Luft sprengte, als das Einsatzkommando die Tür aufbrach.

Alle SMS-Nachrichten wiesen keinerlei Absenderkennung auf. Nur eine der E-Mails war mit einer Adresse versehen. Und das war zweifellos kein Zufall. Er wollte Kontakt mit ihr aufnehmen.

Eigentlich gab es nur einen wirklichen Beweis für Travenhorsts Tod. Und der befand sich in ihrem Bauch. Mit Sicherheit hatte er die »Befruchtung« mit seinem Samen vorgenommen. Sollte also die in der Fabriketage gefundene DNA zu den Genen des Embryos passen, dann war er nicht mehr am Leben. Andererseits …

Sie griff zum Telefonhörer und wählte die Nummer der gynäkologischen Praxis.

»Der Herr Doktor ist gerade beschäftigt, da müssten Sie heute Abend ab 18 Uhr noch einmal anrufen«, antwortete die Arzthelferin auf ihre Frage.

»Es geht um eine polizeiliche Ermittlung.«

»Einen Moment.«

»Nergengruen.«

»Bitte entschuldigen Sie, aber wir stehen hier unter enormem Zeitdruck. Ist es möglich, die DNA eines drei Monate alten Embryos zu bestimmen?«

»Sicher. Geht es um eine Geschlechterbestimmung?«

»Nein, wieso?«

»Danach wird öfter gefragt. Das ist allerdings eine Grauzone, in Deutschland machen wir das in der Regel nicht.«

»Man kann also frühzeitig das Geschlecht bestimmen und die sonstige DNA?«

»Sicher, es gibt sogar die Präimplantationsdiagnostik, bei der vor der Einpflanzung des Embryos untersucht wird, ob Erbkrankheiten vorliegen. Worum geht's denn? Vorgezogener Vaterschaftstest?«, fragte Nergengruen.

»So etwas in der Art.«

»Prinzipiell schon, allerdings sind damit Risiken verbunden.«

»Eine Schädigung des Fötus?«

»Mit der Untersuchung wird bei 10 Prozent der Fälle eine Fehlgeburt eingeleitet.«

Kaja gab die Informationen in ihren Computer ein und schickte sie als Anhang an Mangolds E-Mailadresse. Besonders betonte sie das Risiko einer derartigen Untersuchung. Lebte Travenhorst, dann hatte er sicher ihre Computer gehackt. Er würde diese Nachricht lesen.

Zumindest aber musste er Zugriff auf die Datenbank der Abtreibungsklinik haben. Schließlich hatte er dort ihren Termin abgesagt. Also rief sie noch einmal die Praxis an und vereinbarte ein Gespräch zu den Risiken einer DNA-Untersuchung des Embryos.

Was, wenn er sich bereits seit Wochen in ihrem Computer umgesehen hatte? Ein grauenhafter Gedanke. Sollte sie das Notebook von einem Computerexperten untersuchen lassen? Andererseits war Travenhorst eine Koryphäe, wenn es um Programme und Hackerangriffe ging. Ein Polizeitechniker war da sicher überfordert. Die verstanden ja nur mit allergrößter Mühe, was etwa Peter Sienhaupt in seinem Computer-Cockpit anstellte, und das, obwohl sie den Computer und seine Arbeit direkt vor sich hatten.

Wenn diese Nachrichten und Hinweise von Travenhorst kamen, dann musste er genauestens über ihre Ermittlungen informiert sein.

Wie auch immer, sollte Travenhorst leben und alles daransetzen, dass sie das Kind austrug, dann musste er handeln. Er würde die Gefährdung des Fötus durch die Untersuchung nicht in Kauf nehmen.

Sie lachte, als sie die Datei noch einmal aufrief. Das alles konnte man auch als eine höhere Form von Paranoia auslegen. Sie verschickte Nachrichten, indem sie einfach einen Text in ihren Computer eingab und glaubte, dass Travenhorst ihn las. Wo war da eigentlich der Unterschied von jenen Patienten, die sich durch den Fernseher beobachtet glaubten?

Kaja ging wieder zum Fenster. Die Gewitterfront bewegte sich langsam auf das Haus zu. Gerade setzten erste Windböen ein, und ein paar Regentropfen schlugen gegen die Scheibe. Ein Spaziergänger auf der anderen Seite des Kanals spannte seinen Regenschirm auf.

Das Kind. Das, was in ihrem Körper heranwuchs, war kein Fremdkörper. Es war auch ein Teil von ihr. Und eine Abtreibung bedeutete auch ein Wegmachen ihres Kindes.

Kaja setzte sich auf die Couch und zog die Füße hoch. Ihre Augen fielen zu. Plötzlich hatte sie das Bild vor sich, wie Tanja Binkel als junges Mädchen in das Badezimmer ging, sich über den Wannenrand beugte und ihren Bruder unter Wasser drückte.

Sie schreckte aus ihrem Kurzschlaf hoch.

Konnten sie Binkel wirklich eindeutig ausschließen? Wie war er bei der Vergewaltigung vorgegangen? Kalt und berechnend? Triebgesteuert und psychotisch?

Sie sprang von der Couch auf und rief an ihrem PC noch einmal die Akte Binkel auf. Das Opfer hatte keine Details zu Protokoll gegeben. Oder war das dem vernehmenden Beamten nicht wichtig gewesen?

Sie würde das Opfer befragen, um mehr über Jens Binkel zu erfahren. Sie würde es zumindest versuchen.

Kaja rief Tannen an und bat um die Adresse des in Berlin lebenden Vergewaltigungsopfers. Nach zwei Minuten wurde er fündig.

»Mangold ist gerade nicht im Raum, Sie sollten …«

»Hier kann ich im Moment wenig tun, vielleicht bringe ich in Berlin etwas heraus.«

»Ich informiere die Kollegen. Ich will auf keinen Fall, dass Sie dort alleine ermitteln.«

Kaja sah auf die Uhr. Mit ein wenig Glück konnte sie in zweieinhalb Stunden in Berlin sein.

Gerade als sie ihr Notebook herunterfahren wollte, signalisierte das E-Mail-Programm eine Nachricht der deutschen Botschaft in Argentinien.

Der Konsulatsbeamte bedauerte, dass die Beantwortung ihrer Anfrage so lange gedauert hätte. Doch man habe »tief in den Keller steigen müssen«, um die alten Unterlagen aufzuspüren.

Nach ihren Informationen hätte Schwan sein Abitur in einer deutschen Schule in Buenos Aires gemacht. Ein Internat habe er nicht besucht, und er habe auch nicht in einem Heim gelebt. Thomas Schwan habe als 21-Jähriger das Land mit dem Ziel Berlin verlassen. Mit Unterstützung der Botschaft hätte er sich erfolgreich um einen Studienplatz an der Berliner Freien Universität bemüht und den auch bekommen – und zwar im Studienfach »Freie Kunst«.

*

»Ich habe nicht die geringste Ahnung, wie das alles vernetzt ist«, sagte Viktor Riehm und hielt ein Bündel Kabel in die Höhe. »Mal ganz zu schweigen von den Geräten.«

Mangold stand unschlüssig neben dem Techniker, der sich in den roten Knautschsessel sinken ließ und dabei einen Fluch ausstieß.

»Vielleicht finden wir in seinem Computer einen Hinweis darauf, wohin er wollte. Kommen wir an seine Festplatten?«, fragte Mangold.

Der Techniker griff auf den Schreibtisch und hielt einen schwarzen Würfel hoch, der über den USB-Anschluss mit dem Rechner verbunden war.

»Ein Fingerabdruck-Erkennungssystem, er scheint von Iris-Abtastung und Gesichtserkennung nichts zu halten.«

»Können wir das umgehen?«, fragte Tannen, der sich neben Mangold stellte und die Monitore betrachtete.

»Keine Chance«, sagte Riehm.

»Dann müssen wir eben auf unsere alten Methoden zurückgreifen«, sagte Mangold. Er zog eine Pinzette und eine Plastiktüte aus der Tasche und tütete einen Plastikbecher ein, aus dem Sienhaupt Tomatensaft getrunken hatte. Er bat den Techniker, die gewonnenen Abdrücke auf Folie zu übertragen.

Während sie warteten, beauftragte er Tannen, in den Datenbanken der Berliner Universität weiter nach Thomas Schwan zu suchen. Der verleugnete Priesterssohn musste doch irgendwo auftauchen.

Dann blätterte er die Stapel von Ausdrucken durch, die Sienhaupt fein säuberlich sortiert in einem Karton verstaut hatte. Akribisch geordnet lagen da die Abgleiche von Internet-Netzwerken und der Rentenkasse, dazwischen Listen mit Namen und dazugehörigen IP-Nummern, mit denen die einzelnen Internetzugänge verschlüsselt waren.

Auch Skizzen von Raumschiffen, die eine verrückte Fangemeinde ins Internet gestellt haben musste, hatte Sienhaupt ebenso ausgedruckt wie ein Interview mit dem Wissenschaftler Stephen Hawking, der fest von der Existenz außerirdischen Lebens ausging.

In einem mit »PeterStarShip« gekennzeichneten Umschlag waren Skizzen eines ballonartigen Gefährts, am Rande der Zeichnungen befanden sich zahlreiche handgeschriebene Formeln.

Mangold fand mehrmals den Begriff »Künstliche Schwerkraft« und darunter Berechnungen. Künstliche Erdanziehung!

Ein besonders dickes Papierbündel war in weißen Stoff gewickelt. Als Mangold die Schnüre löste, erkannte er auf dem ersten Blatt das Bild von Joseph Beuys. Warum um alles in der Welt hatte er nur solch einen Narren an dem Mann gefressen?

Hensen trat an den Schreibtisch, griff willkürlich in einen Karton und zog eine zusammengeheftete Formelsammlung heraus.

»Außerirdische?«, fragte Mangold.

»Das Jeder-kennt-jeden-Gesetz.«

»Das was?«

»Mathematische Berechnungen von Jure Leskovec von der Carnegie Mellon University und Eric Horvitz von Microsoft Research.«

»Gib dir keine Mühe«, sagte Mangold. »Ich bin eine Mathe-Niete.«

»Ganz einfach. Jeder kennt jeden, und zwar über durchschnittlich sechs Komma sechs Menschen.«

»Zu jedem Menschen auf diesem Planeten komme ich über sechs bis sieben Ecken?«

»Ist ein Durchschnittswert. 48 Prozent können über sechs

andere Menschen erreicht werden, bei sehr wenigen kann es aber auch 29 Stationen geben.«

»Die Welt ist ein Dorf.«

»Genau das«, sagte Hensen. »Die Wissenschaftler nennen es Kleine-Welt-Phänomen. Und das steht auf ziemlich sicheren Beinen. 30 Milliarden Einzelverbindungen sind die Datenbasis, sieh mal hier ...«

»Ich sehe nur Zeichen.«

»Formeln, die eine menschliche Verbindungskonstante beschreiben. Sienhaupt scheint überlegt zu haben, wie er die komplette Menschheit über bestimmte Datenverbindungen identifiziert und ihr Verhalten vorher berechnet.«

Mangold zog seine Hände zurück.

»Diese Sachen hier müssen unter uns bleiben.«

»Wovor hast du Angst? Big Brother sitzt mitten unter uns«, sagte Hensen.

»Auf einem roten Knautschsessel.«

»Du hast schon wieder Beuys am Wickel?«, fragte Hensen und deutete auf den Papierstapel, den Mangold auf eine Tastatur gelegt hatte.

»Hat geklappt«, rief Tannen von der Tür und wedelte mit drei Folien.

Auch Viktor Riehm stiefelte schnurstracks auf Sienhaupts Technologie-Center los. Nach dem achten Versuch signalisierte der Computer plötzlich: »Hallo, Peter, wie ist dein Tag? Wie wär's mit einem Witz?«

Mangold zögerte, doch Hensen brummte: »Mal sehen, worüber Genies lachen können« und klickte den Ja-Button an.

»Kommt ein Fuchs morgens um sechs in den Hühnerstall und ruft: ›Raus aus den Federn!‹«

12 auf dem Desktop verteilte Smileys wackelten und lachten digitale Tränen.

»Den find' ich gut«, sagte Hensen.

»Sehen Sie sich die Chroniken und Lesezeichen an«, sagte Mangold. »Wo ist Sienhaupt herumgesurft?«

Riehm setzte sich vor die Tastatur und steuerte die Befehlszeile des Browsers an.

Der Techniker schüttelte den Kopf.

»Hier werden nur die Rechenzentren angegeben, in die er sich gehackt und von denen aus er seine Suchprogramme losgeschickt hat.«

»Was genau hat er gesucht?«

»Akten. Er hat hier fein säuberlich aufgelistet, wann welche Akten in der zentralen Datenbank gelöscht worden sind. Die rot markierten haben mit unseren Opfern zu tun.«

»Er hat sie wiederhergestellt?«

»Eher nicht, sie sind überschrieben worden.«

»Und weiter? Was treibt er sonst noch so den ganzen Tag?«, fragte Mangold.

»Er hat Hunderte von Beuys-Fotos heruntergezogen und mit einem biometrischen Programm vermessen. Augenabstand, Augenbrauenform, Form der Augen, Haaransatz, Nasenwurzel und so weiter, selbst die Kieferformen hat er in eine Formel gebracht.«

»Mathematische Wiederauferstehung.«

»Zweifellos. Diese Gesichtsmerkmale hat er mit einem Robotprogramm durch die Netze geschickt.«

»Er sucht einen Toten?«

»Er sucht Bilder. Bilder, auf denen auch Beuys zu sehen ist. Und diese Bilder werden dann untersucht. Das heißt, die übrigen Personen darauf werden gescannt. Das müssen Milliarden von Rechenschritten sein.«

»Und was ist unten rausgefallen?«

Der Techniker öffnete einen Ordner, in dem die Gesichter von Binkel und Nicolai gespeichert waren.

»Es gibt hier mindestens noch acht andere Personen, die häufig in der Nähe von Beuys auftauchen. Wie er die herausgefiltert hat, weiß ich nicht genau. Das muss etwas mit dem Datenabgleich in anderen Datenbanken zu tun haben.«

»Ich sehe keine anderen Bilder«, sagte Tannen.

»Die kann wohl nur er sehen.«

Mit einem Klick wurde eine Formel geöffnet, die sich über mehrere Seiten erstreckte.

»Wie man die so umsetzt, dass daraus wieder ein Bild wird, weiß ich nicht. Das sind Pixelpunkte, die durch eine Formel miteinander in Verbindung gebracht werden. Man könnte auch sagen, er hat sie mathematisch verschlüsselt. Genau das jagt er durch das Netz.«

»Ein Suchprogramm.«

»Etwas modifiziert. Er hat auch die Gesichtsveränderungen eingearbeitet. Wenn ich das richtig sehe, hat er versucht, die neuerdings so beliebten Mikroausdrücke von Paul Ekman hineinzurechnen. Also Ausdrücke, die auf Gefühle wie Hass, Liebe, Scham oder auf Lügen hinweisen. Das geht natürlich nur, wenn die Kameras das hergeben.«

»Schön, er durchsucht die Archive nach dieser Person, die er im Umkreis von Beuys entdeckt hat ...«

»Er sucht genau diese Personen auch in anderen Zusammenhängen, also bei Passbehörden, in Personalakten, bei den Meldestellen, in großen Firmen, in Vorstrafenregistern und in den Personalakten der Polizei ... Der Mann lässt nichts aus.«

»Moment, Moment«, sagte Mangold. »Nur, dass ich es

richtig verstehe: Er sucht in allen verfügbaren Datenbanken nach auffälligen Personen, die irgendwie mit Beuys in Zusammenhang stehen. Seine Schüler, Presseleute, Kunstmäzene, Hochschulprofessoren und so weiter. Darunter filtert er diejenigen heraus, die gewisse Gesichtsausdrücke zeigen, die für uns interessant sein könnten?«

»Genau, das gesamte, irgendwie zusammenstellbare Leben von Beuys und Menschen, die mit ihm in Kontakt waren, wird durchforstet. Selbst Bilder von Demonstrationen, bei denen Beuys mitmarschiert ist. Und dazu seine Kunstaktionen.«

»Und wie um Himmels willen kommt er auf Beuys?«

»Die Phantomzeichnung«, sagte Riehm. »Sie weist absolute Übereinstimmung mit den Gesichtsmerkmalen dieses Künstlers auf.«

Hensen starrte kopfschüttelnd auf den Monitor, auf dem jetzt die Phantomzeichnung erschien.

»Was soll das? Ist er auf der Suche nach dem Zwillingsbruder von Beuys? Oder nach einer Person, die sich beim Schönheitschirurgen in Beuys hat verwandeln lassen?«

»Keine Ahnung«, sagte der Polizeitechniker. »Jedenfalls hat er eine Person identifiziert und sich drangehängt.«

»Was heißt drangehängt?«

Der Techniker drückte eine Taste, und auf dem rechten Monitor erschien der Streckenplan der Hamburger U- und S-Bahnlinien.

»Seht ihr diese blinkenden Symbole? Das sind die Kameras, in die er sich eingehackt hat. Wahrscheinlich hat er mehrere Kameras in der Bundesrepublik angezapft. Dort die rot eingefärbte U-Bahnstation …«

»Jungfernstieg«, sagte Hensen.

»Da gab es heute Morgen einen Treffer.«

»Da waren wir heute«, rief Mangold aus. »Um die Ecke ist die Bar, in der wir Carolus gefunden haben. Warum um alles in der Welt ist der allein losmarschiert?«

»Weil wir ihn nicht verstanden haben mit seinem Beuys-Hinweis«, sagte Tannen.

»Fehlanzeige«, sagte der Techniker. Er tippte auf einen Ordner, der mit »Partner Marc Weitz« betitelt war. Er öffnete das Dokument.

»Seht euch das an, er hat sich hier gespeichert, was ein Partner ist. Er hat die Bedeutungen markiert: Kollege, Kamerad, Ehepartner, Gatte, Lebensgefährte. Und seht her: Lebenspartner, Freund/feste Freundin hat er eingefärbt, unterstrichen und fett hervorgehoben.«

»Das heißt, der verrückte Kerl ist auf Mörderjagd …«

»… um seinen Partner Marc Weitz vor der Internen Ermittlung zu retten. Er wird es als gemeinsamen Erfolg ausgeben, damit Weitz aus dem Schneider ist.«

Mangold atmete hörbar aus.

»Könnte es sein, dass er dem Shakespeare-Killer tatsächlich begegnet ist?«

»Ich fürchte, ja«, sagte Tannen und zeigte auf den Eintrag im Linienverzeichnis.

»Sienhaupts Programm sagt, dass die Kameras auf dem Bahnsteig ihn dort geschlagene 15 Minuten im Visier hatten. Es sieht nicht gut aus! Der Mann wollte sich von Sienhaupt finden lassen.«

»Das kann auch einen anderen Grund haben«, widersprach Mangold. »Warum sollte der Täter plötzlich Jagd auf unseren Savant machen?«

Hensen legte die Hand auf seinen Unterarm und sagte:

»Er ist ihm zu nahe gekommen. Die Berliner Polizei hat sich doch beschwert, dass jemand in ihrem System herumgeistert. Sie haben seine Aktivitäten beobachtet. Sie wissen, dass wir einen Autisten beschäftigten, so was spricht sich rasch herum. Und da der Täter gute Beziehungen zur Polizei hat …«

»Das ist reine Spekulation«, sagte Mangold.

»Und was ist damit?«

»Womit?«

»Mit der kleinen Zeile, die da unten aufblinkt?«

Tannen zeigte auf das Zeichen im unteren Teil des mittleren Monitors.

»Ein Handysymbol.«

»Und daneben die Handynummer von Sienhaupt. Ich kann mir nicht vorstellen, dass der Autist sich selbst eine Nachricht schickt.«

Der Techniker klickte zweimal auf das Symbol.

Auf dem Monitor erschien der Schriftzug: »Discite moniti! – Nolite turbare circulos meos!«

Tannen eilte an seinen Schreibtisch und tippte hektisch die Sätze in sein Notebook.

»Lesen Sie vor«, sagte Mangold.

»Auf Deutsch heißt das: Lernt, ihr Ermahnten! Stört meine Kreise nicht.«

33.

Marc Weitz setzte sich neben sie und sagte: »Glauben Sie mir, Frau Winterstein, ich hab' mich nicht darum gerissen, für Sie den Wachhund zu spielen. Der Chef besteht darauf, dass ich Sie nach Berlin begleite.«

Weitz sah sie mit einem Mitleid heischenden Dackelblick an.

Kaja beantwortete seinen Vortrag mit einem Kopfschütteln. Sie musste ein ernstes Wort mit Mangold reden. Warum schickte er ausgerechnet diesen Rüpel? Befürchtete er vielleicht, dass Travenhorst sie attackieren würde? Unsinn. Sie wurde durch das Baby in ihrem Bauch geschützt. Ohnehin glaubte Mangold nicht, dass der Serienkiller noch lebte.

Zwei Stunden später stiegen sie am Hauptbahnhof in die Berliner S-Bahn um und erreichten nach zwei Stationen den »Hackeschen Markt«.

Das in der Gipsstraße gelegene Haus war heruntergekommen. Keiner der schicken Altbauten, der beim Neuaufbau der Stadt restauriert worden wäre. Einen Eimer Farbe hatte das Haus seit mindestens 30 Jahren nicht gesehen.

Vor der schief eingehängten Haustür blieb sie stehen und wandte sich an Weitz und die beiden Uniformierten der Berliner Polizei, die sie bereits erwartet hatten.

»Ich werde da allein hochgehen«, sagte sie.

Den Gesichtsausdrücken der Polizisten nach schienen die

nicht so recht einzusehen, was sie hier überhaupt sollten. Kein Wunder. Seit wann marschierten gleich vier Polizisten auf, wenn es sich doch nur um eine einfache Befragung handelte?

Sie musste schmunzeln. Jetzt hatte sie sich zum ersten Mal zu den Polizisten gerechnet. Besser, sie bewahrte Abstand. Sie hatte eine Sonderstellung, und das war gut so.

Niemand glaubte an Binkel als Täter, doch sie war sich einfach nicht sicher. Nein, einen weiteren Fehler durfte sie nicht begehen.

Außerdem hatte Simone Jaspers ebenfalls Kontakt mit der ermordeten Tanja Binkel gehabt. Sicher hatte sie nicht gegen ihren Bruder arbeiten wollen, sondern gegen die Übergriffe in den Heimen, die aus Jens Binkel ein Wrack gemacht hatten. Vermutlich waren auch Schuldgefühle im Spiel, denn sie hatte mit dem Versuch, ihren Bruder zu ertränken, seine Heimkarriere wohl erst ausgelöst.

Kaja betrat den Hausflur und drehte sich noch einmal um.

»Das hier ist eine Zeugen- … nein, eine Opferbefragung. Bleiben Sie hier vor dem Haus in Bereitschaft, falls ich Sie benötige.«

Der junge Polizist nickte sofort und schien darüber erleichtert zu sein, dass er bei seiner Zuschauerrolle bleiben durfte.

Weitz sagte: »Keine Chance, ich habe die direkte Anweisung.«

»Sie wollen doch Ihren Kumpel Sienhaupt finden. Vielleicht bringt uns das hier weiter. Die Frau da oben wurde von Binkel vergewaltigt …«

»Ich weiß«, sagte Weitz mit düsterer Stimme.

»Sie wird mir nichts sagen, wenn Sie sich mit an den Tisch setzen.«

»Mangold ...«

»... sitzt in diesem Augenblick in Hamburg und brütet über das, was Sienhaupt da mit seinem Computer veranstaltet hat. Wie wär's, rufen Sie ihn in der Zwischenzeit an und fragen, ob er etwas Brauchbares über seinen Verbleib herausgefunden hat.«

Marc Weitz drückte unschlüssig mit dem Daumen auf die Klappe eines Briefkastens und beulte sie leicht ein.

»Wie lange brauchen Sie?«

»Holen Sie sich irgendwo einen Kaffee.«

Sie stieg die Treppe hinauf und vermied es, sich am Handlauf festzuhalten. An einigen Stellen war das Holz gesplittert, an anderen klebte eine dunkle Masse.

Die Wohnung lag im vierten Stock.

Eine Frau in einem lindgrünen Kittel öffnete die Tür. Sie war höchstens eins fünfzig groß und sah sie erschrocken an.

»Ja?«

»Kaja Winterstein, ich bin von der Polizei.«

»Sie wollen zu Frau Jaspers?«

»Ich hätte sie gern kurz gesprochen.«

»Ist das mit ihrem Lebensgefährten abgesprochen?«

»Nein, aber es geht wirklich nur um eine kurze Frage.«

»Wissen Sie, ich bin hier nur die Pflegerin und eigentlich ...«

»Fragen Sie doch bitte und sagen Sie, dass es nicht lange dauern wird.«

Unsicher öffnete die Pflegerin die Tür und bat sie, im Flur zu warten.

Eine Wand war mit bunten Plastikplatten verkleidet, wie sie in den Siebzigern modern gewesen waren. Gleich neben der Tür standen drei klappbare Sitze, wie sie in alten Kinos benutzt wurden.

Die Pflegerin kam zurück und meinte: »Es geht ihr wirklich nicht gut.«

»Es dauert nur einen Moment. Und es ist sehr wichtig.«

Deutlich hörte sie aus dem Inneren eine Frauenstimme.

»Sie kommen, Liebling, sie kommen.«

Die Pflegerin trat zur Seite, und Kaja Winterstein drückte vorsichtig die Tür auf.

»Nein, Liebling, sie werden uns nicht trennen. Niemals. Erwarte mich ...«

Die Frau trug einen Morgenmantel und sah zum Fenster. Außer ihnen war niemand im Raum.

»Frau Jaspers? Ich hätte gern mit Ihnen gesprochen.«

Der Vorhang war zugezogen und ließ nur spärlich Licht in das Zimmer. Die Luft war abgestanden und von künstlichem Jasminduft durchzogen.

»Setzen Sie sich«, sagte die Frau und wies auf einen Stuhl, der neben dem Bett stand.

Sie machte drei Schritte auf das Fenster zu und zog die Vorhänge auf.

»Sie sind gekommen, um ihn mir wegzunehmen, nicht?«

»Wen meinen Sie?«

»Er wartet auf mich. Jede Nacht wartet er auf mich.«

»Ihr Lebensgefährte? Er wartet?«

Sie lächelte Kaja Winterstein an und schüttelte den Kopf. Deutlich konnte die Profilerin erkennen, wie die Frau ihren Oberkörper aufrichtete und tief durchatmete. Etwas Entschlossenes huschte über ihr Gesicht.

»Ein wenig Licht und Luft werden uns guttun. Sie sind von der Polizei?«

Kaja bejahte die Frage, und auch Simone Jaspers nickte bestätigend mit dem Kopf.

Dann öffnete sie mit ungewöhnlich rascher Handbewegung das Fenster.

*

Marc Weitz sah zu den beiden Uniformierten, die sich vor dem Haus tuschelnd über ihre Hamburger Kollegen lustig machten. Der Ältere blickte verschmitzt zu ihm herüber und drehte sich dann wieder zur Seite.

»Es riecht nach Bohnerwachs«, sagte Weitz laut und untersuchte die Briefkästen. Sie waren aus einem billigen Blech und vor vielen Jahren mit grüner Farbe überstrichen worden.

Zwei von ihnen waren völlig verbeult und sicher mehrfach aufgebrochen worden. Oben auf den Kästen lagen Werbezettel, die lustlose Drücker dort deponiert hatten. Vier Namen waren mit Filzstift direkt auf das Blech geschrieben, drei andere auf Klebestreifen gekritzelt.

Landmann-Karnich, Bosetzki, Jaspers ... Marc Weitz stutzte. Er trat näher heran und las ungläubig den zweiten Namen noch einmal. Aber das war doch ... Er wandte sich nochmals um zu den beiden Polizisten, die noch immer dort standen und nun rauchten.

Der Ältere schnippte gerade die Asche seiner Zigarette ab, als Weitz eine Art Bündel sah, das keine drei Meter neben dem rauchenden Beamten auf die Straße fiel.

Der Polizist sprang zur Seite und stieß dabei einen kehligen Schrei aus.

Das dumpfe Geräusch, mit dem die Frau auf dem Pflaster aufgeschlagen war, nahm Weitz erst Sekunden später wahr.

Er stürmte hinaus. Der jüngere Polizist stand noch immer angewurzelt nur wenige Meter entfernt, starrte auf die Frau und ließ die Arme hängen.

Weitz tastete nach dem Puls. Die Frau blickte ihn an und sagte: »Er wartet doch auf mich.«

»Wer?«, fragte Weitz. Und noch einmal: »Wer wartet?«

Ihr Kopf kippte zur Seite, und ein dünnes Rinnsaal Blut lief aus ihrem Mundwinkel. Es tropfte in die Lache, die sich unter ihrem Kopf bildete.

»Los, du Held, ruf Verstärkung!«, herrschte Weitz den älteren Polizisten an. Der hatte sich in einiger Entfernung auf den Kantstein gesetzt und zog hektisch an einer Zigarette.

Weitz sah an der Fassade hinauf und entdeckte an einem offenen Fenster das Gesicht von Kaja Winterstein.

Er rief den Polizisten zu, dass sie nichts anrühren sollten, und sprang die Stufen des Altbaus hinauf.

Als er das Zimmer betrat, stand Kaja immer noch am Fenster.

»Alles in Ordnung?«, fragte Weitz.

»Sie hat gelächelt. Ist lächelnd auf die Fensterbank gestiegen. Es ging einfach zu schnell.«

»Niemand macht Ihnen einen Vorwurf«, sagte Weitz.

»Ich hätte vorher mit ihrem Arzt reden müssen.«

»Unsinn«, sagte Weitz. Dann begann er, die Schränke im Zimmer zu untersuchen.

»Schon einen Überblick verschafft?«, fragte Weitz.

»Was?«

»Die Wohnung.«

Ohne eine Antwort abzuwarten, ging Weitz in die Küche. Weinend saß die Pflegerin am Küchentisch und sah ihn flehend an.

»Ich müsste mal Beweismaterial sicherstellen.«

»Beweismaterial«, wiederholte die Pflegerin.

Marc Weitz öffnete die Küchenschubladen, fand aber keinerlei Papiere.

Dann sah er zur Tür, hinter der diese Psychotante jetzt wahrscheinlich einen Sinn des Lebens beim Zusammensetzen von Wolkenbildern suchte. Hoffentlich hüpfte sie nicht hinterher. Selbstmorde sollten ja ansteckend sein.

Um die Frau wäre es wirklich schade gewesen. Wenn sie mal eine helle Stunde hatte, war sie gar nicht so verkehrt.

Wie auch immer, mit dem Selbstmord ihrer Zeugin musste die Psychologin selbst zurande kommen. Schließlich war sie vom Fach!

Nein, er brauchte jetzt eine Handyrechnung, und mit der würde er Sienhaupt schon raushauen. Alles eine Frage kriminalistischer Arbeit. Man musste nur richtig hinsehen, das Ziel anpeilen und dann drauflos. Beherzigte man das, dann fand man auch schon mal einen Briefkasten, der einem ein Geheimnis anvertraute. Unglaublich.

Er trat zurück in den Wohnungsflur und drückte die Klinke einer weiteren Tür. Abgeschlossen.

Weitz wuchtete mit aller Kraft seine rechte Schulter dagegen. Beim zweiten Versuch splitterte der Rahmen, und die Tür glitt auf, als würde eine unsichtbare Hand sie langsam aufziehen.

*

»Alle Dinge sind in Wahrheit leer«, sagte Hensen.

Mangold sah ihn fragend an.

»Nichts entsteht, und nichts vergeht, nichts ist rein, und nichts ist unrein … Stammt aus dem Diamant-Sutra.«

»Das große Nichts«, sagte Mangold. »Philosophieren können wir später.«

Plötzlich sprang Tannen von seinem Sitz auf.

»Ich muss noch mal an Sienhaupts Computer.«

»Nur zu«, sagte Mangold und deutete mit einer einladenden Geste auf den von Flachbildschirmen umstellten Platz Sienhaupts.

»Finden Sie heraus, wo Sienhaupt sich befindet.«

»Das ist ja der Fehler«, sagte Tannen, der eine der Tastaturen zu sich heranzog und sich in das System der Berliner Polizei einloggte.

Mangold sah ihm neugierig über die Schulter.

»Sehen Sie zu, dass es nicht auffällt.«

»Das dort ist der Datenbestand. Wird regelmäßig aktualisiert.«

»Und?«, fragte Mangold.

»Nur wenn die Festplatte voll ist, wird die alte Version überschrieben.«

»Und sonst?«

»Man kann Daten wiederherstellen, wenn sie nicht überschrieben worden sind. Sehen Sie die Exe-Datei?«

»Sicher.«

»Ein Programm, mit dem man gelöschte Festplatten zu neuem Leben erweckt. Mit unseren Möglichkeiten würde das allerdings eine Woche dauern.«

»So viel Zeit haben wir nicht.«

»Brauchen wir auch nicht«, sagte Tannen. »Sienhaupt hat mit seinen Programmen gezielt nach bestimmten gelöschten Daten in früheren Speicherungen gesucht.«

»Was schlagen Sie vor, wonach sollen wir suchen?«

»Tanja Binkel«, sagte Hensen. »Sie passt nicht zu den übrigen Opfern, und sie hat ihre Unterlagen versteckt. Würde mich nicht wundern, wenn das noch nicht alles wäre.«

Tannen ließ das Programm durchlaufen, und tatsächlich wurden einzelne Datensätze ausgespuckt.

»Alles Dateien, die es in den aktuellen Speichern nicht mehr gibt.«

Tannen druckte die Seiten aus. Sie enthielten Informationen zu einzelnen Anzeigen, die sie im Auftrag diverser Opfer gegen Heimerzieher erstattet hatte.

»Gut, die wurden gelöscht. Möglicherweise aus Datenschutzgründen, weil die Fälle verjährt sind«, sagte Mangold.

»Ich bin mir sicher, Sienhaupt hat die digitalen Spuren identifiziert, die auf denjenigen deuten, der da für Sauberkeit im Computersystem bei den Berliner Kollegen gesorgt hat«, gab Hensen zu bedenken.

Plötzlich pfiff Tannen durch die Zähne.

»Carolus«, sagte er. »Hier gibt es eine einstweilige Verfügung gegen diverse Personen. Ihnen wurde bei Strafandrohung von 100 000 DM verboten, weiterhin Mitglieder des evangelischen Lutherheims zu beschuldigen.«

»Das war Carolus' Wirkungsstätte, aber was ist daran neu?«

»Die Unterlassungsklage wurde von Arnfried Müller alias Carolus erwirkt. Und jetzt die Überraschung: Hier tritt Tanja Binkel als Vertreterin von Carolus und der verdächtigten Pädagogen auf.«

»Das heißt, sie wurde umgedreht?«, fragte Hensen.

»Mandatsverrat trifft es wohl besser«, sagte Mangold.

»Tannen, gibt es Signaturen, IP-Adressen oder etwas anderes, was denjenigen identifiziert, der diese Sauereien aus dem Computer gelöscht hat?«

»Hier gibt es zwei außergerichtliche Vergleiche, die abgespeichert waren. Wieder tritt Tanja Binkel als Vertreterin der Beschuldigten auf.«

»Das muss unser Täter gelöscht haben«, sagte Mangold. »Er wollte uns weiter herumrätseln lassen, während er seinen Rachefeldzug durchzieht. Und jetzt?«

»Keine Hinweise auf den Urheber der Manipulationen«, sagte Tannen. »Das verschlüsselte Bild von der U-Bahnkamera lässt sich nicht zusammensetzen.«

Hensen warf seinen Stift weg, mit dem er eben noch auf dem Phantombild herumgemalt hatte, und sprang hinter seinem Schreibtisch vor.

»Wir müssen an die Quelle, und zwar schnell. Wir brauchen einen Wagen.«

»Und wohin geht's?«, fragte Mangold.

»Wir sind bescheuert«, sagte Hensen. »Da, wo es lauter schöne Bilder gibt, in der Leitstelle der Hochbahn. Von da hat sie sich Sienhaupt heruntergesaugt, und da müssen sie immer noch auf einem Band oder einer CD liegen. Tannen, Sie versuchen, noch mehr aus dieser Kiste herauszubekommen.«

34.

»Hab' ich dich?«, sagte Marc Weitz. Er zog sein Handy hervor und tippte die Nachricht ein. Anschließend wählte er die Nummer, die er auf der Telefonrechnung gefunden hatte.

»Bedauerlich, aber Ihre Freundin Simone Jaspers ist vor lauter Scham aus dem Fenster gesprungen.«

Er musste die Suppe jetzt am Köcheln halten und den Mann nur heftig genug reizen. Der stand auf inszeniertes Drama. Er würde Sienhaupt nicht so einfach fertigmachen. Solche Typen brauchten einen symbolträchtigen Ort. Mit Sicherheit schwoll dem der Kamm, wenn er nur daran dachte, seine Rache in ein großes Finale zu gießen.

Und er, Weitz, der Polizeidepp, gejagt von der Internen, er würde daneben stehen und ihm sein ganzes Getue in den Arsch schieben.

Jetzt musste er nur schnell sein und Geduld haben.

Marc Weitz sah auf das Handy und erwog, Mangold anzurufen. Aber nein, das war seine Show. Ganz allein seine, da würde ihm keine Gurkentruppe von Einsatzkommando einen Strich durch die Rechnung machen.

*

Tannen öffnete die von Sienhaupt angelegte Datenbank, die er auf einer externen Festplatte gespeichert hatte. Im Verzeichnis erschienen Tausende von Datensätzen, alle mit Zahlenkombinationen versehen.

Wahllos öffnete er die Dateien, doch es leuchteten lediglich mathematische Symbole auf. Dann der Bericht einer urologischen Untersuchung. Darin ging es um die Zunahme von Entzündungen in der Harnröhre und der Blase. Tannen drückte ein Symbol, und es ließ sich aus dem Dokument heraus eine weitere Datei öffnen. Ein Zeitungsartikel, in dem es um unhygienische Orte im Haushalt ging. Es waren keineswegs, wie er vermutet hatte, Bäder, Toiletten oder Türklinken, nein, auf der Hitliste der am stärksten mit Viren und Bakterien verseuchten Orte rangierten Computertastaturen ganz weit oben, gefolgt von Wisch- und Trockentüchern.

Wenn er es richtig verstand, ging es Sienhaupt um eine medizinische Theorie. Er verband zunehmende Selbstbefriedigung am Computer mit Erkrankungen der äußeren Geschlechtsorgane.

Kopfschüttelnd öffnete Hensen einige Dutzend weiterer Dateien, bis er auf den Namen »Tanja Binkel« stieß.

Das Dokument enthielt die Krankenakte ihres Bruders. Auch der Angriff der jungen Tanja, bei dem Jens Binkel nur knapp vor dem Ertrinken gerettet werden konnte, war darin aufgeführt und markiert. Dann sah er den Namen der Frau, die von Binkel auf brutalste Weise vergewaltigt worden war. Nur knapp war sie mit dem Leben davongekommen. Sienhaupt hatte einen Bericht der Rentenkasse angefügt, der ihr Frühinvalidität bescheinigte, darunter Berichte von mehreren Psychiatern. Aufgelistet waren auch die Medikamente, die sie verschrieben bekam.

Plötzlich erschien das Bild von »Joseph Beuys« auf dem Schirm.

War das einer von Sienhaupts Scherzen, eine eingebaute Sackgasse?

Wütend stieß Tannen die Maus von sich. Der Zeiger fuhr über die Augen des Künstlers, und plötzlich leuchteten Verweise zu wissenschaftlichen Artikeln über Spiegelneuronen auf. Neugierig fuhr er mit dem Zeiger über die Ohren, und es erschien ein Bild, das Beuys inmitten seiner Schüler zeigte. Tannen erkannte den Mann sofort.

Das also hatte er gemeint. Und klar, deshalb also war der Berliner Zeuge ermordet worden. Natürlich. Wieso waren sie darauf nicht früher gekommen?

*

»Nein, wir haben keine Ahnung, um welchen Bahnsteig es sich handelt«, sagte Mangold genervt. »Spielen Sie uns alles auf den Computerschirm.«

Der Hochbahnbeamte sah ihn mit betrübtem Gesicht an.

»Wissen Sie denn die genaue Uhrzeit?«

Mangold nannte eine zweistündige Spanne.

»Wir können Ihnen aber nur die einzelnen Kamerabilder hintereinander vorspielen.«

»Machen Sie, machen Sie. Wir haben keine Zeit«, sagte Mangold.

Als der Techniker den Raum verlassen wollte, rief Mangold ihm hinterher: »Die ersten Kameras auf diesen Monitor, die anderen auf den zweiten, wir teilen es uns auf.«

»Selbstverständlich, wenn Sie daran denken, uns eine Bescheinigung …«

Mangold erhob sich drohend, und der Beamte drückte sich rasch durch die Tür.

Fünf Minuten später flimmerten grobkörnige Schwarz-Weiß-Bilder über die Bildschirme.

»Ich hätte meine Sonnenbrille mitnehmen sollen«, sagte Hensen und sah auf den Schirm.

»Glaubst du, Sienhaupt lebt noch?«, fragte Mangold unvermittelt.

»Keine Ahnung. Für ihn ist Sienhaupt ein Mitarbeiter der Polizei. Und die wiederum gehört zum Staat. Der Staat und die Kirchen aber sind in seinen Augen die Schuldigen. In ihren Heimen und Einrichtungen ist das alles passiert.«

»Ist das nicht ein bisschen weit hergeholt?«

»Nein«, sagte Hensen. »Dies ist ein Feldzug gegen den Staat und die Kirche, gegen Verjährungsfristen, die für die Täter gelten. Nicht aber für die Opfer, die ihr Leben lang mit diesem Missbrauch leben müssen. Verurteilt werden nicht diese Perversen, seien sie nun in Kutten oder einem schicken Anzug unterwegs.«

»Du fängst doch nicht an, diese grauenhaften Serienmorde zu rechtfertigen?«, sagte Mangold.

»Natürlich nicht. Allerdings: Weggeschlossen werden Leute wie Jens Binkel, der nach den pädagogischen Leistungen von solchen Gangstern wie Carolus losgeht und Frauen vergewaltigt.«

»Das mit dem Rachefeldzug leuchtet schon ein. Aber wir haben alle Heimkinder, die Auffälligkeiten zeigten, durchsiebt. Da kommt niemand als Täter in Betracht.«

Hensen rieb sich die Augenbrauen. Dann starrten sie wieder auf ihre Monitore.

»Wir werden auf den Sohn des Priesters stoßen, ich schwör's dir. Aber wir wissen eben noch nicht, wer es ist. Hinter welchem Namen er sich verbirgt«, sagte Hensen.

»Du meinst, wir kennen ihn?«

»Ich bin mir sicher. Denk an dieses Spinnennetz.«

»Du glaubst allen Ernstes, es ist einer von uns?«, fragte Mangold.

»Zumindest hatte er den Zugang in die Datenbanken der Polizei«, sagte Hensen. »Wie ich das hasse!«

Mangold lachte.

»Du und hassen?«

»Stimmt, mit meiner tollen Meditation bin ich noch nicht weit. Ich kämpfe mir auf dem Kissen meinen Hintern ab. Und das kannst du wörtlich nehmen.«

»Also, was ist es? Was hasst du?«

»Ach, dieses ganze Entschuldigungsgefasel. Diese betroffen in die Kamera blickenden Kardinäle, Bischöfe, Priester, Pfarrer, Patres, Schulleiter und Erzieher, die in den Heimen und Schulen schwere Verbrechen begangen haben. Sie glauben, sie müssten ihre Entschuldigungen nur oft genug wiederholen, damit alles vergeben und vergessen ist. Appellieren an die christliche Nächstenliebe. Zum Kotzen.«

»Was sollen sie denn tun?«, sagte Mangold.

»Keine Ahnung. In die Wüste geschickt werden, nach Darfur, sich gegenseitig die Stinkefüße zu waschen, reicht da wirklich nicht aus. Gibt es keine Leprastationen mehr? Wie wär's, wenn die gesamte Schar von schuldigen Priestern, Patres und Bischöfen dort Latrinen säubert. Alle, die ihre Schwänze nicht im Zaum halten können.«

»Klingt nach Mittelalter«, sagte Mangold.

»Und das immer gleiche ›Entschuldigung‹, ›Entschuldigung‹ ist die moderne Zeit, oder was?«

Plötzlich schlug Hensen mit den flachen Händen auf den Tisch. Mangold schnellte herum. »Darf ich vorstellen?«, sagte Hensen. »Araneus angulatus.«

Mangold stieß sich mit den Füßen ab und rollte mit dem Stuhl auf Hensens Tisch zu. Das Bild zeigte einen Mann, der sich langsam der Kamera näherte, den Hut abnahm und hineinlächelte.

»Erkennst du ihn?«

»Moment«, sagte Hensen, stoppte die Aufnahme und zoomte das Bild heran.

»Nein, das gibt es doch nicht!«, sagte Mangold in das Läuten des Telefons hinein.

Während Mangold noch auf das Bild starrte, nahm Hensen den Hörer ab.

»Ja, Tannen. Wir haben ihn hier. Direkt vor uns. Auf einem kontrastreichen Schwarz-Weiß-Bild. Nein, wir informieren niemanden in Berlin, wir holen Sie am Eingang des Präsidiums mit dem Wagen ab. Haben Sie seine Adresse?«

Als er aufgelegt hatte, klingelte das Telefon. In knappen Worten informierte Kaja ihn über den Selbstmord von Simone Jaspers.

»Machen Sie sich keine Vorwürfe«, sagte Mangold. »Wir können nicht vor jeder Befragung ein ärztliches Gutachten einholen.«

»Ich hätte rücksichtsvoller vorgehen können. Ihre Ärzte fragen …«

»Die Frau war in keinem Krankenhaus, sie lebte zu Hause.«

»Trotzdem.«

»Ist Weitz bei Ihnen?«, fragte Mangold.

»Nein.«

»Nein? Wieso nicht?«

»Er hat in der Wohnung wie ein Irrer eine Handyrechnung gesucht und ist damit verschwunden.«

»Eins nach dem anderen. Weitz sucht nach einer Handyrechnung und haut dann damit ab, ohne was zu sagen? Wohnte die Frau allein?«

»Es gibt Männersachen im Flur und in einem Zimmer, das Weitz durchsucht hat.«

»Bitte sehen Sie nach, ob Sie einen Namen entdecken. Und nicht auflegen.«

Als Kaja Winterstein ihm den Namen durchgegeben hatte, bedankte sich Mangold.

»Das ist das letzte Puzzleteil. Sind die Berliner Kollegen noch vor Ort?«

»Ja, aber ich verstehe nicht.«

»Sie werden die Wohnung verlassen und sich vergewissern, dass Ihnen auf der Straße niemand folgt. Verstehen Sie?«

»Was soll das?«

»Tun Sie, was ich sage. Gehen Sie jetzt da raus und halten Sie unbedingt Ihr Handy in Bereitschaft. Und gehen Sie an einen belebten Ort. Schnell.«

*

Der Tunnel war genau genommen eine gekachelte Röhre, die unter einer stillgelegten Eisenbahnstrecke entlangführte. Marc Weitz drückte die Zweige auseinander und vergewisserte sich, dass er im Notfall sein Versteck schnell verlassen konnte.

Was, wenn der Mann Sienhaupt vorher tötete? Spontan? Ihn hier nur ablegte? Was, wenn er sich nicht hatte provozieren lassen? Er seinen Partner nicht hierherbrachte?

Je mehr er darüber nachdachte, desto unwahrscheinlicher kam es ihm vor, dass er Sienhaupt genau an der Stelle tötete, an der seine Lebensgefährtin von Binkel vergewaltigt worden war. Erstaunlich eigentlich, dass der Serienkiller sich nicht diesen Verrückten vorgenommen hatte. Der war doch der eigentliche Täter. Er war es, der seine Lebensgefährtin vergewaltigt und misshandelt hatte.

Zwei Schulkinder stapften durch den Tunnel. Erste oder zweite Klasse, schätzte Weitz. Er sah auf die Uhr. Seit einer Stunde lag er jetzt hier auf der Lauer.

Einer der Jungen kickte eine Flasche zur Seite, dann begann der Größere plötzlich zu laufen.

Weitz zog sein Handy aus der Tasche. Besser, er rief im Präsidium an und brachte in Erfahrung, wie weit sie waren. Natürlich musste er ihnen mitteilen, welchen Namen er am Briefkasten gelesen hatte.

Er verstaute das Handy wieder in seiner Tasche. Das konnte warten. Eine Viertelstunde wollte er noch drauflegen.

Wie oft hatte er sich in den letzten zwei Stunden ausgemalt, wie es wäre, wenn er mit dem Täter ganz selbstverständlich in den Hamburger Konferenzraum marschierte und den Mann einfach ablieferte.

Er drückte den Rücken durch und sah sich um. Weit und breit niemand zu sehen.

Plötzlich hörte er ein Geräusch hinter sich, doch bevor er sich umdrehen konnte, spürte er den Lauf einer Pistole an seinem Hinterkopf.

35.

Hensen drehte sich vom Beifahrersitz aus kurz zu Tannen um und sah auf die mathematischen Symbole, die den Bildschirm füllten. Tannen zog gerade eine weitere Sienhaupt-Datei von seinem USB-Stick.

»Wir brauchen ein Übersetzungsprogramm für unser Genie.«

»Keine schlechte Idee«, sagte Mangold.

»Könnte es sein, dass er ein GPS-Signal in sein Handy eingebaut hat?«

»Ich hab' das überprüft«, antwortete Tannen. »Wenn es eines gibt, ist das entweder ausgeschaltet oder nicht mit seiner Mobilnummer verbunden.«

»Mist«, sagte Mangold und beschleunigte den Wagen.

»Er wird auch den nächsten Mord zelebrieren«, sagte Hensen. »Es geht ihm zwar nicht um Sienhaupt, aber er will mit seinen Morden die Öffentlichkeit wachrütteln.«

»Dann wird er sich einen passenden Ort suchen«, erwiderte Mangold.

Hensen sah auf die Fahrbahn und nickte nachdenklich.

»Wie wäre es mit der Glaskuppel des Reichstags.«

»Zu auffällig«, erwiderte Mangold.

»Er weiß, dass dies sein letzter Mord wird, ich bin sicher, er bastelt an einem furiosen Finale.«

»Also, wo könnte es stattfinden?«

»Im Berliner Polizeipräsidium?«, schlug Hensen vor.

»Er hat bei seinen Tatortinszenierungen immer religiöse Anspielungen gemacht. Das ist ihm wichtig. Die Farben Marias beim Münchner Opfer, ein hergerichteter Papst in Florenz …«

»Ich glaub', ich hab' hier was«, sagte Tannen. »Könnte sich eignen.«

»Raus damit«, sagte Mangold.

»In Sienhaupts Dateien gibt es den Hinweis auf eine Ausstellung.«

»Eine Verbindung zu den Gemälden, die er nachgestellt hat?«, hakte Mangold nach.

»Es werden Beuys-Werke gezeigt. In einer Kirche. Sienhaupt hat das Dokument jedenfalls gespeichert, kurz bevor er verschwunden ist.«

»Wo werden die gezeigt?«, fragte Mangold.

»In der Friedrichswerderschen Kirche in Berlin Mitte.«

»Stimmt, Kirche, Beuys, das wäre genau das Richtige für ihn«, sagte Hensen.

»Ein Werk von Beuys?«

»Den kann man nicht nachstellen. Ich tippe mehr auf etwas ganz Großes, etwas Prachtvolles«, sagte Hensen.

Mangold nickte, kurbelte das Fenster herunter und schob das Blaulicht aufs Dach.

»Friedrichswerdersche Kirche also«, sagte er.

*

Das Wimmern kam aus großer Entfernung immer näher, fraß sich Weitz ins Hirn. Unmöglich, die Augen zu öffnen, er wollte zurück, zurück in diese schwarze Stille, in der es kein Jammern gab.

Die Nadelstiche, die er in seinem Schädel spürte, waren unerträglich. Und dann sein Arm. Was war mit seinem Arm?

Das leblose Ding da an seinem Körper konnte unmöglich sein Arm sein!

Vorsichtig öffnete Marc Weitz die Augen. Über ihm strebten gewaltige Säulen in die Höhe und stützten eine riesige, mit sternförmigen Verzierungen versehene Kuppel. Sonnenlicht drang durch die bunten Fenster und traf seine Augen.

Er versuchte, seinen Arm zurückzuziehen, doch etwas umkrallte seinen Körper. Weitz kniff die Augen zusammen, öffnete sie erneut und sah direkt vor sich Peter Sienhaupt. Der musterte ihn kurz und begann dann erneut zu wimmern. Beide steckten sie in einem Drahtgeflecht und waren mit Paketband an die Verstrebungen gebunden. Und sie waren nackt.

»Um Gottes willen«, sagte Weitz.

»Ein wahres Wort«, sagte der Mann. Er trat zwischen ihn und Sienhaupt.

»Gottes Wille und der Wille seiner Stellvertreter. Freuen Sie sich, Sie werden Teil eines Größeren. Es wird Fotos von Ihnen geben, Sie werden unsterblich.«

»Arschloch«, sagte Weitz.

Der Mann hob die Augenbrauen und beugte sich zu seinem Rucksack.

Weitz versuchte sich zu orientieren. Der Kerl hatte sie auf eine Arbeitsbühne geschafft und sie mit Drähten an zwei Querstreben befestigt. Sein rechter Arm und der linke von Sienhaupt zeigten aufeinander.

»Ich brauche noch Werkzeug«, sagte der Mann. »Ich muss Sie um einen Augenblick Geduld bitten.«

Weitz hörte ein leichtes Knirschen des Gerüsts, dann helle Metallgeräusche. Der Mann stieg die Treppen hinab.

»Kannst du dich bewegen?«, fragte Weitz.

Sienhaupt sah ihn aufmerksam an, rüttelte kurz am Drahtgeflecht und schüttelte den Kopf.

»Hirni, da stecken wir übel in der Scheiße.«

Weitz drehte leicht den Kopf. Die Bühne mussten Restaurateure aufgebaut haben, die die Säulen instand setzten.

Ein Geräusch? Weitz drehte den Kopf und erkannte aus den Augenwinkeln Gestalten. Genau dort, wo in einer Kirche sonst das Gestühl aufgebaut war.

»Hallo!«, rief er hinunter. »Bitte rufen Sie die Polizei!«

Die Menschen da unten rührten sich nicht. Erst jetzt bemerkte er, dass sie alle weiß schimmerten.

Er kniff die Augen zusammen und erkannte eine Ansammlung lebensgroßer Skulpturen. Um sie vor Staub zu schützen, hatte man sie mit Plastikfolien umwickelt.

Weitz entspannte seinen Hals und sah nach oben.

Die monumentalen Bleiglasfenster über und neben ihm waren geradezu furchteinflößend. Er folgte dem Stahlseil, an dem das Drahtgestell befestigt war. Irgendwo da oben in der bemalten Kuppel endete es. Der Mann wollte sie über den Köpfen der Skulpturen und mitten im Kirchenraum schweben lassen.

Eine grauenhafte Vorstellung, dass er womöglich so in der Presse erschien. Ein Hamburger Kriminalpolizist hängt nackt mit einem ebenfalls nackten und – wie er jetzt feststellte – leicht dicklichen Genie unter einem Berliner Kirchengewölbe. Selbst wenn das Foto zurückgehalten wurde, waren da ja noch die Berliner Kollegen, die sie so zu sehen bekamen!

Weitz versuchte mit den Zähnen an das Klebeband zu kommen, mit dem seine Handgelenke am Draht befestigt waren. Aussichtslos. Das Gerüst schwang leicht nach rechts.

»Hast du eine Idee?«, fragte er Sienhaupt, doch der sah ihn nur aus staunenden Augen an.

Der Draht fraß sich langsam in sein Fleisch. Besonders an den Oberschenkeln staute sich das Blut.

»Was meinst du, Hirni, was macht er mit uns? Adern öffnen, erwürgen? Stromschlag vielleicht? Das Gestell spricht für Stromschlag. Keine Sorge, das geht schnell. Es riecht nur nicht so gut.«

Sienhaupt antwortete mit einem Wimmern.

Aus dem Kirchenraum hörte er schlurfende Geräusche. Ja, der Mann kam zurück. Und er machte nicht den Eindruck, als würde er sich durch ein Gespräch von seinem Plan abbringen lassen. Weitz dachte an Binkel. Das malende Weichei hätte er umbiegen können. Doch was wollte dieser Typ von ihnen? Was hatten sie mit diesen verfluchten Heimen und Pflegeeinrichtungen zu tun? Mit Pfarrern und Pastoren, die ihren Schwanz in ihre Schützlinge stecken mussten?

Der Mann stieg die Leiter herauf und betrat die Bühne. Über seiner Schulter hing eine Stofftasche. Er blieb ein paar Minuten stehen, musterte Weitz und Sienhaupt mit ernstem Gesicht.

»Und, gefällt dir, was du siehst?«, sagte Weitz. »Was haben wir mit diesem Scheiß zu tun? Verrat mir das mal.«

Während der Mann eine Rosenschere aus seinem Stoffbeutel zog, sagte er beiläufig: »Sie werden aufsteigen. Und von dort oben hinuntersehen. Wollten Sie das nicht schon immer?«

»Hinuntersehen? Ich werde auf dich hinunterkotzen«, sagte Weitz.

Der Mann lächelte. Mit Predigerstimme sagte er:

»Doch der Kontakt zwischen den Menschen und Gott ist

nicht mehr. Die Zeigefinger fehlen und die Stümpfe bluten.« Er hob die Rosenschere in die Luft und schnippte sie zusammen.

Peter Sienhaupts Wimmern wurde lauter. Ihm rutschte die Brille von der Nase und fiel auf die Bretter der Arbeitsbühne.

Der Mann machte drei Schritte von ihnen weg. Er beugte sich zum Brillengestell, hob es hoch und hielt es nachdenklich in der Hand.

»Kennen Sie die Sixtinische Kapelle in Rom?«, fragte er.

»Besser, du knallst mich gleich ab, dann muss ich mir wenigstens dieses Gelaber nicht anhören«, sagte Weitz.

Wieder dieses heisere Lachen.

»Wissen Sie eigentlich, für welches Monster Sie da arbeiten?«, fragte er.

»Sienhaupt ist kein Monster.«

»Den meine ich nicht. Ihr Arbeitgeber, ihr ach so sauberer Arbeitgeber. Staat Deutschland, Deutschland über alles.«

»Bringt großen Spaß«, sagte Weitz. »Da kann man Leuten wie dir richtig schön in den Arsch treten. Was ist mit deiner Sextinischen Kirche, oder wie das heißt?«

»Hab' ich Ihr Interesse geweckt? Kapelle, es ist eine Kapelle.«

»Ist mir egal. Brauchst du unbedingt uns beide?«

»O ja«, sagte der Mann. »Und Gott sprach: Lasset uns den Menschen machen ... Genesis 1, Vers 26. Sie haben das Bild sicher schon auf irgendeinem Klo gesehen. Gott erschafft Adam. Von Michelangelo.«

»Die Klos, auf die ich gehe ...«

»Michelangelo zeigt Gottvater, der auf einer Wolke sitzt, seinen Zeigefinger zum Zeigefinger Adams ausstreckt, um ihn mit dem göttlichen Funken zum Leben zu erwecken.«

»Zum Schluss gibt es Konfirmationsunterricht. Mein Ende hätte ich mir anders vorgestellt«, stöhnte Weitz.

»Neuroforschung«, sagte der Mann. »Sieht man sich Michelangelos Darstellung Gottes an, dann ergibt sich, und zwar bis in die farblichen Details, ein Gehirn. Verstehen Sie? Umriss, Blutgefäße, alles sieht aus wie ein Hirn. Wenn man nur genau hinsieht.«

»Gott als Hirngespinst?«, fragte Weitz.

Je länger er den Mann in ein Gespräch verwickelte, desto mehr Zeit blieb ihnen. Warum nur hatte er Mangold nicht informiert?

»Keineswegs. Durch unser Hirn können wir Gott sehen, und aus unserem Hirn tritt er hinaus und erschafft. Er wohnt in uns.«

»Und du schwingst dich auf ...«

»Gottes Wille geschehe«, sagte der Mann.

*

Mangold bog vom Schlossplatz in den Werderschen Markt ab.

Ungefähr 200 Meter vor der Kirche stoppte er den Wagen.

»Hensen, du bleibst im Wagen und rufst Arlandt an. Er soll ein Sonderkommando schicken.«

»Sollten wir nicht warten?«, fragte Tannen vom Rücksitz.

»Wir haben keine Zeit«, sagte Mangold. »Also los.«

Sie verließen den Wagen und liefen am Kirchengebäude entlang zum gusseisernen Portal. Ein Schild mit der Aufschrift »Wegen Bauarbeiten geschlossen« baumelte am Türknauf.

Mangold legte das Ohr gegen die Tür, gab dann Tannen mit einem Kopfschütteln zu verstehen, dass nichts zu hören war.

Er drückte vorsichtig gegen die Tür. Tatsächlich, sie gab nach.

Mangold zog seine Waffe und lauschte hinein, dann nickte er Tannen zu und zog seine Waffe.

Gebückt schlüpften sie in den dunklen Kirchenraum. Mangold bedeutete Tannen, hinter einer Säule in Deckung zu gehen. Er selbst stellte sich hinter eine Skulptur, die eine junge Frau darstellte.

Erst jetzt entdeckte er Sienhaupt und Weitz, die in einem Drahtgeflecht über der Arbeitsbühne schwebten. Hoffentlich ist er noch bei den Vorbereitungen, dachte Mangold. Unbemerkt auf die Arbeitsbühne zu kommen und den Mann zu überwältigen war ausgeschlossen.

Deutlich erkannte er da oben den Polizeizeichner Stevens, der mit einem Kabel hantierte.

»Stevens«, rief Mangold, der über den Hall seiner Stimme erstaunt war.

»Geben Sie auf. Sie wissen, dass Sie keine Chance haben.«

Einige Sekunden herrschte Stille in der Kirche, dann sagte Stevens: »Ich habe Sie erwartet, allerdings sind Sie schneller, als ich dachte.«

»Was haben die beiden Ihnen getan?«

»Nichts«, sagte Stevens. »Keines von den ach so bedauernswerten Opfern hat mir etwas getan.«

»Ich weiß, diese Menschen haben sich schuldig gemacht. Schuldig an Ihrer Lebensgefährtin und an Ihnen.«

»Schuldig«, wiederholte Stevens. »Schuldig. Das ist nur ein Wort. Nur ein kleines unschuldiges Wort. Leicht dahingesprochen und schnell vergessen.«

»Wir haben Ihre Botschaft verstanden«, sagte Mangold.

»Wissen Sie, der Genuss eines Schauspiels steigert sich ungemein, wenn man es gemeinsam sieht.«

»Chef, er hat …«, sagte Weitz, doch dann erstickte seine Stimme.

»All diese Kirchenmänner …«, begann Mangold, doch Stevens unterbrach ihn sofort.

»Nach bestem Wissen und Gewissen … ich weiß. Auch ich handle jetzt nach bestem Wissen und Gewissen. Ich wüsste gern, was Gott zu ihnen sagt, wenn sie da oben auftauchen.«

»Glauben Sie denn an Gott?«, fragte Mangold.

»Was tut das schon zur Sache? Diese Priester und Pfarrer und Pädagogen, glauben die vielleicht an Gott? Die Allmacht Gottes? Eine höhere Instanz, die zusieht, während sie Kinder missbrauchen? Sie hungern lassen? An welchen Gott glauben die? Sicher nicht an einen Gott, der sie bestraft. Und auch nicht an einen Gott der Barmherzigkeit. Mangold, vielleicht hat Gott die Strafe in unsere Hände gelegt.«

»Dafür gibt es Richter, Gefängnisse …«

»Und Verjährungsfristen.«

»Wir haben die Gesetze nicht gemacht.«

»Sie sind der Staat. Und als Polizeizeichner war auch ich der Staat. Ich habe meine Strafe schon bekommen.«

»Warum jetzt Unschuldige töten?«, beharrte Mangold.

»Hören Sie doch auf. Kinder sind unschuldig. Erwachsene nicht. Und Kinder werden dort zu Monstern erzogen.«

»Sie meinen Binkel? Den Mann, der Ihre Lebensgefährtin vergewaltigt hat?«

»Binkel, Binkel. Der war nur ein Schaf auf der Kirchenweide. Binkel!«

»Aber die Opfer sprechen. In der Öffentlichkeit«, hörte Mangold Hensens Stimme.

»Fein, sie sprechen. Und was ist mit den Tätern, die jahrelang gedeckt wurden? So lange, bis die Verjährung sie freispricht? Dieses Entschuldigungsgefasel, wem hilft das?«

»Was ist mit Ihrem Vater?«, fragt Hensen.

»Ich hatte nie einen Vater. Ein Feigling.«

»Aber er war Ihr Vater.«

Stevens räusperte sich.

»Sie werden mich nicht überreden können.«

»Ich verstehe«, sagte Hensen. »Aber es ist falsch. Das Bild ist falsch.«

Stevens schwieg ein paar Sekunden und sagte dann: »Das Bild ist neu, zu neuem Leben erwacht.«

»Michelangelo, nicht wahr? Und Sie machen aus den Wolken des Meisters ein Drahtgestell.«

Mangold duckte sich in die Figurengruppe. Hensen stand seitlich der Arbeitsbühne hinter der Kanzel.

»Wollen Sie jetzt mit mir über Kunst reden?«

»Warum Kunstwerke?«, fragte Hensen.

»Die wahren Täter sind Material geworden. Und stellen sich selbst dar. Die Menschen sind zu Gemälden geworden.«

»Jeder Mensch ist ein Künstler. Hat das nicht Ihr Lehrer Beuys gesagt?«, fragte Hensen.

»Wenn jeder Mensch ein Künstler ist, dann kann auch aus jedem Menschen ein Kunstwerk werden«, sagte Stevens.

»Als Polizeizeichner hat man viel Zeit, darüber nachzudenken. Was stimmt nicht an meinem Bild?«

»Gott hat die Menschen befreit, Sie fangen sie wieder ein und pferchen sie in ein Drahtgestell.«

»Das ist mein Gebet«, sagte Stevens. »Die Entlassung der Menschen aus den Drahtgeflechten. Aber einige müssen erst ins Feuer. Ich habe mir das nicht ausgedacht.«

»Was nicht ausgedacht?«

»Die ewige Verdammnis.«

Mangold machte einen Schritt auf die Arbeitsbühne zu.

»Sie haben die Kunst besudelt, die Künstler durch den Dreck gezogen«, sagte Hensen.

»Unsinn.«

»Selbstverständlich. Sehen Sie die Figur vor mir? Was steht da drauf? Doppelstandbild der Prinzessinnen Luise und Friederike von Preußen von Gottfried Schadow. Wer ist schon Gottfried Schadow? Das haben Sie damit gemacht. Sehen Sie?«

Mangold sah, wie Hensen sich mit aller Kraft gegen die Skulptur stemmte. Sie begann zu wackeln und stürzte um.

Mit einem krachenden Getöse schlug sie auf den Boden.

Vorsichtig blickte Stevens über den Rand der Arbeitsbühne in die Tiefe.

Mangold schoss sofort, dann noch einmal. Er hörte, wie der Körper des Polizeizeichners auf die Bretter sackte. Dann hallte Sienhaupts Wimmern durch die Kirche.

36.

»Mangold, Sie haben den Mann einfach erschossen«, sagte Kaja. »Ohne Vorwarnung!«

Mangold ordnete die vor ihm liegenden Papiere. Ohne sie anzusehen, sagte er: »Ja, der Mann hatte nichts mehr zu verlieren. Es ging um das Leben von Sienhaupt und Weitz.«

»Das wäre ja noch schöner«, protestierte Weitz und warf ihr einen giftigen Blick zu. »Unsere Psychologin hätte das Arschloch lieber nett gebeten, doch bitte schön vom Podest zu steigen, oder was? Lernt ihr das auf der Uni?«

»Sie lagen übrigens richtig, Kaja«, sagte Mangold, »Stevens war tatsächlich der Sohn des Priesters Hans Peter Schwan.«

»Scheinheiligkeit«, sagte Kaja. »Darum ging es. Vom Vater verleugnet und verlassen, muss er später mit ansehen, wie seine eigene Lebensgefährtin von einem Mann vergewaltigt wird, der seinerseits in einem kirchlichen Heim missbraucht wurde.«

»Das ist noch lange nicht alles«, sagte Hensen. »Tanja Binkel, die die Opfer dieser Missbrauchsfälle berät, wird ausgerechnet vom beschuldigten Müller alias Carolus gekauft und begeht Mandantenverrat. Das muss der eigentliche Auslöser gewesen sein. Stevens hat das sicher im Präsidium mitbekommen.«

»Aber warum versteckte die Frau all ihre Unterlagen in der Badewannenverkleidung?«, fragte Tannen.

»Aus Angst«, sagte Hensen. »Aus Angst vor Carolus, der sie zwar sozusagen umgepolt, aber ihr aller Wahrscheinlichkeit nach auch gedroht hat. Möglich, dass er immer mehr von der Frau verlangte.«

Mangold klappte den vor ihm liegenden Aktendeckel zu und erhob sich. Langsam zog er die Stecknadel heraus, mit der er das Bild der an einem Bein aufgehängten Tanja Binkel an der Pinnwand befestigt hatte. Während er es noch einmal eingehend betrachtete, sagte Hensen: »Tanja Binkel als erstes Opfer. Sie hat nicht nur ihren Bruder zu einem Vergewaltiger gemacht, sondern auch die Opfer der Heimerziehung verraten. Als Mitarbeiter der Berliner Polizei hat der Zeichner ...«

»Stevens war also kein Beamter?«, fragte Kaja Winterstein überrascht.

Mangold löste seinen Blick von dem Tatortfoto.

»Der Mann war arbeitsloser Künstler und musste auf Druck des Arbeitsamtes bei der Polizei den schlecht bezahlten Job als Polizeizeichner antreten«, sagte Mangold. »Das muss für ihn, der früher eng mit dem berühmten Joseph Beuys gearbeitet hat, ganz besonders erniedrigend gewesen sein. Als Polizeimitarbeiter war es dann kein Problem, sich in den Akten umzusehen.«

»Das passt«, sagte Kaja. »Das Maß an Erniedrigungen war voll. Er selbst wird von seinem Vater abgelehnt und macht den dafür verantwortlich, dass aus ihm kein berühmter Künstler geworden ist. Eine Wunde, die nicht verheilen konnte. Dass er seinen Vater töten musste, nachdem er angefangen hatte, die Verantwortlichen heimzusuchen, erscheint fast logisch. Ohne seinen Vater wäre da eine Lücke gewesen. Ich frage mich nur, ob der Priester seinen Sohn erkannt hat. Das werden wir wohl nie erfahren. Die ganze Mordserie ist ein kalkulierter Amoklauf. Stevens wollte alles zurückzahlen.«

Mangold schob das Bild Tanja Binkels behutsam in einen Ordner. Dann nahm er das Tatortfoto mit dem auf einer Schaukel ausgebluteten Niendorfer Rentner von der Wand.

»Aber warum hat er Kunstwerke kopiert?«, fragte Tannen.

Kaja überlegte kurz und sagte dann: »Bewunderung für seine Vorbilder, deshalb die an Beuys angelehnten Filzstückchen an den Tatorten. Und gleichzeitig der Vorwurf an seinen Vater, dem er die Schuld daran gab, dass aus seinen künstlerischen Ambitionen nichts geworden war. Außerdem: Kunstwerke verjähren nicht. Er wollte, dass auch die Verbrechen in den Heimen und Internaten nicht verjähren.«

Hensen wühlte in seiner Jackentasche, zog eine Handvoll Gummibären heraus und ließ sie auf den Tisch rieseln. Dann begann er, sie nacheinander aufzustellen.

»Das könnte eine Shakespeare-Geschichte sein«, sagte Hensen und stellte einen gelben Gummibären auf seinen Zettelkasten. Daneben legte er einen grünen Bären und sagte: »Tanja Binkel bringt fast ihren Bruder um, der erleidet eine psychische Störung und wird zur Belohnung in ein Heim gesteckt.«

Hensen nahm den grünen Bären, stellte ihn auf das Tastaturfeld seines Telefons und fuhr fort: »Im Heim wird er missbraucht. Kaum erwachsen, vergewaltigt er eine Frau, und niemand kümmert sich um die wahren Täter, die den Typen zum geistigen Krüppel gemacht haben. Und Stevens, unser Künstler in den Diensten der Polizei und Lebensgefährte des Vergewaltigungsopfers, sieht rot. Greift aber nicht den Täter an, sondern die wirklich Schuldigen.«

»Das scheint in den Heimen und manchen anderen Einrichtungen ein regelrechter Sport gewesen zu sein«, sagte Tannen, zog einen Zettel zu sich heran und begann laut zu lesen: »Mit der Drohung, sie komme nicht in den Himmel, wenn sie sich ihm verweigere, soll ein katholischer Pfarrer aus dem Emsland vor 20 Jahren ein damals 14-jähriges Mädchen zwei Mal zum Sex gezwungen haben ... Die Zeitungen sind voll davon. Es ist unfassbar.«

Mangold räusperte sich.

»Und weil die Taten meist verjährt sind, macht Stevens sich selbst zum Richter. Jeden Tag musste er ja mit ansehen, wie seine Lebensgefährtin Simone Jaspers vor sich hinvegetiert und von den Begegnungen mit ihrem Vergewaltiger fantasiert. Und gleichzeitig hört er im Fernsehen, wie Priester, Pfarrer und sogar Kardinäle mit großem Entschuldigungsgedöns ihren Missbrauch zugeben und trotzdem davonkommen. Nichts mit Unschuld oder Reinheit der verehrten Mutter Maria. Deshalb auch die Marienfarben an den Tatorten und das symbolische Ausziehen der Unterwäsche. Die Frau in München hat in die eigene Tasche gewirtschaftet und die Kinder hungern lassen. Wurde aber nicht belangt, weil die Heimleitung um den guten Ruf des Hauses besorgt war.«

»Und der alte Mann in Niendorf?«, fragte Kaja Winterstein.

Tannen sah von seinem Bildschirm hoch und sagte: »War als Hausmeister beschäftigt und gefürchtet für seine brutalen Bestrafungen von Kindern. Auch dieser Mann wurde jahrelang gedeckt. Alles ebenfalls in den von Stevens gelöschten Polizeiakten dokumentiert und auf den Verjährungsstapel gelegt.«

»Bleibt noch der Zeuge, der ausgerechnet bei dem Mann landet, von dem er eine Beschreibung abgeben soll«, sagte

Hensen und stellte zwei Gummibären auf die Dose mit den Büroklammern.

Mangold nickte: »Ja, darauf hätten wir viel eher reagieren müssen. Wir wussten, dass der Zeuge das Präsidium sehr verwirrt verlassen hat. Das muss man sich mal vorstellen. Der Mann beobachtet einen Verdächtigen, geht zur Polizei und gerät dort ausgerechnet an den Täter. Wahrscheinlich hat er gedacht, er ist verrückt oder hätte eine Halluzination.«

»Stevens malt im Beisein des Zeugen das Phantombild, das ihm selbst ähnlich ist, und wirft es anschließend weg. Und macht einen Fehler.«

Mangold blickte auf einen Stapel mit Aktendeckeln und dachte an den Bericht, der sicher einige Zeit in Anspruch nehmen würde.

»Ja, er macht eine Phantomzeichnung, die dem von ihm verehrten Beuys ähnelt. Er muss sich absolut sicher gefühlt haben, und vielleicht wollte er sich damit auch einen Spaß machen. Wir sind jedenfalls von Sienhaupt mit der Nase darauf gestoßen worden und haben das nicht ernst genommen. Außerdem hat Stevens ja mal gesagt, die Bilder seien abrufbereit in seinem Kopf.«

Hensen sah hinüber zu Peter Sienhaupt, den das alles nicht mehr zu interessieren schien. Seine Nase war nur wenige Zentimeter von einem Bildschirm entfernt. Es sah aus, als wollte er jeden Augenblick hineinklettern.

»Er«, sagte Hensen und deutete mit dem Daumen auf den Savant. »Er erklärt das mit den Spiegelneuronen. Genau verstehe ich das nicht, aber das Bild von Stevens' Ersatzvater Beuys hat sich seiner Meinung nach so in das Hirn eingebrannt, dass er die gleichen biometrischen Merkmale in seine irreführende Phantomzeichnung gepackt hat. Ich glaube, er war begeistert von sich selbst. Aus dem Leitsatz von Beuys: ›Jeder Mensch ist ein Künstler‹, hat er den Satz: ›Jeder Mensch ist ein Kunstwerk‹ entwickelt. Jeder tote Mensch …«

»Was ist mit den Lateinsprüchen?«, fragte Tannen.

»Die Lieblingstortur von Carolus. Stevens hat das alles in den Polizeiakten gefunden. Das hat ihn auf die Idee mit den Einritzungen im Oberschenkel gebracht.«

»Genau, auch das hatte er aus den Akten.«

»Nicolai geht allerdings nicht auf sein Konto«, sagte Weitz.

»Nein, das war Carolus. Zumindest hat er den Mord in Auftrag gegeben. Carolus ist hier hereingeschneit und hat uns einen gefälschten Drohbrief überreicht, weil er sicher war, eines der nächsten Opfer zu sein. Er präsentierte uns einen Verdächtigen, der es zwar nicht gewesen sein konnte, aber im Zusammenhang mit Missständen in Heimen stand. Schließlich hat er in der Presse von den Sprüchen gelesen, die ja mal seine Spezialität gewesen waren. Und als dann auch noch Tanja Binkel starb, die er selbst auf seine Seite gezogen hatte, da kam er wohl ins Grübeln und wollte, dass wir den Täter möglichst schnell einkreisen und aus seinem Bau locken. Bestimmt hätte er uns einen dringend Tatverdächtigen nicht zum Verhör überlassen. Dafür stand für ihn zu viel auf dem Spiel. Er hätte das nicht zugelassen.«

»Und die Namensänderung von Carolus? Wieso kann jemand so einfach seinen Namen ändern?«, fragte Kaja.

Mangold sah, wie Hensen ein durchsichtiges Gummibärchen mit einem Filzstift schwarz anmalte. Kopfschüttelnd wandte er sich wieder der Psychologin zu: »Gute Beziehungen und eine vernünftige Begründung. Arnfried Müller alias Carolus hat mal gegen eine rumänische Zuhälterbande ausgesagt. Weil er sich gefährdet fühlte, hat er einen anderen Namen bekommen und geglaubt, dass er damit auch seine Vergangenheit hinter sich lassen könnte.«

»Muss ich mir merken«, sagte Weitz und setzte sich auf die Kante seines Schreibtischs. »So ein neuer Name eröffnet Supermöglichkeiten.«

Er deutete auf die Psychologin und sagte: »Und was ist mit den Schüssen, die auf uns im Wäldchen vor dieser Klapse abgegeben wurden?«

»Carolus«, sagte Mangold. »Zumindest nehme ich an, dass er dahintersteckte. Er wollte uns ein wenig auf Trab bringen, uns auf die Fährte von Binkel oder Nicolai setzen. Er hat die beiden jedenfalls für tatverdächtig gehalten, weil sie seine Schüler waren. Weitz, die beiden waren schließlich auch Ihre Hauptverdächtigen.«

Weitz machte eine wegwerfende Handbewegung und sagte: »Geschenkt. Hätte ich Binkel eher in die Mangel nehmen können, hätte ich auch besser durchgeblickt.«

»Aber warum hat Stevens Sienhaupt entführt?«, fragte Kaja.

»Weil der ihm gefährlich wurde. Er hat gesehen, dass der Savant ihm auf den Fersen war. Stevens war ja dabei, als der Berliner Kollege Arlandt Hensen und Tannen auf das dort zusammengebrochene Computersystem angesprochen hatte. Da muss er den Braten gerochen haben. Auf alle Fälle war bekannt, dass wir hier in Hamburg einen Crack haben, der in der Lage ist, gelöschte Dateien wieder zum Leben zu erwecken. Sienhaupt ist ihm zu nahe gekommen, aber sicher hat er nicht damit gerechnet, dass der ihn auf alten Bildern identifiziert.«

Ein Telefon surrte. Weitz griff in seine Tasche, nahm das Gespräch an und sagte laut: »Marlit? Ja … äh … einen Moment.«

Mit einer entschuldigenden Geste wandte er sich ab und flüsterte in das Telefon.

Mangold nahm das Foto von der Wand, das Binkel und Nicolai als Schüler zeigte.

»Ja, er hat den Täter mit einem Programm eingekreist, das alle bekannten Fotos von Beuys und Leuten aus seinem Umfeld so analysierte, dass die Personen als verschlüsselte Daten abgeglichen werden konnten. Gemeinsame Gesichtsmerkmale und so weiter. So ist Sienhaupt auf die Schüler von Beuys gekommen und damit auf den Täter, der von Kameras in der Nähe der Tatorte aufgenommen wurde.«

Weitz hatte sein Gespräch beendet und sagte: »Hoch soll er leben, unser Super-Sienhaupt. Ich glaube, wir sollten ihm eine Pizza spendieren!«

Peter Sienhaupt blickte neugierig durch eine Spalte zwischen zwei Monitoren.

»Ja, mein Lieber«, sagte Weitz. »Das hast du mitgekriegt, was? Wenn ich 'ne Tunte wäre, würde ich dich glatt heiraten. Hörst du?«

Dann warf Weitz ihm eine Kusshand zu.

Hinter den Monitoren war ein glucksendes Geräusch zu hören.

»Was ist mit diesem Weißen Raum, auf den es Hinweise in Stevens' Wohnung gegeben hat?«, fragte Kaja.

Tannen drehte seinen Laptop um, auf dessen Schirm ein Berliner Stadtplan zu sehen war.

»Können wir nicht finden. Keine Mietabbuchungen, Stromrechnungen oder Ähnliches. Irgendwann wird jemand eine vergessene Tür öffnen … Ich würde zu gern wissen, was er darin verborgen hat oder ob der Raum leer ist. Das müssen wir abwarten.«

»Binkel dürfte wieder in seiner Pflegeeinrichtung sein. Ich

hoffe nur, dass er uns keinen Anwalt vorbeischickt«, sagte Mangold.

Kaja fing einen Blick von Weitz auf und fragte: »Wieso haben Sie ausgerechnet am Tunnel auf Stevens gewartet?«

»Logik«, sagte Weitz. »Ich hab' ihm ordentlich eingeheizt, ihm den Tod seiner Freundin per SMS mitgeteilt und dachte, es gibt nur einen Ort, wo er Sienhaupt plattmachen würde.«

»Blödsinn«, sagte Kaja. »Und woher wusste er, wo Sie waren?«

»Instinkt?«, sagte Weitz.

»Unsinn! Er hat dich ausgerechnet, gewusst, wie du tickst«, sagte Tannen. »Er wusste, dass du ihn da hinlocken wolltest. Verkauf uns keinen Mist. Du hast mit deiner bescheuerten Nachricht Sienhaupts Leben gefährdet.«

Weitz protestierte: »Ich wollte ihn überraschen, und fast ...«

»Stimmt«, unterbrach ihn Tannen. »Als ich dich da oben nackt auf dem Gerüst gesehen hab', da hast du mich wirklich überrascht.«

»Neidisch?«

»Ich hätte es einfach nicht für möglich gehalten, dass du dich untenrum rasierst.«

Weitz wollte antworten, als die Tür zum Büro geöffnet wurde.

Jens Schiermacher von der Internen Ermittlung betrat den Raum.

»Auf Sie habe ich gerade noch gewartet«, knurrte Weitz und sah auf die Uhr. »Ich kann jetzt nicht, ich hab' in einer Stunde eine Verabredung. Verhören Sie zur Abwechslung doch mal Tannen.«

Schiermacher sah ihn scharf an und baute sich neben ihm auf.

»Sie händigen mir jetzt Ihre Waffe aus.«

»Ich mache was?«

»Ihre Dienstwaffe.«

»Spielen wir jetzt einen Humphrey-Bogart-Film nach oder was?«

»Legen Sie Ihre Waffe auf den Tisch.«

Kopfschüttelnd zog Weitz mit Zeigefinger und Daumen seine Pistole aus dem Holster und legte sie auf den Konferenztisch.

Hensen begann, ein Gummibärchen mit einer auseinandergebogenen Büroklammer zu fesseln. Dann sah er amüsiert zu Mangold und Weitz hinüber.

»Sie werden jetzt vernommen«, sagte Schiermacher und reichte Mangold ein Schreiben über den Tisch.

»Kommen Sie«, sagte er zu Weitz.

»Morgen, gleich nach Dienstbeginn«, sagte Weitz. »Versprochen.«

»Auf der Stelle«, sagte Schiermacher.

Er schob Weitz zur Tür und drehte sich noch einmal um.

»Ach, Mangold, da ist noch jemand, der Sie sprechen möchte.«

Schiermacher hielt die Tür auf, und ein drahtiger Mann betrat das Büro. Er trug weiße Turnschuhe und eine olivgrüne Khakihose. Seine Haare waren auffallend dunkel. Über das Kinn zog sich eine Narbe. Mit seinen strahlenden Augen sah er sich neugierig um und lächelte dann Mangold zu.

»Ja?«, sagte Mangold. »Worum geht es?«

»Kommissar Mangold, richtig? Mein Name ist Jan Travenhorst, wir hatten bereits das Vergnügen.«

Kaja sprang aus ihrem Sessel und starrte den Mann entsetzt an. Der wandte sich an die Profilerin und sagte: »Kaja, ich stelle mich. Wir haben eine Abmachung. Das Kind da …«

Er deutete auf Kajas Bauch.

»Das Kind muss leben. Es muss unbedingt leben.«

Auch Tannen sprang auf und riss seine Waffe heraus.

Travenhorst hob langsam die Arme.

»Und Sie, Mangold, haben sicher noch ein paar Fragen an mich.«

Mangold zog die Handschellen aus seiner Gürteltasche. Mit einer leichten Drehung wandte sich der Serienmörder Travenhorst wieder an die Psychologin: »Wie ich schon sagte, ich stelle mich. Kaja, wir haben eine Vereinbarung, nicht wahr?« Er schloss kurz die Augen und senkte den Kopf.

»Mein kranker Bruder, du weißt schon, er wird dafür sorgen, dass wir beide unseren Handel einhalten. Das Kind da in deinem Bauch muss leben.«

Dann machte er eine Pause und sagte:

»Du glaubst nicht, wozu er imstande wäre, wenn du es tötest.«

DANKSAGUNG

»Es ist idiotisch, sieben oder acht Monate an einem Roman zu schreiben, wenn man in jedem Buchladen für zwei Dollar einen kaufen kann«, sagt Mark Twain.

Mal ganz abgesehen von der Hilfe, die der Autor braucht, und von den Nerven, die er Lebenspartnern, Freunden und Unterstützern abverlangt.

Für die unermüdliche Unterstützung meinen heiß servierten Dank an Alexander Liu: für deinen messerscharfen Blick bei der Durchsicht des Manuskripts und die vielen guten Ratschläge.

Besonders herzlichen Dank an meine unermüdlichen Agentinnen Bettina und Anja Keil, die Lektorin Karin Ballauff und Barbara Heinzius vom Goldmann Verlag. Es ist eine Zusammenarbeit, von der jeder Autor oft nur träumen kann.

Dank auch an Stephen King, der mir im richtigen Augenblick zusätzliches Handwerkszeug in die Hand drückte. Danke, Stevie!

Und jetzt zu dir, Anna. Du hast das überhaupt erst möglich gemacht. Danke!

»Unbestritten das derzeit größte Talent des deutschen Polizeiromans.« *(WDR)*

288 Seiten
ISBN 978-3-442-45230-9

288 Seiten
ISBN 978-3-442-45912-4

384 Seiten
ISBN 978-3-442-46305-3

288 Seiten
ISBN 978-3-442-46487-6

GOLDMANN

Überall, wo es Bücher gibt und unter www.goldmann-verlag.de